G000153263

Les Enfants de l'été

Ouvrages de

ROBERT SABATIER

de l'Académie Goncourt

aux Éditions Albin Michel

ROMANS

Les Allumettes suédoises.
Trois sucettes à la menthe.
Les Noisettes sauvages.
Les Enfants de l'été.
Alain et le nègre.
Le Marchand de sable.
Le Goût de la cendre.
Boulevard.
Canard au sang.
La Sainte Farce.
La Mort du figuier.
Dessin sur un trottoir.
Le Chinois d'Afrique.

POÉSIE

Les Fêtes solaires.
Dédicace d'un navire.
Les Poisons délectables.
Les Châteaux de millions d'années.
Icare et autres poèmes.

ESSAIS

Histoire de la Poésie française :

1. La Poésie du Moyen Age.
2. La Poésie du XVIe siècle.
3. La Poésie du XVIIe siècle.
4. La Poésie du XVIIIe siècle.
5. La Poésie du XIXe siècle.
   * Les Romantismes.
   ** Naissance de la poésie moderne.
6. La Poésie du XXe siècle *(en préparation)*.
   * Le Demi-siècle.
   ** L'Avenir.

L'Etat princier.
Dictionnaire de la mort.

ROBERT SABATIER

de l'Académie Goncourt

LES ENFANTS
DE L'ÉTÉ

Roman

AM

Albin Michel

IL A ÉTÉ TIRÉ DE CET OUVRAGE :

Trente-cinq exemplaires sur vergé blanc chiffon, filigrané,
des Papeteries Royales Van Gelder Zonen, de Hollande,
dont trente exemplaires numérotés de 1 *à* 30,
et cinq exemplaires, hors commerce, numérotés de I *à* V ;

quatre-vingts exemplaires sur vélin cuve pur fil de Rives
dont soixante-dix exemplaires numérotés de 31 *à* 100,
et dix exemplaires, hors commerce, numérotés de VI *à* XV ;

cinq mille exemplaires sur vélin blanc supérieur des Papeteries de Condat,
reliés pleine toile.

IL A ÉTÉ TIRÉ ÉGALEMENT :

Dix exemplaires sur vergé blanc chiffon de Hollande,
numérotés de A.M. 1 *à* A.M. 10,

réservés aux amis et collaborateurs des Editions Albin Michel.

LE TOUT CONSTITUANT L'ÉDITION ORIGINALE

© Éditions Albin Michel, 1978.
22, rue Huyghens, 75014 Paris.

ISBN 2-226-00577-3

Ce livre est écrit

Pour Alice et le Petit Prince,
Pour Mowgli et le Dr Doolittle,
Pour Gulliver et Robinson Crusoé,
Pour Jean Giono, Henri Bosco et Marcel Pagnol,
Pour Mandrake et Guy l'Eclair,
Pour M. Fourier et Joachim de Flore,
Pour Astérix et Lucky Luke,
Pour Marcel Aymé et « *les enfants âgés de
quatre à soixante-quinze ans* ».

Un

Il était une fois, dans le lit d'une province du Midi de la France, le Comtat Venaissin, quelque part entre Venasque et Pernes-les-Fontaines, à moins que ce ne fût entre L'Isle-sur-Sorgue et Saint-Didier, en tout cas, pas bien loin de Carpentras, la ville des gens de bien et de civilisation tranquille (et aussi des berlingots colorés), une demeure au toit de tuiles plates venues du temps des Romains, entourée d'un vaste jardin à la provençale qui se perdait dans une garrigue sans frontières où abondaient le thym, la marjolaine, la lavande sauvage et des chênes bien petits.

Cachée dans une vallée fertile, entre le mont Ventoux et les monts du Vaucluse, cette demeure, ou plutôt cette « campagne » comme on dit au pays, possédait cette particularité de paraître de dimensions modestes ; or celui qui y pénétrait restait surpris de la découvrir six fois plus grande que ses apparences ne le laissaient supposer. Jadis, une fée-architecte avait veillé à sa construction.

Les murs épais, à l'extérieur, prenaient la couleur de la terre quand le soleil l'aime d'amour, tandis que, au-dedans, blanchis à la chaux, ils accueillaient et retenaient la lumière venue d'étroites fenêtres aux angles desquelles nichaient des hirondelles. Les arbres qui cachaient la demeure se nommaient ifs, cyprès pyramidaux, platanes, et leurs cousins, les oliviers, les figuiers, les chênes, les mûriers contribuaient à toutes les nuances d'une flottante écharpe verte.

Je voudrais, lecteur, que tu fermes les yeux un instant pour essayer d'imaginer à ta guise la « Campagne du Santonnier », puisque c'est ainsi qu'on la désigne. A dessein, je ne complète pas immédiatement mon tableau... Ah ! j'ai cependant oublié d'y poser, tout en haut, une grande tache jaune avec des rayons : c'est le soleil !

* *

Qui habitait là ? Deux grandes personnes, deux enfants (et tout plein d'animaux dont nous ferons la connaissance). La plus âgée des personnes était Siffrein, le grandpère. Seuls les six platanes aux troncs colossaux comptaient plus d'années que lui. On le voyait, du petit matin où perle la rosée à la pointe des herbes, au soir où le grillon célibataire perd de sa timidité, vêtu d'une ample chemise de toile bise, sans col, dont il retroussait les manches sur des bras de pain grillé, d'un pantalon de velours vert pomme, d'un large tablier de cuir noué autour de sa taille. Malgré ses gros souliers aux semelles cloutées, sa haute taille et le poids de son corps solide, il marchait sur les sévères dalles de pierre ou les riantes tomettes vernissées d'un pas bruissant à peine.

Dessinez une forte moustache blanche sous son long nez droit ; peignez la peau de son visage et de son cou de nuances allant de l'ambre au cuir ; faites glisser le crayon pour de longs cheveux couvrant nuque, front et oreilles ; tracez une bouche d'un trait énergique sur un menton rond ; et vous aurez l'esquisse du portrait de Siffrein le santonnier. Pour les yeux, vous rencontrerez plus de difficulté : les yeux, c'est comme le ciel d'entre deux saisons, cela peut changer d'un moment à l'autre. Ceux de Siffrein, clairs et celtes, s'ils reflétaient un soleil heureux, pouvaient se charger brusquement d'un de ces orages qui, dans le Comtat, jettent des éclairs effrayants et précipitent des tonnes d'eau en quelques secondes.

Donc, Siffrein, comme son père et le père de son père, et aussi le père du père du père de son père (et ainsi de suite) était maître santonnier. Cela veut dire qu'il fabriquait des santons, ces personnages qu'on place dans les crèches quand, le 25 décembre, naît le petit Jésus. Toute la journée, Siffrein travaillait l'argile, et, de ses doigts habiles, naissaient d'innombrables enfants Jésus, des Vierges, des rois mages, et aussi le bœuf et l'âne par troupeaux pour réchauffer tous ces rédempteurs, des animaux de basse-cour et d'étable, de quoi peupler toutes les fermes de la région. Et il y avait sainte Elisabeth et des types célèbres et consacrés par le folklore et la fantaisie provençale : le ravi (l'étonné en bonnet de coton levant les bras en signe d'admiration), le tambourinaire, et des joueurs de fifre, des paysans et des paysannes portant leur panier d'offrandes sous le bras, tous les corps de métier, rémouleurs, matelassiers, marchands de balais, bourre-liers, tonneliers, vignerons, maréchaux-ferrants, chiffon-niers, charrons, avec les instruments, les attributs ou les produits de leur état... Et comme Siffrein aimait les couleurs vives et rares, ses crèches s'illuminaient comme de grands bouquets multicolores.

Au pays, d'Apt en Avignon, de Bédarrides à Bonnieux, de Carpentras à Cavaillon, on disait :

— Siffrein, hé bé, il a de l'été dans ses doigts !

Il fallait voir comme il peignait les robes, les tuniques, les gilets, les culottes d'argile avec ses couleurs inspirées, ses tons joyeux qui semblaient s'aimer entre eux. Et puis, il permettait aux enfants de se servir de ses pinceaux et de ses couleurs, à condition de bien s'appliquer et de ne pas tout salir.

Ce soir-là, dans un beau juillet, il replia ses lunettes cerclées de fer, et, de sa voix chantante, toute fleurie d'accent du Midi, il dit à sa compagne Magali :

— Savoir où se tiennent les enfants ? Les poules sont déjà au perchoir, et les pintades s'apprêtent... Et je me consume de faim.

— Je les ai aperçus au jardin, dit Magali. Ils écoutaient

les orties, ces médisantes. Je vais ouvrir le fenestroun. Le parfum du coulis les fera venir.

Siffrein et Magali échangeaient ces propos en langage comtadin, et je les traduis ici. Lorsque la femme du santonnier, Marie, de Monteux, le pays des feux d'artifice, mourut, il y a bien longtemps, d'une maladie galopante, Siffrein ne pleura pas. Il mit un bandeau noir sur son cœur et sut qu'il ne se remarierait jamais. Son content d'amour, il le mettrait dans son travail et dans l'amitié des autres. Plus tard, vint Magali, une cousine d'Eygalières. On disait d'elle qu'elle était un balai blanc tant elle était propre. Comme Blanche-Neige dans la maison des Sept Nains, elle nettoya, lava, ravauda, et finit par s'implanter dans la demeure comme un figuier entre deux pierres.

Boiteuse et voûtée, on disait qu'à sa naissance le mistral avait soufflé du mauvais côté. Secrète comme un melon, elle se contenta d'aimer Siffrein en silence, et puis il y avait tant à faire qu'on ne pensait pas aux choses du sentiment. Ainsi, Siffrein et Magali vieillirent ensemble comme frère et sœur. Siffrein put vivre dans une *oustau* propre comme un sou neuf, dormir sur un matelas de laine régulièrement cardée, et surtout se régaler chaque jour de la bonne cuisine provençale qui sait être de terre et de mer à la fois. Au village, on appelait Magali « la Siffreine ». Voilà pour eux, mais je n'ai pas encore parlé des enfants.

**

— Voyez, papé, dit Alain, la superbe plume que j'ai trouvée au bord de la Nesque.

— Elle est d'une poule d'eau, dit Siffrein. C'est une plume des ailes. Le plumage va du gris-bleu au noir. Les pattes et le bec sont jaunes. Espérons que cette plume ne lui fera pas défaut pour voler. Garde-la en souvenir de cette dame !

Alain, dix ans, cheveux blonds en bataille, yeux couleur de mare au soleil, joues ornées de fossettes, était un garçon vigoureux et tendre. Il aurait ressemblé à un autre petit garçon que j'ai connu, prénommé Olivier, si l'air de la campagne et le chaud du ciel ne lui avaient coloré les joues, si la vie libre aux champs et aux buissons ne lui avait donné cet air de résolution farouche qu'on trouve chez les aventuriers et les pionniers. Siffrein n'était pas son vrai « papé » (grand-père) et il n'existait de liens de parenté entre eux que ceux de l'affection. Le père et la mère d'Alain, des ethnologues, étaient partis pour une mission en Amazonie. Venus en vacances à Entraigues, ils avaient fait la connaissance du santonnier et Magali avait proposé de prendre l'enfant en pension. Au moment où débute cette histoire, Alain vivait depuis quatre mois chez le papé et la Siffreine.

Un cousin de Siffrein nommé Baptistin avait, lui, adopté une petite orpheline vietnamienne, Marie-chen. Puis il s'était marié dans le Nord de la France avec une personne peu accueillante aux enfants des autres. Siffrein, la tête bien fournie d'idées, le cœur généreux comme un figuier, avait suggéré qu'on lui confiât la fillette. Ainsi, Siffrein et Magali, Alain et Marie-chen formaient une famille complètement inventée, et ils s'aimaient bien. Alain et Marie-chen (elle avait six ans) formaient un couple de grands amis. Peut-être même qu'ils se marie-raient un jour. En attendant, ils partageaient un secret si important qu'ils ne le nommaient même pas. C'était le Secret, le Secret des enfants. L'évoquer, c'était poser en pensée un doigt sur les lèvres pour dire : chut !

— Quand vos patoches seront propres, dit la Siffreine, on pourra tremper la cuillère.

Les enfants regardèrent leurs mains. Elles étaient tachées du sang bleu des cassis, du vert des herbes (ils avaient cueilli du pourpier pour la salade) et de l'ocre de la terre.

— Oui, nettoyez vos palettes, dit Siffrein en riant, mais auparavant, venez voir : j'ai inventé un santon.

En se levant, il fit craquer le fauteuil d'osier. Ils traversèrent une étroite bibliothèque pour gagner l'atelier. Là, sur des rayonnages et des claies, des santons séchaient en attendant d'être placés, entortillés de papier de soie, dans les compartiments de boîtes de carton. Auprès des personnages classiques des crèches, rois mages et saints, animaux familiers, il en était d'autres, souvent inattendus et anachroniques, que Siffrein créait pour son plaisir et pour celui des enfants et des visiteurs.

Il prenait une personne qui lui plaisait et la « santonnifiait ». C'est ainsi qu'auprès du bûcheron, de la gardeuse d'oies ou du berger, se tenaient des auteurs, des musiciens, des peintres, des artistes ou des amis. Autour de la crèche, pour le santonnier, la terre entière avait place. Parfois, cela étonnait :

— Hé ! santonnier, Voltaire était bien incroyant pour que tu le places auprès de la sainte Vierge.

— Tiens, j'y pense : il faudra que je fasse le pauvre Calas qu'il a si bien défendu.

— Hé ! santonnier, Clovis Hugues était bien rouge pour que tu le places auprès des bergers et des mages.

— Tu voudrais effacer de la Nativité une seule couleur ?

— Hé ! santonnier, c'est qui, celui-là ?

— Lewis Carroll qui a écrit *Alice au pays des merveilles*.

— Et ce grand échalas à lunettes ?

— C'est le Dr Doolittle qui conversait avec les animaux. Et près de lui l'écrivain Marcel Aymé, un chat perché sur son épaule.

— Et l'aviateur, qui c'est ?

— Il s'appelle Antoine, et son voisin est le Petit Prince.

— Hé ! santonnier, mais celui-là, je le connais bien, c'est notre Marcel Pagnol.

Il en était bien d'autres dans la crèche : des félibres du temps passé, Mistral, « lou Charloun », Aubanel, Roumanille, des peintres nommés Van Gogh et Gauguin, des poètes comme Verlaine et Rimbaud, un grand gaillard avec les initiales R.C. et le nom de L'Isle-sur-Sorgue, et puis une foule de personnages imaginaires, Gargantua, Robinson Crusoé, David Copperfield, Peter Pan, Gavroche, Davy Crockett...

De la cuisine, on entendait la Siffreine qui battait les

œufs de l'omelette dans une jarre de bois : flap, flap, flap, tandis que l'huile grésillait dans le poêlon. Siffrein ébouriffa les cheveux d'Alain et serra Marie-chen contre sa hanche. On ne pouvait se lasser de regarder les bruns cheveux de la fillette, son visage aux vallées douces avec un chef-d'œuvre de petit nez et des yeux noisette dorée, une bouche de poupée heureuse.

— Le plus excellent des miracles, dit Siffrein en s'essuyant les mains (ils venaient tous les trois de faire toilette à la fontainette de pierre), c'est qu'autour de nos crèches, on puisse placer des gens venus de partout, de toutes les époques et de toutes les religions...

Quelle réjouissance que la parole de Siffrein ! Elle chantait, jouait de la musique, dansait. Sous le dais de la moustache, son sourire malicieux laissait toujours augurer quelque surprise.

— La dernière fois, dit Alain, c'était un cycliste !

— Et avant, un conducteur de tramway, mais j'ai laissé son véhicule un peu loin, à cause du bruit.

— Pour pas réveiller le petit, observa Marie-chen.

— Eh non ! je n'ai pas voulu d'automobiles, ni de chemin de fer, dit Siffrein, mais pour ne chasser personne, j'ai fait un conducteur d'automobile et un chauffeur de locomotive. Soulève donc cette paille, Alain !

L'enfant entoura précautionneusement le paillon de ses mains et souleva lentement.

— Hou ! qu'il est joli, dit-il. C'est un cosmonaute. Mais... qu'a-t-il sur le dos ?

— Ça se verra mieux quand il sera peint, dit Siffrein. Ce sont des ailes, pour le cas où ses mécaniques et ses automatiques ne fonctionneraient pas. Je le placerai près de Christophe Colomb et de Marco Polo. Ainsi, ils se raconteront leurs voyages.

Rose de plaisir, Marie-chen faisait flotter son doigt au-dessus des santons, comme si elle les comptait. Grâce au papé, les enfants vivaient au royaume des jouets, des jouets pour tous les âges, et ce royaume se prolongeait (comme le jardin par la garrigue et la garrigue par d'autres garrigues) par l'autre royaume : celui du secret partagé avec Alain, et dont personne ne saurait avoir idée.

De la cuisine, on entendit la voix de Magali :

— Au lieu de babiller comme des sonnailles, venez à table. A taaable ! L'o-me-let-teu n'attend pas...

Ils dînaient sur une terrasse ornée de volubilis qui retombaient de ses bords pour rejoindre les chèvrefeuilles et les rosiers grimpants des piliers. Comme en bas se trouvait le jardin aromatique, de bonnes senteurs se mêlaient. En face était le mont Ventoux. Cette magnifique montagne, le Fuji-Yama du Midi, selon que le temps était clair ou couvert, semblait avancer ou reculer. Lorsqu'elle « portait le chapeau », c'est-à-dire lorsque les nuages s'y accumulaient, on savait qu'il tomberait une pluie bénie, celle qui fait pousser les champignons, ravit escargots et grenouilles, et remplit les sources et les sorgues.

Les soirs d'été, on s'attardait pour nommer les étoiles, l'étoile du berger, les deux Ourses, la Voie lactée... et l'on écoutait l'orphéon des grillons, et l'on faisait comptabilité d'étoiles filantes. A la table de chêne, Alain s'asseyait auprès de Magali, et Marie-chen, en face d'eux, près du santonnier. Parfois, au loin glapissait un renard ou chantait un rossignol ; sur le tard, on suivait le vol de velours des pipistrelles.

A ce souper, parut une omelette aux fines herbes, des aubergines poêlées bien chaudes sur lesquelles on fit couler un onctueux coulis de tomates frais, une jatte de fromage venu du lait de la chèvre et tout piqueté des trous de la passoire, des abricots. Et la bonne eau de la source dans une carafe embuée de fraîcheur.

Marie-chen gardait toujours un sourire mystérieux : il logeait non seulement sur ses lèvres, dans ses fossettes, mais aussi dans le café clair de ses yeux en amande. Le chat Bela (tigré noir) se plaçait près d'elle sur une chaise paillée et ne perdait rien des gestes et des paroles.

Affectant des airs de diplomate, il observait un mutisme prudent. Le chien César, un grognon à la robe noire et fauve, jeta un œil dédaigneux vers la table et alla poursuivre des insectes bleus dans le jardin. Alain l'entendit grommeler :

— Peuh ! Peuh ! quelle nourriture ! Pas le moindre petit os. Quelle cuisine fait cette Magali !

Cependant, il n'avait pas faim, après cette grosse soupe qu'il avait lapée en faisant (exprès !) un bruit de cataracte. Alors, il se mit à gambader suivi de sa queue en trompe de chasse.

Le souper terminé, Siffrein se servit un verre de vin des côtes du Ventoux et observa :

— Un seul verre pour préparer un sommeil sans remords ! Ce vin est si gai qu'il chante dans mon verre.

Et touchant le bedon des enfants, il ajouta :

— Ces gourmands, s'ils avaient eu des clochettes au menton, il y aurait eu ce soir fête carillonnée.

Il mettait encore des jouets dans ses paroles. Les enfants aidèrent Magali à débarrasser le couvert. Siffrein alluma sa pipe de Saint-Claude et, rapprochant un fauteuil d'osier, il lui parla :

— Fauteuil, fauteuil, sans toi, je serais moins heureux.

Il faut noter ici ce que peu de personnes savent : pour que les objets vous comprennent, il faut dire deux fois leur nom. C'est pourquoi Siffrein disait « fauteuil-fauteuil ».

— Vouais, vouais, grinça ce dernier, mais moi, sans toi, je serais plus tranquille. Tu es de plus en plus lourd, gros goinfre. Quand le chat vient s'installer en rond pour la sieste, lui, au moins, je ne le sens pas.

— Aimable comme un buisson d'épines, celui-là ! maugréa Siffrein en s'asseyant doucement.

Alain et Marie-chen prirent un livre d'images où l'on contait « les malheurs d'Annie », et bientôt leurs deux têtes se touchèrent, avant que le sommeil ne les embrumât.

Pendant ce temps, Magali se récitait des choses à voix basse. Prière ? Poème ? Le besoin de parler se faisait ressentir avec intensité. Alors, elle énumérait, elle faisait couler de ses lèvres des litanies de mots qu'elle aimait. Tantôt, c'étaient les noms des saints du calendrier, tantôt ceux des vents de la Provence. Dans ce dernier cas, elle se livrait à une mimique singulière, quasi magique : debout, les bras écartés du corps comme ceux d'un derviche, elle tournait lentement sur elle-même, s'arrêtant face à la direction du vent qu'elle nommait. Avant qu'elle eût effectué une rotation complète, il s'écoulait un assez long temps. N'existait-il pas trente-deux vents différemment nommés ! Elle s'arrêtait aux principaux et les saluait en s'inclinant :

— Mistrau... Grè... Eisserô... Labé...

Elle nommait la tramontane et le marin, le vent blanc et celui du ponant, la bise et l'auro-bruno. C'était comme une prière païenne venue de très loin dans l'histoire et en elle ressuscitée.

Quand Alain sentit ses paupières peser et que vint l'engourdissement du sommeil, il chuchota à l'oreille de Marie-chen :

— Qui sait si, cette nuit, nous retournerons là-bas ?

— Là-bas, là-bas... chantonna Marie-chen.

Mais toutes les nuits n'offraient pas le délicieux voyage. Ils frissonnèrent d'une crainte agréable. Comme le papé Siffrein, eux aussi, dans un univers autre que celui des tangibles santons, ils rencontraient des êtres inattendus. Un secret à protéger entre les mains jointes comme un oisillon à remettre au nid. Sans le silence, une part de l'univers risquait de se dérober, il n'y aurait plus que le visible, et l'on risquait de se retrouver nu comme un verre d'eau.

Tandis que Magali en arrivait au vent Garlin, on entendit, plus proche et plus bruissant que les chants venus de la nature (les grillons, le son de flûte de Gros-Jacques le crapaud doré, la voix des grenouilles, de lointains aboiements) un ronflement sonore accompagné d'un souffle à pousser toutes les caravelles vers les

Amériques. C'était Siffrein qui s'abandonnait à son premier sommeil, avec ce dormeur de Bela sur ses cuisses.

— Quels paresseux! dit le fauteuil. Si je pouvais tomber, ils seraient bien attrapés!

Deux

Au petit matin, les oiseaux riaient de toutes leurs plumes. Les moineaux, les rossignols de muraille, les mésanges charbonnières, les merles, geais et pies rivalisaient avec les escadrilles de martinets aux longs sifflements aigus. Monsieur le Merle, en habit du soir, sautillait gaiement parmi la neige des cinéraires tandis que, haut dans le ciel bleu, des vols de choucas quittaient les murailles des monts du Vaucluse pour de mystérieuses destinations.

Dans la cour fermée, près du figuier et des fresques de vigne vierge, sur la table de pierre, la Siffreine avait préparé d'onctueux chocolats, des tartines de beurre et de ce miel doré fourni par les ruches de Siffrein. Elles étaient vaillantes et bravounettes, les abeilles qui le fabriquaient, aussi généreuses que les épais romarins, les gracieuses lavandes et toutes les fleurs des champs et des garrigues qui leur offraient leur nectar sucré. Elles n'étaient jamais en repos. L'été, lorsque, à la fin du jour, entre chien et loup comme on dit, on aurait pu croire leur labeur terminé, elles attendaient (comme des ménagères à l'ouverture du marché) que la fraîcheur espérée dépliât les ailes blanches des daturas : là, les sucs les plus subtils les attendaient en d'immenses quantités. Avant que le jour se couche comme un épi, juste le temps d'en charger ses poches, d'en enduire ses pattes, et il fallait vite s'envoler avant la nuit.

— Alors, les travailleuses ! faisait Vif-Argent le lézard.

— Bzzz ! Bzzz ! Allez vous coucher dans vos pierres, monsieur le paresseux.

Le chocolat, c'était pour les enfants. Un bon chocolat presque noir, râpé au couteau, bien dissous dans le lait, avec une goutte d'extrait d'anis pour parfaire le goût. Hmmm ! que ça sentait bon ! Le santonnier, lui, taillait dans un long saucisson de Malaucène, dur comme une matraque, et mordait une tranche de pain frottée d'ail et adoucie d'huile d'olive verte. Ensuite, il attaquerait le fromage de chèvre, à moins que ce ne fût de la brousse fraîche ou du cachat du Ventoux, le tout couronné d'un verre de Cairanne. De ce vin, il offrit un verre au facteur Tourrette qui se dévissait la tête pour tenter de lire en même temps que le santonnier la lettre qu'il venait de lui remettre.

— Une commande de santons. Elle vient du Québec, vous rendez-vous compte ? Eh bien ! l'ouvrage ne manque pas.

Pendant ce temps, Magali arrimait sur son maigre dos un havresac et prenait sa bécane pour se rendre au marché de légumes et de fruits de Pernes. On savait que c'était là son plaisir. Elle reviendrait avec des cageots bringuebalant sur son porte-bagage. Elle aurait parlé, parlé, marchandé pour le plaisir des mots et leur échange, se réjouissant de la moindre piécette économisée. La parole de la Siffreine ne venait pas des choses écrites, mais d'autres paroles entendues dans son enfance, et transmises de génération en génération. Elle possédait des vergers, des jardins et des potagers de mots et d'images qu'elle offrait parfumés et savoureux comme fleurs et fruits, unis en dictons rustiques, en proverbes et sentences populaires, en fêtes de la pensée ramassée au creux des chemins.

Mince et fragile, ne se plaignant jamais de rien, à défaut de gaieté apparente, elle portait en elle une bonté simple et secrète qui rayonnait sur son visage et l'éclairait de sa joie.

— Il me faudrait du petit bois, dit-elle à Alain. Vois donc près de la cabane, il y reste des ceps de vigne. Et toi, petite, me feras-tu deux bouquets, l'un pour l'atelier, l'autre pour la cuisine ? J'ai vu des pousses de thym dans l'allée, cueillez-les moi, et aussi des brins de pèbre d'âne pour parfumer le fromage blanc.

— Le chasse-rosée va taper aujourd'hui, observa Siffrein.

Le santonnier polissait ses façons de nommer le soleil De bon matin, Magali avait donné aux poules et protégé les clapiers de la chaleur. Le chat Bela qui avait couraillé toute la nuitée dégustait sa viande lentement, comme un être bien élevé qui ne se jette pas goulûment sur la nourriture. Dans l'étang, les canards plongeaient la tête dans l'eau verte. L'âne Boniface, dans l'enclos du bas, se régalait de chardons. César, lui, paressait dans sa niche de bois recouverte de toile cirée. On vit passer sur le chemin une vieille poussant une brouette chargée d'herbe et de fleurs des champs.

— Salut, Boniface ! jeta Alain. Quelle idée de manger ces piquants ?

Boniface ne répondit pas, car il savait qu'il n'est pas poli de parler la bouche pleine, mais il secoua la tête philosophiquement comme pour dire : « Parle toujours, tu m'intéresses ! »

— Dis, rose, veux-tu venir dans mon bouquet ? demanda Marie-chen.

— Je vous trouve bien familière, dit la rose (elle s'appelait Reine Victoria). Qui sera à votre bouquet ?

— A mon banquet... euh non, à mon bouquet, il y aura des dahlias, des marguerites, des verges d'or...

— Peuh ! quelle fréquentation...

— Mais, vous aurez la place d'honneur, madame, dit respectueusement Marie-chen.

— Dans ce cas, je vous permets de me cueillir, mais prenez garde de me froisser, mademoiselle. Et faites donc la révérence !

« Quelle poseuse ! » se dit Alain. Les enfants coururent

dans la déclivité du terrain qui conduit vers la Nesque. Là, s'étendait un potager où, près des tamaris vaporeux et des lourds caroubiers, se tenait un festival de tomates, de poivrons, d'aubergines et de melons. Tout au bout, derrière un rempart de buis se cachait une cabane maçonnée de terre. Ils la contournèrent, longèrent les hautes cannes de Provence et écartèrent les ronces. Alain ramassa des ceps de vigne noueux et secs et les jeta de l'autre côté des buis pour les prendre au retour.

Les enfants pénétrèrent dans la cabane. Avec sa porte de rondins et ses rideaux de sacs, son absence de fenêtre, on pouvait y faire l'obscurité totale. Il y flottait un souvenir de champignons et de truffes fort agréable. On trouvait là des outils de jardin, une pompe à moteur, des cannes à pêche qui avaient servi naguère, quand la Nesque coulait libre, avant qu'une base de fusées ne l'eut détournée pour des raisons insultant la nature.

Lorsque Alain eut soigneusement fermé la porte, Marie-chen dit :

— C'est la nuit en plein jour.

Et ce fut la nuit plus encore quand, blottis l'un contre l'autre dans la paille, ils fermèrent les yeux. Au bout d'un moment, Marie-chen demanda :

— Tu vois quoi dans ta tête ?

— Rien encore.

— Moi je vois un rouge-gorge.

— Alors moi aussi.

— Que fait-il ?

— Attends... Il se dispute avec une alouette. Il dit que c'est son ancêtre qui apporta le feu sur la terre et l'alouette dit que c'est son aïeule.

Ils sommeillèrent un peu. Du dehors, on entendait les cigales qui habitaient le platane mastodonte.

— Ecoute, dit brusquement Alain, il fait noir, mais ce n'est pas vraiment la nuit, puisque j'entends les cigales. Alors, je me dis qu'il fait clair dehors, même s'il fait nuit dedans.

— C'est compliqué, dit Marie-chen, et ce que tu dis jette tout par terre.

— Boum ! fit Alain en se levant d'un bond. Allez, sortons !

Ils porteraient les ceps de vigne devant l'énorme cheminée, cueilleraient d'autres fleurs et marcheraient sur les chemins en se racontant des histoires comme celle du chien changé en corbeau et qui continuait d'aboyer dans le ciel ou celle du petit homme tout jaune qui, à force de manger des citrons, avait fini par leur ressembler.

En ces pays de Provence, la réalité et le merveilleux sont comme deux jeunes mariés. L'expression populaire avec ses trouvailles incessantes et ses images somptueuses embellit les propos les plus familiers. Quand, le dimanche matin, Magali s'habillait pour la messe, Siffrein lui disait :

— Que tu es bien habillée, cousine ! Tu as vidé la commode ?

Ou encore :

— Cousine, ma cousine, tu es en dimanche comme un amandier fleuri.

Çà et là, dans ce Comtat Venaissin, on entendait des apostrophes superbes. Ainsi, celles que se jetaient deux inénarrables comparses : un homme maigre et long, sorte d'échalas, de tuteur de plante grimpante, de décroche-figues, qu'on appelait « Quinze-Côtelettes », et son ennemi intime, le nommé Pied-de-Cresson, petit et rond, qu'on désignait sous le nom imagé d' « Outre-à-Huile ». Le sieur Quinze-Côtelettes, outre l'étendue de sa maigreur, se signalait par une tête petite, des sourcils en toit de niche à chien, une bouche trop largement fendue sur des dents écartées comme des dents de râteau. Son compagnon Outre-à-Huile, en tout son contraire, avait un corps à l'image des melons et des citrouilles, un nez en forme de courgette et des oreilles en parapluie ouvert. Ils auraient pu être des clowns, un couple comme Laurel et Hardy, don Quichotte et Sancho Pença.

Le matin, chacun sortait du mas qu'ils habitaient ensemble, et ils se retrouvaient devant la fontaine avec des airs chattemites et faussement aimables.

— Comment va, petite soupe au sucre? disait Quinze-Côtelettes.

— Je vais comme je vais et je vais mon train. Mais dès le matin, je n'aime pas qu'on m'encigale, surtout quand on fait sa pâte de haricots blancs...

— Toujours à gratter pinède, l'ami?

— Et toi à courir comme le Rhône? rétorquait Outre-à-Huile.

— Têtu comme une boussole?

— Fatigant comme bassinoire en canicule?

Ils échangeaient ainsi de cordiales injures dont on pouvait supposer qu'elles avaient été préparées durant la nuit. Un matin, Quinze-Côtelettes jeta noblement :

— Mon pauvre ami!

— Pourquoi « mon pauvre ami! »

— Oh rien! fit Quinze-Côtelettes en mimant l'apitoyé.

Ce fut tout et Outre-à-Huile évita son compagnon pendant une semaine, une semaine d'ennui profond pour chacun des deux personnages. Puis, Outre-à-Huile, toujours devant la fontaine-lavoir où deux ménagères battaient le linge, prit l'initiative d'attaquer :

— Si on faisait des chapelets avec les fadas, tu serais le gloria pater!

Quinze-Côtelettes oublia la pointe pour savourer le vernis de l'expression. Réconcilié, il dit simplement :

— Au fond, tu n'es pas aussi diable que ton âme est noire!

Ils vidèrent ensemble une bouteille de muscat de Beaumes-de-Venise, et on ne les vit plus jamais séparés. Qui aurait pu comprendre que pour eux la dispute comptait moins que les mots de la dispute? Pas les estrangers en tout cas qui, si bien qu'on les accueille, par la nature des choses, restent en dehors de tout cela.

*_**

Dans l'enclos rond, vivaient les frères Thomas. C'est ainsi qu'on avait nommé trois cochons roses qui avaient cette particularité de se prendre pour des chevaux de cirque. Ils couraient en cercle, tantôt à la queue leu leu, tantôt à trois de front. Contrairement à la plupart de leurs congénères mal soignés, ils étaient très propres, bien élevés et intelligents.

— Viens jouer avec nous ! crièrent-ils au chien César.

Mais le chien qui avait toute la nature pour lui tout seul se souciait bien de courir dans un enclos ! Seul, Alain entrait parfois et faisait le maître de cavalerie. Il se plaçait au beau milieu du cercle, comme la pointe d'un compas, faisait claquer la langue comme un fouet, et, quand ses amis avaient bien couru, distribuait des sucres.

Quel plaisir pour Alain et Marie-chen que de vagabonder sous le prétexte de quelque travail qui devenait aussitôt un plaisir ! Le bois rentré, les fleurs disposées dans des vases, ils rendirent visite au papé Siffrein. Il peignait ses santons à petits coups de pinceau vifs et précis. Auprès de lui se tenait un important personnage de cette histoire : l'Escrivain. Celui-là, les enfants l'avaient adopté, même s'ils se moquaient un peu de lui en cachette. L'Escrivain était le plus gourmand des gourmets, le plus goinfre des gourmands, le plus goulu des goinfres. Il grignotait toute la journée comme un écureuil et ses poches étaient pleines de noix, noisettes, amandes, bonbons de toutes sortes. Aussi avait-il un ventre comme le Ballon d'Alsace. A force de porter ce garde-manger par-devant, son dos s'était légèrement voûté. Il marchait précautionneusement, les pointes de ses pieds trop petits pour sa taille en dedans, et il ajustait constamment ses grosses lunettes de myope derrière les verres desquelles ses yeux bougeaient comme des poissons dans un aquarium.

Curieux de tout, il écoutait Siffrein avec intérêt et respect, car, comme sa petite bouche aux grosses lèvres mangeait beaucoup, comme son nez camus respirait tous les parfums, odeurs et senteurs, comme ses yeux ne cessaient de regarder le monde, ses minuscules oreilles battaient pour mieux entendre. Après qu'il eut embrassé les enfants, son ami Siffrein poursuivit son histoire :

— Alors, narrait Siffrein, ce Moussu Tabernou gardait dans son cellier les deux beaux jambons du plus gros porc qu'on eût jamais vu. Du jambon rose et tendre, pas trop salé, comme vous l'aimez, l'Escrivain ! Et aussi des chapelets de saucisses et saucissons, des quartiers de lard, des processions de bonnes choses, des congrès de confitures, des théories de conserves. Vous en avez l'eau à la bouche, l'Escrivain ?

— Oh ! maître Siffrein, que cela donne faim !

— Et voilà qu'une nuit, des malandrins, des doigts crochus, comme le roi David qui jouait de la harpe, lui volent un des jambons (pas les deux, car c'étaient des demi-voleurs) et savez-vous qu'au crochet, ils ont placé une pancarte en échange...

— Je note, dit l'Escrivain en essuyant ses lunettes avec ses pouces, que ces larrons auraient pu prendre de quoi se nourrir toute une année et qu'ils n'ont pris qu'un jambon. C'est plus farce que vol. Mais la pancarte ?

— Eh bien, ils avaient inscrit ce message : « *Monsieur Tabernou, quand on a un mort, on le veille !* »

« C'est fort plaisant et bien du cru ! » dit l'Escrivain sans s'engager davantage, mais le santonnier, et aussi les enfants, savaient bien qu'il notait cette anecdote dans sa tête pour la glisser dans un de ses livres.

L'Escrivain habitait à la capitale durant une partie de l'année. Alors, il informait Siffrein des menus faits des milieux qu'il fréquentait et qu'il nommait la « République des Lettres ».

— On croirait que là-haut, disait Siffrein, vous jouez à Guignol...

— Pas exactement, pas exactement...

L'Escrivain apportait des dénégations polies : s'il aimait caricaturer les êtres, il n'aimait pas que les autres le fissent à sa place, car il craignait d'y trouver une méchanceté que lui n'avait pas.

— Oh! maître Siffrein, chez moi ce n'est que malice. Vos noix sont très bonnes, savez-vous?

— Puisez dans le sac, l'Escrivain! Remplissez vos poches et votre musette de cantonnier, cher Parisien. Ici, il y en a tant que ça ne porte pas peine. Et puis, quand c'est bon ça ne fait pas mal. On ne grossit même pas...

Alain et Marie-chen se retournèrent pour cacher leurs sourires, car ils savaient que le papé, sans en avoir trop l'air, se payait un peu la tête de leur visiteur.

— Ah! maître santonnier, dit l'Escrivain, vous êtes bien du pays de Pagnol : toujours le rire aux yeux et la pointe comique à la bouche...

— Du pays de Pagnol, oui, et pourtant pas exactement. Il y a bien des Provences en Provence. Je suis plutôt du pays de François Jouve, le boulanger félibre de Carpentras, le meilleur conteur que je connaisse. Près du fournil, il en disait! Je remplirais encore bien des veillées avec lui.

L'Escrivain était vêtu de ce velours des travailleurs de naguère qui est devenu le chic de la ville. Malgré ses efforts pour s'intégrer au pays qu'il aimait, aux traditions vives qui faisaient son admiration (il parlait même un peu la langue du Sud), mille riens le désignaient comme n'étant pas du terroir et cela le faisait enrager.

— Allez, maître Siffrein, merci et sans adieu.

Il prit sa solide canne et le santonnier l'accompagna jusqu'à la porte. L'Escrivain était fier d'être reçu par le santonnier. Il aurait voulu lui dire quelque chose de fraternel, mais il craignait de prononcer des paroles de rien. Il ignorait que son hôte recevait son message mieux que s'il l'avait énoncé; il le percevait dans l'embarras même de l'Escrivain. Alors, il prit la parole pour lui :

— Mon métier vous plaît, mon ami. Et vous pensez qu'entre ceux de la tête et ceux de la main il y a des fils de soie bien tissés... Allez, bonne route! vous êtes mon collègue!

Au seuil du portail, l'Escrivain proposa :

— Les enfants, si vous venez avec moi jusqu'au chemin du Beaucet, je vous raconte une histoire toute neuve.

— En avant, dit Alain en prenant la main de Marie-chen.

*
* *

L'Escrivain avait posé sur son crâne un mouchoir noué aux quatre coins, ce qui lui donnait l'allure d'une vieille de campagne. Les enfants, après des courses autour de lui, allèrent recueillir cette gomme ambrée qui coule sur l'écorce des cerisiers blessés. Cela brillait comme de l'or jaune et l'on croyait pétrir un bijou entre ses doigts.

— Petite Marie-chen, dit l'Escrivain, tes yeux sont les plus beaux que je connaisse.

Et il ajouta :

— Et ils seront plus beaux encore quand ils auront vu la mer.

— Merci, monsieur ! dit Marie-chen en esquissant une révérence de cour.

— Et toi, Alain, tu as la bouche de quelqu'un qui a mangé beaucoup de cerises.

— Comme c'est poétique ! dit Alain un peu agacé par le compliment. Mais... je croyais que nous allions entendre une histoire...

— Quelle impatience ! dit l'Escrivain. Mon histoire, il faut le temps qu'elle mûrisse. Il faut trouver aussi le lieu propice à la conter. Tiens, là-haut sur la colline, près des pins pignons, ce serait bien. Si elle ne vous plaisait pas, vous pourriez toujours regarder le Ventoux ou les Dentelles de Montmirail.

Si les enfants étaient avides qu'on leur raconte, ils pensaient qu'eux aussi connaissaient des histoires, des histoires qu'ils avaient vécues au cœur du Grand Secret. Ils eurent simultanément cette pensée, et, se regardant, il passa comme un « chut ! » dans leur regard. Et Marie-chen laissa ce « chut ! » s'échapper de sa bouche.

— Pourquoi dis-tu « Chut ! » demanda l'Escrivain. Ce merle a bien le droit de chanter.

Ils gravirent un talus, dirent des paroles d'honnêteté à une dame qui buttait des cardons pour qu'ils blanchissent avec de vieux numéros du journal *Le Comtadin,* goûtèrent du nez le feuillage d'un figuier où les fruits à la goutte de miel n'allaient pas tarder à mûrir. On n'entendait que les bruits de la nature. Une brise légère en passant par les peupliers apportait un bruit de source. Lorsque les pins la filtraient, c'est le chant de la mer qu'on entendait. Ils traversèrent une garrigue parmi les thyms, les sauges et les mauves. Là, le silence devint si pur qu'on en aurait fait un poème. Au loin, on apercevait la houle des vignes chantées jadis par les troubadours, un troupeau de moutons imitant la neige, une file de cavaliers venus de la Vallée Verte.

« Comme le monde est beau ! » pensait l'Escrivain. Et il pensait que seules les choses belles et les sentiments simples pourraient encore sauver l'homme. Il se disait : « Heureux enfants qui n'ont encore aucune idée des plaies du monde ! »

Quand ils atteignirent les pins, le gros homme était bien essoufflé, mais, par coquetterie, il tentait de le cacher et de donner à son souffle une mesure harmonieuse. Il posa sa main sur son cœur et pensa qu'il pourrait cesser de battre. Il se demanda si, devant la calme majesté de la nature, il n'allait pas pleurer comme un enfant seul. Alors, il se mit à rire, à dire des paroles joyeuses, et même risqua quelques calembours. Il sortit de son sac ces délicieuses friandises que sont les oreillettes sucrées du Comtat, ainsi que des bâtons de chocolat amollis par la chaleur. Il avait aussi une bouteille Thermos pleine de cerisette fraîche.

— Et l'histoire ? demanda Alain les lèvres pleines de sucre.

Et les enfants scandèrent : « L'histoire, l'histoire, l'histoire... »

— La voici, dit l'Escrivain, et il commença : *Before reboarding the plane, hostess...*

— On ne comprend pas, dit Marie-chen, c'est de l'anglais.

— Oh ! pardon, dit l'Escrivain. Je ne me doutais pas que vous ignorassiez cette langue. Préférez-vous que je narre en italien, en espagnol, en romanche, en germain, en provençal ?

« Quelle barbe ! » pensa Alain. Il fallait toujours que l'Escrivain fasse l'étonnant.

— En portugais, en grec, en roumain, en serbe... poursuivit le conteur qui prenait plaisir à faire attendre.

— Non, en oiseau ! demanda Marie-chen.

— En oiseau ? dit l'Escrivain étonné.

— Peut-être que vous ne savez pas parler oiseau. Cela semble vous étonner, dit la précieuse Marie-chen.

— Ou en canard, en chien, en chat, ajouta Alain.

— Mais, mais... je ne sais pas parler oiseau, ni canard, ni chien, ni chat... Puisque vous êtes si malicieux, je vais vous conter mon histoire en français ! Mais quand j'aurai mangé cette brioche... Cela s'intitule *Le Voyage enchanté*.

— C'est un conte d'autrefois ?

— Non, de maintenant, et peut-être de demain. Il se passe dans un avion. Ecoutez...

Trois

LE VOYAGE ENCHANTÉ
OU
L'HISTOIRE QUE RACONTA L'ESCRIVAIN

ET, sous les pins parfumés, l'Escrivain commença ainsi : « Avant de rejoindre le bord, Viviane, l'hôtesse de l'air dont les yeux violets sont célèbres sur cinq continents, pénétra dans la salle d'embarquement. Se trouvaient là des hommes d'affaires aux complets de bonne coupe, des dames âgées rajeunies par les voyages, des jeunes gens aux cheveux longs, des Indiens, Africains, Européens, Japonais... Rien d'inattendu, et pourtant !

Elle leur dédia son sourire le plus naturel, celui qui rappelait que la beauté existe. Elle aimait son métier, elle adorait les gens. Il lui semblait qu'elle les connaissait de longue date, qu'ils chérissaient des souvenirs communs, et cela diffusait des ondes de sympathie. C'est pourquoi son affabilité était sincère. Son sourire ne se figeait pas comme celui de la caissière du Grand Café de naguère. Adorable Viviane ! Aussi gracieuse que toi, Marie-chen. Aussi attentive que toi, mon Alain. Durant le temps du voyage aérien, ces hommes, ces femmes, ces enfants, elle allait être leur compagne, leur amie, leur sœur, leur aide précieuse, car, voyez-vous, la plupart des adultes, dès qu'ils quittent leur sol, sont comme des bébés. Lors d'un précédent voyage, un monsieur nonagénaire avait dit à Viviane : « Mademoiselle, vous êtes une mère pour moi ! »

Dans cette salle d'attente se trouvaient deux enfants mystérieux, qui, visiblement, ne se connaissaient pas. Ils se tenaient près de l'hôtesse au sol, bien sages, un peu raides et cérémonieux avec leur fiche d'identification en pendentif à leur cou. Le jeune garçon, vêtu à l'européenne, avec un regard vif et le teint cuivré des Indiens, la petite fille, une blondeur anglaise avec la semence de minuscules grains de sable autour du nez, un peu comme toi, Alain. Un observateur attentif se serait vite aperçu que leur apparente gravité dissimulait une joie retenue qu'on lisait dans les éclairs fugitifs de leurs yeux lumineux de curiosité et d'intelligence. Parfois, ils s'observaient à la dérobée, mais restaient sur la réserve comme de grandes personnes qu'on n'a pas présentées l'une à l'autre.

Après avoir suivi le couloir d'accès à l'appareil, Viviane salua ses collègues de bord, ajusta son calot sur ses cheveux couleur de blé mûr, donna une touche de rose tendre à ses lèvres, vérifia que tout était bien en ordre. Déjà la file des passagers s'approchait, carte d'embarquement en main, les deux enfants accompagnés d'une hôtesse bien moins jolie que Viviane les devançant de quelques pas. Le travail pour Viviane commençait. Elle fit un petit signe aux enfants et jeta un « Hello ! » de bienvenue.

Maintenant, le luxueux appareil avait rejoint son altitude de vol. Le commandant Merlin, breton comme Viviane, s'était présenté aux voyageurs. Les bonbons fondaient dans les bouches et l'on distribuait des journaux et des magazines. Les enfants suçotaient les bonbons aux couleurs vives d'une offrande plus large. Le petit garçon sortit une fois le sien de sa bouche pour le contempler, mais il crut surprendre un reproche dans le regard de la petite fille. Il rougit légèrement. Plus tard, la fillette laissa tomber un journal illustré qu'il ramassa galamment. Elle remercia d'une inclinaison de tête et d'un sourire réservé. L'hôtesse Viviane, au passage, leur dit quelques mots en anglais et ils répondirent poliment, ce qui leur permit de découvrir qu'ils parlaient la même langue. Cela créa une courte conversation à trois qui les rapprocha. La petite Anglaise dit au garçon :

— Mon nom est Alice.

— Moi, c'est Mowgli ! jeta le garçon avec fierté et défi.

Alice avait déjà entendu ou lu ce prénom bizarre en quelque endroit, mais elle ignorait où. Mowgli connaissait bien ce prénom d'Alice qui lui rappelait une ancienne lecture.

— Vous vous rendez à Colombo ? demanda-t-il.

— Oui. Vous aussi sans doute ?

— Moi aussi.

— Vous êtes indien ?

Après une hésitation, il répondit « oui ». Elle lui confia qu'elle était anglaise en ajoutant curieusement : « de ce côté-ci du miroir ».

— Mowgli, c'est un nom étrange.

— Cela veut dire, en parler loup, « la petite grenouille ». Mon père... enfin, mon père adoptif est Père Loup. Mais j'ai un autre père qui se nomme Rudyard.

— Comme Rudyard Kipling ?

— Oui.

— Mais comment un loup peut-il être le père d'une grenouille ?

— Nous sommes du même sang, lui et moi.

Quand Viviane eut installé un plateau devant eux, ils se turent. Ils savaient qu'ils avaient beaucoup de choses à se dire, mais ils se réjouissaient de cette pause qui réservait leurs paroles. Alice était si aérienne qu'on ne la voyait pas manger. Il semblait plutôt que ses doigts effilés fissent de la musique au-dessus des aliments et que sa bouche les chantât. Quant à Mowgli, il engloutit rapidement tous les éléments du repas. Alice observa que, lorsqu'il mangeait, bien qu'il se tînt fort convenablement, il jetait autour de lui des regards rapides comme s'il craignait qu'on lui dérobât sa pitance. Ses dents blanches, aux canines fortes, étincelaient. « C'est peut-être vraiment un loup ! » pensa Alice.

— Aimez-vous voyager ? demanda Mowgli en s'essuyant les lèvres du coin de sa serviette.

— Beaucoup, monsieur Mowgli, beaucoup, et je me suis toujours fait des amis en voyage, mais jusqu'ici, ce furent des voyages assez particuliers.

— Que voulez-vous dire ?

— Des rêves.

— Je sais ce que c'est, mais je n'en ai guère eu. Si, une fois, mais ce n'était pas agréable.

— Vraiment ?

— Un tigre s'apprêtait à me dévorer.

— Quelle horreur !

— Dans la réalité, j'ai des amis, des frères comme on dit chez nous. Des ennemis aussi. Bagheera, Baloo et Kaa m'ont sauvé des singes. Ils m'avaient fait prisonnier.

— Les singes de Tarzan ?

— Je ne connais pas.

— C'est un héros d'Edgar Rice Burroughs, un bébé d'homme qui a été élevé par des singes et est devenu roi de la jungle.

— Peuh ! Cet écrivain ne connaît pas les singes...

— Des singes, dit Alice, il en est de toutes sortes.

— En avez-vous déjà rencontré ?

— Je parle par ouï-dire. Mais vous avez raison, monsieur Mowgli. On ne devrait pas parler par ouï-dire. Par non-dire non plus d'ailleurs.

On entendit le pilote qui donnait des indications de vol. « Jamais Chil le Vautour ne croira que j'ai volé si haut ! » pensa Mowgli. Viviane et le garçon de bord allaient d'un siège à l'autre, trouvaient un mot pour chacun, répondaient au moindre désir du passager, le devançaient parfois.

Derrière les sièges des enfants, un très gros monsieur, plus gros que votre ami l'Escrivain qui vous parle, plus rond qu'Outre-à-Huile, dit à une dame, avec un fort accent russe :

— Mais... je ne me suis pas présenté : Général Dourakine.

— Je suis la marquise de Sévigné et mon compagnon est M. Tolkien, un ami des trolls.

Alice et Mowgli tendirent leurs plateaux à Viviane. Saisis par une sorte de béatitude heureuse, ils s'assoupirent. Alice s'éveilla la première et confia à Mowgli qui se frottait les yeux avec des gestes de chat faisant sa toilette :

— Je viens de revoir mes amis.

— Qui donc ?

— Un lapin qui se nomme Lapin Blanc. Il ne cesse de regarder l'heure à sa montre.

— Un lapin qui consulte sa montre ?

Mowgli ne put retenir un haussement d'épaules. D'ailleurs, les lapins ne l'intéressaient guère. Il pensa à d'autres amis comme Mor le Paon, Sahi le Porc-Epic, Tabaqui dit Lèche-Plat le Chacal.

— Il n'y avait pas que Lapin Blanc. Mon oncle qui s'appelle Lewis...

— Comme Jerry Lewis ?

— Non, comme Lewis Carroll. Il m'a fait rencontrer Doio l'Oiseau, Bill le Lézard, la Chenille bleue...

— Je vois, je vois... fit vaguement Mowgli qui trouvait ces animaux peu importants.

— J'ai pris le thé avec le Lièvre de Mars, dit Alice sur un ton mondain.

— Il l'a brouté ?

— Oh ! cela doit être de l'humour ? Non, le thé, avec des tasses ravissantes, du lait, du sucre, de la confiture, du miel exquis, des toasts. Le thé...

— J'aurais aimé voir cela.

— Et puis, dans mon pays merveilleux, on trouve des fleurs qui parlent.

Mowgli se sentait plein de doute face à ces propos qui le surprenaient. Cependant, son instinct lui dictait que sa nouvelle amie lui disait la vérité. Enfin, sa vérité à elle. Il rétorqua néanmoins sur un ton sentencieux et définitif :

— Les fleurs ne parlent pas. Elles écoutent. Vous avez d'autres amis plus, plus, hum ! plus importants ?

— Importants ? demanda Alice.

— Oui, comme Baloo l'Ours ou Hathi l'Eléphant.

— J'ai rencontré des cartes à jouer, mais j'ai eu des ennuis avec elles.

— Moi avec Shere Khan le Tigre.

— Ce n'est pas la même chose.

— Non, évidemment, convint Mowgli.

— Il y a aussi le Minet du Cheshire. Il peut apparaître et disparaître à volonté, ajouta Alice.

Un bruit de conversation les fit se pencher pour regarder devant eux, sur la gauche. Deux militaires parlaient avec un curieux accent français. Leurs intonations faisaient penser de loin à celles du Québec. Ils ponctuaient leurs phrases de vigoureux « Mordiou ! » ou « Capediou ! » Le poing sur la hanche, ils se disputaient à propos de bottes d'escrime.

— Foi de d'Artagnan ! dit le petit maigre à la belle moustache.

— Aussi vrai que je suis Hector-Savinien de Cyrano de Bergerac !

Alice chuchota à l'oreille de Mowgli :

— On rencontre de bien curieuses personnes en voyage !

Le comte de Monte Cristo qui venait de visiter le poste de pilotage l'entendit et un sourire énigmatique se dessina sur son visage pâle et ténébreux.

***

(Arrivé à ce point de l'histoire, l'Escrivain fit une pause

pour manger une oreillette et boire un coup de cerisette. « La suite, la suite... » réclamèrent Alain et Marie-chen impatients. Alors, l'Escrivain reprit :)

Les visages d'Alice et de Mowgli se réunirent près du hublot. Entre la crème Chantilly de deux nuages, sur fond d'azur, ils apercevaient tout en bas des paysages coloriés, amusants comme ceux des albums enfantins. Ils pensèrent qu'ils vivaient au cœur d'un véritable enchantement. Les tapis volants orientaux étaient dépassés. La technique moderne donnait vie à la poésie. Si court que fût le voyage, il naissait un courant de sympathie entre les passagers du paquebot volant. Un grand calme régnait. Le sourire de Viviane et celui de ses collègues, contagieux, avaient semé une sorte de joie de vivre générale.

Pour l'instant, on projetait un film et les enfants regardaient deux dauphins sur l'écran. Mowgli pensa que les hommes ne savaient pas s'y prendre avec eux. Ils voulaient que les animaux parlent leur langue d'humains. Or c'était à eux de faire le premier pas, de s'exprimer dans le langage des dauphins.

Quand on replia l'écran, Alice dit :

— C'est fort intéressant. Les dauphins sont des animaux bien sympathiques.

— En effet, dit Mowgli, mais par le taureau qui me racheta, pourquoi veut-on qu'ils parlent notre langue ? C'est comme si on apprenait l'anglais aux Bandar-logs ! Je veux dire aux singes. On n'entendrait que des bêtises et les hommes en disent bien assez comme ça !

— Vous êtes philosophe, Mowgli.

— Chère Alice, j'ai tant de fois assisté au Grand Conseil de la Jungle et écouté les Docteurs de la Loi...

— Quelle loi ?

— La Loi de la Jungle.

— Reverrez-vous vos amis, Mr Mowgli ?

— Certainement. J'ai d'ailleurs dans mes bagages bien des cadeaux pour eux.

— Des cadeaux ? De nos jours, il est si difficile de choisir. Il existe tant de choses. J'adore le shopping.

Qu'avez-vous trouvé? Des gadgets, des cravates, des parfums?

Mowgli retint un mouvement agacé. Cette fillette était délicieuse, mais dès qu'elle oubliait de parler de ses rêves ou de son Pays des Merveilles, elle disait n'importe quoi. Des gadgets? Comme si la jungle n'en était pas pleine! Des cravates? Verrait-on Baloo, Père Loup ou Kaa avec une cravate? C'était bon pour les Bandar-logs. Des parfums? La jungle en était riche à foison. Et, mis à part certain blaireau, nul n'en avait besoin.

— Non, dit-il. J'ai apporté des sucres d'orge et du sirop d'érable pour mon ami l'ours Baloo et sa famille, un délicieux aliment en boîte pour la panthère Bagherra, des os en caoutchouc pour les petits loups.

— Moi, dit Alice, j'ai des mots plein mes valises.

— Des mots?

— Oui, des mots-valises. Ils entrent les uns dans les autres comme des poupées russes ou des tables gigognes. C'est bien pratique. Voyez cette hôtesse, elle est devenue une « otessair », et le pilote, c'est un « omenlair ».

Au fond de l'appareil était assis un monsieur très grand et surtout très gros qui occupait deux sièges à lui tout seul. Ne cessant pas de manger, il en était à son sixième plateau et à sa quatrième bouteille de champagne.

— Encore une bouteille! réclama-t-il. Et du pain, s'il vous plaît.

— Tout de suite, monsieur Gargantua, dit Viviane.

Les enfants, écouteurs aux oreilles, se laissaient bercer par la musique. Ils écoutèrent « Ma Mère l'Oie » de Ravel, puis « Pierre et le Loup » de Serge Prokofiev. Quand Alice posa son écouteur, elle vit que le visage de Mowgli était baigné de larmes. Elle lui prit la main, la caressa et dit doucement :

— Pourquoi pleurez-vous, Mowgli?

— Le petit Pierre a tué le loup...

— Mais... c'est seulement une histoire.

— Les hommes n'aiment pas les loups, dit farouchement Mowgli. Même chez M. Walt Disney où tout le monde est plein de bons sentiments, Mickey, Dingo et les autres, le grand méchant loup a toujours le mauvais rôle.

— Mais pas P'tit Loup !

— Et puis, on dit que l'homme est un loup pour l'homme. S'ils avaient été élevés comme moi par Mère Louve, ils verraient qu'un loup, ça peut être plein d'amour.

— Il y a beaucoup d'incompréhension de par le monde, observa Alice. Tout n'est pas rose, allez !

Mowgli s'essuya les yeux et demanda à être pardonné pour ce moment d'émotion.

— Voulez-vous que nous soyons amis ? proposa Alice.

— Oui. Nous ferons le Pacte.

Ils se serrèrent gravement la main et Mowgli proposa à son amie de la présenter aux animaux de la jungle.

— Et moi, je vous ferai connaître mes amis, dit Alice. Je suis sûre que mon oncle Lewis n'y verra pas d'inconvénient. Mais il faut savoir rêver. C'est toute une éducation. Et puis, parfois, c'est bien angoissant. On trouve des portes trop petites, des clés qui ne les ouvrent pas ou qu'on ne peut pas atteindre. Il y a la mare de Larmes. Tout cela reste bien compliqué. Et le Valet de Cœur qui vole les tartes de la Reine de Cœur. Oh là là ! Je préfère vous chanter une chanson...

Alice se pencha contre l'oreille de Mowgli et il entendit une voix très douce :

> *Au cœur d'un été tout en or,*
> *Lentement nous glissons sur l'onde ;*
> *Car de menus bras trop fragiles*
> *Tiraillent nos deux avirons,*
> *Et des mains d'enfants malhabiles*
> *Feignent de guider notre errance...*

— C'est très joli, dit l'Enfant de la Jungle, eh bien, Alice, écoutez à votre tour :

Chil Vautour conduit les pas de la nuit
Que Mang le Vampire délivre —
Dorment les troupeaux dans l'étable close :
La terre à nous ! — l'ombre la livre !
C'est l'heure du soir, orgueil et pouvoir
A la serre, le croc, la griffe.
Nous entendez-vous ? Bonne chasse à tous
Qui gardez la Loi de la Jungle !

— Cela s'intitule « La Chanson de la Nuit », ajouta Mowgli.

Alice resta pensive. Ce chant l'effrayait. Et puis, la voix de Mowgli s'était métamorphosée — lui qui parlait si bien ! Elle avait pris des intonations gutturales et s'était achevée comme un hurlement au clair de lune. Alice observa :

— Ce chant est beau, mais sauvage. Il m'effraie.

— Augrh ! fit Mowgli. On le chante sur les collines de Seeonee quand tombe le jour.

— Je vous en apprendrai d'autres. Il y a la chanson de la Tortue Fantaisie ou celle du Lion et de la Licorne.

Mowgli se prit à rêver éveillé. Ils avaient tant à se dire, tant à s'apprendre. Une vie y suffirait-elle ? Il se demanda si Alice, plus tard, consentirait à se marier avec lui. Dans son rêve, M. le Maire se mit à discourir. M. le Maire, c'était l'ours Baloo. Il disait :

— Mowgli la Grenouille, habitant de la colline de Seeonee, fils de Père Loup et de Mère Louve, consentez-vous à prendre pour épouse Alice née au Pays des Merveilles ?

**

(« Après, après... » dirent Marie-chen et Alain, tandis que l'Escrivain reprenait son souffle. Il poursuivit :)

Plus tard, l'appareil se posa en douceur sur l'aéroport de Colombo. Le ciel était d'un bleu transparent. Quand ils quittèrent le bord après avoir remercié Viviane la bonne hôtesse, Mowgli et Alice se tenaient par la main. Ils avaient accompli le Pacte. Ils ne se quitteraient plus jamais. Les bêtes de la jungle et les bêtes du rêve vivraient désormais ensemble et le double pays du Rêve et du Réel serait le même pays.

De l'autre côté des bureaux de la douane, une foule de personnages les attendaient. Ils criaient « Hourrah ! », ils criaient « Bravo, bravissimo ! » On voyait les héros de l'enfance : Flash Gordon, Tintin, Mandrake, Zorro, Buffalo Bill, Don Quichotte sur son cheval Rossinante, cette chipie de Mère Mac Miche et le Bon Petit Diable, Astérix, Cendrillon, le Chat Botté, Bicot et les Ran-tan-plan, Bibi Fricotin, le capitaine Crochet, Donald le Canard...

— Salut les amis ! Salut Mowgli ! Salut Alice ! Avez-vous bien voyagé ?

— Oui, oui, dit Alice, ses mots-valises à la main, oui, j'ai fait la connaissance de Mowgli...

Auprès d'eux, d'Artagnan saluait ses amis Athos, Porthos et Aramis. Ils croisèrent leurs mains et jetèrent avec des voix tonitruantes : « Un pour tous. Tous pour un ! »

— Ah ! voilà la comtesse de Ségur ! dit le général Dourakine.

— Ah ! voilà François Rabelais ! dit Gargantua.

Tandis qu'Alice et Mowgli s'éloignaient, accompagnés de tous leurs amis jaillis des livres heureux de l'enfance et de la jeunesse, des hôtes des bandes dessinées et des romans, le commandant Merlin disait à Viviane :

— Ce voyage a été merveilleux. Viviane, vous êtes une fée !

Le visage de Viviane rosit légèrement. Sa baguette magique dépassait de son sac de voyage U.T.A. Elle regarda longuement le commandant Merlin superbe dans son uniforme de maître navigant. Elle pensa qu'elle l'avait rencontré jadis dans la forêt de Brocéliande, en Bretagne, et elle lui dit avec un sourire plein de promesses :

— Et vous, Merlin, vous êtes un enchanteur ! »

Quatre

Nos lecteurs l'ont compris : l'histoire que raconta l'Escrivain est un entracte dans notre roman et nous allons retrouver nos deux personnages, Alain et Marie-chen, ainsi que le beau pays provençal.

Ce soir-là, après une journée si remplie qu'elle en valait six, Siffrein le santonnier, à demi assoupi, tentait de lire un vieil almanach de colportage plein de sages pensées et de renseignements concernant les choses de la terre, ainsi que des recettes du temps jadis. Comment préserver les rosiers des pucerons ? Comment protéger les pins contre les chenilles processionnaires ? Comment mieux aimer la terre et les plantes ? etc. A la cuisine, la Siffreine préparait des pois gourmands et mettait la morue du vendredi à dessaler. Les enfants coloriaient à l'aquarelle des dessins d'animaux, et il était surprenant de voir des cochons bleus, des corbeaux orange ou des grenouilles tricolores voisiner avec des cygnes violets, des perroquets rayés comme des zèbres et des chevaux en robes à damier.

Marie-chen et Alain jouaient aussi aux suppositions : et si la Terre était carrée ? et si la Lune était un triangle ? et si les lapins avaient des ailes ? et si les poules marchaient sur quatre pattes ? et si les éléphants portaient des cornes ? et si l'herbe devenait rouge ? et si, et si... ? Il fallut se laver les mains et se brosser les dents avant de se coucher.

— Comment as-tu trouvé l'histoire de l'Escrivain ?

demanda Alain en soufflant une bulle de savon entre ses doigts arrondis.

— J'aime bien Mowgli.

— Et moi, Alice, dit Alain, mais si l'Escrivain savait tout ce que nous savons...

— Oui, s'il savait !

Cela voulait dire que les enfants connaissaient des histoires aussi merveilleuses, et que, de plus, ils en étaient les acteurs.

Avant de se coucher, Magali, la bonne Siffreine, se pensait pour elle-même, comme elle disait : « Savoir si mon souper n'a pas été un peu lourd. Ces œufs pochés à l'oseille après la bonne *aigo bolido* trempée de pain et de fromage et avant les chèvres du Ventoux et la crème aux amandes, cela risque de donner des rêves aux enfants. Bonne Sainte Vierge et vous le Patron des Vents, faites qu'ils n'aient pas de cauchemars ! »

Dans leur chambrette aux murs recouverts de papier à fleurettes, les lits des enfants étaient étroits et hauts. Les matelas de bonne laine, les oreillers de duvet permettaient au corps de s'enfoncer et de se laisser gagner par un sommeil douillet, protégé et profond.

— Bonne nuit, Alain.

— Bonne nuit, Marie-chen.

Bientôt, on n'entendit d'autres bruits que leurs souffles réguliers. Plus tard, quand la nuit fut noire comme de l'encre noire, Marie-chen se dressa et chuchota ;

— Alain, Alain, Alain...

— Oui.

— Tu es réveillé ?

— Je crois, mais c'est comme si je dormais encore. Préparons-nous...

Après s'être habillés, ils sortirent silencieusement. La Lune était sans nuage et le parc resplendissait d'une lumière irréelle. Ils parcoururent les allées bien tracées Derrière les iris depuis longtemps défleuris s'étalaient des massifs de capucines, de dahlias, de plumbagos, de millepertuis. Les roses trémières, les tournesols, les ricins étaient les géants parmi les fleurs. Le long des murailles la passiflore et la vigne vierge jouaient aux alpinistes. Les belles-de-nuit et les daturas se récitaient des poèmes de parfums très sensibles, mais en chuchotant pour ne pas éveiller les plantes dormeuses. Partout des îlots d'aloès, d'agaves, de yuccas sur lesquels veillaient comme des vigies les tamaris et les cèdres, les tilleuls et les amandiers.

Un vieil abricotier qui ne parvenait pas à trouver le sommeil dit de sa voix de basse chantante :

— Voilà les enfants qui font la nuit buissonnière...

— Est-ce bien raisonnable ? dit un lilas en bâillant.

Passé les alignements du parc, la véritable aventure commençait. Après avoir contourné les rangées de melons et de pastèques, dérivé vers les pommes de terre et les aulx, on suivait les rames des haricots et les tuteurs en faisceaux des tomates. Au-delà des cyprès rampants et des pyramidaux, derrière la cabane aux outils, il fallait soulever et déplacer une trappe de ciment bien lourde pour des bras d'enfants, mais Alain, sous une apparence frêle, était vigoureux et musclé. Le long d'une paroi maçonnée, des barreaux de fer formaient une échelle. Avec un léger frisson d'épouvante, Alain s'y engagea et Marie-chen courageusement le suivit.

Ils quittaient le monde rassurant, avec ses humains pas mauvais diables au fond, ses plantes protectrices et ses animaux si adorables pour peu qu'on les aime, pour pénétrer, comme chez Jules Verne, dans l'inconnu glacé du ventre de la terre. En parfait explorateur, Alain s'était muni d'une lampe-torche qui projetait ses cibles de lumière sur la paroi. La descente semblait longue et demandait des précautions, car certains barreaux dévorés par la rouille n'étaient pas sûrs. On comptait cinquante-sept échelons.

— J'ai un peu peur, dit Marie-chen, on sent du froid...

— Moi aussi, dit Alain, mais à nous deux nous ne craignons rien. Je touche ta jambe, tu vois.

A chaque randonnée, le jeune garçon éprouvait la même angoisse proche du cauchemar que craignait la Siffreine. Il imaginait des yeux de poulpe ouverts dans le noir, des frôlements visqueux, comme si l'obscurité, l'humidité et le silence avaient enfanté des reptiliens abominables. Il serra les dents, les poings, un nouveau souffle gonfla sa poitrine : il serait plus fort que sa peur.

Enfin, il quitta le dernier échelon pour sauter d'un mètre sur un tapis de gravier. Là, dans un souterrain coulait une source silencieuse. Un rite de passage était de boire quelques gorgées dans le creux de sa main. En remontant le cours de l'eau, on atteignait un couloir voûté dont le papé Siffrein avait connaissance. Il remontait à tant de siècles qu'on ne savait qui, des Phocéens, des Romains ou des Wisigoths, l'avaient construit. Marie-chen et Alain marchèrent, chacun d'un côté du ruisseau, leurs mains unies formant une passerelle sur l'onde.

Siffrein et Magali se doutaient-ils que, sous la terre, les deux enfants marchaient ? Quel affolement s'ils avaient su que Marie-chen et Alain passaient à plus de vingt-cinq mètres sous la maison ! Mentalement, Alain calculait les distances. Maintenant, ils devaient se trouver sous les cerisiers et bientôt, ils dépasseraient les vignes de raisin muscat.

Ce monde de dessous la terre était calme et propre. Peu à peu, les yeux s'habituaient à l'obscurité. Après une borne de pierre que recouvraient des inscriptions anciennes, incompréhensibles, une lumière sans source apparaissait. Maintenant, la peur s'était éteinte. Cependant, les enfants sursautèrent quand la pierre sur laquelle ils se reposaient leur parla de cette voix monocorde qu'ont les pierres quand elles se décident à parler :

— C'est aimable à vous de me tenir compagnie, mais prenez garde ! Au-delà de cette limite, vous allez vers le monde des rêves, là tout est possible : le bien, le mal...

— Nous vous remercions beaucoup, dit Marie-chen.

La source émit un gloussement ressemblant à un rire : elle se moquait toujours de la solennité de la pierre. Il est vrai que cette dernière était une très vieille dame, tandis que la source, toujours renouvelée par le primesaut des eaux nouvelles, restait jeune fille. Elle dit à la pierre :

— Racontez-nous encore, grand-mère !

— Ne fais pas l'ironique, dit la pierre. Jadis, j'étais la clef de voûte du plus grand temple de ces lieux. Ah ! j'en ai vu passer, car je fus celte, ligure, romaine. J'ai connu les Vandales, les Burgondes, les Wisigoths, les Ostrogoths, les Francs, les Arabes... Maintenant, je borne la frontière entre deux mondes, celui du réel et celui du merveilleux.

— Quelle est la différence, madame la Pierre ? demanda poliment Alain.

— La différence, c'est que le réel ne peut être merveilleux que si les hommes le transfigurent. Tandis que le merveilleux fait partie des Etats du Rêve. On peut rejoindre des terres connues ou inconnues en moins d'une seconde. Le temps de battre des cils et l'on se trouve à Mexico ou à Madagascar, à Tokyo ou à Valréas, à Bombay ou à Bamako, et parfois même en plusieurs endroits à la fois... Et puis, on voyage dans le temps : d'un éclair, on se trouve au XIIIᵉ siècle, d'un autre, loin dans l'avenir...

— Comme dans la science-fiction ? demanda Alain.

— Je ne connais pas, dit la pierre. Mais dans les Etats du Rêve, on rencontre toutes sortes de personnages...

— Même ceux qui n'existent pas ? demanda Marie-chen. Comme Blanche-Neige et les Sept Nains, la Belle au bois dormant, Pinocchio...

— Dans les rêves, tout peut exister. Aussi vrai que je vous parle, dit la pierre. Et même des univers, des êtres dont vous ne sauriez avoir la moindre idée. Vous pouvez vous-mêmes vous transformer, respirer sous l'eau ou voler sans ailes. Vous verrez que les sensations de la vue et de l'ouïe se développent infiniment. Vous pouvez voir de vos yeux des choses qui se situent à des centaines de kilomètres, vous pouvez entendre ce qui se dit loin de vous, derrière les plus épaisses murailles, et même...

— Et même? demanda Alain tandis que la pierre toussotait.

— Et même, il est possible de se comprendre sans prononcer de paroles, et à distance, par transmission de la pensée. Il est bien connu que sans le rêve il n'y aurait jamais eu d'inventions ni de progrès. C'est parce que l'on a rêvé les avions, le téléphone, la télévision, la radio qu'ils sont apparus. Des hommes appelés « utopistes » ont aussi rêvé le bonheur, l'harmonie, la paix, mais ils sont longs à venir, il arrive même qu'on en désespère, et savez-vous pourquoi ?

— Non, dirent ensemble les enfants.

— Parce qu'on ne les a pas assez rêvés.

— Oh! voilà qu'elle devient moraliste! Que de lieux communs! dit la source d'un ton impertinent.

Mais lorsque les enfants reprirent leur marche, la source et la pierre leur dirent :

— Bon voyage! Revenez avant le matin...

Au carrefour des Sept-Chemins, il fallait choisir son itinéraire. C'est là que la montre-bracelet d'Alain se figea dans sa course. Le miracle, lorsqu'on arrivait dans l'étrange pays, de l'autre côté de l'espace et du temps, c'est que des heures, des journées, des mois, des années pouvaient s'écouler sans qu'on s'en aperçût : lorsqu'on revenait à la maison du santonnier les aiguilles de la grande pendule comtoise avaient à peine tourné.

Cela, les enfants, à défaut de le comprendre, le percevaient fort bien. Quand la Siffreine disait : « Boun Diou! j'ai rêvé toute la nuit... » ils savaient que son rêve n'avait duré que quelques secondes.

Ils choisirent le troisième chemin à gauche. Tout au bout, se déployait un vaste panneau d'obscurité d'une épaisseur dont on ne peut se faire une idée. C'était ce

qu'Alain appelait le « voyage dans l'encre ». La source,
là, ne coulait plus. Il fallait marcher tête baissée dans un
long tunnel. Alain avait beau se répéter : « J'ignore la
peur, la peur n'existe pas... », il frissonnait d'appréhension et il sentait trembler la main de Marie-chen dans la
sienne. Ils marchaient, marchaient sans parler, de crainte
d'éveiller des maléfices.

De l'autre côté de cette nuit, une lumière blanche
apparut. Ils virent une échelle orange phosphorescente.
Ils y grimpèrent et se retrouvèrent dans un paysage qui
ressemblait au jardin du santonnier, non loin de l'enclos
de l'âne Boniface et de celui des frères Thomas, les
cochons. Une porte de verre épais leur barrant le chemin,
ils la poussèrent et se retrouvèrent dans un square, en
plein jour, non loin d'une immense et étrange cité, si
éblouissante que, pour la voir, il fallait cligner des yeux.
Dans le ciel, à l'est et à l'ouest il est vrai, deux soleils
brillaient, unissant leurs efforts, pour mieux éclairer cette
terre.

A leur vue s'offraient des châteaux de verre bleu ou de
cristal noir, des minarets dorés et des tours d'un vert
rutilant, des cathédrales aux flèches d'argent et d'or avec
des porches étincelants, des portails d'ivoire, des fenêtres
cernées de fleurs multicolores. Une lumière dorée coulait
comme de l'eau d'où montait une vapeur qui nimbait le
ciel. La lumière ne baissait jamais. Elle changeait simplement de couleur selon les moments. Les monuments
qu'elle éclairait semblaient alors tourner sur eux-mêmes
au son de tambourins et de trompes sonores.

Devant cet éblouissement de couleurs et de formes, les
enfants, le regard trop plein d'images, s'assirent timidement sur un banc de mousse où leurs corps peu à peu
s'enfoncèrent délicieusement. Autour d'eux se dressaient
des arbres de toutes couleurs, chacun d'eux portant des
feuilles de formes variant à l'infini, des fruits si beaux
qu'ils paraissaient irréels. Des oiselets voletaient qui
ressemblaient à des jouets. Quant à la pelouse, sous une
brise tiède et parfumée, elle ondulait comme une fourrure

vivante en changeant constamment de nuance, dans la gamme des verts, du plus tendre au plus ardent. L'air était si léger que le corps ne sentait pas sa pesanteur. Il aurait suffi de faire battre ses bras comme des ailes pour quitter le sol.

« Ne pas perdre de vue la porte de cristal ! » se dit Alain soucieux du retour, et il inscrivit dans sa mémoire les lieux où il se trouvait : au nord de la cité fantastique, auprès d'arbres qui ressemblaient à des cerisiers géants, avec cette différence que leur tronc était d'un jaune d'or.

— Je vous demande pardon, dit Marie-chen à un arbuste aux feuilles d'émeraude, pourriez-vous m'indiquer où nous nous trouvons ?

Mais l'arbuste ne répondit pas : ce n'était pas comme en Provence, ici les arbres ne parlaient pas, et non plus les pierres, ni les animaux. Cependant, Alain et sa petite sœur asiatique s'aperçurent que deux oiseaux, semblables à des grives, voletaient joyeusement, chacun tenant en son bec une cerise par la queue. Sans crainte, ils se posèrent sur la main des jeunes explorateurs et offrirent leurs fruits.

— Merci. Merci bien, les oiseaux. Elles sont délicieuses, ces cerises...

Ils baptisèrent leurs nouveaux amis du nom d'oiseaux-cerises. Plus tard, ils apprendraient l'existence des oiseaux-groseilles, des oiseaux-framboises, des oiseaux-fraises, dont le plus vif plaisir était de cueillir des fruits pour les offrir.

Alain regardait de tous ses yeux. Il se sentait le maître de l'expédition, non parce qu'il était un garçon, mais parce qu'il était plus âgé que sa compagne. Tandis que Marie-chen suçait élégamment ses doigts tachés du sang des cerises, il dit :

— As-tu remarqué, Marie-chen, que les oiseaux ne chantent pas, et que nous n'entendons aucun bruit ?

— C'est vrai, les oiseaux doivent être muets...

— ... Et ils chantent en offrant des fruits. C'est leur manière de chanter.

La ville qu'on devinait enchantée, elle aussi était

silencieuse. Et pourtant, entre deux mouvements de la lumière colorée, on apercevait des véhicules circulant sur de multiples pistes qui se croisaient et se recroisaient comme un fouillis de rubans aux nuances de l'arc-en-ciel. Au-dessus, des casseroles volantes aux reflets métalliques passaient et repassaient.

— Oh! regarde... dit Marie-chen le doigt tendu en direction de la porte de cristal.

— Quoi donc? Je ne vois rien.

— C'était, c'était l'Escrivain. Il a fait un pas en avant et il a disparu, il est devenu invisible.

— Il a dû changer d'espace temporel, dit gravement Alain.

Et, soudain, à l'endroit où l'Escrivain avait disparu, surgit un curieux petit bonhomme couleur orange, une sorte de troll ou de farfadet. Le corps en forme d'œuf, il avait de courtes jambes élastiques et de longs bras dont il se servait comme de béquilles, sautant avec l'agilité d'un ouistiti et paraissant se trouver en plusieurs endroits à la fois. Au même moment, le silence cessa et les enfants entendirent :

— Bonjour les amis! Salut! Salut! Bienvenue!

Et des oiseaux-fruits brusquement gazouillèrent :

— Cui-cui-cui, voulez-vous des cerises? Pfuit-pfuit-pfuit, moi j'ai des mûres... Et moi des fraises des bois... Tic-tic-tic, j'apporte des amandes...

Des écureuils proposèrent des noisettes. Un corbeau tenait un gâteau dans son bec. Un renard portait entre ses dents un bouquet de marguerites. Un singe passa qui tenait sur son dos un appareil de projection. Et tous, maintenant, parlaient dans leur langue particulière :

— Cou-cou! Cou-cou! Cou-cou! dit un coucou.

— Mi-août, mi-août, mi-août! fit un chat-calendrier.

Il surgissait des animaux de partout et chacun se présentait poliment :

— Moi je suis le bœuf qui voudrait se faire aussi petit que la grenouille.

— Moi je suis l'agneau que craint le loup.

— Moi je suis la fourmi paresseuse... et voilà la cigale qui travaille nuit et jour...

Alain observa :

— Tiens, on dirait des fables de La Fontaine à l'envers.

— Parfaitement, dit une voix. Ici la raison du plus faible est toujours la meilleure.

A chaque animal qui se présentait, Alain et Marie-chen répondaient par une parole aimable ou un signe gracieux. Quant au petit bonhomme tout orange, il continuait à sautiller autour d'eux avec une rapidité surprenante. De sa bouche fendue comme un quartier de lune ne semblait sortir aucun son. Cependant, lorsque s'établit un silence complet, il désigna un cerisier :

— Ecoutez parler le père la Cerise. Il représente la voix des absents. Ceux qui dorment et ceux qui voyagent...

Et chaque branche de l'arbre prit la voix d'un animal : rugissement du lion, bêlement de la chèvre, coassement de la grenouille, croassement du corbeau, etc.

— C'est beau comme de la musique, dit Marie-chen. Et tout ça pour nous seuls. En quel pays nous trouvons-nous ?

A son oreille, Alain chuchota :

— Le monsieur orange, le papé en ferait un joli santon.

— Santon, santon... dit l'intéressé qui avait entendu. Eh bien, chantons tous en chœur.

Pour accompagner le chant des oiseaux-fruits, les enfants firent la la la la, tra la la la la... et le lutin les remercia gravement. Puis, il leur offrit un verre d'une délicieuse boisson qui ressemblait à de la grenadine.

Après qu'ils eurent bu en se portant la santé, le petit homme-orange se mit à rire et dit :

— Vous vous êtes laissé prendre. Ha ! Ha ! Ha ! Ici c'est la clairière du silence béni. Personne ne parle dans la nature, et tout ce que vous avez entendu ne venait que de moi. En ce lieu, ajouta-t-il en prenant un air majestueux, je suis le Grand Ventriloque !

— Le Grand Ventriloque ! s'exclamèrent les enfants.

— Lui-même ! C'est moi qui prête ma voix aux êtres de la clairière, car ils sont trop sages pour parler s'ils n'ont rien à dire.

Et le gnome orange donna quelques échantillons de son savoir-faire. Alain entendit avec étonnement un retentissant « cocorico ! » qui sortait de la bouche de Marie-chen, et lui-même se mit à faire des « coin-coin-coin » de canard.

— Je vous ai joué un bon tour, dit le lutin, mais je ne suis pas seulement le Grand Ventriloque, je suis aussi le Parfait Guide et l'Original Taxi.

— L'Original Taxi ?

— Oui, regardez...

Deux doigts dans la bouche et il émit un sifflement modulé. Quelques instants plus tard arrivait un somptueux carrosse tiré par un attelage de huit autruches. Cette splendeur brillait de ses ors et de ses argents et l'on eût cru le carrosse de la reine Elizabeth, avec, en plus, une multitude de pierres précieuses enchâssées dans l'épaisseur des bois et jusque dans les roues. Deux laquais en perruque poudrée, le visage orange comme celui du Grand Ventriloque (ou de l'Original Taxi...) se précipitèrent pour faire un marchepied en croisant leurs longues mains au bout de leurs longs bras. Les autruches portaient un plumage lumineux et toutes sortes de harnachements de luxe, de plumets, de cuirs ornés, de coussinets précieux.

Le Grand Ventriloque, devenu l'Original Taxi, s'effaça et s'inclina pour céder le passage à ses invités. Marie-chen fit une révérence et Alain inclina la tête en posant la main sur sa poitrine. Ils se retrouvèrent assis parmi des coussins moelleux en face de l'homme-orange qui chaussa de curieuses lunettes, très compliquées, avec diverses épaisseurs de verre et des prismes de toutes sortes.

— Ah ! dit-il avec un soupir d'aise, que les couleurs

sont belles ! Je n'avais pas remarqué, mademoiselle, que votre robe était verte.

— Mais... dit Marie-chen, elle n'est pas verte, elle est rose, vieux rose même. C'est Magali qui l'a coupée.

— Non, elle est verte !

— Non, rose, vieux rose, je vous assure...

Ils auraient pu continuer longtemps ainsi, mais Alain sut les mettre d'accord :

— Je crois que monsieur le Ventriloque la voit verte, tandis que Marie-chen et moi la voyons rose, mais elle est peut-être blanche...

— Comment pouvez-vous le savoir, dit le Ventriloque, puisque vous ne portez pas de lunettes colorantes ?

Alain se dit que tout n'était qu'apparence. Puis l'idée lui vint que les habitants de cet étrange pays ne voyaient peut-être pas les étonnantes couleurs des choses, mais un univers blanc comme celui d'un album à colorier.

Cependant, le carrosse roulait lentement, ou plutôt semblait glisser comme par le miracle d'un coussin d'air sur une route couleur d'eau de mer sans faire le moindre bruit, sans qu'on ressentît la moindre secousse. Parfois, un autre attelage, carrosse, landau, fiacre, les croisait et les occupants se penchaient pour faire un gracieux salut. La traction était souvent faite par des autruches, mais aussi bien par des zèbres ou des poneys. On vit même un attelage de chèvres blanches et de moutons noirs. Les messieurs, les dames, les enfants ressemblaient au Ventriloque, c'est-à-dire qu'ils étaient couleur orange et gardaient le même maintien fier et courtois. Chose curieuse, aucun d'eux ne semblait s'étonner de la présence de Marie-chen et d'Alain dont les bras pourtant auraient dû leur paraître bien courts et la peau bronzée par le soleil de la Provence plus claire que la leur. Mais peut-être que ces personnes ne distinguaient pas les couleurs.

A un carrefour, le carrosse s'arrêta. Alain et Marie-chen virent une installation lumineuse correspondant aux feux rouges, orange et verts de chez nous, à cette différence près que le rouge était remplacé par un point noir, l'orange par un point-virgule et le vert par une virgule. La circulation, ainsi, était réglée comme une phrase écrite, avec ces silences, ces arrêts plus ou moins longs que représentent les signes de ponctuation. Lorsque l'on repartait, on adressait de grands saluts à ceux qui venaient de s'arrêter.

— Monsieur le Grand Ventriloque, dans mon pays, personne n'est aussi poli que dans le vôtre...

— Ah bah! dit leur guide, comment cela?

— Chacun essaie de passer avant l'autre. Les conducteurs s'ignorent généralement. Il est rare qu'ils se saluent. Il arrive même qu'ils se jettent des insultes ou fassent des gestes désagréables...

— Des insultes, des gestes désagréables? Qu'est-ce que cela? Je ne comprends pas...

— Heu! dit Marie-chen. C'est surtout dans les villes, plus rarement à la campagne.

— Nous habitons le Comtat Venaissin, dit Alain. Notre papé qui se nomme Siffrein est un fabricant de santons : ce sont de petites statuettes qui représentent des personnages et qu'on met autour des crèches...

— Je sais cela, dit l'homme-orange. Il y a un bébé, et une vache et un âne pour le réchauffer, car c'est l'hiver et il fait grand froid. Jadis, un de nos explorateurs est allé dans votre pays et a écrit une relation de voyage qui est un des chefs-d'œuvre de notre littérature. Il se nommait Jonathan. Et, je vous prie, comment se porte votre roi?

— Il n'y a plus de rois en France. Nous vivons en République. C'est le peuple qui vote...

— Comme chez nous, alors. Mais nous avons plusieurs présidents : celui des gâteaux secs, celui des marrons d'Inde, celui des bonbons fourrés... Et il y a la présidente des figues, celle des hommes-pamplemousses, celle des hommes-citrons, celle des hommes-mandarines...

— Et ils s'entendent bien?

Le Grand Ventriloque ne sut que répondre car « ne pas bien s'entendre » était une notion inconnue de lui.

— Le roi, dont parle notre explorateur Jonathan, s'appelait Henri et l'on faisait suivre ce prénom d'un

numéro : Henri cent soixante-quatre, je crois. Il y a une
curieuse histoire de vin et de gousse d'ail dont on frotta ses
lèvres à sa naissance. Et puis, il aimait la poule au pot, ce
qui nous a bien étonnés, car ici personne ne pourrait
manger un animal. De plus, ce roi rendait la justice au
pied d'un grand chêne avec, auprès de lui, une héroïne
vêtue de fer nommée Jeanne d'Arc, et...

— Le roi, précisa Alain, c'était Henri IV. Mais c'est
Saint Louis qui rendait la justice, tandis que Jeanne
d'Arc, c'est une autre histoire...

— Ah bah ? Nos écrivains aiment bien tout mélanger et
garder le meilleur de chaque chose. D'ailleurs, ici, personne n'a trop cru à cette histoire de rois numérotés
comme billets de loterie... Ah ! nous approchons de la
ville...

En effet, les minarets et les beffrois, les tours et les
buildings, les lacets routiers devenaient de plus en plus
apparents. C'était un poème de cristal, de cuivre, d'or,
d'émail, de pierreries et de mille métaux inconnus sur
Terre. Un panneau indiquait que cette ville se situait
encore à environ cinq mille bonds.

Les enfants étaient partagés entre le désir de suivre la
conversation du Grand Ventriloque et celui de concentrer
leur attention sur les paysages. Les maisons de bois,
semblables à des chalets nordiques, se trouvaient à bonne
distance des chemins, dans des écrins de verdure et
d'arbres. On apercevait des plans d'eau où des enfants-
oranges battaient les eaux multicolores de leurs longs bras
devenus des rames. Lorsque les êtres se reposaient, dans
des hamacs ou des fauteuils à bascule, ils repliaient leurs
membres sur leur corps rond et ressemblaient à des balles
de tennis. Autour d'eux, des biches et des cerfs broutaient
une herbe drue et caressante. C'était un asile de paix et de
bonheur tranquille.

Les yeux de Marie-chen et d'Alain brillaient. Chacun
lisait ses propres impressions dans les yeux de l'autre.
C'était une merveilleuse aventure. Si leur instinct ne leur
avait dicté qu'ils devaient la garder secrète, que de choses

ils auraient eu à raconter à ce bavard d'Escrivain qui s'empresserait de les mettre dans ses livres.

Ils arrivèrent à une vaste esplanade dans la vallée où des hommes-citrons, avec leur petite pointe en haut du crâne, les accueillirent :

— Au seuil de la Cité, bon accueil à vous, disaient-ils. Venez vous restaurer. Pénétrez dans les coupoles. Et acceptez nos remerciements.

Alain s'était déjà aperçu que remerciaient ceux qui offraient. Marie-chen, par son air gracieux et le charme qui se dégageait de sa jolie personne, semblait ravir tout le monde. Avec ses révérences et ses gestes jolis, elle n'était pas seulement polie et affable, elle était la politesse et l'affabilité.

Se dressaient des bâtiments ronds semblables à ces kiosques qu'on voit dans les villes d'eaux. Après avoir descendu une demi-douzaine de marches, on trouvait de vastes comptoirs chargés de légumes, de fruits, de friandises disposés dans des coupes vermeilles. Des crêpes et des gaufres mettaient l'eau à la bouche. Des fontaines déversaient des jus de fruits, et l'on trouvait toutes sortes de tartelettes et de gâteaux. Chacun se servait joyeusement et saluait son voisin le plus proche avant de porter la nourriture à sa bouche.

Marie-chen pensa qu'ils n'avaient pas d'argent pour payer, mais que, sans doute, le Grand Ventriloque avait tout prévu. En effet, on voyait des caisses enregistreuses musicales où les personnes s'avançaient silencieusement en tendant de petits carrés de papier coloré à des dames-pamplemousses grasses et souriantes. Tout près se dressaient des écritoires munies d'encriers et de plumes d'oie. Plutôt que de manger vraiment, les enfants firent la dînette en s'émerveillant de tout ce qu'ils portaient à leur bouche. Lorsque le repas fut terminé, le Ventriloque prit un air inspiré, celui qu'ont les poètes au clair de lune, et se mit à écrire. Il remit ensuite son papier à la caissière-pamplemousse qui le rangea dans son tiroir-caisse.

— On ne donne pas des sous ? demanda la pratique Marie-chen.

— Des sous ?

— Oui, de l'argent pour payer, précisa Alain, des billets de banque ou des pièces de monnaie...

Le Grand Ventriloque, après un effort de réflexion, dit :

— De la monnaie... Ce ne sont pas ces choses rondes en métal, avec l'effigie de quelqu'un d'un côté et des lettres et des chiffres de l'autre, dont on se sert chez vous pour jouer à pile ou face ? L'explorateur Jonathan en avait rapporté.

— C'est cela, dit Alain. Chez nous, ceux qui en ont beaucoup sont des riches, et avec elles ils peuvent tout acheter.

— Et tout le monde n'en a pas beaucoup ?

— Non, il y a les riches qui ont tout, les pauvres qui n'ont rien, et, entre les deux, ceux qui ont un peu...

Le Ventriloque écoutait cela avec effarement. Son éducation ne lui permettait pas de douter de la parole d'Alain, et, en même temps, une situation aussi absurde échappait à son entendement.

— Mais... mais... tout n'est-il pas à tous, comme ici ? Votre terre est-elle donc si pauvre ? Je ne comprends pas bien. Ici, le sol, la nature, les arbres sont généreux. Alors...

— Notre terre est belle aussi, et généreuse, mais c'est ainsi, et dans tous les pays. L'argent...

— ... L'argent ne fait pas le bonheur, ânonna Marie-chen.

— Mais enfin, monsieur le Grand Ventriloque, comment faites-vous pour payer ?

L'homme-orange resta dans l'embarras. Il craignait de choquer ses invités en leur montrant que les choses étaient mieux organisées que dans leur pays. Il ne comprenait rien à ces histoires d'argent, de riches et de pauvres. Alain, de son côté, pensait à des paroles du papé Siffrein à la veillée : il rêvait à voix haute d'un monde juste où chacun aurait son content.

— Eh bien, finit par dire le lutin, nous payons à la banque.

— Ah bon ! fit Alain.

Les choses n'étaient pas si différentes. Il questionna cependant :

— Puisque tout est à tout le monde, qui vous donne de l'argent ?

— De l'argent ? Mais il n'y a pas d'argent ici, vous dis-je ! reprit le Grand Ventriloque.

— Avec quoi payez-vous alors ? Avec des chèques ? Ou avec quoi ?

— Avec quoi ? Vous l'avez bien vu près de l'écritoire : ce que j'ai écrit.

En trois bonds, il se trouva près de la caisse musicale enregistreuse et revint avec le papier qu'il fit lire à Alain :

> *Le cœur vert des amaryllis*
> *Et le rose de leur bordure*
> *S'insinuent dans la blancheur du monde.*
> *Si le roi des fruits touche nos lèvres*
> *Nous devenons la rosée du matin.*
> *Mes invités ce sont eux qui m'invitent.*

— C'est très joli, apprécia Marie-chen. Notre ami l'Escrivain serait jaloux.

— Je comprends, dit Alain en se tapant le front, je comprends : vous payez avec un poème...

— Oui, c'est notre papier-monnaie, notre chèque à nous... Cela va droit à la Banque de Poésie.

— Comme c'est ingénieux ! dit Alain. Mais il faut être poète, savoir écrire des vers...

— Oh ! dit le Grand Ventriloque, ici toutes les femmes, tous les hommes, tous les enfants sont poètes. N'est-ce pas ainsi chez vous ?

— Heu ! pas tout à fait, avoua Alain. Mais peut-être que si l'on pouvait payer en poèmes, tout le monde serait vite poète !

Lorsqu'ils sortirent de la coupole, la Cité fantastique scintillait sous un ciel assombri.

— Chers amis, dit le lutin-orange, avant de visiter la ville-surprise, ou la ville-jouet, ou la ville-pas-ville, il serait bon que nous prenions quelque repos. Venez en ma compagnie dans la bulle-dortoir. Après un bon sommeil, nous serons plus dispos. Et vous allez voir comme on dort bien dans les bulles...

En effet, Marie-chen, épuisée de fatigue et d'émotions successives, réprimait difficilement ses bâillements, à ce point qu'une goutte de rosée perlait aux coins de ses jolis yeux en amande. Et Alain avait beau résister, il sentait ses jambes s'alourdir, son regard se brouiller.

Ils reprirent le carrosse dont on avait changé l'attelage : des zèbres aux rayures bleues avaient remplacé les autruches.

— A la Maison des Bulles du Sommeil ! dit le Grand Ventriloque, redevenu l'Original Taxi, dans un porte-voix placé près de lui. A la Maison du Sommeil, mes amis, en vous rendant mille grâces de nous transporter...

Et l'attelage s'ébranla doucement tandis que, enfoncée dans les coussins accueillants, Marie-chen fermait déjà les yeux.

« Tout cela ne serait-il qu'un rêve ? » se demandait Alain en s'abandonnant à la douceur des lieux sous l'œil souriant de l'homme-orange.

Cinq

AU village tintait le marteau sur l'enclume et un vent favorable conduisait le son jusqu'à la maison du santonnier. Un tracteur que conduisait un homme fier comme Ben-Hur à la tête de son attelage passa sur le chemin. Lui succéda un bruit de hache fendant des bûches sur fond d'un concert de cigales et d'oiseaux au rendez-vous du grand platane. Et ce fut la voix de Magali :

— Debout, les enfants, debout! De tels dormeurs offensent le soleil. Les loirs sont plus éveillés que vous... Savez-vous l'heure?

— Heu! non, dit Alain en se frottant les yeux.

— J'ai déjà semé la laitue, la mâche. J'ai déjà donné aux poules et aux cochons...

— Où sommes-nous? dit Marie-chen.

— Oh! dieux de la vie, est-il possible d'être ainsi paresseux? J'ai déjà semé l'oignon et le poireau, la rave et le persil. Dans cinq minutes, je veux voir tout le monde à table!

Dès qu'elle fut sortie, Alain et Marie-chen se regardèrent étonnés, chacun se demandant s'il n'avait pas rêvé.

— Pourquoi sommes-nous ici? Comment sommes-nous revenus? questionna Alain.

— Tu étais bien avec moi chez les hommes-oranges? demanda Marie-chen.

— Oui, avec le Grand Ventriloque, les oiseaux-cerises... Nous avons peut-être rêvé... Mais non! C'est impossible. Deux personnes ne font pas le même rêve. Tu as bien vu le carrossé aux autruches...

— Et la Maison du Sommeil et la Cité...

Ils durent accepter que leur chemin de nuit fût semé de points d'interrogation. Ils coururent, lui en pyjama bleu, elle dans une longue chemise de nuit blanche brodée au col et aux emmanchures. Avant d'entrer dans la cuisine, ils posèrent l'index sur les lèvres :

— Chut!

— Motus! Bouche cousue! Pas un mot. D'ailleurs qui nous croirait?

Ils passèrent à table, comme à l'ordinaire, en se bousculant et en chahutant. Siffrein, avec son couteau Laguiole aux joues d'ivoire, taillait de larges tranches de pain. Il posa un baiser sur chaque front :

— Bonjour les dormeurs! J'ai déjà moulé douze ânes et douze Joseph, et j'ai des fagots d'idées pour notre crèche à nous.

La « crèche-à-nous » était celle qui réunissait les personnages qu'on ne mettait pas dans le commerce des santons. Marie-chen fit un petit salut à la rose du bouquet de la veille, complimenta le chat Bela et le chien César.

Sur la table, près de la chocolatière, resplendissaient une fougasse à l'abricot et un saladier de pêches molles, sans oublier les pots de confitures diverses.

— Magali, dit Siffrein, tu nous fais trop manger, ma cousine. Le soir, cela nous donne le sommeil lourd et plein de rêves absurdes. Savez-vous ce qu'il est advenu de votre papé cette nuit?

— Non.

— J'étais un capitaine corsaire et ma brigantine mouillait à l'île de la Tortue, moi qui n'ai jamais navigué ailleurs que sur la Sorgue pour les joutes d'été. Ça m'a donné l'idée : je vais modeler un corsaire pour la crèche. Avec un œil bandé et une jambe de bois, bien sûr, comme le capitaine Crochet.

— Et pourquoi pas un homme-orange ? dit imprudemment Marie-chen, mais elle se mordit vite la lèvre en regardant Alain.

Heureusement, personne ne prit garde à la chose et Alain enchaîna bien vite :

— Il pourrait y avoir, heu ! David Copperfield et Oliver Twist, le capitaine Nemo...

— Plus tard, plus tard, dit Siffrein. Avant, je veux honorer quelques vieux métiers du pays. Il y aura la blanchisseuse et son panier de linge, le marchand de fourches de micocoulier, la matelassière avec sa toile rayée et ses flocons de laine blanche, le vitrier avec ses pièges à soleil...

— Petit à petit, il y aura le monde entier, dit Alain.

Il se prit à oublier de manger sa tartine : il rêvait. Et si les hommes et les femmes ne mouraient jamais ? Si on pouvait rencontrer en même temps Gribouille et M. de La Palice, le chevalier Bayard et Jean Bart, Jean de La Fontaine et M. de Molière, Robin des Bois et le président Lincoln ! Ce serait bien pratique. Tout comme dans les contes de l'Escrivain qui faisait sauter les personnages d'un livre dans l'autre. Alain imagina de grands conseils réunissant Charlemagne, Jacques Cœur, Henri IV, les cardinaux de Richelieu et de Mazarin, M. Colbert et ceux qui furent sages. Et des ministres, des musiciens, des peintres, des écrivains. Et même Napoléon. Pour qu'il se tienne tranquille, on le mettrait à côté de Tino Rossi qui lui susurrerait des chansons corses.

— Petit, petit, où es-tu ? dans tes rêves ? demanda Siffrein en désignant la tartine de beurre saupoudré de chocolat.

— Eh bien... Je pensais... Je pensais en rêvant...

— Ou bien tu rêvais en pensant, je sais. Ah ! moi aussi je rêve, dit Siffrein en coupant une part bien réelle de fougasse. Je rêvasse et puis mon rêve finit toujours au bout de mes doigts et il en naît quelque personnage. Je ne peux pas toujours faire des Jésus. J'en ai tant fait que le bon Dieu lui-même doit être jaloux, lui qui n'en a fait qu'un ..

— Oh! dit Magali en se signant. Lui c'était le vrai!

Marie-chen trouvait que rien n'est aussi bon que la confiture de fraises.

— Papé, dit Alain entre deux bouchées, l'Escrivain nous a raconté que lorsque Jésus est né, c'était dans un palais splendide. Les rois mages se sont trompés de chemin, et comme il pleuvait à verse, ils se sont réfugiés dans une étable où une pauvre mendiante venait d'avoir un petit. L'autre, le vrai Jésus, était mort en naissant. Alors, il a bien fallu que le fils de Joseph et de Marie le remplace et fasse tout le travail...

— Seigneur Jésus, qué blasphème! gémit Magali. Cet Escrivain est un diable, un athée, un incrédule, un conteur de sornettes, il fait de Dieu barbe-de-paille!

— Hé! Magali, ma belle, ne prends pas la mouche, ne fais pas le silex avec tes dents! Il y a bien des heures où je ne sais pas où est le vrai, où est le faux. Si je suis du pays d'ici ou d'un autre. Dans ces cas-là, je marche entre les cerisiers et les vignes et le mistral m'apporte des réponses. Je vois l'étendue de la Provence, ses Alpilles, son Luberon, ses monts du Vaucluse et son Ventoux, je vois la vallée fertile et les gorges de la Nesque, et je me dis que le Paradis c'est ici, dans notre brave et beau pays. Quant à l'Escrivain, il fait son métier de marchand de rêves, de conteur de fanal...

— Et il dit qu'il ne raconte que des histoires vraies! affirma Alain soucieux de défendre son ami.

— Oui, dit Siffrein, mais pour lui il y a toutes sortes de vrai : le vrai réel et le vrai rêvé, le vrai vrai et le vrai faux. Il ment beaucoup, mais il essaie de mentir juste. Enfin! il ne peut faire de mal qu'avec sa langue.

— Et puis, c'est un gros gourmand, conclut la Siffreine en reprenant des pêches molles au sirop.

***

Peu de temps après, ledit Escrivain apparaissait au bout du chemin. Sous son bourgeron de velours, il portait un gilet en tissu moiré vert et or comme un habit d'académicien. Une épaisse chaîne de montre en argent le barrait à laquelle étaient fixés toutes sortes de porte-bonheur, grigris et pendeloques divers. Il maniait avec élégance une canne de compagnon du tour de France.

— Bonjour mes amis. Marie-chen, tu es brune comme un prunier ! Et toi, Alain, tu portes un champ de blés mûrs sur ta tête. Ah ! que votre présence a de charme !

Le papé Siffrein, s'il n'était pas retourné à ses santons, devant tant de madrigaux, aurait dit : « Té ! le voilà qui fait sa préface ! » Marie-chen se contenta de prendre un air flatté, et, regardant le ventre rond de l'Escrivain, elle affirma :

— Il paraît que vous êtes un gros gourmand !

— Gourmand, moi ? jeta l'Escrivain la main sur l'estomac en roulant des yeux indignés, gourmand, moi ? Non, mes amis, je suis un homme sobre. Seulement, voilà...

Il tapa sur son ventre, ce qui fit tressauter les breloques.

— Seulement voilà... J'ai cent kilos et il faut bien que je me les nourrisse !

Un merle choisit cette réplique pour siffler ironiquement. Les enfants pensèrent que le Grand Ventriloque n'aurait pas fait plus à propos.

— Si j'aime les bonnes choses, reprit l'Escrivain, c'est parce que la terre nous les offre et que ce serait la mépriser que de les refuser. Alors, je la remercie en gourmandise. Ah ! les truffes odorantes, le bon muscat de Beaumes, les vins de Châteauneuf et de Gigondas, la charcuterie du Ventoux, et la bonne cuisine parfumée de nos dames comtadines ! Non, mes amis, je ne suis que gourmet, et non goinfre. D'ailleurs les goinfres sont des oppresseurs ! Il y a parmi ces gloutons des hyènes et des vautours. Ils volent toujours quelque chose à l'autre. Pouah ! les vilains hommes !

Il sortit de son gilet une tabatière ornée d'un portrait du petit roi de Rome, prit une pincée de prise entre le pouce et l'index, aspira, eut l'air réjoui d'un soleil de face, et poursuivit :

— Savez-vous qui est le plus grand mangeur de tous les temps ?

— C'est Gargantua! C'est Gulliver chez les Nains! proposa Alain.

— Non, ce fut l'empereur romain Vitellius. Il ne quittait jamais la table. Dix repas par jour. Il prenait des vomitifs pour recommencer à dévorer.

— Pouah! Beerk! Beerk! fit Marie-chen.

— Les courtisans préparaient pour lui des festins qui coûtaient le prix d'une année d'impôts. A l'un d'eux, on apporta deux mille plats de poisson et sept mille de volaille et de gibier. Et le glouton gloutonnait... Son plat préféré était grand comme une roue de charrette : on l'appelait le « bouclier de Minerve » et il était garni de mets rares comme des foies de lotte, des cervelles de faisan, des laitances de lamproie...

— Beerk! Beerk! refit Marie-chen.

— A ce train-là, il ruinait des villes entières. Il dévorait l'Empire comme un gâteau. Il a bien fallu se débarrasser de ce monstre. Mes enfants, mes enfants, méfiez-vous des avides !

En attendant, il faisait bon marcher sur le chemin que l'herbe effaçait par endroits, passer près du gros noyer, aller jusqu'à la pause du chêne roi où l'on s'asseyait sur des pierres plates en face d'un reposoir vide datant du temps charmant des Rogations. Le soleil commençait à taper pour ne pas faire oublier qu'il est de feu et l'Escrivain noua son mouchoir aux quatre coins pour le poser sur sa tête.

— Vous voyez ces champs, dit-il. Autrefois on y cultivait la garance qui teignait les culottes des soldats. Partout se dressaient de hauts mûriers pour nourrir les vers à soie descendant de ceux venus des Indes. Les magnaneries donnaient la soie des industries. Puis, les modes ont changé. On a converti le paysage : la terre, toujours aussi réjouie, dresse ses vignobles, ses cerisaies, ses pommeraies, ses vergers vers le ciel. Elle ondule de ses champs d'asperges, elle frise de ses carrés d'artichauts, elle se teint de lavande. Mais ce soleil, mes enfants, quel soleil! Regardez cette brume de chaleur qui cache le mont Ventoux.

— Moi, dit Alain en suivant le vol d'un frelon, je voudrais que ce soit la nuit...

— On veut toujours autre chose, dit l'Escrivain. Mais pourquoi?

— Oh! dit très vite Marie-chen, pour revoir le Grand Ventriloque, et visiter la Cité-Surprise...

Quelle imprudente! Elle ignorait donc que nommer les choses du rêve, c'est risquer de les perdre à jamais. Alain lui faisait vainement des signes de silence, cette étourdie continuait :

— Et les coupoles-restaurants, et les poèmes pour payer, et le pays du silence, et...

— Chut! Chut! Chut! répéta Alain affolé. Elle dit n'importe quoi. Veux-tu bien tenir ta langue!

— Elle dit n'importe quoi, mais c'est du n'importe-quoi joli. Je préfère cela au bien-choisi pas beau.

Dans le ciel passa un vol de choucas. Une toile d'araignée portait encore des gouttes de rosée. Des ballets translucides d'insectes se hâtaient vers la fraîcheur des ruisseaux. Dans le lointain, une chèvre faisait entendre un bêlement monotone. De petits oiseaux roux tenaient conseil sur un fil électrique. Les bleuets, les genêts fleuris, les gros chardons dont raffolait l'âne Boniface faisaient de la terre une palette vive.

— Couleurs, oiseaux, fleurs, arbres... écoutez cette musique! dit l'Escrivain.

Puis, il sembla que le fort de l'été immobilisait brusquement les choses et les trois amis participèrent au silence et au recueillement.

— Et si vous nous racontiez une histoire, monsieur l'Escrivain? demanda Marie-chen.

— A moins que vous n'en connaissiez plus... ajouta Alain.

Cela rendit le gros homme furieux :

— Moi, plus d'histoires, moi, moi...

Agacé, il jetait son encre de colère comme une seiche :

— Le jour où je n'aurai plus d'histoires, c'est que la Terre aura cessé de tourner. Des histoires, j'en sais autant qu'il y a de feuilles sur les arbres et de flots soulevés par la mer. Il suffit de dire un mot et j'en ajoute mille autres. Tenez, voilà M. Rey, le pépiniériste. Je vous salue bien, monsieur le pouponnier des plantes !

— Salut bien ! répondit monsieur Rey du haut de son tracteur.

— Rey, dit l'Escrivain lorsqu'il fut passé, cela fait penser au Roy. Je pourrais vous raconter l'histoire de Louis XIII et d'Anne d'Autriche qui détestaient les roses. Ou de Louis XIV qu'un chapeau gris mettait en transe. Ou de Henri IV et de l'épi d'or.

— L'épi d'or ! choisit Marie-chen.

— Ou celle des cent borgnes. Ou celle du marquis de Crochant et de ses trois cent soixante-cinq bagues dont il changeait tous les jours. Ou celle du mari de la mer. Ou celle du couroucou pavonin. Ou...

— Mais l'épi d'or ? demanda Alain pour interrompre la litanie.

— Il y avait un paysan nommé Lafoi qui aimait tant son jardin et son potager qu'à force de travail et de goût, il en avait fait un parc splendide. Et voilà que le roi Henri...

— Henri cent soixante-quatre ? demanda Alain.

— Mais non, voyons ! Henri IV ! Et voilà, dis-je, que le roi Henri IV vint à passer chez lui. Son parc était plus beau que celui de Fontainebleau. Alors le roi lui donna la plus belle des décorations : il l'autorisa à porter un épi d'or à son chapeau. Dans le passé, il y a eu à redire et l'histoire n'est pas aussi belle que dans nos manuels, mais, dans notre beau pays, on a toujours aimé les jardins et la musique. De leur mariage est né l'espoir, le dauphin des hommes.

Alain, lorsqu'ils passèrent devant une ferme au toit de tuiles rondes cuites comme du bon pain, cueillit une feuille de laurier-cerise et la tendit à l'Escrivain :

— Eh bien, moi, Alain Ier, je vous autorise à porter une feuille de laurier au revers de votre veste.

— Merci, Majesté, dit l'Escrivain en riant, mais j'eusse préféré porter du laurier-sauce. Et il en aurait fallu toute une couronne. Comme pour Pétrarque, l'amant de Laure, qui, dit-on, vient encore se promener la nuit à Fontaine-de-Vaucluse en récitant ses sonnets.

L'été flamboyant s'abattait sur les garrigues. Les peupliers, comme des éventails fatigués, se balançaient à peine. Arbres, arbustes et plantes, assoiffés par la chaleur, étaient en danger de feu. Les trois amis marchèrent longtemps. Malgré ce grand chaud, la légèreté de l'air décourageait la fatigue. Parfois ils s'arrêtaient, se retournaient pour mesurer le chemin parcouru et leurs regards flottaient comme des papillons sur l'immense paysage hérissé et tendre. L'Escrivain nommait les villages dont les noms se mettaient à chanter :

— Pernes-les-Fontaines, La Roque-sur-Pernes, Le Beaucet, Venasque, Malemort-du-Comtat, Blauvac, Méthamis, Saint-Didier-les-Bains, Mormoiron, Flassan, Mazan...

De la vallée de la Nesque au col de Murs, de la forêt de Venasque aux monts du Vaucluse, du Ventoux au Luberon, partout une réalité qu'aucun rêve n'aurait pu humilier.

— Ici, dit l'Escrivain, même la prose est de la poésie. Les dieux sont partout. C'est le Comtat grave, mystique, avec la parole vivante des saints et des troubadours, des dieux païens et des félibres, avec ses hommes-vigne, ses hommes-lavande, ses hommes-thym et ses hommes-basilic, ses adorateurs de la sarriette et du romarin. Tout, soleil, vent et pluie est fait pour exalter les parfums. Ô la menthe, la sauge, la verveine, l'ail et l'herbe fine ! Que je me sens loin de Paris...

« Moi je connais des hommes-oranges », pensait Alain.

Mais pourquoi l'Escrivain employait-il des expressions
qui s'accordaient aux randonnées secrètes de la nuit?
L'enfant se souvint de l'avoir entrevu au moment où
apparaissait le Grand Ventriloque. Bien curieux, tout
cela! L'idée le traversa qu'il s'agissait peut-être du même
homme; il chassa cette idée absurde.

— C'est grand, Paris? demanda Marie-chen. Et c'est
loin?

— Bien grand, trop grand! Et bien loin. Les uns disent
que c'est à une heure d'avion ou à six heures de train. En
fait, c'est à une année-lumière. J'ai aimé cette ville
naguère, quand elle était composée de villages. Mais elle a
grossi comme l'empereur Vitellius. C'est un monstre.
Parfois, je rencontre mes confrères, les poètes du passé, et
je vois la ville se développer, croître dans leurs paroles.
« Notre énorme cité de cent vingt mille âmes! » s'extasie
le poète Rutebeuf au XIIIe siècle. « Notre énorme cité de
cent cinquante mille âmes! » me dit François Villon.
« Notre énorme cité de quatre cent quatre-vingt-dix mille
êtres! » reprend Voltaire. Et ainsi de suite. Les villes-
ogres mangent le monde.

Le chemin de montagne rétrécissait, devenait une sente
parmi les oliviers et les chênes verts tordus par le vent. En
ces lieux perdus, où, comme disait Marie-Thérèse, une
amie de l'Escrivain, le bon Dieu ne vient que de nuit,
rencontrer un être humain devient une bénédiction,
l'apparition d'une source en plein désert.

— Là-haut, dit l'Escrivain, il en est un que je connais
parmi ses chênes truffiers. Il parle peu aux gens, mais
beaucoup aux arbres, au chêne Philémon et au tilleul
Baucis, il dit que cela les rend heureux, car il a la voix
verte.

Ils longèrent de hautes murailles ruinées, mais dont les
épaules restaient assez solides pour soutenir des plantes
grimpantes. Parfois on entendait la courte phrase musicale du rossignol des pierres, le cristal du rouge-gorge, le
sifflet du merle chef d'orchestre des oiseaux, et, çà et là,

des chants discrets qui se raffermissaient dès qu'on s'était éloigné.

— Une des gloires de François, l'homme que nous rencontrerons s'il en a envie (autrement il se tiendra caché), c'est qu'il sait tout ce qui l'entoure. Par exemple, quel oiseau s'éveille le premier, du rossignol, du pinson ou de la fauvette, si ce n'est de la caille ou du merle, du moineau ou de la mésange.

Alain et Marie-chen aimaient écouter les noms des oiseaux. Quand ils sortaient de la bouche de l'Escrivain, c'était comme s'ils s'envolaient dans un bruissement d'ailes.

Le sentier était rude. Même les insectes semblaient fatigués. Le front humide, les amis durent s'arrêter. Pendant cette pause, ils regardèrent l'étendue de la campagne : on ne s'en lassait jamais.

— Que le monde est beau ! Que le monde est beau ! dit l'Escrivain.

Il pensait bien : « Oui, le monde est beau, mais il y a aussi des fumées d'usines, des dépôts d'ordures, des puits de pétrole, des villes insalubres, et l'injustice, et la misère... » Cela, les enfants l'expérimenteraient bien assez tôt. Il fallait se livrer entièrement au bonheur du moment. Et il se posait des questions sur la folie des hommes, il se demandait si ses idées fraternelles et humanitaires n'étaient pas trop simples pour les contemporains. Il s'attrista un instant, regarda le front de Marie-chen, sa pure beauté, l'air résolu d'Alain, et il reprit, mais un ton plus bas :

— Que le monde est beau ! Beau dans sa réalité splendide ! Beau dans son vrai ! Plus beau que le plus beau des rêves !

— Je sais des rêves qui sont bien beaux, dit Alain en regardant Marie-chen de côté.

Après un silence méditatif, une pincée de tabac à priser et un double éternuement, l'Escrivain dit :

— Oui, il est de beaux rêves comme de vilains cauchemars et les deux sont à l'image de la réalité des choses. Les uns et les autres sont l'amplification de ce qui nous préoccupe. Au fond le rêve, c'est encore la réalité...

— C'est-à-dire, heu! comme ça... fit Marie-chen en cueillant des bleuets, ainsi l'autre nuit...

Il fallut bien qu'Alain lui dédiât un regard qui disait : « Chut! Chut! Chut! » mais les yeux de l'Escrivain flottaient quelque part du côté des Dentelles de Montmirail, là où l'on cultive les abricots et où le vin de Suzette est si noir et parfumé.

*
* *

— Regardez-le! C'est le François! dit l'Escrivain.

De loin, dans le soleil, on l'aurait pris pour une grande virgule noire tant son dos était voûté et son vêtement sombre.

— Hé! Bien le bonjour, maître François!

— Le salut, monsieur l'Escrivain de Paris!

— Il semble de bonne humeur, glissa l'Escrivain aux enfants. De temps en temps la solitude lui pèse quand même...

Ils se tendirent la main longtemps avant de se rejoindre, comme des alpinistes qui veulent s'entraider.

— Que les saints du calendrier vous protègent! dit le père François.

— Et vous de même. Et aussi vos chênes et votre troupeau.

— Oui, dit l'homme en tirant l'Escrivain vers lui. Les saints sont pour qui les aime. J'y crois plus qu'au bon Dieu quoi qu'on en dise. Il y a saint Jean-Baptiste pour les moutons, saint Eloi pour les chevaux, saint Roch pour les chèvres, saint Geniès et saint Honorat pour tous... De qui sont ces petits?

— Ils sont du santonnier.

— Ah! je le connais bien. Jadis, nous avons moissonné ensemble. Et aussi la Siffreine, cette demoiselle que les galants ont laissée au portemanteau. Et vous, monsieur de la capitale, vous ne quittez donc plus le pays? Il vous réussit. Autour de vos os blancs, il y a plus de mie que de croûte...

— Ouais, ouais... fit l'Escrivain qui ne goûtait guère les allusions à son embonpoint. Et les truffes, nous en aurons cette année ? J'aimerais améliorer l'omelette et la salade...

— Pour la salade, vous les mettez à tremper dans l'huile d'olive et vous vous servez seulement de l'huile. Pour l'omelette, vous les enfermez avec les œufs dans une boîte et vous faites de l'omelette aux truffes en gardant les truffes...

— Je sais cela, je sais cela, dit l'Escrivain qui n'en revenait pas que ce silencieux fût en veine de tant de paroles.

— Je crois que pour la truffe, ça n'ira pas trop mal. Il y a eu de bons orages grâce à saint Gens le faiseur de pluie. Ecoutez cette fontaine qui chante. J'y ai mis la bouteille à rafraîchir. Mais sait-on jamais ? En fait, dans nos pays, on n'est jamais content du temps. La pluie qui gêne le citadin est appelée par le paysan. Et quand elle vient, elle vient trop fort. Si l'hiver joue à cache-cache, le froid venu tard gèle les fleurs des abricotiers, des amandiers, et même des cerisiers. Et le manque à gagner ne fait pas ventre. Mais moi, je ne me plains de rien.

Après avoir bu une piquette cernée de moucherons, ils quittèrent maître François et redescendirent. Les enfants avaient hâte d'apercevoir le toit de la maison du santonnier.

— Ce François, je l'ai déjà vu, dit Alain.

— Peut-être au marché de Pernes, à celui de L'Isle ou de Carpentras, peut-être au marché aux cerises de Saint-Didier...

— Ah ! je sais, dit Alain. C'est un des santons du papé : le chercheur de truffes. Il porte le panier d'osier, tient à la main le gâteau sec qui récompense les chiens : près de lui, il y en a deux, un tenant une truffe dans sa gueule.

— Ce Siffrein, il refait le monde pour lui tout seul.

— Pour nous aussi, dit Marie-chen sentencieuse.

Six

ETAIT-CE la faute du souper trop copieux de Magali ? Ces œufs pochés à l'oseille, ce fricot de bœuf, ces macaronis au basilic, ce blanc-manger aux amandes, ces biscotins aux avelines... Marie-chen et Alain, cette nuit-là, sans connaître la sensation d'entrer dans la bouche de la Terre, d'être avalés et engloutis, se retrouvèrent, dès le sommeil, dans le domaine de l'étrange, en ce pays dont ils ignoraient le nom, celui des hommes et des oiseaux-fruits.

Ils reprirent leur voyage au moment où ils l'avaient quitté la nuit précédente. La Maison du Sommeil dont leur avait parlé le Grand Ventriloque (ou l'Original Taxi) était un plan d'eau bleutée vaste comme le lac Léman. Après que l'attelage de zèbres eut traversé une forêt d'arbres mauves dont chaque feuille était une étoile lumineuse comme sur les arbres de Noël, ils atteignirent la surface de ce palais des eaux, de ce vaste aquarium situé aux approches de la Cité Fantastique.

— Nous boirons le vin qui ferme les yeux et nous goûterons en quelques heures un sommeil de cent ans, dit le Grand Ventriloque en bâillant discrètement.

— Comme la Belle au bois dormant, dit Marie-chen.

— Et nous nous éveillerons au baiser de l'aurore, ajouta poétiquement Alain.

A l'embarcadère attendaient des barques de toutes

sortes : les unes avaient la forme de cygnes, d'autres d'oiseaux-lyres, de goélands, de canards sauvages, de cormorans et aussi de volatiles marins inconnus des enfants. Ils choisirent une barque-marsouin qui glissa d'elle-même sur des eaux d'une limpidité et d'une légèreté dont nous ne pouvons avoir la moindre idée, car les plus savants chimistes du monde ne sauraient rien créer de tel. Ils atteignirent une série de grands ballons ronds transparents comme de grosses groseilles à maquereau qui resplendissaient d'aérienne beauté. Ils dansaient si imperceptiblement sur l'eau qu'on les aurait crus prêts à s'envoler. Devant ces globes, des dames vêtues de tuniques blanches sur lesquelles coulaient leurs longues chevelures blondes parées de nénuphars reçurent les visiteurs et les accompagnèrent en fredonnant à l'intérieur du logis qui leur était destiné.

Là, un grand lit rond les attendait et Alain reconnut cette matière moelleuse, si accueillante au corps, qu'ils avaient trouvée sur les bancs et dans le carrosse. Il faudrait beaucoup de lignes pour décrire un endroit aussi simple et aussi luxueux. Aucun meuble ne semblait peser plus que le poids d'une plume. Des systèmes d'aération dispensaient un air parfumé qui portait en lui une luminosité douce. Les couvertures étaient d'une gaze vaporeuse. Tout ce dont on peut rêver pour la toilette et le délassement se trouvait là : douches lumineuses, eaux parfumées, livres d'images en relief, jeux subtils, mobiles fleuris en suspension dans l'air, tableaux aux représentations changeantes. De grands bouquets de fleurs marines et de coraux étincelaient. Ils virent des coupes de fruits et des flacons multicolores contenant toutes sortes de sirops.

— Voyez-vous, dit une hôtesse, il suffit de goûter l'une ou l'autre de ces boissons pour entendre la musique berceuse que l'on souhaite. La liqueur de citron dispense des accords de violon, celle de cassis des airs de flûte, celle de groseille le chant d'un carillon, celle d'orgeat un concert d'orgues, et vous avez aussi le clavecin, la harpe, le violoncelle. Lorsqu'on les mêle, c'est un orchestre qu'on entend...

— Tout cela est très doux et amène le sommeil, ajouta le Ventriloque.

— Magnifique! dit Alain et Marie-chen ajouta : Eblouissant !

Alain, avec sa culotte courte, sa chemisette et ses sandales se sentait indigne du lieu et Marie-chen aurait aimé la parure d'une plus jolie robe. Comme si elles avaient deviné leurs désirs, les hôtesses, avant de se retirer, leur offrirent des tuniques en matière soyeuse semblables à des kimonos dont ils se vêtirent.

— Comme nous sommes élégants, dit Marie-chen, en regardant leur image dans un miroir embellissant.

Ils burent chacun une gorgée de boisson. Alain choisit le citron et Marie-chen la groseille, tandis que le Grand Ventriloque prenait de l'orgeat. Ils s'endormirent dans une sorte d'euphorie musicale, tandis que la grande bulle, soigneusement close, dérivait lentement sur les eaux avant de s'y enfoncer tel un étrange sous-marin. Si l'homme-orange qui savait que l'eau est la sœur des rêves était bien informé de ce qui allait arriver, Alain et Marie-chen ne pouvaient imaginer quelles seraient leurs surprises au réveil. Sur le quai, les filles blondes se tenant par les épaules chantaient tendrement :

> *Dans la cité des lumineuses bulles*
> *Vient un enfant brun comme un caramel*
> *Une fillette à la bouche de mûre*
> *Lui tient la main dans un sommeil-musique*
> *Et l'homme-orange est là qui les protège...*

***

Le sommeil avait été doux comme une fourrure, le réveil fut splendide comme un puma. Tôt levé, le Grand Ventriloque était le premier prêt. Assis en tailleur sur les coussins, il lisait un livre rond à la couverture armoriée où pendait un signet à gland, le tenant au bout de ses longs bras loin de ses yeux aux lueurs orange. Ce livre, les pages en étaient blanches : il n'était là que pour permettre d'inventer ses propres lectures, car les pensées s'imprimaient d'elles-mêmes au fur et à mesure de leur naissance ; de cette manière, l'auteur et le lecteur ne faisaient qu'un.

— Bonjour, dit Alain en se frottant les yeux. Oh ! Oh ! Sa bouche s'arrondit de stupéfaction. Quel spectacle ! Marie-chen dit Oh ! à son tour. Ils regardaient à travers la paroi de la bulle, en tous sens, puisque la sphère immergée voguait en silence dans ces eaux sans pesanteur comme une bulle de savon dans l'air.

— Cette eau, expliqua l'homme-orange, est si légère que nous pourrions presque y vivre et nous y mouvoir comme dans l'air, mais nos poumons ne sont pas encore adaptés. C'est pourquoi nous préférons ce logis translucide. Mais... ce que vous regardez semble vous intéresser au plus haut point !

Les enfants voyaient se succéder des forêts de fleurs, des bosquets, des futaies de plantes aquatiques, de vastes clairières sablonneuses. Dans cette jungle de couleurs, flamboyaient, rougissaient, bleuissaient, verdissaient, jaunissaient des flores inouïes : arbres aux nuances violines, lilas, mauves, algues isabelle, capucine, cuivrées, dorées. Partant d'un sol de sable nacré, des lianes s'entrecroisaient, s'entrelaçaient, s'élançaient à des centaines de mètres de hauteur pour laisser retomber des panaches de feuillages tuyautés allant du jade au céladon en passant par toutes les nuances du vert. Les formes, les couleurs, déjà multiples sur la Terre, étaient ici variées à l'infini.

Des oiselles-tortues aux ailerons lie-de-vin volaient parmi les hauts varechs. Les clochettes de méduses polychromes se balançaient dans les feuillages chatoyants et lustrés. Des étoiles vivantes d'un bleu indigo ou turquoise accompagnaient la bulle voyageuse. Des myriades d'oiseaux-crevettes phosphorescents jetaient leurs scintillements parmi les anémones et les polypiers. Le peuple des innombrables oiseaux-poissons présentait le festival du bigarré, du bariolé, du moiré, du jaspé, du diapré, du pommelé, du moucheté, et sans cesse Alain et Marie-chen disaient du regard : « Oh ! voici une couleur qui n'existe pas ! » Des hippocampes chevauchaient les eaux, ailés comme Pégase, en mêlant parfois leurs queues de manière délicate et précieuse. De petits crabes finement aquarellés voletaient parmi les fucus. Des pieuvres au regard de soie semblaient saluer de tous leurs tentacules.

La plupart des poissons ressemblaient plus à des oiseaux exotiques ou à des fleurs marines qu'à ceux que nous connaissons. Alain avait beau se dire que les fonds marins de la Terre étaient beaux aussi, il n'en restait pas moins émerveillé. Il pensa à ses parents, les explorateurs, qui devaient s'extasier devant des choses moins miraculeuses. Marie-chen se souvenait de la robe des truites saumonées, des poissons japonais des aquariums avec leurs nageoires flottantes comme des robes de mariée : ils auraient été jaloux de leurs congénères, les poissons-oiseaux qu'on pouvait comparer à des huppes, des paons, des aras, ou bien des fauvettes, bergeronnettes ou roitelets. On ne les entendait pas, mais leurs bouches chantaient dans les feuillages comme en témoignaient des milliards de bulles transparentes remontant à la surface. Dans cette eau aérienne, sur les branches reposaient des nids de toutes sortes et de toutes matières. Il y eut les cousins de nos perruches, de nos faisans, de nos coqs de bruyère, les équivalents des cisticoles, des carouges, des baltimores, des yapous...

C'était un carrousel, une fête de joie, un spectacle féerique, les mille et une nuits des eaux, mais toutes les comparaisons pâlissaient devant cette réalité changeante. De la bouche des enfants sortaient des *Oh !* et des *Ah !* qui voulaient tout dire tandis que leurs doigts désignaient sans cesse de nouvelles merveilles sous l'œil amusé de l'homme-orange, le Parfait Guide, le Grand Ventriloque.

Ils ne se seraient pas lassés de regarder ces visions prodigieuses, mais comme les plus belles choses ont une fin, la grande bulle qui les abritait commença son ascension comme un ballon dirigeable dont on aurait jeté le lest. Alors, ils virent des nageuses venues de la surface, belles comme des sirènes et suivies de leur longue chevelure qui prenait dans l'eau des teintes d'algues. D'un sac elles tiraient de la nourriture qu'elles distribuaient généreusement dans un ballet de poissons-fleurs et de poissons-oiseaux gourmands.

Alain qui, sur la Terre, s'intéressait aux sciences et au progrès, dit à l'homme-orange, par considération et par politesse :

— Je crois, monsieur le Grand Ventriloque, que votre technologie est très avancée...

— Techno... Techno, technologie ! répondit-il. Je crois deviner ce que vous voulez dire, mais ici cela s'appellerait plutôt techno-magie ou je ne sais quoi... Il y a si longtemps que nous connaissons tout cela que nous avons oublié les inventeurs et les créateurs. A moins que ce ne soit le... D'ailleurs, il est temps de penser au petit déjeuner.

Il disposa sur une table brusquement surgie du néant des galettes blondes et de fines jattes de porcelaine ornées de roses et de jasmin, des pots de miel ambré et des flacons de sirop. Ils burent une boisson chaude à goût de résine qui ressemblait à du maté. Pendant la préparation, les enfants passèrent par une douche lumineuse dont ils ressortirent secs, parfumés et coiffés. Ils laissèrent à regret les kimonos pour retrouver leurs vêtements de petits Terriens.

— Encore le temps de trois poèmes et nous serons de retour, dit le Grand Ventriloque. Finissons de déjeuner. J'ai encore à écrire une poésie pour la barque des eaux.

— Miam ! Miam ! dit Marie-chen. Ces sirops sont délicieux. Et ce miel, et cette confiture... Aussi bon que les petits déjeuners de Magali.

Au retour une surprise les attendait : les belles dames

d'accueil, si comparables à des humains, blondes la veille, étaient devenues brunes et leurs longues chevelures nouées à la manière des Arlésiennes d'antan s'ornaient maintenant de fleurs de camélia.

— Les nuances de nos dames des eaux, expliqua le Grand Ventriloque, changent selon les heures. En plein midi, elles seront rousses. Au frémissement du soir, elles iront peu à peu vers la blondeur de vos cheveux, mon cher Alain.

Des chants limpides les accueillirent et ils prirent place cette fois dans une barque-pélican qui les conduisit au débarcadère où le carrosse, cette fois attelé de cerfs, les attendait.

— En route pour la station élévatrice! dit l'homme-orange.

Même glissement qu'au départ le long de hautes murailles cyclopéennes aux reflets argentés que dominaient à perte de vue beffrois, tours, donjons, minarets, buildings, plates-formes, routes, tandis que, alentour, volaient des véhicules divers : tasses et soucoupes flottantes, hélicoptères-papillons, dirigeables minuscules, ailes volantes, voiliers-libellules de l'azur, planeurs, appareils battant des ailes comme des oiseaux...

Ils quittèrent le carrosse pour pénétrer dans une sorte d'aéroport fleuri où des jeunes gens roux et frisés, en tunique bleue, avec des ailes fixées aux chevilles et d'autres brodées sur leur calot, les attendaient, un sourire de fraise épanoui sur les lèvres. S'ils ressemblaient plus à des humains qu'à leurs cousins des races mandarine, citron, orange et autres agrumes, la peau de leur visage était légèrement grenue et leurs yeux de couleur myrtille, et c'est ainsi qu'Alain les baptisa : les hommes-myrtilles.

Après les salutations d'usage, le Grand Ventriloque (que nous devrions plutôt appeler le Parfait Guide puisque, loin du parc muet, il n'avait plus à exercer ses talents), le Grand Ventriloque pourtant (puisque les enfants le nommaient ainsi) sortit de sa poche un de ses billets-poèmes par avance préparés. Il le lut une dernière fois, apporta une correction, et l'indiscrète Marie-chen se tordit le cou pour lire :

> *Dans la Cité Ludique*
> *Deux enfants sont venus.*
> *Si verte est leur planète*
> *Qu'elle embellit le ciel.*
> *Alain et Marie-chen,*
> *Nous naissons de leurs rêves,*
> *Qu'ils partagent nos joies...*

Marie-chen ne put en lire davantage, car une dame-myrtille, à la caisse musicale enregistreuse, recevait le paiement. A une question des préposés à la navigation aérienne, le Grand Ventriloque répondit en questionnant ses amis :

— Nous avons le choix entre plusieurs véhicules : le parachute ascensionnel, le cerf-volant orgueilleux, la casserole volante ou la saucisse à vapeur, entre autres. Je serais partisan que nous choisissions un mode plus ancien, à la fois plus lent et plus doux.

— Nous vous faisons une entière confiance, dit poliment Marie-chen, et Alain ajouta : Ce que vous ferez sera bien comme toujours.

— Alors, dit l'homme-orange, trois ballons-culottes.

Bientôt, des employés-myrtilles apportèrent non des machines, mais trois étranges vêtements. C'étaient de simples culottes dans une matière proche du cuir, un peu comme celles que portent les petits Allemands, mais les bretelles étaient suspendues à des ballons rouges ressemblant aux ballons d'enfant. Dès qu'ils eurent enfilé leurs jambes dans les culottes bien à leur taille, on gonfla les ballons avec une pompe automatique. Ils grandirent au-dessus d'eux formant une vraie grappe de raisin.

— A chaque bretelle, indiqua le Grand Ventriloque, une manette sert pour se diriger. Elle ne sera pas nécessaire, car nous serons reliés par un fil invisible et, si vous le permettez, je serai votre pilote.

Et le groupe de ballons commença lentement son ascension. Ils s'élevaient comme des insectes parmi d'autres insectes translucides et colorés d'où des personnes les saluaient, chacun prenant bien garde de ne pas gêner l'autre dans sa marche. Alain s'étonnait que leur présence ne suscitât pas une plus grande curiosité : Marie-chen et lui étaient si différents de ces êtres vivants délicieux et plus proches parfois des fruits que des humanoïdes. Il existait, il est vrai, une telle variété d'êtres que rien ne pouvait étonner. Et puis, ces peuples restaient discrets. Et qui sait si, avec leur regard différent, ils ne voyaient pas les enfants à leur propre image ? Tandis que le ballon les balançait agréablement, Alain réfléchissait à tout cela qui ne semblait nullement troubler Marie-chen à son aise partout.

Lorsqu'ils eurent dépassé la muraille d'argent, ils purent s'apercevoir que la Cité Ludique, la cité des jeux, était de dimensions hors de proportions raisonnables avec tout ce que nous connaissons de vaste sur la Terre. Non seulement, elle apparaissait étendue comme vingt capitales, mais ses constructions s'élevaient et se multipliaient à l'infini. Ils apprirent qu'il existait ainsi quatre cités, aux quatre points cardinaux de la planète, toutes consacrées à une vie faite de loisirs et de travaux intéressants, de créations artistiques ou artisanales, chacun s'adonnant à ce qui correspondait à sa vocation.

— Ici, c'est la Cité de Septentrion, expliqua le Grand Ventriloque. Elle est vénérée, car elle est celle que domine *Le...* enfin *Le...*

— *Le* quoi ? demanda Alain.

— C'est quoi *Le* ? dit Marie-chen. Un monsieur qui s'appelle Le, ou Leu, comme à la queue leu leu ?

Après un silence et un regard vers le ciel, quelques chuchotements comme lorsque l'on prie, l'homme-orange dit :

— Eh bien, je sais par notre explorateur-historien de jadis, celui qui connut Henri cent soixante-quatre...

— Heu ! non, Henri IV.

— Enfin, je veux dire : vos rois numérotés...

— Il y a aussi des républiques numérotées. Mais... pardonnez-moi de vous interrompre, s'excusa Alain.

— Je disais donc que notre historien-explorateur nous a appris que, sur votre planète, des hommes et des femmes priaient un dieu qui était le même pour tous, mais de façon différente. Il y avait alors (j'en tremble d'horreur !) des batailles et des guerres religieuses...

— C'est bien vrai et il y en a toujours, dit Alain.

— Cela échappe à notre compréhension, dit le Grand Ventriloque, nous ne sommes pas assez intelligents pour cela.

— Mais Le ou Leu, qui c'est Le ou Leu ? reprit Marie-chen.

Après une nouvelle inspiration prise très haut dans le ciel et une nouvelle prière, le Grand Ventriloque dit :

— Il doit avoir un nom, mais par respect personne n'a jamais osé l'inventer. Et nous n'aurions pas de mot pour Le nommer, et pas le droit de le faire. Alors, on emploie une image qui ne vous dirait rien et qui, exprès, ne veut rien dire au fond...

Alain pensa qu'il s'agissait du Maître de la Cité, une sorte de président mondial ou de pape, à moins que ce ne fût Dieu lui-même, peut-être le même que celui des Terriens.

— On dit ici : *Le Pommier Innombrable* car nous sommes tous ses fruits, ses servants et ses prêtres. Ah ! ne m'en demandez pas plus ! dit le Grand Ventriloque avec une sueur au front toute parfumée de fleur d'oranger.

Mais le panorama de la cité décourageait la parole, cité si étendue, si élevée, faite de tant d'éléments composites qu'un seul terme ne pourrait la décrire. On pouvait penser que les styles différents, au lieu de se substituer les uns aux autres comme sur la Terre, s'étaient superposés, multipliés dans des matières interdisant l'érosion et les ruines, avec une ingéniosité sans pareille.

Et pourtant, ce que nous appellerions baroquisme monumental, architecture en folie, par l'utilisation de luminosités venues du cosmos, des soleils, des étoiles et des rayons mystérieux, des richesses naturelles, des plantes, arbres, fleurs, minerais, métaux inconnus, matériaux précieux, était harmonieux avec ses portiques vertigineux, ses péristyles décuplés, ses colonnades variant à l'infini. Sur des lignes pures qu'on aurait dites « modernes » s'inscrivaient des motifs floraux, des signes annelés, des arabesques prodigieuses, des volutes légères, des entrelacs compliqués, des médaillons, des mascarons, des astragales. Ou bien, sans transition, des mélanges ressemblant aux architectures mauresque, assyrienne ou indienne. Ce n'étaient que colonnades, temples flanqués de tours, halls en coupoles, bas-reliefs, monuments de marbre ressemblant à la paesina avec des représentations figurées, cariatides et atlantes soutenant des belvédères.

Marie-chen regardait en dessous d'elle. Déjà on ne voyait plus la station élévatrice. Pourquoi, elle qui avait facilement le vertige, se sentait-elle en sécurité et voulait-elle monter plus haut, toujours plus haut ? Alain se pénétrait de cette joie que l'on éprouve à la découverte d'*autre chose*. Il aurait voulu dire des mots comme prodigieux, étonnant, colossal, mais seuls les yeux ici parlaient.

Apparurent des parcs suspendus, des viaducs, des fouillis de routes et de voies à rail unique où glissaient, serpents silencieux, de longs trains bleus, et puis, sans transition s'étalaient de vastes horizons de forêt ou de gazon aux teintes les plus étranges. Des milliers et des milliers d'hommes-fruits, insouciants, se livraient aux jeux ou à la promenade. Même ceux qui travaillaient à parfaire la beauté des lieux semblaient s'amuser, car un travail qui plaît à celui qui le fait devient un jeu. Alain pensa au papé Siffrein le santonnier qui, lui aussi, jouait avec l'argile et les couleurs.

Tout cela surprenait les enfants sans toutefois leur arracher les *Ah !* et les *Oh !* du voyage sous-marin : peut-être s'habituaient-ils à leur propre étonnement. Plus que les architectures démentielles, ils admiraient les métaux et les pierres composant les constructions, car elles avaient

des reflets de bijoux et scintillaient comme des lustres
vénitiens. Auprès de tout ce qui, par la forme, la matière,
la couleur restait inconnu, on aurait pu nommer gemmes
et diamants, émeraudes, turquoises, topazes, rubis,
aigues-marines, tourmaline, jade surtout, et chrysolithe,
saphir, albâtre, perles... On comprenait que les êtres-fruits
portent peu de bijoux : ils étaient leur habitation.

Les *Ah!* et les *Oh!* ne renaquirent sur les lèvres des
enfants que lorsque, quittant ces édifices trop étonnants,
ils purent distinguer les particularités de chacun d'eux.
On était loin de la Terre qui recèle tant de richesses
artistiques, mais disséminées dans les divers pays. Ici trop
de choses étaient réunies pour ne pas surprendre les
habitudes des humains. Alain se dit qu'il préférait encore
la belle campagne des hommes-fruits, avec ses maisons-
jouets enfoncées dans la nature comme les mas, les
bastides, les campagnes de Provence.

Ils voguèrent ainsi dans les ballons-culottes pendant un
temps très long, peut-être des heures, mais qui leur parut
court, puis ils purent observer de plus près ce que
l'ensemble imposant leur cachait, des lieux qui ressemblaient à s'y méprendre à ceux de la Terre : jardins fleuris
d'oiseaux et de plantes, avec massifs, cabinets de verdure,
tonnelles, labyrinthes, piscines, stades, courts où l'on
jouait à une sorte de pelote basque ou de tennis, les longs
bras des petits hommes faisant office de chisteras ou de
raquettes, cercles pour les enfants-fruits, coupoles-
restaurants, terrasses et comptoirs à boissons et à galettes,
lieux de spectacle en plein air...

— Nous pourrions visiter un trottodrome, proposa le
Grand Ventriloque.

— C'est quoi ?

— Eh bien, mais... un endroit où l'on trotte. Et puis
toutes sortes de lieux : la salle de projection des pensées, la
grande nursery, le billard-golf, le hall des concerts imagi-
nés... Nous allons donc commencer par le trottodrome...

— D'accord ! dit Alain.

— Tenez-vous bien ! Nous allons accélérer la descente...

Et la grappe de ballons glissa en oblique vers un lieu vert et mauve où des spectateurs assis sur des balancelles ou couchés dans des hamacs attendaient le début d'une manifestation sportive annoncée par des olifants et des trompettes.

Soudain, une voix qui, curieusement, avait l'accent comtadin, les enjoignit de se redresser pour mieux voir le spectacle :

— Allons ! Debout, debout, les paresseux. J'ai déjà cueilli les mangetout et choisi les melons, debout. Le papé Siffrein est déjà au travail lui !

Les ballons-culottes descendaient toujours, se rapprochaient du trottodrome dont le gazon montait vers eux. On y distinguait des coursiers et des coureurs de toutes sortes s'alignant pour le départ. Dans l'air léger du pays des hommes-fruits, les enfants s'enfonçaient, s'enfonçaient... quand la lumière brusque des rideaux tirés les éveilla, cette fois non dans une bulle marine, mais dans un douillet lit de laine et de plume, sur la planète Terre, dans le département du Vaucluse, ex-Comtat Venaissin, chez le papé Siffrein, santonnier de son état.

— Regardez donc par le fenestroun, dit Magali, sur la tonnelle le rosier grimpant vous envoie des roses, toute une nouvelle floraison...

Ahuris, hébétés, Marie-chen et Alain se frottèrent les yeux. Ils se levèrent lentement pour voir les roses rouges. Ils étaient surpris, heureux et confiants, ils n'échangèrent pas leurs impressions, mais reverraient-ils jamais le Grand Ventriloque, la Cité des Jeux, le trottodrome et mille autres merveilles ? Ils se souhaitèrent le bonjour, reçurent le baiser matutinal de la Siffreine et leur insouciance reprit le dessus : ils échangèrent un sourire complice.

Sept

ALAIN confiait volontiers ses pensées à Marie-chen qui l'écoutait gravement, se tenant un peu sur la réserve et posant toujours une question inattendue paraissant n'avoir qu'un rapport lointain avec les propos de son ami-frère. Ils restaient l'un et l'autre discrets sur deux points : les voyages nocturnes, par instinct du Secret, du Grand Secret qui leur cousait les lèvres de soie, d'une part, et de l'autre, la crainte d'être séparés un jour — elle leur paraissait si effroyable qu'ils n'osaient franchement envisager un tel malheur.

Si Marie-chen était destinée à devenir une petite Siffreine venue de loin, les parents d'Alain écrivaient le plus régulièrement possible des lettres très longues et détaillées que le santonnier, ses lunettes de fer chevauchant son nez, lisait à haute voix, avec gravité et commentaires bien du pays de Provence, c'est-à-dire sages et imagés. Les ethnologues parlaient de la faune et de la flore amazoniennes, de fleuves puissants et de forêts vierges pleines de secrets parfois redoutables, d'Indiens qu'il fallait protéger d'autres hommes, vrais rapaces, et encore mille choses intéressantes sur le climat, les rencontres, les difficultés de leur entreprise.

Ils recommandaient de bien garder les lettres qui, plus tard, leur serviraient d'aide-mémoire pour leur relation de voyage destinée aux revues savantes. A la fin de chaque missive, il y avait des mots pour Siffrein et Magali et cette petite fille qu'ils appelaient « notre Marie-chen ». Ainsi, les jours de lettre devenaient jours de lecture, d'instruction et de fête, car on lisait à plusieurs reprises, et, plus tard, Alain demandait à l'Escrivain de lire encore, car il apportait des commentaires et des explications trop imaginatifs et littéraires, mais qui ajoutaient au charme.

A d'autres moments, quand ils n'aidaient pas Magali aux travaux de la maison et du jardin, les enfants jouaient au jeu des sensations. Il consistait à se promener dans le parc ou dans les garrigues, sur les chemins, dans les vergers ou les vignes hautes et à percevoir mille choses en commun. Ainsi, bien que ce fût inutile, ils aimaient arroser le thym pour exalter son parfum, ce qui faisait dire à Magali devant ces plants décuplés : « Hé! c'est du thym de riche que nous avons ! » On égrenait aussi les fleurs de lavande ou l'on cueillait des bouquets. Ou bien, ils enfonçaient le nez dans la verveine ou dans le feuillage de l'héliotrope, chacun cherchant ensuite du bout de la langue sur la joue de l'autre si elle en avait gardé le goût. D'autres sensations étaient de poser la main longtemps sur une pierre brûlée de soleil, de boire l'eau dans le seau du puisard à même la louche, de compter les lézards à la gorge fragile, de sauver des oiselets tombés des trous des murailles, de marquer les lieux où se trouvaient des nids auxquels ils ne touchaient pas : le papé Siffrein leur avait appris à protéger la nature. Et puis s'alignaient les santons qu'on ne cessait de contempler et qui, sous l'inspiration de Siffrein, allaient se multipliant, en faisant la crèche la plus originale de toute la Provence qui en compte pourtant beaucoup.

— Mes petits, disait Siffrein, venez! Regardez ce personnage. Qui est-ce? Vous ne le saurez que lorsque la peinture lui aura fait des yeux, un nez, des oreilles, une bouche et des vêtements.

Ce matin-là, un peu las, il avoua :

— Figurez-vous que je vieillis, je n'ai plus toute ma tête, je prends la descente. J'en oublie parfois, tête rouillée que je suis, de santonnifier des gens que je connais. Ce matin, il m'est revenu des oublis : le fontainier, le tireur d'asperges et le planteur de cresson, le potier et le tailleur de pierre. Regardez. Les voici. Ah ! ce fut dur de faire de l'eau et du cresson avec de l'argile...

— C'est bien joli, dit Marie-chen, il y en a plus de cent.

— Eh oui ! fit Siffrein. Aujourd'hui cela va un peu mieux. Je me réveille à cinq heures du matin sur ce sentiment d'oubli. Et voilà que mes outils se mettent à parler : « Siffrein, qu'ils me disent, tu te laisses aller à rêver ; à te percher sur l'olivier sans olives, la chaleur te noue les doigts, tu n'es plus bon qu'à faire des trous dans l'eau... » Un vrai syndicat en colère ! Et, tandis que Magali faisait son derviche tourneur des vents, j'ai entendu des reproches : « Allez, au travail, grand flâneur de rien. Utilise-nous, fais marcher tes doigts et ta tête un peu ! »

— Des outils qui parlent ! s'étonna Marie-chen.

— Mais, papé, vous travaillez tout le jour, dit Alain.

— Il faut croire que cela ne suffit pas puisque les outils se plaignent. Alors, j'ai bu un peu d'anis, j'ai mâché quelques olives cassées avec du pain, et, tout à coup, j'ai eu la tête pleine comme une source qui déborde, une sorgue au moment de la levée des eaux, de l'étiage, ma fontaine de Vaucluse était au plus haut et baignait les pieds du figuier de Mistral. Alors, j'ai inventé, j'ai façonné... J'ai même eu envie de mouler l'Escrivain dans l'argile, mais quelque chose me dit qu'il ne faut pas santonnifier ceux que je vois chaque jour...

— Mais pourquoi ? demanda Alain qui aurait bien voulu se voir en santon donnant la main à une Marie-chen d'argile.

— Eh bien, mais j'ai peur de les laisser tomber et qu'ils se cassent. L'année dernière, j'ai laissé choir ce bon Quinze-Côtelettes et le jour même il se faisait une entorse en tombant d'un abricotier.

— Oh ! dit Alain avec un air de doute.

— Vous ne voyez pas qu'on dise au village : le Siffrein

est un sorcier, un porteur d'agneau noir, un jeteur de sorts...

— C'est pour rire, papé, dit Marie-chen, n'est-ce pas ?

— Le diable n'existe pas ! affirma Alain.

— Qui le sait ? mes petits, qui le sait ? Pourquoi croyez-vous que Magali fait ses dévotions aux vents et aux saints du calendrier si ce n'est pour éloigner celui du lointain pays, le Mauvais, le vilain Grimaud ? Il n'existe pas pour ceux qui n'y croient pas, mais quand le mistral souffle de nuit, avec ces bruits de portes, ces grincements de volets et de tuiles, il se crée des superstitions, et ces nuits-là on ne ferait pas pique-nique devant le cimetière...

— Moi si ! dit Alain le torse bombé et le jarret tendu comme un matamore.

— Té ! le présomptueux, dit Siffrein. Allons, écoutez donc mes outils qui protestent, qui me traitent de bavard et de roi fainéant. Jouez ou promenez-vous. Je vais faire un quatuor de joueurs de cartes et un demi-quarteron de joueurs de pétanque, des gondoliers de L'Isle-sur-la-Sorgue, un marinier du Rhône... Et puis, quelques santons traditionnels pour la vente.

— Bon courage, papé ! dit Marie-chen et Alain ajouta : Salut les outils !

Comme chaque matin, pour la joie de voir courir et caqueter, les enfants portèrent en cachette un supplément de grain aux poules. Le coq fit son fier et ne piqua du bec qu'avec des airs de grand seigneur. Les petites pomponnettes furent les plus gourmandes. Ensuite, les enfants cueillirent des chardons à fleurs énormes et à feuilles laquées pour l'âne Boniface qui, ne pouvant parler la bouche pleine, remercia par des coups de tête. Le chien César déterrait un os déjà dix fois enterré et le chat Bela faisait sa toilette à l'ombre du figuier.

Alain et Marie-chen rendirent visite au mimosa et au jasmin qui se plaignaient de la chaleur hypocritement, aux volubilis grenat et bleus qui fermaient leurs clochettes, aux fuchsias rosissant sur leur collerette pourpre, aux glaïeuls qui écoutaient de toutes leurs oreilles, à l'armée serrée des santolines et des corbeilles d'argent. Au passage, ils croquèrent une tomate pas tout à fait mûre et une figue qui l'était trop. Pour le jeu des sensations, on se piqua aux pointes du yucca et de l'agave. Enfin, pour avoir bonne conscience, ils arrachèrent quelques îlots d'herbes mauvaises dans les allées. Alain ramassa une grosse branche de cerisier dans laquelle il taillerait des nids rustiques à installer en haut des arbres pour les oiseaux mal logés.

— Si on allait par là ? proposa Marie-chen en désignant le chemin serpentant parmi les vignes.

— En avant ! dit Alain en ramassant un bâton pour s'en faire une canne.

En chemin, ce qu'ils souhaitaient secrètement arriva : ils rencontrèrent l'Escrivain qui faisait sa promenade du matin, toujours à la même heure.

— Ah ! bonjour mes amis. Faisons le chemin ensemble. J'allais dans votre direction.

— Mais non, dit Marie-chen, vous marchiez en sens contraire.

— Vraiment ? Allons bon ! Mais aller par ici ou par là, c'est bien pareil puisque c'est beau partout. Tenez, voici deux sucettes sifflantes : elles imitent le chant du crapaud amoureux.

Dans un bassin, des grenouilles se demandaient quel était ce crapaud qui chantait en plein jour.

— Allons voir ma maison, dit l'Escrivain. J'ai oublié ma tabatière. Mais auparavant, je dois m'arrêter chez nos amis le gras et le maigre, c'est-à-dire Quinze-Côtelettes et Outre-à-Huile, pour acheter des œufs frais.

— S'ils savaient que vous les appelez ainsi ! dit Marie-chen.

— Ils ne le sauront pas. Je les appelle Roger et Marcel, mais il faut avouer que ces vieux sobriquets de la Provence disent bien ce qu'ils veulent dire.

— Oui, monsieur l'Escrivain, dit malicieusement Marie-chen.

Les deux compères habitaient sur la colline boisée une ferme au portail de planches disjointes et mal raccommo- dées de débris de caisses à savon, aux murailles lézardées, dévorées par le lierre et les herbes, des iris couvrant en partie le toit de chaume. Mais les ifs centenaires, les cyprès pyramidaux, les figuiers accoudés au mur don- naient à ces lieux un air de fierté tranquille, venue de très haut dans le temps. On voyait des théories de vieux bidons à pétrole, de lessiveuses, de poteries diverses donner asile aux bégonias, aux véroniques et aux géraniums. La seule décoration était un cadran solaire de pierre placé au plus haut de la demeure. Un silence complet régnait en cette heure déjà chaude.

L'Escrivain poussa le portail branlant et ils se retrouvè- rent dans la cour intérieure parmi les poules, les dindes, les pintades et même un vieux paon fatigué. Là, sous un platane hospitalier, le sieur Outre-à-Huile dormait, bien à l'ombre, dans un fauteuil transatlantique rafistolé, tandis que le surnommé Quinze-Côtelettes jetait l'une après l'autre ses espadrilles dans les branches.

— Bien le bonjour ! chuchota-t-il en se rechaussant. Remettez-vous. Finissez d'entrer...

— Mais que fais-tu, mon Roger ? demanda l'Escrivain à voix basse.

— Eh bien, dit mélancoliquement l'homme long et maigre, je fais taire les cigales pour protéger le sommeil de ce Marcel de malheur.

Il ajouta sur le ton de la confidence :

— Il est bien fatigué, le pôvre.

Fatigué, cela voulait dire par un vieil euphémisme des campagnes, que le compère Outre-à-Huile était malade.

— Il dort depuis trois jours. Il ne s'éveille que pour prendre un peu de manger, mais si peu ! Et plof ! il repose la joue. Et moi, je n'ai plus qu'à l'écouter dormir. On ne dit plus un mot.

Ne plus dire un mot était bien la chose qui gênait le plus le grand invectiveur.

— Ecoute mon Roger, dit l'Escrivain, s'il n'est pas bien, c'est qu'il n'est pas bien, hé ? Alors il faut faire venir le médecin de Saint-Didier ou de Carpentras.

— Oh ! dit Quinze-Côtelettes, je lui donne la médecine. A l'habitude, ça remet toujours en place, mais cette fois, c'est comme si je chassais le soleil avec un lance-pierre.

Il alla chercher une bouteille où macéraient dans l'alcool toutes sortes de plantes de la montagne, surtout de l'arnica, portant une étiquette avec l'indication : *Remède*.

— Promets-moi, mon Roger, dit l'Escrivain, si cela ne s'améliore pas d'ici trois jours de venir me voir. Je téléphonerai à un toubib que je connais.

— Je veux bien promettre... dit Quinze-Côtelettes. Vous êtes venus chercher quelques œufs ?

Il fit entrer ses hôtes dans une cuisine aux meubles luisants et odorants de cire. Là, au contraire du reste de la demeure, tout était propre et ordonné, des alignements de casseroles aux pots de condiments en passant par la vaisselle fleurie. On prit place autour de la table de noyer et Quinze-Côtelettes offrit de petits verres d'un alcool de sa composition qui fleurait bon la verveine. Alain et Marie-chen trempèrent leurs lèvres dans le même verre tandis que l'Escrivain s'octroyait gaillardement une généreuse rasade qui lui mit le rouge aux joues.

— A la meilleure santé du malade ! dit-il.

Quinze-Côtelettes apporta un panier d'osier empli d'œufs énormes qu'il emballa soigneusement par six dans de vieux journaux locaux. Il prononça une phrase attendue :

— Ne faites pas l'omelette avant la poêle !

— Certes non ! dit l'Escrivain en ouvrant sa musette.

Ils tentèrent quelques plaisanteries qui tombèrent à plat. Quinze-Côtelettes était visiblement préoccupé. Les rides verticales de son long visage buriné semblaient plus profondes et ses yeux enfoncés plus noirs. Alain et Marie-chen regardaient les portraits de famille, ceux des vieux morts depuis longtemps, dames à hauts chignons et à longues jupes, les mains croisées sur le ventre et souriant d'un air satisfait, messieurs aux moustaches cosmétiquées en bourgeron du dimanche, enfants ayant vu le petit oiseau sortir de l'appareil à plaques. Il y avait un coin de santons venus de chez Siffrein, les objets souvenirs d'un voyage à Nice, un diplôme agricole, des rubans de conscrit et une photographie de groupe prise au régiment.

Quand l'Escrivain se leva, Quinze-Côtelettes dit :

— Vous avez bien une minute. Toujours à écrire, toujours à écrire... Qu'est-ce que vous avez encore à raconter ?

— Si je le savais moi-même ! dit l'Escrivain qui, ce matin-là, était en veine de modestie.

Ils allèrent jusqu'à l'étable qui sentait le bouc et le mouton. Leur hôte offrit un fromage rond et bien sec. Dans le pays, un visiteur ne repartait jamais sans un cadeau.

Au moment où ils se dirigeaient lentement vers le portail, un grand soupir se fit entendre : Outre-à-Huile se réveillant manifestait ainsi sa présence. Quinze-Côtelettes s'approcha d'un air inquiet. Son ennemi intime, son proche, parlait dans ses dents.

— Hé ! que dis-tu ? On n'entend rien...

— Oh ! rien, pas rien !

— Si ! tu grinces entre tes dents...

Et Outre-à-Huile haussant le ton au prix d'un effort jeta cette parole inattendue :

— Cuisse de criquet, vaï !

— Tiens, il va mieux, observa Quinze-Côtelettes, et il rétorqua : mieux vaut cuisse de criquet que jambon d'hippopotame !

— Toujours broche-en-cul !

— Toujours croc-en-jambe, le croquant !

Les visiteurs se dirent que le malade portait un peu de mieux en effet et Quinze-Côtelettes remarqua : « Le remède fait son effet. Voilà qu'il jure comme un laboureur de pierres... »

— As-tu fini de me caresser avec des oursins, malappris, et devant d'illustres visiteurs ? reprit un ton plus haut Outre-à-Huile.

— Il commence à me briser le carillon! fit Quinze-Côtelettes. Ah! qu'il dorme!

— Ecoutez, écoutez, bons messieurs, dit le malade, il me remue la bile avec un bâton sale, ce Jean-Figue!

— Retourne à ton sommeil, mécréant!

L'Escrivain et les enfants, un peu gris d'avoir goûté la liqueur, les quittèrent en riant. Cette maladie était peut-être imaginaire. Outre-à-Huile voulait-il seulement se faire plaindre?

Au soleil de dix heures, le pépiement des oiseaux se faisait moins entendre, les feuillages bruissaient à peine, eux si bavards sous les vents. Sous un soleil ardent, il fallait descendre la colline parmi des champs de lavande abandonnés et remonter ensuite une sente parmi les sainfoins et les euphorbes entre deux champs de blé bientôt prêts à être moissonnés.

**

L'Escrivain habitait une ancienne chapelle parmi les ronces et les avoines sauvages, les pins parasols et quelques pieds d'une vigne devenue sauvage et qui donnait encore quelques grappes de raisin de cuve acide à souhait. Là, jadis, des moines-paysans avaient cultivé une terre ingrate retenue par des murets de pierres. Elle était encore semée de leurs os six fois centenaires, avec des vestiges de pierres tombales ou de tuiles romaines qu'on plaçait simplement sous la tête des morts. Dans une niche en haut du mur de l'ouest, une statuette représentait un saint décapité qui tenait sa tête entre ses mains comme un melon. Par la suite, la chapelle était devenue une ferme, s'agrandissant de bâtiments rustiques.

L'Escrivain travaillait sous une voûte romane qui le cernait comme un dais. Sur des rayons artisanaux, les livres étaient soigneusement rangés avec l'indication de

signes correspondant aux diverses matières, par exemple
un bouquet d'épis de blé là où se trouvaient les ouvrages
de nature et les manuels de folklore, une chaîne pour les
biographies et l'histoire, un buste socratique pour la
philosophie, une clef pour les ouvrages d'ésotérisme et une
miniature ancienne représentant un troubadour pour les
livres de Provence, un chapelet musulman pour les
religions, une flûte de Pan pour la poésie, etc.

Les enfants adoraient ce sanctuaire, car on trouvait sur
chaque rayon des objets intéressants, des cartes postales,
des albums du *Petit Journal illustré,* des livres pour enfants
de naguère, des affiches comme celle où Gérard Philipe
dévorait un livre. Ainsi qu'il se doit, la table de chêne était
encombrée de bouquins, de lettres et de petits papiers où
courait une écriture en pattes de mouche.

— Venez sous la véranda. Il y fait bon frais grâce à la
vigne grimpante... Et l'on y voit voleter des geais, des pies
et des rossignols. Je vais chercher des boissons fraîches...
En attendant, goûtez le bon air et le panorama. Il est
presque aussi beau que celui du santonnier.

« C'est évident, pensa Alain, puisque c'est à peu près le
même. » Il s'assit sur une chaise de métal recouverte d'un
coussin et posa ses pieds sur un petit banc de couturière,
tandis que Marie-chen choisissait le rebord de la terrasse,
près des bacs où fleurissaient des pourpiers. Ils se
regardèrent longuement, gravement. Pendant quelques
instants, leur complicité les unit. Le Grand Secret des
Nuits était présent bien qu'on ne le nommât pas. Ils se
demandaient si d'autres personnes qu'eux-mêmes vivaient
de pareilles aventures. Car ils savaient qu'il ne s'agissait
pas d'un rêve : la descente dans le souterrain était bien
réelle, tout ce qui avait suivi d'une nuit à l'autre aussi.
Alors, par quel miracle se retrouvaient-ils dans leur lit,
frais et dispos, au matin, après tant de pérégrinations ? La
fillette pensait que tout cela était bien pratique, mais
Alain, soucieux de tout comprendre, faisait un intense
effort de réflexion. Soudain, ses traits se détendirent : une

idée s'alluma comme une ampoule au-dessus de sa tête et s'éteignit trop vite.

L'Escrivain apporta, sur une table roulante construite avec un vieux landau d'enfant, quelques produits alléchants : des coupes contenant des fraises cramoisies du Ventoux sur lesquelles il écrasa un énorme citron et qu'il saupoudra de sucre fin. Trônait une immense carafe avec un compartiment intérieur pour que la glace ne se mêlât pas à la boisson tout en lui apportant ses bienfaits. Le liquide était ambré comme du miel sauvage et des rameaux de menthe s'y baignaient.

— Voilà, dit-il après une pincée de prise extraite de la tabatière retrouvée, voilà qui va nous rafraîchir. Prenez une cuillère et expliquez-vous avec les fraises de Beaumont-du-Ventoux. Après je verserai le thé bien glacé. Mais... aimez-vous le thé ?

— Moi j'aime bien, dit Alain, mes parents en prennent toute la journée, mais le papé Siffrein préfère le café et Magali fait toutes sortes de tisanes qui guérissent de tout.

— Rien de meilleur ! affirma l'Escrivain, surtout quand c'est un mélange d'earl grey et de thé russe à la bergamote. Mais toi, petite fille, sais-tu que tu viens du pays du thé ? C'est pour cela que tu as un aussi joli teint et des yeux si vifs.

Marie-chen aurait pu être attristée par cette évocation, mais lorsque ses parents étaient morts dans un bombardement, elle n'était encore qu'un tout petit bébé et son seul horizon était celui de la Provence qui lui avait même fait don d'une pointe de son accent chantant.

— Tenez, dit l'Escrivain en tendant les coupes et les cuillères, il y a bien longtemps que je ne vous ai pas raconté une histoire et ça me manque plus qu'à vous sans doute. Connaissez-vous l'origine du thé ? Non ? Eh bien, mangeons et je vous la dirai...

— Quel délice ! dit Marie-chen la bouche emplie d'un parfum de fraise. Mais dites, monsieur l'Escrivain, comment connaissez-vous tant d'histoires ?

— Il y a plusieurs sources, répondit l'Escrivain, les

livres et leurs paroles froides qu'il faut animer par la voix ;
c'est là que j'ai trouvé la légende du thé. Et puis, les
histoires qu'on se transmet de génération en génération :
celles-là sont chaudes comme le pain sorti du four et elles
vivent d'elles-mêmes. Mais les gens, aujourd'hui, oublient
de se les transmettre, car ils sont moins causants que jadis.
Ils reçoivent et oublient de donner.

— Le papé en connaît, il en raconte parfois, observa
Marie-chen.

— Il existe un proverbe africain : « Un vieillard qui
meurt, c'est une bibliothèque qui brûle. » C'est dit
admirablement. Les Africains ont encore le secret des
griots. En Occident, les hommes sont trop pressés et ils
oublient les idées simples. Ils courent après quelque but
lointain et inconnu alors qu'il est présent parmi nous, qu'il
est aussi proche que le bout de leur nez. Chaque journée
bien remplie nous le fait apparaître... Les jours, les nuits,
le soleil, la lune, la terre, l'air, l'eau, le feu, le monde. Le
monde oui : goûtons ses fruits, soyons les fruits de
l'univers !

Alain pensa alors aux hommes-fruits de la planète des
nuits. L'Escrivain versa encore du thé glacé et, le verre en
main, il ajouta d'une voix de baryton inspiré :

— Alain et Marie-chen, tôt le matin, regardez vers les
collines en attendant les premiers chants d'oiseaux. Vous
entendrez les fifres des bergers du temps passé, les
tambourins des fêtes, et des jeunes filles invisibles danse-
ront parmi les fils de l'aurore...

Il but quelques gorgées et ajouta, une main sur le
cœur :

— C'est ici que j'ai appris ces vérités, non dans les
livres. Ah ! parfois il me semble que je rejoins l'inexprimé.
Des arbres ont mon âge, d'autres pourraient être mes
aïeux. Mes armoires fleurent la menthe et le lavandin.
Dans l'ancienne écurie, au creux d'une mangeoire, j'ai
trouvé un oursin fossile. Siffrein m'a appris qu'autrefois on
en plaçait pour éloigner les maladies du bétail. Qui sait
encore cela ? Et quelle chose est plus importante ?

— Et la légende du thé ? réclama Marie-chen.

— Elle est courte. La voici : « En Chine, il y a bien des siècles, vivait un jeune prince nommé Darma. Il était le plus beau des hommes et son intelligence confondait les plus doctes. Les plus hautes destinées l'attendaient, les plus ravissantes princesses du grand royaume rêvaient de devenir son épouse, son père comptait sur lui pour régner sur une province. Puis, un jour d'hiver, surpris par la blancheur, il baissa ses longs cils et vit un flocon de neige qui fondait sur les naseaux de son cheval. Il se dit qu'il ne verrait plus rien au monde d'aussi beau, et il se perdit dans une rêverie interminable, une mélancolie dont aucun spectacle ne put l'extraire. Sa famille se désolait. On tenta de le distraire et l'on convoqua les meilleurs musiciens, les plus exquis danseurs. Rien n'y fit. On appela d'illustres médecins, de grands philosophes, de savants religieux. Pas plus de résultat. Son corps était présent, mais son âme était ailleurs. Assis sur le sol, il paraissait avoir quitté à jamais le monde des hommes... »

L'Escrivain fit silence comme si lui-même pénétrait dans le monde du prince oriental de jadis.

— Et... après ? demanda Alain ne sachant si l'histoire se terminait ainsi.

— Après ? Ah oui... « L'histoire du prince Darma fit le tour du grand royaume et alla même au-delà, dans toute l'Asie. Un jour, un vieux pèlerin venu de l'Inde expliqua au roi qu'il n'existait pas de remède : le prince avait été choisi par Dieu et il fallait respecter sa contemplation. Ce qu'on ignorait, c'est que le prince, pour mieux voir au-dedans de lui-même, refusait le sommeil. Mais après des jours et des jours, des nuits et des nuits de veille, amaigri et fiévreux, ses yeux, malgré lui se fermèrent et il s'endormit longuement... »

Encore un silence de l'Escrivain sans doute pour laisser dormir le prince. En fait, il adorait laisser une histoire en suspens pour retenir l'attention.

— Et après ? demanda Marie-chen.

— Après ? C'est là que tout commence. « Après avoir

dormi six jours et six nuits, il s'éveilla au chant du rossignol. Effrayé, il décida de ne plus jamais laisser ses yeux se fermer, car le sommeil des hommes est contraire à la méditation des sages. Alors, il prit un canif à la lame effilée, et, sans ressentir la moindre douleur, sans que coulât la plus petite goutte de sang, il se coupa délicatement les paupières et les jeta à terre... »

— Oh ! fit Marie-chen en portant ses mains à ses yeux.

— « Il les jeta à terre et aussitôt le miracle survint. Ses paupières, devant lui, se métamorphosèrent en un arbrisseau inconnu que la terre si généreuse n'avait encore jamais produit : c'était lui, oui, c'était le thé ! »

— Moi, dit Marie-chen sous la surprise, je veux garder mes paupières pour pouvoir dormir et rêver, pour aller la nuit au pays des...

— Chut ! l'interrompit vivement Alain.

L'Escrivain qui n'y porta pas attention fredonna un court poème :

Avec le thé je bois les larmes
Du prince Darma de jadis.
Si la Chine était la Provence,
Le thé vivrait sur nos collines
Et la vigne serait jalouse
Des paupières frémissantes
Du prince Darma de jadis.

Alain pensa irrésistiblement aux billets-poèmes dont se servait le Grand Ventriloque pour paiement. Il aurait aimé, Alain, savoir écrire un poème pour l'offrir à son ami le conteur d'histoires. Fort curieux ces rapprochements ! Mais l'Escrivain aurait-il pu inventer de si beaux événements que ceux qu'ils vivaient en secret, Marie-chen et lui ?

— Allons, dit l'Escrivain, finissons ces fraises sucrées et ne nous attristons pas. Ce n'est peut-être qu'une légende bien que je la croie vraie. Et puis, je vais vous laisser partir, car il faut que j'écrive sur un poète. Avant, je vais vous offrir un livre.

Ils passèrent dans le cabinet de travail et l'hôte conteur leur tendit le livre : c'étaient *Les Voyages de Gulliver.* Sur la couverture illustrée, on voyait Gulliver immense, étendu sur le sol et ligoté par des milliers de petits liens attachés à des pieux tandis qu'un peuple de Lilliputiens courait sur son corps et autour de lui dans un paysage où les arbres et les maisons étaient minuscules.

— Merci, merci, dirent les enfants en quittant la demeure, merci pour les fraises et le thé, pour l'histoire et le livre !

— A bientôt, mes petits, à bientôt. Le bonjour à maître Siffrein et à la bonne Magali.

Et il fit sniff ! sniff ! au-dessus de sa tabatière où le roi de Rome lui fit un sourire et cligna de ses yeux bleus.

* *

Parce que la nuit était tombée vite et très fraîche, le santonnier ferma la porte-fenêtre donnant sur la terrasse et l'on se tint à l'intérieur près de la cheminée muette pour quelques mois encore. Tandis que la maison de Siffrein se drapait d'ombre, que de la cuisine venaient des bruits de vaisselle, on entendait les insectes nocturnes taper contre la vitre comme des poignées de pépins de raisin jetés à la volée. Plus l'obscurité serait épaisse, plus les grillons crisseraient en attendant qu'au matin les oiseaux et les cigales prennent le relais.

Siffrein dans son fauteuil, les mains sur le ventre, souriait dans son premier sommeil sonore. Les bruits de la cuisine se turent. Magali devait faire sa prière aux vents ou égrener ses litanies saintes. Le bassin de la cour jetait l'écho assourdi du chant rocailleux des grenouilles. César avait rejoint sa niche, le chat Bela était parti en pèlerinage vers ses fiancées ou ses ennemis grands déchiqueteurs d'oreilles. Et tous, les poules, les pomponnettes, le coq dormaient au poulailler, les lapins au clapier, bien protégés des renards qui parfois glapissaient dans une combe lointaine. L'âne Boniface auquel on n'avait jamais mis de bât devait rêver à la pitance et les frères Thomas reposer près de leur auge toujours bien garnie.

Alain et Marie-chen regardaient les images de *Gulliver.* Ils avaient passé l'après-midi près de la mare, se baignant de temps en temps, observant les araignées d'eau et les guêpes venues s'abreuver, surtout les jolies polistes au corselet jaune et noir qui se posaient à la surface de l'eau sur la pointe extrême de leurs pattes écartées, la légèreté de leur corps permettant ce prodige. Le papé Siffrein appelait les guêpes des « porteuses d'outils » avec leurs crochets de mandibules, leurs pattes armées d'épines et de peignes qui leur permettaient de creuser le sol comme une machine. Des guêpes, pour qui savait observer, il en existait de plusieurs dizaines d'espèces, celles dont les nids sont des terriers, celles qui fouissent dans le sable, les bâtisseuses, les maçonnes avec leurs petites urnes, les rubicoles qui adorent construire leur logis dans une canne ou un bois creux, ou, parmi les plus répandues, celles qui édifiaient dans les tuiles ou parmi les cyprès ou les hauts romarins leurs alvéoles hexagonaux d'une construction digne des plus modernes architectes.

— Celles-là, disait Siffrein, ont inventé le papier bien avant les hommes. Elles ont su en prendre la substance dans le bois...

— Fort juste ! avait complété l'Escrivain, puisque Réaumur, au temps de la Régence voulait déjà qu'en cela on les imitât, mais ce qu'il y a de plus surprenant, et qui porte à méditation sociale et philosophique, c'est que de tels insectes préparent soigneusement la naissance d'enfants-guêpes qu'ils ne connaîtront pas, car, écoutez bien les enfants : les générations successives n'ont pas de contact !

Et l'on parlait du miracle de l'instinct, des forces de la vie qu'il faut préserver, des cruautés de la nature aussi. Devant les fourmis, les abeilles butineuses et les guêpes, l'Escrivain disait : « Voilà l'image la plus parfaite de l'univers et de ses frissonnements ! »

Alain adorait ces conversations savantes et jamais abstraites, puisque les exemples se présentaient partout sur la Terre. Il était heureux quand le papé Siffrein, chaussant ses lunettes, lisait des pages de M. Fabre, entomologiste et félibre, « ce qui est la même chose », disait le santonnier. Il parlait aussi de M. Raspail né à Carpentras dont on utilisait encore les vieilles préparations médicinales.

Après le bain où l'on pataugeait plus qu'on ne nageait, car l'eau était peu profonde, après les conversations avec les animaux familiers et les fleurs, les enfants avaient marché dans la cerisaie et dans la pinède pour cueillir du pourpier sauvage dont on ajoutait les feuilles à la salade frisée et aux tomates pour en varier le goût.

De temps en temps, des touristes s'arrêtaient chez le santonnier pour quelques achats et les enfants, en se cachant un peu, regardaient ces personnages curieusement vêtus en été tel qu'on le conçoit en ville, et dont les automobiles portaient des immatriculations parfois lointaines et étrangères. Alain aimait les voir s'extasier devant les productions du papé, le fier artisan, mais parfois certains prenaient des airs protecteurs et lointains qui faisaient sourire.

— Et ceux-là ? demandaient-ils en regardant la « crèche à nous ».

— Oh ! ils ne sont pas à vendre, disait Siffrein, c'est pour l'exposition.

Les enfants refermèrent *Gulliver*. Maintenant qu'ils connaissaient les images, il ne leur restait plus qu'à lire : ce serait pour le lendemain. Le papé soupira, sortit du premier sommeil, et dit :

— Mais... c'est que je m'endormirais presque. Et demain il faut que j'emballe et que j'expédie trois crèches complètes pour des gens de Valenciennes. Nos santons dans le Nord ! Pourvu qu'ils n'aillent pas attraper froid !

— Tout le monde au lit ! dit la Siffreine qui éteignait les lampes.

Ils se souhaitèrent la bonne nuit. Alain avait glissé dans la poche de sa culotte trois petites pommes de pin qu'il avait ramassées au retour de chez l'Escrivain.

Et la nuit de Provence, avec ses étoiles et sa Voie lactée, devint souveraine.

Huit

Il s'écoula ainsi trois jours de bonheur et trois nuits calmes durant lesquelles Alain et Marie-chen ne firent que dormir tranquillement. Au réveil, ils s'interrogeaient du regard. Non, il ne s'était rien passé. Aucun rêve, aucune pérégrination. Où étaient les hommes-fruits, la Cité des Jeux, le Grand Ventriloque ? Il leur arriva de se demander s'ils ne confondaient pas leurs aventures nocturnes avec les contes de ce grand bavard d'Escrivain.

Durant les journées, ils aidèrent le fermier voisin à rentrer les blés qui ne pouvaient attendre, car on craignait l'orage, soulevant à deux les grosses bottes de paille ou aidant à lier les sacs de grain. Ils cueillirent les melons qui dormaient au soleil comme de gros chats jaunes. Certains étaient trop mûrs ou sans parfum et on les donnait aux poules. Ils assistèrent au travail du sulfateur de vignes qui teignait en même temps que ses mains les feuilles en bleu. Les lavandins, au bord des allées, resplendissaient, mais bientôt il faudrait les tailler pour ne pas fatiguer la plante. On arrosa aussi longuement chaque soir les parterres vite desséchés en répartissant l'eau selon les besoins de chaque plante, de chaque arbre. L'Escrivain, qui apparaissait toujours au bout du chemin en laissant croire que c'était par hasard, leur narra encore quelques histoires, des

contes des frères Grimm qu'orgueilleusement il disait
améliorer, la légende du semeur de cigales...

Siffrein apprenait aux enfants l'art des santons et ils
s'aperçurent que créer des formes était bien difficile.
Magali leur enseignait mille petites choses, la couture par
exemple où Marie-chen se montrait plus habile qu'Alain,
lequel se piquait toujours les doigts bien qu'il mît des dés à
coudre de l'index à l'auriculaire. « Il se passe chaque jour
du nouveau ! » constatait Alain. Après les cerises, les
abricots, puis les prunes, les melons, les tomates, et
bientôt le bon raisin muscat...

Enfin, il y eut, après ces jours calmes, la quatrième nuit.
Alain gardait toujours ses trois pommes de pin dans sa
poche. Puis un soir où la lune rouge annonçait du vent, où
des nuages pommelés commençaient à courir dans le ciel
tout enflammé par les ultimes lueurs du couchant, la
maison Siffrein se coucha de bonne heure. Les enfants,
épuisés par une journée de plein air, s'endormirent très
vite. Et la magie recommença...

Les ballons-culottes atterrirent en douceur sur une
plate-forme où on les confia à un jeune homme-citron.
Quelques oiseaux-cerises vinrent rafraîchir les voyageurs
de leurs fruits et l'on but de l'eau parfumée à une fontaine
qui coulait d'un rocher.

— Allons nous reposer sur les gradins de velours,
proposa le Grand Ventriloque d'une voix orange.

L'étendue du trottodrome était telle que des dizaines de
participants pouvaient s'aligner au départ. Curieusement,
il en était de placés à des distances diverses. Les enfants se
demandaient comment faire pour voir les plus éloignés
quand un homme-citron, coiffé d'un chapeau conique
comme en portaient les Chinois au temps où ils avaient
une natte, leur offrit des bonbons tout à fait comme
l'hôtesse Viviane de l'histoire de l'Escrivain. Ces bonbons
couleur lie-de-vin répandirent dans les bouches un goût de

violette et d'airelle. Ils ressentirent alors l'impression subite que leur vue s'était décuplée : ils voyaient de leurs yeux comme au travers de jumelles puissantes. Alain ouvrait et fermait les paupières, tandis que Marie-chen faisait de comiques grimaces. Maintenant, ils avaient des regards d'aigles.

— Ce sont des bonbons-vision, expliqua l'homme-orange, cela semble vous étonner. Cela doit bien exister chez vous...

— Non. Nous ne connaissons pas, dit Alain.

Ils pouvaient examiner à loisir tous les acteurs se préparant à la course et qui formaient un univers hétéroclite et bariolé comme dans un kaléidoscope : autruches, zèbres, cerfs, chèvres, girafes, lévriers attelés à toutes sortes de véhicules, d'équipages et de chars, des tilburys, coupés, breaks, victorias, phaétons, et autres dont l'équivalent n'existe pas sur la Terre. Des animaux servaient pour la selle avec des hommes-fruits qui les chevauchaient dans les positions les plus invraisemblables, certains montant même à l'envers, d'autres se couchant en dépit de toute logique. Enfin d'autres animaux restaient libres d'aucune entrave, et il y avait aussi des hommes sans monture venus des provinces les plus variées comme le montrait leur physique d'abricot, de pêche, d'ananas, de mangue, cependant les hommes-agrumes étaient en majorité, citrons, oranges, mandarines. Les uns étaient habillés de vêtements flottants proches des saris, ponchos, gandouras, djellabas, houppelandes, les autres portaient des costumes que sur Terre on aurait appelés « de théâtre » ou « de carnaval », tant ils rutilaient de garnitures de tissus variés, falbalas, bouillons, ruchés, galons et fronces, brandebourgs et fanfreluches, ayant en commun des couleurs éclatantes comme des pelages de panthère ou des plumages de paon, avec, dans cette polychromie, rien qui fût criard, tout étant là pour rire et pour chanter, des incarnadins aux orangés, des indigos aux grivelés d'argent, des mordorés aux verts bronze ou or.

Tandis que les enfants attendaient le signal du départ

de la course, les aéronefs des spectateurs retardataires se posaient sur les terrasses sans faire plus de bruit que des papillons. Grâce à leur regard multiplié, les enfants les voyaient arriver de très loin, du haut des cieux, aux abords des architectures vertigineuses.

— Auriez-vous fréquenté l'Ecole des Mouches? demanda courtoisement le Grand Ventriloque.

— L'Ecole des Mouches?

— Oui, je dis bien : l'Ecole des Mouches. Ici, c'est une classe enfantine, car il s'agit dans notre pédagogie d'apprendre aux enfants *à voir* avant de leur apprendre à lire, à compter ou tout autre chose. Alors, pendant une année, on leur demande simplement de regarder voler les mouches et cela leur apprend beaucoup : le vol des mouches représente pour nous la perfection que nous ne pouvons atteindre, hélas! et nos meilleures machines volantes leur sont bien inférieures. Cette éducation par les mouches a, de plus, l'avantage d'apprendre à être distrait, c'est-à-dire attentif aux choses essentielles.

Alain trouva cela singulier. Combien de fois lui avait-on reproché de regarder voler les mouches au lieu d'écouter la leçon! En attendant, il allait regarder courir des êtres bien éloignés des insectes. Pour le départ, il s'attendait au signal d'un coup de feu ou d'un compte à rebours puisque les hommes-fruits semblaient ignorer les armes, mais il ne se passa rien de la sorte, et même rien du tout. Simplement, un bébé zèbre se mit à gambader librement et son mouvement se communiqua à l'ensemble des participants. Ce fut comme s'il invitait à une sorte de danse, de cavalcade, de carrousel plutôt qu'à une course véritable. Tout cet ensemble chamarré d'êtres, de véhicules, de parures en tous genres se mit à chatoyer comme mille pierres précieuses et, autour de nos amis, on entendit des chants enthousiastes pour répondre à leur liesse.

— Je me demande qui va gagner, dit Marie-chen.

— Gagner? demanda l'homme-orange, gagner?

— Oui, arriver le premier.

Le Grand Ventriloque devint perplexe. Visiblement ce

terme échappait à son entendement. Il répétait « gagner ?
gagner ? » et cherchait dans sa tête au point que sa sueur
d'orange perlait à son front. Finalement, il dut trouver la
signification de la question de Marie-chen, car il affirma :
— Mais... c'est le trottodrome. Il ne s'agit pas de
gagner ou d'arriver le premier quelque part. Quelle
importance ? Il s'agit simplement de courir...
— Il n'y a pas de professionnels et d'amateurs ?
demanda Alain.
— Professionnels ? Amateurs ? Je ne sais pas ce que cela
signifie, avoua le Grand Ventriloque avec confusion.
— On ne fait pas de paris ?
— Paris ? Paris ? c'est une capitale de votre royaume,
paraît-il. Je ne comprends décidément pas. Ici, les gens
trottent et trottinent, ils courent et caracolent, c'est ainsi
depuis le début du monde. C'est tout. Ils font cela pour
être ensemble et pour s'amuser...
Alain en prit son parti : ici tout était différent. On
assista à de singuliers ballets. Les autruches, les zèbres,
tous les autres attelages se groupèrent par catégories et
tournèrent en cercle harmonieux, faisant mille figures
bariolées, tandis que, au centre, les hommes-fruits dansaient et faisaient des cabrioles, des sauts de carpe, des
bonds, des cabrades ou se livraient au noble jeu de saute-
mouton. Bientôt, on vit des spectateurs enthousiasmés les
rejoindre pour se mêler à la fête. Il est vrai qu'une
musique venue d'on ne sait où et qui paraissait naître du
mouvement lui-même vous incitait à incliner le corps vers
ses rythmes.
Le Grand Ventriloque avait chaussé ses lunettes compliquées lui permettant de voir en couleurs. Si pour lui le
bleu devenait rouge, le vert jaune et le marron un blanc de
neige, qu'importait ! puisque c'était l'ensemble des couleurs qui comptait. Au grand plaisir des enfants, il
proposa :
— Et si nous rejoignions ces coursiers ?
Heureux et légèrement décontenancés et timides, Alain
et Marie-chen prirent chacun une de ses mains au bout

des longs bras et ils se rendirent sur la piste où ils furent surpris une fois de plus que personne ne semblât remarquer ce que leur physique, leur présence avaient d'insolite. Peut-être prenaient-ils pour beaucoup une autre apparence, par exemple celle de leurs pensées et comme elles étaient amicales, ils devaient être très jolis.

— Venez, venez, entrez dans la course! dit un homme-citron qui remuait une baguette de chef d'orchestre, avec cette différence qu'une clochette fleurie dansait à chaque extrémité.

— Entrez dans la danse, voyez comme on danse... fredonna Marie-chen, et une petite fille-orange chanta avec elle en prenant un accent légèrement sucré.

Ils se mêlèrent donc à ces êtres étranges et gais et se mirent, comme eux, à exécuter des danses diverses qui tenaient du galop, de la sarabande, de la pavane ou du branle. Chacun, homme-fruit ou animal familier, se trémoussait comme au carnaval de Rio, sautillait, faisait des entrechats et des pointes, des cabrioles ou de la voltige en se servant autant des longs bras que des jambes. C'était une danse des fruits de l'été, un cotillon gigantesque et sauvage atténué par des saluts et des sourires, des chevauchées et des chants.

Au centre de ce stade immense, on vit même des jeux du genre cache-cache, chat perché ou colin-maillard, des sports gymniques et athlétiques. Marie-chen était la plus remuante : elle riait et chantait, dansait éperdument, faisait la révérence au poney ou à l'autruche. Ils entrèrent dans une ronde en compagnie du Grand Ventriloque qui amusa l'assemblée en exerçant ses talents donnant à la girafe la voix de la chèvre ou au chevreuil celle du canard.

Le final s'annonçait grandiose : une sorte de défilé plus lent, presque religieux, durant des centaines de mètres, et au cours duquel chacun fraternisait du geste aimable, du rire ou du chant avec ses voisins immédiats. Puis le Grand Ventriloque, sans doute fatigué, proposa :

— Cela va durer encore longtemps, puis recommencer

après ce repos. Voulez-vous que nous reprenions notre voyage ?

— Oh ! oui, dit Marie-chen, mais tout sera-t-il aussi beau ?

— Ce sera autre chose, dit le Grand Ventriloque.

— Que c'est beau ! que c'est beau ! répéta Alain. Comme une farandole en Provence, comme... comme...

— C'est la fête ! c'est la fête... dit Marie-chen.

En gravissant d'un pas léger les gradins veloutés jusqu'à la plate-forme d'embarquement où ils avaient laissé les ballons-culottes, Alain se souvint de l'idée qu'il avait eue sur la terre comtadine. Il glissa sa main droite dans la poche de sa culotte : les trois pommes de pin étaient bien là, les trois pommes de pin venues de la pinède en bas de chez l'Escrivain. Ce n'était donc pas un rêve, une songerie de contemplateur de mouches, mais bien une réalité qu'ils vivaient, une réalité inexplicable. « Bah ! se dit-il, faut-il tout expliquer ? »

Ils s'arrimèrent aux ballons-culottes, s'apercevant qu'une main inconnue avait orné les bretelles de fleurettes qui ressemblaient à des volubilis, et bientôt ils flottèrent de nouveau dans l'azur en direction de grands corps d'architecture décorés de floraisons abstraites. Plus loin, les murailles, quand elles n'étaient pas percées ou agrémentées de coupoles où des gens-fruits se balançaient sur des hamacs ronds, étaient veinées, jaspées, grenées, variant sans cesse dans des tons vert d'Egypte, bleu turquin ou rouge antique. Les onyx, les porphyres, les brocatelles, les gypses étaient les mêmes que sur la Terre, mais ici les carrières les dispensaient à foison. De plus, ces marbres étaient parfumés et de l'un à l'autre on parcourait tout le clavier des odeurs suaves et douces comme des notes de clavecin.

— Après l'amusement, l'étude, dit le Grand Ventriloque, voulez-vous visiter ce que vous appelez une école ?

— Oui, dit Alain, mais nous ne sommes pas très savants.

« Je n'en crois rien ! » affirma le sourire de leur guide.

Ils mirent le cap au sud-est de la Cité, là où s'étageaient des jardins et des parcs en terrasses géantes. Ils se posèrent entre deux cèdres et marchèrent sur un gazon nacré. Dans une clairière, une cinquantaine d'écoliers en tunique blanche, enfants-fruits de toutes sortes, étaient assis en cercle, comme dans les écoles arabes, autour d'un maître en maillot collant de couleur violine.

L'arrivée des nouveaux venus ne provoqua aucune distraction et ils s'assirent en tailleur parmi ces délicieux petits garçons et petites filles-fruits aux regards lumineux d'attention et d'intelligence. Le maître, un homme de grand âge, ne faisait pas un cours. Sa main semblait caresser l'air et désignait un enfant qui parlait alors dans une langue inconnue. Le maître (mais peut-être le mot ne convenait-il pas ?) écoutait attentivement, questionnait ou répondait par de courtes phrases avec un air d'humilité, comme s'il avait été, lui, l'élève.

Bien heureusement, par transmission immédiate de la pensée, le Grand Ventriloque traduisait tous les propos échangés. Ainsi une petite mandarine expliqua minutieusement comment un autruchon était sorti de l'œuf après la couvaison. Elle décrivit le phénomène de la naissance, le corps de l'oiseau et les attentions des autruches adultes. L'homme en maillot violine la remercia vivement.

— On croirait, chuchota Alain, que ce sont les enfants qui sont les professeurs et que le professeur apprend tout d'eux.

— Comment voulez-vous qu'il en soit autrement ? demanda le Grand Ventriloque.

— Eh bien, chez nous, le prof donne un cours et il apprend aux enfants ce qu'il sait, car c'est lui qui est savant et qui peut enseigner...

— Mais, affirma le Grand Ventriloque, ce moniteur est très docte et très érudit et c'est même un savant et un sage de la planète très réputé. Aussi, il ne peut justement pas apprendre aux autres ce qu'il sait, car il enseignerait toujours les mêmes choses et ôterait toute liberté à l'imagination des enfants...

A ce moment-là, un garçon-pamplemousse raconta qu'avec ses parents et ses sœurs, ils avaient soigné un poney dont le sabot avait été écorné par un silex. Il en naquit une conversation générale sur la nature du poney et chaque enfant-fruit donna ses idées et indiqua ses observations sur une question qui s'avérait passionnante. D'autres abordèrent les sujets les plus divers comme le tissage de la soie, la fabrication du vin de miel, la conservation des œufs, l'art de cuisiner des gâteaux ou d'utiliser le parfum des bois et des fleurs. Il y eut quelques forts en thème qui parlèrent de physique et de chimie amusantes et pratiques, de mathématiques à l'envers et d'invention dans les billets-poèmes. Il fut encore question de géologie, de cosmologie, de jardinage, mais jamais d'histoire : c'était comme si elle n'existait pas, que les temps fussent uniformes et que les événements passés restassent sans le moindre intérêt.

Et quelle ne fut pas la surprise des enfants quand la main flottante du moniteur désigna Marie-chen ! Un peu rouge, elle se leva, et, à l'émerveillement d'Alain qui alors l'aima encore un peu plus, elle décrivit l'art (hérité de Magali) de préparer les galettes aux pignons de pin.

— Vous avez suscité beaucoup d'intérêt, affirma le Grand Ventriloque, et je vous félicite, Marie-chen. C'est un très beau début.

Un peu plus tard, Alain décrivit une bicyclette. Nul ne connaissait cet instrument si pratique et bien des questions lui furent posées sur le guidon, le pédalier ou les roues. Il se tailla un succès inégalable. Le moniteur semblait passionné. Alain ignorerait toujours qu'il serait sur la planète lointaine à la source de l'invention de la bicyclette à bras qui aurait tant d'adeptes dans trois décades sur cette planète insolite.

Quand les enfants se dispersèrent et que le moniteur commença à cueillir des violettes, le Grand Ventriloque, se promenant avec ses amis parmi les cèdres, resta silencieux. Il méditait sur ce qu'il venait d'apprendre et se disait qu'il devrait venir plus souvent écouter les écoliers.

— Cette école, dit Alain à Marie-chen, c'est un peu comme si c'étaient nous qui racontions des histoires à l'Escrivain.

— Et si nous le faisions un jour ? proposa Marie-chen.

Enfin, avant de reprendre les ballons-culottes, le Grand Ventriloque qui devait avoir lu dans leur pensée les étonnements de ses amis, sortit de son mutisme pour ajouter quelques explications :

— L'école ici, je crois que sur la Terre vous l'appelleriez une anti-école ou quelque chose de ce genre. C'est-à-dire que ce qu'on apprend vraiment sort de l'expérience de chacun. L'instruction est collective. L'école n'est pas dans cette clairière, mais partout et tout au long des journées. Ici, c'est la banque des informations et le professeur, comme vous le désigneriez, est plutôt l'enregistreur des propos. Par sa présence, il assure les points de rendez-vous du connaître et anime le désir du savoir et du dire, du communiquer à autrui ses propres découvertes...

« Ce n'est pas si bête ! » se disait Alain tout en se posant bien des questions sur l'efficacité de cette pédagogie. Il aurait aimé pouvoir en entretenir l'Escrivain, mais peut-être que cela ne lui plairait pas, qui sait ? Il restait tellement attaché aux vieilles traditions.

— C'était... bien instructif ! dit Alain.

— J'aurais pu dire encore plein de choses, ajouta Marie-chen. J'aurais pu expliquer comment on sauve les oiselets tombés du nid, comment laver les poêles à frire avec du sable, comment...

— Vous le voyez bien, constata malicieusement le Grand Ventriloque, vous êtes très savants... Mais ne croyez-vous pas que nous avons mérité de prendre une collation ? Je connais un petit restaurant (comme vous diriez) dont vous me donnerez des nouvelles.

— Miam ! Miam ! fit Marie-chen en langue interplanétaire.

*
* *

Le plus surprenant de la ville vertigineuse et inextricable, c'était qu'elle contenait ce qui aurait été sur Terre son contraire : la campagne, avec ses bois, ses prés, ses vergers, ses potagers et ses parcs, merveilleux antidotes à de trop importantes constructions. Mais la Cité Ludique, selon l'appellation du petit homme-orange, ne connaissait pas la malpropreté ; il devait bien exister des usines et des manufactures et l'on en avait sans doute pallié les inconvénients possibles avant même de s'en servir.

Car Alain, grand lecteur d'aventures scientifiques allant de Jules Verne et Gustave Le Rouge, de H. G. Wells aux modernes romans de science-fiction qui préparent l'avenir mieux que ceux qui en sont chargés, se posait sans cesse des questions qu'il n'osait énoncer : tout ce qui touchait à l'organisation et à l'orchestration de ces délices suscitait mille curiosités. Il arrivait que le Grand Ventriloque, par son sens de la perception d'autrui, apportât des réponses sans même que les interrogations fussent posées. Ainsi :

— Auprès des jeux et de l'instruction, dit-il, il existe bien ce que vous nommez travail, un mot que vous concevez parfois sans y inclure l'idée de plaisir. Chez nous, il n'existe pas dans le sens où vous l'entendez. Les tâches nécessaires à la vie de la cité sont facilitées et font aussi partie du système ludique, de la joie des jeux. Disons que, dès le soleil second, chacun lui consacre quelques centaines de minutes ou plus s'il le désire...

— Pourquoi dites-vous « le soleil second » ? demanda Alain.

— Vous ne l'avez peut-être pas remarqué : s'il fait constamment clair, si l'obscurité doit être créée par nous, si nous disposons de machines dispensatrices de pénombre, c'est que deux soleils se succèdent : le soleil premier, reconnaissable à ses reflets dorés pour vos yeux, le soleil second qui, pour vous encore, a des teintes azuréennes. Le soleil second ne se lève que lorsque le soleil premier est couché et vice-versa.

— Et lycée de Versailles, conclut Alain, c'est comme si notre lune était un soleil.

La Lune : tandis que les enfants et leur compagnon passaient leurs jambes dans les ouvertures des ballons-culottes, l'astre de la nuit devait répandre sa lueur froide sur la maison du santonnier pleine de silence et de paix. Le lit des enfants vide de leur présence : et si Magali ou Siffrein s'en apercevait et ne les trouvait pas ? A moins que... Alain se heurta une fois de plus à l'inexplicable et décida de ne plus y songer.

— J'espère ardemment, dit le Grand Ventriloque en actionnant la manette de départ qui permettait l'envol de la grappe de ballons, j'espère que votre séjour est agréable. N'hésitez pas, au besoin, à me questionner ou bien à me faire part de vos souhaits...

— Merci infiniment, monsieur le Grand Ventriloque, dit Marie-chen, oh ! nous nous envolons...

Si singuliers que fussent les lieux visités jusqu'alors (ils ne savaient plus ce qu'ils préféraient de la bulle sous-marine ou des excursions aériennes, de la vaste fantasia sur le trottodrome ou de la visite aux écoliers-maîtres), les jeunes voyageurs devaient bientôt être surpris par le lieu de leur repas.

Haut dans le ciel azur du soleil second, ils virent de leur vision accrue ce qu'ils crurent être des nuages, bien que leur forme régulière et géométrique ne correspondît pas aux cumulus, stratus ou nimbus de la Terre. Ces nuages étaient en forme de losange étiré, de cercle, de trèfle ou de triangle. Blanc de neige et vaporeux, ils étaient cernés d'une ganse scintillante d'un bleu acier. L'ascension prit de la vitesse comme si les ballons étaient gonflés d'un gaz plus léger encore. Si les enfants avaient connu l'altitude à laquelle ils évoluaient, ils auraient été fort étonnés : sans en avoir le sentiment ils avaient parcouru des dizaines de milliers de mètres.

« Et si les ballons crevaient... » pensait Marie-chen. Sans qu'elle eût exprimé cette crainte, l'attentif Grand Ventriloque la rassura :

— Il n'est jamais arrivé, de mémoire d'homme-fruit, qu'un ballon-culotte se détériore. Et si cela arrivait, un autre ballon se créerait de lui-même, et, de plus, un filet protecteur se déploierait sous nos corps sans oublier d'autres antichutes dont je vous parlerai bientôt...

« Bonne chose ! » pensa Alain. Il apprendrait que les accidents en ces lieux étaient pratiquement inconnus, car chaque invention incluait les protections nécessaires.

— Il n'y a jamais de guerres, de batailles ? demanda-t-il.

— De quoi ? Comment dites-vous, je vous prie ?

— Des guerres où l'on s'attaque avec des armes, des batailles où l'on se détruit, des crimes où l'on tue...

— Pour quoi faire ? Je ne saisis pas, dit le Grand Ventriloque. Quand, à la fin d'une vie très longue, un homme ou un animal doit mourir, c'est-à-dire être reçu au Royaume du Pommier Innombrable, il se couche dans un arbre-palanquin, pose sa valise auprès de lui et les Envoyés viennent le chercher.

— Je veux dire, continua Alain gêné, pardonnez mon ignorance, je ne sais rien d'autre que des choses de la Terre, et encore très peu, mais chez nous, des nations différentes se battent cruellement, des guerres font des millions de victimes pour conquérir des territoires, défendre des idées ou parce que les uns n'aiment pas la couleur de la peau des autres, il y a l'intérêt, la haine...

— Ici, dit l'homme-orange, il n'existe qu'un seul territoire, toutes les idées se rejoignent dans le Grand Tout, et l'intérêt, la haine, j'ignore ce que cela signifie.

— Oh ! alors... tout est parfait. Jamais de bagarres...

— Bagarres, bagarres... Si, je comprends. Oui, oui, oui, il y en a beaucoup et c'est magnifique.

Cela étonna les enfants, et même, chose curieuse, les rassura quelque peu, car devant tant de perfection, ils commençaient à avoir honte de la Terre.

— Et l'on se flanque de sacrées raclées ? demanda Alain. Ça arrive comment ?

— La raison est toujours la même, dit le Grand Ventriloque en souriant, c'est toujours quand plusieurs

personnes sont éprises d'amour pour la même dame ou le
même monsieur et le veulent pour eux tout seul...

— Drames de la jalousie, dit philosophiquement Alain.
Alors, on se provoque en duel, on se donne des coups de
poing sur la figure, que fait-on ?

— Ha ! Ha ! Ha ! riait le Grand Ventriloque que
l'évocation de bagarres entre les personnes-fruits remplissait d'hilarité. Ha ! Ha ! Ha !

Son rire était si communicatif que les enfants se mirent
à rire aussi, sans bien comprendre.

— Ha ! Ha ! Ha ! mes amis, mes amis, que c'est drôle !
Les rivaux font des bulles... C'est une fête de famille.
Chacun prend un verre d'eau savonneuse, une paille, et
fait des bulles de savon en direction de l'autre. Ha ! Ha !
Ha ! Celui qui est le plus éclaboussé a perdu, mais ensuite
tout s'arrange et l'un des deux devient le second père ou la
mère seconde des enfants de l'autre...

Et le Grand Ventriloque rit à ce point que la grappe de
ballons tressautait. Il ajouta :

— L'amour, l'amour, l'amour fait faire des folies !

« J'ai déjà entendu ça quelque part, se dit Alain, en
quel monde sommes-nous ? » La plus grande violence
était donc l'envol de quelques bulles de savon. Pensant à
la Terre et à ses blessures, Alain eut quelques instants de
tristesse.

Maintenant, ils passaient sous un nuage-trèfle qu'ils
contournèrent pour s'y poser. Là, ils s'aperçurent qu'il
s'agissait non d'un nuage mais d'une île flottant dans
l'espace, d'une aire de repos et de repas où d'autres
voyageurs venus en barque-papillon se restauraient à une
table commune faite d'une matière presque invisible et
posée sur un sol léger. On aurait cru atterrir sur les bons
œufs à la neige que préparait si bien Magali la Siffreine.
Peut-être que les nuages du paradis de saint Pierre,
comme on les voit dans les dessins de Jean Effel, étaient
ainsi. Allait-on s'y enfoncer ? Non. A leur surprise le sol
n'était pas meuble, mais doux comme un tapis oriental.

*
* *

— Comme il est agréable de vous rencontrer, dit la mère d'une famille de quatre enfants-coings.

— Prenez donc place près de nous, ce sera une joie, ajouta son compagnon avec cette politesse exquise qui est le fait des citoyens-fruits.

— Venez-vous de loin ? demanda une fillette-coing.

« De très loin, oui... » se dit Alain pendant un échange de saluts où l'on inclinait le buste en montrant ses paumes, mais il laissa répondre le Grand Ventriloque :

— Nous venons du trottodrome.

— Nous fûmes au concert-concert. Huit mille exécutants, mon cher, c'est-à-dire tous les présents. Nos enfants auraient préféré le golf-billard-bang, j'en suis sûr, mais finalement, ils ont opté pour ce qui plaisait à leur mère, et ils ne l'ont pas regretté. N'est-ce pas, mes compagnons ?

— Oui, oui, oui, oui, répondirent les enfants-coings fort intéressés par l'arrivée d'une cuisinière-fruit qui apportait des flocons d'avoine au chocolat et des beignets de céréales diverses.

— Nos concerts, expliqua le Grand Ventriloque, ne ressemblent guère aux vôtres, du moins je le crois. Chaque voix devient un instrument musical imitant le langage des fleurs que nous avons eu bien du mal à capter tant il est vaporeux et parfumé. Il y a aussi les voix de bruissement qui imitent l'eau qui coule, la vapeur qui monte ou la bise qui fraîchit, et les chants d'oiseaux qui, eux-mêmes, se mêlent parfois à l'exécution toujours inventée sur place, et quoi encore ? des respirations, des souffles, le bruit qu'on fait en battant l'omelette, le langage des poissons... J'espère que vous aurez le temps d'y assister...

— Heu... nous avons tout le temps, dit à tout hasard Marie-chen, car les enfants ne savaient pas trop bien ce que signifiait le temps en ces lieux magiques.

— Servons-nous. Cela évitera de la peine à nos cuisiniers et c'est une manière de les honorer.

Il faut préciser que chaque fois qu'on présentait un plat,

chacun portait deux doigts à ses lèvres pour remercier et les enfants imitaient cette coutume. En attendant, la faim les pressait. Les mets étaient alléchants quoique trop sucrés : on semblait ignorer le sel et les épices. Ce fut un paradis de gâteaux à rendre jaloux tous les pâtissiers de la Terre : galettes, tartes, petites merveilles culinaires qui tenaient du baba au sirop d'érable ou de maïs, des oublies, des gaufres, des nonnettes, des plum-cakes, des meringues. Les boissons, de l'eau à goût de rose ou de violette, étaient servies dans des verres ressemblant à des flûtes qui n'auraient pas de pied. Marie-chen se régalait et Alain pensait : « Quelles recettes je pourrais apporter à Magali ! »

Lorsqu'ils eurent terminé ces agapes, on leur servit des infusions de plantes marines qui leur apportèrent du bien-être. Alain profita de l'accalmie qui suit les heureux repas pour demander :

— Qui dirige votre pays, votre peuple ? Un président de la République ? un roi ?

— Un roi comme votre Henri cent soixante-quatre qui inventa le paratonnerre ?

— Heu non, c'est Henri IV, mais c'est Benjamin Franklin qui inventa le paratonnerre, rectifia Alain avec une satisfaction de bon écolier.

— Non, reprit le Grand Ventriloque, pas de président et pas de roi, mais nous avons, comment les nommer ? disons : des catalyseurs d'idées. C'est le Conseil des Vingt-Sept. Ce sont les Trois-fois-Neuf, c'est-à-dire neuf messieurs, neuf dames et neuf enfants.

— Il y a des élections ?

— Non, une loterie. Chaque personne reçoit un billet vert sur lequel sont imprimés des fleurs, des chiffres et des mots. Il existe vingt-sept billets, neuf pour chaque groupe selon un système astucieux, qui peuvent réunir toutes les chances de sortir. Le tirage étant fait, les lauréats ont la charge de fêter la chose. Ils s'occuperont d'enregistrer les affaires de notre univers pendant quatre cent quatre-vingt-dix-neuf soleils premiers et autant de soleils seconds.

Puis on recommencera la loterie et ce seront des fêtes encore.

— Et les Vingt-Sept, on est toujours content d'eux?

— Il ne pourrait en être autrement puisque ce sont les catalyseurs. Si nous n'étions pas contents d'eux, c'est que nous ne serions pas contents de nous.

— Mais s'il y a des désaccords? observa Alain.

— Il y en a, mais alors on les marie entre eux et généralement ils ont de beaux enfants.

« Ah oui! ah oui! » fit Alain qui ne comprenait pas bien ces images. Et le Grand Ventriloque, aidé par les citoyens-coings, ajouta toutes sortes d'explications qui n'empêchèrent pas Marie-chen de croquer quelques bonbons au miel et à la bergamote, mais auraient transformé les idées de tous les spécialistes du droit constitutionnel de la Terre.

— Après cette excellente collation, un bon bain ne nous ferait pas de mal! conclut le Grand Ventriloque.

— Un bain? dit Alain en regardant autour de lui, mais il n'y a pas de piscine.

— Qui parle de piscine parle d'eau, dit l'homme-orange. Auriez-vous soif? Nous allons prendre un bain, vous dis-je. Ah! voilà cette gentille dame qui nous apporte des maillots. Revêtons-nous de ces merveilles.

Ces maillots, en tissu bleu élastique, couvraient le corps, à l'exception des pieds, des mains et de la tête. Ils se moulaient sur les corps dès qu'on les avait enfilés, ce que firent aussi les enfants.

Ils avaient décidé de ne s'étonner de rien. Cependant, l'extravagance de la chose leur donna à penser que le Grand Ventriloque, révérence parler, avait l'esprit troublé par quelque coup de soleil, premier ou second. Pour ne pas le contrarier directement, Marie-chen avoua :

— Veuillez m'excuser : je ne sais pas nager.

— Surtout quand il n'y a pas d'eau, continua Alain.

Ce furent les enfants-coings qui dissipèrent le mystère en laissant Marie-chen et Alain béats d'étonnement. Ils se placèrent à l'extrême bord du nuage, sur le liséré bleu, et ils plongèrent. Oui, ils plongèrent dans l'espace azuré dans le vide où leurs corps se maintenaient comme par prodige et où ils se mouvaient avec plus de facilité qu'un nageur dans l'onde, se réunissant puis se séparant dans un ballet aérien gracieux.

— Oh! dit Alain, comme Batman ou Super-Dingo quand il a croqué les cacahuètes magiques.

— Sans connaître ces personnes, dit le Grand Ventriloque, je sens que je vous dois quelques explications. Votre étonnement est si grand! C'est simple : nos maillots nous protègent de la pesanteur, et nous sommes plus légers que tous les êtres volant naturellement. Voilà ce que nous a appris dès l'école le vol des mouches qui, comme chacun sait, peuvent marcher au plafond.

Et il plongea à son tour.

— On essaie? demanda Alain à Marie-chen qui répondit : « J'ai la frousse... »

Pour se donner du courage, ils sautèrent sur place. Ils avaient compté sans l'antipesanteur et se retrouvèrent dès lors à vingt mètres au-dessus du trèfle-nuage. C'était fait : à leur insu, ils avaient plongé.

Dès lors, ils imitèrent leurs amis en caressant l'air de leurs bras et de leurs jambes. Quel miracle! Ils sillonnaient l'immensité, ils se pâmaient dans l'infini, ils nageaient comme des poissons parmi les oiseaux et les libellules qui semblaient envier leur souplesse.

— Un bon bain, cela délasse, observa le Grand Ventriloque couché paresseusement sur le dos, ce qui faisait rebondir son petit ventre rond.

— Je sais nager, je sais nager, je sais nager! s'exclamait Marie-chen.

— Que je vais vite! que je vais vite! répétait Alain.

C'est le moment que choisit une voix connue et pourtant lointaine pour se manifester :

— Oh! ces enfants! ces enfants! Ils sont tout découverts! Et qu'ont-ils à remuer les jambes et les bras? On dirait des fadas de village. Hé! coquin de nom! vous avez pris la danse de Saint-Guy?

Quel était cet accent provençal? Et ce soleil éblouissant

qui faisait danser des moucherons noirs devant leurs yeux ?

— Oh non ! Encore, encore... murmura Marie-chen dans un demi-sommeil.

— Encore dormir ? Ah que non ! Ah ça par exemple ! J'ai déjà mis au feu le tian d'aubergines. Siffrein a déjà balayé la cour. Les fainéants, les chenilles en mue, les loirs d'hiver... On se lève, on m'embrasse, on se lave les mains, on vient déjeuner. Et pas de mauvaises raisons !

« Eh bien, nous voilà revenus sur Terre ! » se confièrent les enfants d'un regard. Ces miracles se reproduisaient. Qui sait s'ils n'allaient pas finir par s'y habituer et par les trouver naturels ?

— Cela m'indigne, affirma Magali. Et ces yeux ronds... On croirait que vous tombez des nues.

« Exactement ! » se retint de répondre Alain.

Neuf

L E santonnier, parfois las d'être assis à son atelier, se rendait à la cabane aux outils et saisissait avec une frénésie heureuse la bêche, la serpe ou la binette, solidement emmanchées, pour travailler dans les massifs bordés de romarin et de lavandin. C'est ce qu'il appelait son repos.

Cet après-midi-là, chemise mouillée de larges flaques de sueur, il arrachait les mauvaises herbes, ou plutôt les herbes sauvages (car elles ne sont pas plus mauvaises que les autres) en pestant contre les chardons épais et les ronces opiniâtres, les ravenelles et les gesses, le chiendent, et même, bien qu'un peu moins, contre les petits myosotis azurés ou les renoncules flammées. Autour des bourraches aux racines grosses comme des betteraves et d'une profondeur ! il était obligé de piocher ferme et de tirer dur sur la plante. Et que de liserons à l'assaut des fleurs cultivées, que de coquelicots goguenards, que de ceci et que de cela, que d'envahisseuses et de squatters dont Siffrein ignorait le nom ! Il en réunissait d'énormes tas qu'il brouettait vers la garrigue, là où il avait constitué un enclos de fumure. Il les saupoudrait abondamment de poudre d'ammoniaque, arrosait à grands jets pour que le temps en fît un bon terreau nourricier.

Il ôta son chapeau (lou capèu) de feutre informe, lavé, relavé et délavé par les intempéries et bleu de sulfate et le

tint un moment au-dessus de sa tête en écartant de l'autre
main les ruisselets de sueur qui coulaient de son front à ses
joues comme des larmes. Attentif alors à toute distraction,
il contempla ses parterres et le potager dont s'occupait
plus particulièrement la Siffreine. Un bruit de ferraille sur
le chemin lui fit tourner la tête. Il vit venir une guimbarde
bringuebalante et essoufflée qui, dans son jeune temps,
avait porté le nom de camionnette. Siffrein alors se plaça à
l'ombre d'un peuplier, près de la haie où les tournesols
penchaient leurs têtes lourdes, et il mit sa main en visière à
son front pour mieux voir.

Le conducteur de l'antique véhicule était tout bonnement l'Escrivain. Siffrein le vit s'extraire sans grâce de son
siège et faire de grands signes aux enfants qui descendaient le chemin en orbe serpentant parmi les cerisiers
fatigués d'avoir donné trop de fruits.

— On ne vous a pas vu ce matin, observa Marie-chen
que Magali avait coiffée avec des couettes.

— Jour de grand travail. Jour de grandes randonnées,
répondit laconiquement l'Escrivain.

Siffrein les vit avec plaisir marcher dans sa direction et
il les accueillit en agitant un bras au-dessus de son
chapeau pour la bienvenue.

— Et cependant? questionna-t-il quand ils le rejoignirent. Vous n'usez plus la chaussure, l'Escrivain? Voilà
que vous roulez carrosse, comme un milord, et que vous
semblez fier comme un cheval de cirque.

— Jour de pèlerinage. Jour d'abondance! dit l'Escrivain.

— Asseyez-vous donc sur le banc de la tonnelle tous les
trois. Je vais chercher la bouteille de blanc de Vinsobres
qui fraîchit dans le puits.

Il revint avec la bouteille toute ruisselante qu'il avait
fait glisser dans l'eau profonde et froide au moyen d'une
ficelle attachée au goulot tandis que Marie-chen allait
chercher quatre verres et un tire-bouchon au manche de
cep.

— Merci, Marie-chen, tous les deux vous avez droit à un petit fond de verre.

— Il fait trop chaud pour travailler, maître Siffrein !

— On le dit, fit le santonnier en éclatant d'un bon rire de Provence, on le dit. Mais si l'on veut que le jardin chante il faut bien y mettre du sien. On ne le fait pas seulement avec de l'engrais et de l'humus, il y faut son content de sueur d'homme et l'on mouille la chemise. Je suis comme une source, voyez... On ne vous a pas vu ce matin, vous faisiez courir la plume ? Les enfants regardaient bien vers le chemin : pas plus d'Escrivain que de pluie. Et, autrement ?

L'Escrivain, après avoir fait couler le vin clair dans sa bouche gourmande et dit « C'est qu'il est bon ! », prit un air de grand sérieux et annonça comme un exploit :

— J'ai planté sept cyprès et j'ai donné à chacun le nom d'un jour de la semaine.

— Ce n'est pas bien la saison, observa Siffrein.

— Et où serai-je quand ce sera la saison ? Les temps sont incertains, maître Siffrein, et j'ai réfléchi : je me sentais si heureux. Puis, le facteur est venu, j'ai lu les journaux sans bonnes nouvelles, avec plus de sang et de larmes que d'encre, et je me suis dit : le monde est-il bien fait ? Réponse : non. Il ne tourne pas tout à fait rond : c'est qu'il est aplati aux deux pôles. Comme lui, les gens ont la tête plate. Notre terre est belle et bonne, et savez-vous qu'à quelques lieues d'ici, sur le plateau où paissaient les moutons, sous la terre, on a enterré des fusées, de quoi faire sauter la citrouille tout entière...

— Je sais, dit gravement Siffrein.

— Alors, ne sachant que faire, j'ai regardé mes mains inutiles et j'ai eu l'idée de planter sept cyprès. J'espère les voir grandir d'année en année. Ils me raconteront la coulée du temps. Ici, il passe si vite, trop vite ! Voici le mois d'août. Bientôt on verra les chasseurs qui nous feront passer les pintades pour des faisans, les moineaux pour des grives, et qui, s'ils sont bredouilles, rapineront vos melons et vos tomates.

« Jour de pessimisme. Il est bien triste, le pôvre ! » se dit Siffrein en reversant du vin blanc comme un remède.

— Et vous, les enfants ? demanda Siffrein.

Marie-chen expliqua que Magali lui taillait une robe brodée dans une chemise de nuit qui faisait partie du trousseau inutilisé d'une jeune mariée d'il y a cent ans. Alain, lui, avait réparé la chaîne de la bécane à guidon relevé à l'ancienne de Magali, puis il s'en était servi pour aller jusqu'à Venasque, sur les hauteurs, près des ruines du château. Au retour, il avait bu l'eau si fraîche de la belle fontaine de la place du village.

— Après les plantations, dit l'Escrivain en se tenant les reins, j'ai emprunté la camionnette du pépiniériste de plants de vigne et je suis allé faire mes courses : un bon canard à Sablet, du jambon et du fricandeau à Malaucène, de l'huile d'olive à Beaumes-de-Venise...

— Vous vous soignez bien, dit Siffrein.

— ... et, enfin, j'ai fait le pèlerinage des vins un peu partout dans la région : à Cairanne et à Rasteau, à Gigondas et à Châteauneuf-du-Pape.

— Et c'est tout ? Vous avez dû bien vous oindre la poulie, alors. Les vignerons sont accueillants et ne plaignent pas la rouge boisson.

— Modérément. Après, j'ai fait la sieste sous un figuier, car la camionnette qui est bien vieille faisait le « ziguezague ». Au fait, je vous ai apporté six bouteilles de Châteauneuf, du 1967.

— Grand merci, ah ! grand merci, il ne fallait pas...

L'Escrivain sortit de la poche giletière sa tabatière ornée pour plonger le pouce et l'index dans le tabac râpé.

— Au fait, dit Siffrein, sans indiscrétion, je me suis toujours demandé pourquoi vous prisez. Ça ne se fait plus depuis si longtemps. J'en connais bien quelques-uns qui mâchent la carotte, mais des priseurs, point. Vous devez faire l'original à Paris avec ceux de la littérature ?

— Non, affirma posément l'Escrivain, au début ce fut pour le feu, après pour le plaisir. Et je ne vois pas pourquoi je ferais l'original, tout le monde est original.

Alain vit bien que l'Escrivain accusé de coquetterie était un peu agacé. Il aimait bien ces échanges entre les deux hommes. Il demanda :

— Pour le feu ? Pourquoi pour le feu ? Avec la prise, on n'allume pas le tabac.

— Justement. Avez-vous vu brûler la Lègue l'an passé ? Et les hauteurs de Beaumes ? Cela fend le cœur de voir périr tous ces beaux arbres que le sol a mis si longtemps à façonner. Avec le vent fou, l'incendie courait plus vite que les pompiers et les paysans. J'ai bien cru que les maisons de la colline allaient brûler. On avait beau battre les remblais avec des branches, jeter des tonnes d'eau, tout ce bois asséché par la canicule restait sans défense. On voyait de loin les branches incandescentes jaillir comme des feux d'artifice du grand brasier pour toucher les pins, les chênes et la broussaille, des torches se disperser pour renaître multipliées et les flammes gagner du terrain à la vitesse d'une biche. Et les craquements sinistres, la fumée noirâtre et folle, les cris d'assassinat, l'odeur forte de la sève et du bois torturés. Les terriers et les nids détruits, les bêtes terrorisées fuyant ou brûlées vives. Pauvres auto-pompes, que pouvaient-elles ? Je ne voudrais pas revoir cela.

— Des cendres ont volé jusqu'ici, dit Siffrein. Ce n'est pas que les hommes aient ménagé la peine, ils ont veillé durant des nuits, mais avec leurs pauvres moyens...

Alain pensa qu'au pays des hommes-fruits on avait dû trouver depuis longtemps le moyen d'éteindre les incendies, peut-être même de les empêcher de naître.

— Sur la Lègue, depuis, dit le santonnier, la terre est comme veuve, mais elle se remariera et fera d'autres grands arbres que nous ne verrons pas.

— Qui a mis le feu ? dit l'Escrivain, peut-être un criminel, peut-être un fumeur de tabac.

Et, après avoir aspiré sa pincée de prise, il ajouta doctement :

— Jamais un priseur n'a mis le feu.

— Ailleurs que dans ses narines, compléta Siffrein.

Allons, finissons la bouteille, elle éteindra au moins notre incendie. Et si nous allions voir Magali ?

*
* *

Ladite Magali avait insisté pour retenir leur hôte à souper, répondant à ses refus aussi polis qu'hypocrites par la plus impérative des raisons : elle avait déjà préparé les assiettes. L'Escrivain dit que, s'il avait su, il aurait mis la cravate, ce qui fit sourire le santonnier. On prit le pastis à l'atelier et, une fois de plus, les santons furent admirés.

— Vous m'avez donné une idée, dit Siffrein, je vais faire un santon qui sera le pompier de service. Des fois que le diable voudrait mettre le feu à la crèche.

— Bonne idée, maître Siffrein, vous lui ferez un casque en or.

De la cuisine venait le parfum de thym et de laurier de la daube. Ce plat fut précédé d'un potage aux herbes et d'une omelette à l'oseille, accompagné de cardes, suivi de fromages ronds de chèvre et de brebis, couronné par une tarte aux fraises à la gelée de groseilles, le tout étant arrosé par du rosé frais du Ventoux, et du rouge du château de Mille.

— Je ne vous donne pas quatre étoiles, dit galamment l'Escrivain à la discrète Magali, je vous donne toute la Voie lactée.

Ce propos convenait parfaitement : ils soupaient sur la terrasse et il n'y avait qu'à tendre le bras pour cueillir des myriades d'étoiles blanches.

— Une étoile filante, regardez ! s'exclama Marie-chen, il faut faire un vœu.

— Le mien est que tout soit à l'image de cette soirée, dit l'Escrivain.

La nuit tombante était si sereine ! Les cimes décolorées du mont Ventoux et des Dentelles de Montmirail glissaient vers le sommeil. Les deux chauves-souris familières croisaient leurs vols de velours. Des rossignols dans les futaies qui bordent la Nesque faisaient un concours de

chant. Au bord de la terrasse, les volubilis tremblaient
doucement. Comme le frais tombait, Magali avait posé un
fichu couleur maïs sur ses épaules bossues et Siffrein avait
mis le gilet. Et l'on ne se pressait pas, la Siffreine
silencieuse et tranquille semblant symboliser tout le
charme du soir.

L'Escrivain expliqua qu'en ces lieux, si l'inspiration lui
manquait, il n'était nullement besoin de la forcer et d'aller
chercher très loin : toute journée devenait écriture et il
n'avait d'autre peine que de la raconter.

— Tenez, un exemple : je me suis trouvé dans une de
ces caves voûtées du temps jadis à Bédarrides, dans la
bonne compagnie des vignerons de la région, surtout des
personnes de Châteauneuf, la résidence des papes. Un
long couloir et, sur les côtés, des niches comme des
chapelles où reposaient tête-bêche des amoncellements de
bouteilles dont les culs brillants faisaient penser à l'art
cinétique. Là vieillissait et se bonifiait dans l'obscurité et
le silence le vin des coteaux de galets immémoriaux. Belle
assemblée et belles trognes burinées où brillaient des yeux
vifs et prompts à la joyeuseté. Lorsque mes amis débou-
chaient une nouvelle bouteille, je voyais bien qu'ils
n'étaient blasés de rien et attendaient toujours la surprise
d'un goût nouveau. Au centre du couloir, les verres étaient
posés sur un tonneau, et on en changeait à chaque vin.
Nous tastions ces délices. Les vignerons, pour éviter
l'ivresse, crachaient parfois dans le sable le nectar qui
avait circulé dans leur bouche, mais le plus souvent ils
buvaient pour éprouver, après les sensations des lèvres, de
la langue et du palais, celles de la gorge. Et l'on
comparait, on définissait, on mesurait la durée de réjouissance des papilles gustatives. Notre hôte, de son bel accent
de terroir, disait des expressions choisies et imagées pour
définir les goûts les plus rares et les plus variés. Il disait
après avoir bu religieusement : « sueur de cheval » ou
« aisselle de rousse » ou « fer rouillé » ou « poivre » ou
« cannelle » à moins que ce ne fussent des équivalences de
fruits : « fraise », « framboise » ou « abricot », et, sur un

mot, on discutait ferme. Aux lueurs de ce vin des papes,
ces vignerons, aussi cultivés que leurs vignes, se mêlaient
d'humanisme latin, disaient des vers bachiques, chantaient
des refrains gaillards ou racontaient des histoires d'après
dessert et je leur répondais de mon mieux...

— Je vous fais confiance, dit Siffrein.

— Ah ! grand moqueur. Je ne sais si je me trompe, mais
si les habitants du Comtat sont parfois si loquaces, si
riches de mots, c'est qu'au fond d'eux-mêmes, ils sont des
hommes de silence. Ordinairement, ils marchent en
espadrilles comme si quelqu'un dormait, écoutent plus
qu'ils ne parlent et accumulent des provendes de savoir
bien médité, d'idées bien distillées, de sagesse lentement
mûrie. Et soudain, comme le mistral se levant pour
chasser trop de nuages, ils enlèvent la bonde et le trop-
plein s'échappe du tonneau : ce sont alors des festivals qui
toujours m'étonnent.

— Il y a du vrai même si je vous trouve un peu lyrique,
dit le santonnier, oui du vrai : tout comme cette rivière de
la Nesque dont le grand Mistral suivit le cours. Vous la
croyez à sec parce que seules stagnent quelques flaques.
On m'a dit que sous le gravier court sa sœur jumelle, la
souterraine. Elle jaillit plus loin, se grossit de la rivière
Barbara, baigne Saint-Didier et Pernes avant de se marier
à la Sorgue.

Magali servit un café brûlant parfumé de rhum et
apporta le grand bocal de grosses cerises blanches macé-
rées dans l'eau-de-vie. Siffrein alluma sa pipe en clignant
de l'œil : celle-là ne mettrait pas le feu. Magali retira son
tablier pour mieux faire salon. Quant à Alain, apparem-
ment dans les nuages, il inventait toutes sortes d'instruments pour prévenir ou tuer les incendies de forêt, tandis
que Marie-chen résistait difficilement à l'envie de sucer
son pouce. Alors, pour tromper cette envie, elle jetait des
restes de viande au chien ou guettait les traits de feu des
étoiles filantes qui éveillaient chez son compagnon de jeu
et de voyage nocturne un désir de connaissances astrono-
miques.

L'Escrivain savourait son plaisir. Pendant de grands pans de silence, il se sentait s'implanter comme un arbre qui entend pousser ses racines. « Ah ! pensait-il, je commence à connaître ce que pourraient etre les hommes. Je me mêle aux choses, j'apprends la vérité hors des livres, celle qui triomphera un jour. Je ne rêve pas si je ne suis le rêve, je n'écris pas un poème si je ne suis le poème... »

— Quel pays ! dit-il.

— Quel pays ! reprit en écho Siffrein. Les tomates, cette année, sont superbes, énormes et bien fournies de jus, les melons sont savoureux : quelle merveille ! Les pommes de terre, tu en plantes une, paysan, et il t'en vient au moins une douzaine à la fois. Un seul figuier te fait les confitures de l'année. Tout cela par ta peine. Les aubergines, les courgettes et les poivrons poussent si bien que je peux en offrir aux visiteurs. Les salades, il y en a assez pour nous et les limaçons...

« Le soleil dore le ciel bleu, la lune l'argente, méditait l'Escrivain, et ces enfants sont beaux comme eux. Que se passe-t-il dans leurs têtes en ce moment ? Sans doute n'expriment-ils qu'un millième de tout ce qui les préoccupe dans leurs prodigieuses têtes imaginatives... »

Trop de bien-être fit languir la conversation. Chacun parlait si intensément en lui-même qu'il croyait être entendu des autres. Maintenant la nuit s'exprimait en longs panneaux de voiles noirs, les arbres avaient ramené à eux leurs ombres mortes, des grisailles noyaient les haies et les bosquets qui disparaissaient lentement.

— Il va falloir songer au retour et je dois rendre la camionnette, dit l'Escrivain. Après j'aurai deux bons kilomètres à parcourir pédibus, mais la nuit est belle comme une sonate, elle caressera mes tempes.

On l'accompagna jusqu'à la guimbarde. Il cherchait vainement des mots pour remercier. Comme il avait le fond flatteur, il distribua des madrigaux et des fleurs :

— Marie-chen, petite fleur de pêcher, quand tu fermes tes beaux yeux noirs, on a l'impression qu'il fait encore plus nuit.

Il est vrai que, aux approches de minuit, les enfants épuisés par une journée de jeux et de courses au grand air, résistaient difficilement au sommeil.

— Et toi, mon cher Alain, ajouta l'Escrivain, je ne sais qui est le plus aimable, du lilas, du jasmin ou de toi, mais je crois bien que c'est toi.

— Eh bien! Après ça... dit Siffrein.

— Quant à vous, Siffrein et Magali... heu, heu! voilà... je ne devrais pas le dire, mais... je vous aime bien.

— Bonne existence et bonne nuit, l'Escrivain, et attention à la route, elle n'a pas besoin d'autres zigzags que les siens ou alors il faut les faire coïncider.

— Ah! mes amis, mes amis...

Et l'Escrivain rouge de joie, de confusion et de bonne nourriture, fit de grands saluts par la portière de cette guimbarde « qui avait le rhume », comme dit Magali.

*
* *

Au lendemain, voilà que, durant une nuit tranquille, bien étoilée et prometteuse de beau temps, celui-ci s'était gâté. Cette fois, le vent du sud-sud-ouest s'était levé et, comme tout vent qui vient de ce côté n'apporte rien de bon, arrivèrent, comme un troupeau de taureaux noirs, de sinistres nuages bas. On vit les poules gratter nerveusement la terre et le fumier, les hirondelles voler au ras du sol, les mouches s'affoler et la fourrure du chat Bela se charger d'électricité.

Le plus triste : l'impossibilité de prendre le petit déjeuner dans la cour, ce qui apparaissait comme le coup de diapason des belles journées : on regardait grimper la vigne vierge et la passiflore au long des murailles, éclore les roses des grimpants et vivre les potées de bégonias safran ou feu, de fuchsias carminés, de géraniums sanguins, de clivias écarlates, de pétunias cramoisis, de véroniques bleu indigo, de lantanas à feuilles de mélisse, d'héliotropes du Pérou, d'aspidistras, d'agaves géantes, d'aloès, de plantes grasses et de cactées, d'asparagus, sans oublier les familles nombreuses de lauriers-roses, toutes fleurs et plantes riantes, amoureusement entretenues par Magali.

Dans cette cour, aux approches de l'orage, elles frémissaient d'épouvante dans le vent tiède : combien tomberaient sous les coups répétés de la tempête ! Les cieux de métal reçurent les traits de feu des éclairs qui traçaient le signe de Zorro à la face des nuages blessés. Régnèrent le forgeron du feu cosmique et le tourbillonneur de vents. Les roulements, grondements, fracas se rapprochaient dans des lueurs cuivrées. Comme si elle avait hésité, la pluie ne vint pas tout de suite, mais bientôt ses rafales giflèrent les vitres.

Chez Siffrein, on arrimait portes et fenêtres, on débranchait les prises de courant, on guettait au plafond d'éventuelles fuites d'eau, car les tuiles cachaient des fissures qu'on ne pouvait déceler qu'aux grandes pluies. Et Siffrein n'aimait pas trop monter sur le toit à cause des centaines de nids de guêpes. Le chien, sous la table, cachait sa tête entre ses pattes, poussait des gémissements et son pelage frissonnait.

— Hou là ! Hou là ! faisait Alain chaque fois que des éclairs zébraient le paysage.

Ce ciel qui pesait sur la tête poussait à l'attente, au désœuvrement. Aussi Magali distribuait-elle des tâches : ranger l'atelier, le grenier, cirer les meubles, égrener de la lavande dans des sachets de toile... Les enfants travaillaient vite, ne s'interrompant que pour regarder le rideau de pluie ou pour s'essuyer le front : la pièce baignait dans une atmosphère étouffante.

— L'art de la crèche, dit Siffrein, ne réside pas seulement dans la fabrication des santons, mais aussi dans l'art de les placer harmonieusement.

Il modifia le paysage de la Nativité dans sa Bethléem comtadine, déplaçant le lac en papier-miroir, les collines cartonnées, les roches légères, les arbustes faits de rameaux, les mas, moulins et bergeries. Sur la montagne, entourée de neige de coton, l'ange annonciateur gonflait les joues sur sa trompette.

— Cette « crèche à nous », reprit Siffrein, il faudrait l'agrandir, il y a trop de monde.

Les enfants le virent déplacer ce personnage qu'ils aimaient autant que Melchior le roi noir : la Margarido au visage expressif, en toilette provençale, sur son âne mélancolique.

Il pensait, le santonnier, que, comme le Noé de l'arche, il tendait à former des couples. Un âne ? Et pourquoi pas une ânesse ? Un bœuf ? Et pourquoi pas une vache ? La ravie avait bien rejoint le ravi, la bûcheronne son bûcheron et la meunière son meunier ! Il expliqua aux enfants la présence des donateurs chargés d'offrandes de fruits, légumes et jarres de lait, l'aveugle guidé par l'enfant, la porteuse de fagots, le marchand d'onguents et le pauvre forçat avec son boulet attaché à la cheville.

— Voyez l'âne et le bœuf, dit-il, s'ils sont penchés sur le petit Jésus jusqu'à l'effleurer, c'est pour le réchauffer de leur souffle. Cela il faut le savoir, car je n'ai pas eu assez d'art pour le montrer, ce souffle...

Le temps passa dans la contemplation. Siffrein revint à sa table. Cet orage lui avait ôté l'appétit du travail et il alignait pour la dixième fois ses outils, ses moules, ses pinceaux, ses couleurs. Il courba les épaules comme pour se protéger du déluge et s'exclama :

— Le saint fait un peu bien les choses !

Il était à la fois satisfait de cette eau du ciel qui pénétrait profond dans la terre et aidait à l'épanouissement floral et, en même temps, craintif que cela durât trop longtemps.

— C'est toi, Magali, avec tes dévotions... Tu as dû trop prier le saint...

— Quel saint ? demanda Marie-chen.

— Le saint de la pluie, saint Gens. Vous connaissez bien sa chapelle et son pèlerinage. Magali en parle si souvent.

— Oui, le saint qui fait pleuvoir, dit Alain sceptique.

« Voilà qu'ils vont faire les Thomas, ces incrédules qui

ne croient aux saints que sur de bons gages... » ronchonna Magali.

— Il doit y avoir du vrai, dit Siffrein en lui jetant un regard de côté. Trop de gens y croient pour qu'il n'y ait pas que du rien. Enfin, laissons faire. De telles croyances ne font de mal à personne et en parler fait oublier la solitude...

Il alluma sa pipe, bien que ce ne fût pas son heure, sourit sous ses épaisses moustaches, et annonça :

— Puisqu'il pleut et qu'on ne peut pas courir la campagne, je vais faire comme l'Escrivain, je vais vous raconter une histoire, l'histoire de saint Gens, le saint du Comtat qui fait pleuvoir...

— Chic alors ! s'exclama Marie-chen.

— Je vous préviens bien : moi, je ne sais pas orner de fioritures comme notre faiseur de contes. Je raconte comme je sais et ce n'est jamais très long. On y va, les enfants ?

— On y va ! dit Alain assis à califourchon sur une chaise.

* *

UNE HISTOIRE QUE RACONTA MAITRE SIFFREIN

Et Siffrein commença ainsi :

— Au Moyen Age, à Monteux, vivait un jeune paysan nommé Gens Bournareau qui se retira du village avec deux vaches pour aller près du Beaucet, à l'endroit où est maintenant sa chapelle, pour être seul, travailler, prier, méditer et mourir. Là, il vivait de peu, couchait sur une pierre qu'on montre encore, et, dans sa belle campagne parfumée, vivait une vie bien à lui. Mais sa pauvre mère, la Raimberte, toute en larmes, voulait le faire changer d'avis et le supplia vainement de revenir au village parmi les siens. A quinze ans, elle avait voulu le marier comme c'était la coutume, mais il avait voué sa virginité à Dieu. Alors, il avait simulé la folie comme un innocent de village. Par pitié, on avait abandonné ce projet...

A ce point de l'histoire, Siffrein dut s'arrêter : Magali
pour la ponctuer se mit à fredonner un cantique provençal :

> *Quei que vous avèn fa,*
> *Moun fils pèr nous quita ?*
> *Ei larmo d'uno mère*
> *Leissa vous atendri ;*
> *Venè rejougne un père*
> *Acablat de soucit.*

— Elle le suppliait donc, reprit Siffrein, mais l'ordre de
Dieu avait voulu qu'il fût choisi pour se retirer du monde
et faire l'ermite. A une telle parole, il ne pouvait se refuser,
et s'il avait secrètement de la peine d'avoir quitté sa
famille, il ne devait pas le montrer. Vous savez, mes
enfants, comme sont les saints avant qu'on les canonise ?
Ils sont bien gentils, mais ils ont des têtes de pioche, et
comme les autres ne savent pas qu'ils seront des saints,
alors ils critiquent. Parfois des paysans amis de la famille
gravissaient la colline et lui criaient : « Oh ! Gens, ne fais
pas le fada ! A quoi ça sert de rester loin des gens... » Je ne
sais pas ce qu'il répondait, peut-être qu'il les envoyait
promener, peut-être qu'il ne disait rien. Comme il devait
être poli comme un sou neuf, il ne disait pas « Vaï caga ! »
mais priait pour eux...
— Comme il raconte cela ! soupira Magali choquée.
Enfin, tu as commencé, alors tu continues...
— A force de vivre dans la compagnie du bon Dieu, pas
étonnant qu'ils aient fait amitié. Au fait, regardez le
santon qui le représente. Le voici. Bref, le bon Dieu, qui
n'est pas mauvais camarade quand on est de son avis, lui
permit de faire quelques miracles pour se faire la main.
Les miracles, c'est comme des tours de prestidigitateur, ça
étonne les gens, mais la différence est qu'il n'y a pas un
truc. C'est un miracle, quoi ! Une récompense offerte par
Dieu...

— Quel bavardage ! dit la Siffreine, et tu as oublié le principal.

— J'y viens, j'y viens, coupeuse de sifflet qui m'interromps toujours. Les miracles de saint Gens, on ne les connaît pas tous, mais il en a fait, il en a fait, et il continue d'en faire des siècles après sa mort ! De son vivant, il a fait jaillir l'eau d'un rocher, et cette eau, on peut encore en boire une gorgée à genoux et faire un vœu, elle est même guérisseuse des fièvres du corps et de l'âme, mais avant il faut gravir la colline qui monte, qui monte, et faire le dévot. On n'a rien pour rien. Et puis quoi encore ? Le saint Gens a montré qu'il était un grand dompteur. Regardez le santon : Gens appuie sur la charrue que tirent une vache accompagnée d'un gros loup noir. Pourquoi ? Ce n'est pas habituel, cela. Il est vrai que maintenant dans la région on ne voit plus guère de vaches et pas du tout de loups...

Et Magali, anticipant sur l'histoire, dit encore un couplet du très vieux cantique composé par un curé du Beaucet au temps de la Révolution ou de l'Empire :

Un gros loup afama
Found, coum'un enraja,
Sus uno dei dos vaco
Que Gèns fai lavoura...

— Voilà encore que Magali me coupe mes effets... Eh oui ! vous avez peut-être compris : le loup affamé avait mangé une des deux vaches. Alors, ni une ni deux. Gens se l'attrape, ce loup, et l'attelle à la charrue. Il n'en revient pas, ce croqueur de vaches ! mais un miracle l'adoucit et le voilà bête de trait jusqu'à la fin de ses jours. Dès lors, il n'a plus mangé que de l'herbe, ce loup végétarien !

— Tu as oublié le principal, dit Magali, quand il a fait tomber la pluie pour ses compatriotes dont les récoltes périssaient. Ils n'avaient pourtant pas été bien honnêtes avec lui. Enfin... C'est là qu'ils ont vu à qui ils avaient affaire : un saint ! un vrai saint de Provence ! Et que de miracles ! Il en a guéri des malades, il en a réconcilié des couples mal assortis, il en a... Depuis des centaines d'années, on lui offre des ex-voto pour le remercier d'avoir exaucé tant de prières pour tant de maux. Il y en a plein la chapelle et beaucoup d'autres sont au musée de Carpentras...

— C'est bien vrai, dit Siffrein, même si je blague un peu. Et il est surtout le patron de la pluie. Cela, tous les croyants de la Provence, du Comtat et du Languedoc le savent bien, et, de tous temps, les pèlerinages à saint Gens ont été fameux.

Et le santonnier conclut :

— Ainsi finit ma petite histoire.

— J'aime bien le loup avec la vache, dit Marie-chen, et Alain, bien qu'il eût du mal à imaginer cet attelage, approuva.

Cependant, l'orage semblait s'éloigner du côté de Carpentras, tandis que la pluie continuait à jeter des trombes obliques et que les toits pleuraient sur la terre chaude. Siffrein supputait les journées d'arrosage que cela représentait et Magali descendait avec des serpillières pour essuyer l'eau passant sous les portes.

— Ah ! la pluie. Ah ! le vent, dit Siffrein, Marie-chen, tu regardes voler les mouches ?

— Oui, dit la petite fille, je suis à l'Ecole des Mouches.

Seul Alain pouvait comprendre. Il se souvint qu'il avait ramassé une écorce de pin pour y tailler un navire qu'il perfectionnerait par quelque invention motrice à base d'élastiques ou de voiles. Il regarda un éclair lointain et l'on aurait cru qu'il voulait en capter l'énergie.

— Et si on lisait *Gulliver ?* proposa Marie-chen.

Cela voulait dire qu'Alain lirait à haute voix et qu'elle lui poserait des questions. La lecture fit oublier la pluie. Ce serait le jour de l'histoire de saint Gens. Il devrait exister des histoires pour toutes les journées où il pleut. Celle-là fit lever un bel arc-en-ciel.

Dix

INVENTER. Inventer. Pourquoi Alain se sentait-il une vocation d'inventeur ? Dans l'atelier des santons, la remise ou la cabane aux outils, il cherchait ce qu'il pourrait bien trouver pour faciliter les travaux, mais voilà, il semblait qu'on eût pensé à tout avant lui tant la vie à la campagne est propice à l'ingéniosité. Alors, il graissait les serrures, guettait les trous des vers de bois dans les poutres porteuses ou peignait à l'antirouille toute ferraille vieillie. Marie-chen regardait ce père la Bricole jamais lassé avec curiosité. Il lui tenait de longs discours sur les aérostats, la radiophonie ou la pêche sous-marine. Dans le grenier, il avait découvert une pile de vieux numéros de *Mécanique populaire* et de *Science et Vie*.

Sur la cheminée de leur chambrette étaient posées, comme des grigris, les trois pommes de pin, les témoins muets de leur aventure, ceux qui avaient connu l'autre monde. Chaque soir, Alain les glissait dans la poche de sa culotte, mais en vain · les nuits s'écoulaient calmes, sans qu'il se passât quoi que ce fût. Bientôt les enfants se remirent à douter de ce qui leur était arrivé. Une nuit, Alain tenta de soulever la lourde trappe qui conduisait au souterrain : elle était retenue par une chaîne et un cadenas dont l'aspect donnait à penser qu'ils étaient là depuis des années. Alors ?...

Alain posait des questions à Marie-chen. Dans le secret

de la cabane aux outils, ils chuchotaient, vérifiaient leurs communs souvenirs : le Grand Ventriloque ? la bulle sous-marine ? le trottodrome ? le bain dans l'espace ? Oui, oui, Alain, oui, elle se souvenait de tout. Mystère.

Passées les fêtes du 15 Août, un soir de lune, comme il s'endormait, Alain crut entendre Marie-chen chuchoter dans son sommeil. Il entendit dans un souffle : « Je sais nager, je sais nager, je sais nager ! » et il s'aperçut alors qu'il nageait lui-même dans l'espace. Il fit de si grands gestes qu'il effraya un vol de colombes bleutées qui passait là.

— Remontons et posons-nous mollement sur le nuage, proposa le Grand Ventriloque qui venait de faire sa sieste entre terre et ciel, imitez mes gestes, pas de précipitation, doucement, doucement...

Ils se retrouvèrent tous les trois sur le nuage-trèfle où une dame obligeante les aida à quitter leurs maillots anti-pesanteur. Ayant repris leurs vêtements, ils firent leurs adieux de loin à la famille-coing dont la nage volante se prolongeait et ils retrouvèrent les ballons-culottes prêts pour le départ.

— Voulez-vous que nous parcourions les salles de jeux et d'astuces ? dit l'homme-orange.

— Bien sûr ! Oui, certainement ! Mais nous vous dérangeons peut-être. Votre emploi du temps...

— Du temps ? Quel temps ? Il fait très beau temps...

Alain précisa qu'il s'agissait non du temps qu'il fait, mais de celui qui court, qu'on mesure avec des horloges et qui ne fait jamais marche arrière.

— Ha ! Ha ! Ha ! se mit à rire leur guide, cela me rappelle une très bonne histoire. Ha ! Ha ! je ris, je m'étouffe et les ballons perdent la direction. Ha ! un de nos savants avait inventé une machine, figurez-vous, une machine à explorer le temps, à remonter son cours. Ha ! Ha ! Ha ! cela nous a bien fait rire et lui aussi alors s'est mis à rire. Avait-on jamais vu une invention aussi burlesque. Ha ! Ha !

— Mais... c'est extraordinaire ! dit Alain presque indigné. Tous les hommes ont rêvé de cela. J'ai même lu un merveilleux roman de Wells... Sur Terre, avec une telle machine, nous pourrions vérifier toute l'histoire, rencontrer Vercingétorix ou le chevalier Duguesclin, ou...

Visiblement, les yeux ronds du Grand Ventriloque montraient qu'il ne comprenait rien à cet enthousiasme. Il continuait à rire intérieurement en contenant avec ses longs bras les soubresauts de son ventre rond.

— Je pourrais rencontrer Pascal poussant sa brouette et lui donner un coup de main et La Fontaine qui m'aiderait à faire mes devoirs, et...

Alain respira longuement et dit sur un ton d'ambassadeur :

— Vous ne voudriez pas me confier les plans de cette machine ? Je les rapporterais... Enfin... si je peux.

— Ils ont été détruits, dit le Grand Ventriloque.

— Ah ! explorer le temps ! dit Alain exalté.

— Ha ! Ha ! Ha ! pour quoi faire ? pour quoi faire ? cher Alain, je vous le demande. Peut-être est-ce autrement chez vous, mais ici, avant c'était comme maintenant et ce que nous aurions trouvé, c'est encore aujourd'hui qui est semblable à demain...

— Alors, tout est très différent de la Terre où l'on va toujours de l'avant, vers, vers...

— Vers quoi ?

— Eh bien, l'avenir, le progrès, la science, les inventions, expliqua Alain embarrassé, car au fond de lui-même il ne savait pas très bien vers quoi on allait.

— Ici, dit le Grand Ventriloque, nous avons certes des inventions, mais aussi des anti-inventions, c'est-à-dire les inventions qu'il faut désinventer si elles ne sont plus utiles ou si on les croit nuisibles. N'est-ce pas la même chose chez vous ?

Alain pensa à certaines indignations de l'Escrivain et du papé Siffrein, mais il hésita à parler d'atomes, car ici on ne connaissait sans doute pas tout cela. Alors, tandis qu'on survolait une série de donjons à crêtes de coq, il dit :

— Il y a bien des rêves sur la Terre. Un de mes amis,

un écrivain, me prête des livres fantastiques. J'ai lu les voyages d'un certain Gulliver et *L'Homme invisible...*

— Il est fort possible ici de se rendre invisible, mais ce serait considéré comme une impolitesse, tous les manuels de convenances le disent.

« Hum ! pensa Alain, mais si j'avais la machine à explorer le temps, je m'amuserais bien... » Il eut une idée :

— Monsieur le Grand Ventriloque, avec cette machine, vous auriez pu rencontrer vos ancêtres, votre grand-mère ou votre arrière-arrière-arrière-grand-père.

— Je les reverrai quand on m'emmènera au Pommier Innombrable, dit simplement l'homme-orange.

Alain pensa que son guide était plein de certitudes, un peu comme Magali quand elle parlait des saints du calendrier. Il ne poursuivit pas cette conversation sans but. D'ailleurs la diversité des paysages survolés ou côtoyés faisait tout oublier.

Ils survolaient un immense gazon vaporeux où paissaient des biches à long col brun et où se posaient des oiseaux multicolores. Y étaient disséminés des bâtiments cylindriques percés d'immenses baies de verre et ne comptant chacun que trois étages. Sur les terrasses qui les surmontaient, des hommes-fruits dormaient dans des hamacs ou jouaient à un jeu qui ressemblait au tennis de table à cette différence qu'un gant aplati sur la paume servait de raquette.

Quand ils atterrirent, Marie-chen observa que l'effet de vision multiplié des bonbons-regards s'était dissipé. Le scénario d'accueil était partout le même : des personnes pour vous recevoir (ici des dames-citrons verts habillées de tuniques de même couleur qui les faisaient se confondre avec le gazon), l'offre de rafraîchissements, les billets-poèmes que le Grand Ventriloque composait avec une grande facilité. Les jeux étaient-ils les mêmes que ceux de la Terre ?

La première surprise survint quand ils pénétrèrent dans une salle de marbre où un millier peut-être d'hommes, femmes et enfants-fruits, la poitrine barrée d'une écharpe arc-en-ciel, jouaient deux par deux sur une infinité de tables en bois de rose à un jeu qui était tout bonnement celui des échecs...

— Les règles de ce jeu fameux ont été rapportées par notre explorateur Jonathan, celui qui connut votre Henri cent soixante-quatre...

— Heu... Henri IV.

— Pardonnez-moi : je me perds toujours dans les chiffres.

Alain et Marie-chen s'approchèrent discrètement d'une des tables. Le jeu était à peu près le même que celui vu chez l'Escrivain : un roi et une reine-fruits, deux tours crénelées, deux cavaliers (mais ici montés sur des autruches), deux personnages se tenant chacun sur un pied comme des hérons (ce devaient être les fous) et huit pions. D'être si éloigné de la Terre et de voir cela éveilla chez l'enfant une sorte d'émotion. Et son imagination s'enfiévra : et si, comme ses parents dans la jungle amazonienne, il était un explorateur, s'il rapportait un jour, comme M. Swift, une relation de ce voyage extraordinaire ! Hélas, personne ne le croirait.

— Cette science, que nous appelons « jeu des cases », passionne nos citoyens.

— Sur Terre aussi, dit Alain, et il existe d'autres jeux comme le loto, les dames, les puzzles, les dés, les petits chevaux, les cartes...

— Le nain jaune, le pouilleux, ajouta Marie-chen.

— Ici, vous le verrez, dit l'homme-orange, il y a les clo-clo-clochettes, le doigt dans l'eau, les triangles, les quatre-pépins, le bing-bing que vous avez vu sur les terrasses.

— Le ping-pong ?

— Non, le bing-bing, mais cela veut peut-être dire la même chose.

De salle en salle, ils voyaient des personnes se passion-
ner devant des éléments géométriques, des cylindres
emboîtables, des jouets mécaniques, des pistes, des
damiers étranges. Des joueurs penchés sur des règles
graduées se livraient à des calculs ardus de mathémati-
ciens. On voyait des jeux chimiques, d'inextricables
labyrinthes à miroirs où progressaient des haricots blancs
et des lentilles, des roues superposées de loteries ingénieu-
ses et compliquées, des roulettes où les billes allaient d'un
plan à un autre, des billards où les boules se déplaçaient
sous l'influence de la voix ou du magnétisme des regards,
et cent autres curiosités.

— Que gagne-t-on ? demanda Marie-chen.

— On gagne, on gagne son logis dès qu'on a assez joué.
Gagner ? Gagner ? Ah oui, on gagne le plaisir du jeu, et
celui qui perd gagne toujours cela. Voudriez-vous participer à l'un ou l'autre de ces agréments ? A vos échecs, peut-
être ?

— Je ne sais pas encore jouer, avoua Alain qui se
promettait bien d'apprendre.

Quant aux autres plaisirs ludiques, bien que des
enfants-fruits sans doute très avancés pour leur âge s'y
adonnassent volontiers, ils parurent trop difficiles à Alain
et sa compagne.

— Alors, dit le Grand Ventriloque, entrons dans ce
vestibule ascensionnel pour nous rendre deux étages au-
dessus. C'est la, ha ! ha ! ha ! c'est la salle des couleurs et
vous verrez ce qui adviendra. Ha ! Ha ! Ha ! le plus exquis
des jeux. Je vais chausser mes lunettes teintantes.

En fait, il s'agissait plus de farce que de jeu. Chacun se
plaçait devant un grand miroir ovale, sur les côtés duquel
s'alignaient des boutons de commande représentant diverses couleurs. Marie-chen fut invitée à se servir de l'un
d'eux qu'elle prit au hasard. Pendant quelques instants, il
ne se passa rien, puis Alain stupéfait vit que la peau de
celle qu'il considérait comme sa chère petite sœur prenait
des reflets soyeux et tigrés, que ses yeux s'arrondissaient,

que ses oreilles pointaient et qu'il lui poussait des moustaches de chaton.

— Miaou ! Oh non ! dit Marie-chen en se voyant en minet dans la glace. Oh non ! je ne veux pas être une chatte.

L'homme-orange rit encore : « Ha ! Ha ! Ha ! » Heureusement, ce n'était qu'une illusion qui se dissipa très vite. Il n'empêche : Marie-chen ne voulut pas recommencer. Le Grand Ventriloque rassura les enfants et se prêta lui-même au jeu, riant de tout son cœur quand il se vit en homme-autruche, puis en homme-cerf.

— Ha ! Ha ! Ha ! A vous, mon cher Alain.

Rassuré, Alain voulut tâter de tous les boutons l'un après l'autre. Dès le premier, il prit une teinte roussâtre, son nez se mit à bouger et ses oreilles s'allongèrent comme celles d'un lièvre. Bouton vert : ses cheveux se transformèrent en un feuillage abondant et son visage devint celui d'une rose. Bouton rouge : des flammes dansèrent au-dessus de sa tête comme celles d'un brasier. Bouton marron : le voilà couronné de châtaignes. Bouton bleu : il eut l'air d'un oiseau exotique. Bouton jaune : il fut un canari. Bouton orange : il ressembla à leur guide...

— Ha ! Ha ! Ha ! c'est le jeu le plus amusant de tous.

— Ben oui, dit Alain en souriant, mais c'est un peu angoissant.

Les salles de magie recelaient ainsi des illusions de toutes sortes où chacun pouvait devenir un animal, une plante ou un objet comme si Mandrake le magicien y veillait. Mais tout de même, on était heureux de retrouver son vrai visage et celui de Marie-chen s'orna d'une petite moue : elle préférait des jeux plus simples et elle demanda s'il n'existait pas une salle pour les marelles, jeu visiblement inconnu des hommes-fruits.

*
* *

Le soleil premier avait remplacé le soleil second lorsque le Grand Ventriloque, jugeant qu'il était trop tôt pour dormir, les entraîna vers la bibliothèque. Avec ses rayons bien rangés elle ne se différenciait guère de celles de la Terre, mis à part les fameux livres blancs qui s'imprimaient par la pensée. La dame-bibliothécaire était une orange toute sèche et portait des lorgnons. Elle leur adressa un sourire distrait et replongea dans ses fichiers.

Les enfants s'attendaient à voir beaucoup de livres, à l'image de cette cité démesurée. Or il y en avait moins que chez l'Escrivain.

— Là, vous voyez un exemplaire de chacun des livres de la ville, annonça fièrement le Grand Ventriloque, nous en avons déjà trois cent sept !

— Chez nous, il y en a beaucoup plus, dit Marie-chen.

— Beaucoup plus ? Vraiment ? dit l'homme-orange un peu piqué, quatre cent trois ?

— Non, dit Alain, des centaines de milliers. Il y en a tant qu'on ne peut faire le compte.

— Vraiment-vraiment ? Vous ne plaisantez pas ? Non, je le vois. La vérité est la vérité. Elle parle par les yeux. Mais comment en si peu de temps en avoir écrit et imprimé tant ?

— Si peu de temps ? s'exclama Alain, mais on en écrit depuis des siècles.

Troublé, le Grand Ventriloque réfléchit longuement, rangea ses lunettes et crut bon de donner quelques explications :

— Ici, il n'y a que peu d'années que les livres ont été inventés.

— Comment est-ce possible ? demanda Alain. Vous, si savants...

— Nos sciences ont été acquises d'une autre manière, mais il y a si longtemps... Au moyen des communications orales, des cahiers et cent autres moyens, mais pas le livre. Auparavant, nous avions les écrans où l'on projetait des images et c'est là que nous lisions.

— La télévision en quelque sorte, dit Alain. Ainsi, vous avez inventé la télévision avant d'inventer les livres. Ça alors ! C'est le monde à l'envers...

Pour une fois, les enfants pensaient que sur leur planète on avait été plus ingénieux qu'ici, et pourtant les hommes-fruits étaient parvenus à un degré de civilisation bien supérieur à celui de la Terre qui ne possédait pas leur science extraordinaire.

— A force de regarder les images, dit le Grand Ventriloque, nous nous sommes aperçus que nos citoyens, au fil des générations, perdaient la perception des choses réelles. Ils ne jouaient plus, ils regardaient jouer les acteurs des images. Ils ne pensaient plus par eux-mêmes, ils enregistraient et répétaient les pensées d'autrui. Ils ne voyaient plus la nature qu'à travers un filtre faussement fidèle, le fameux F.F.F. qu'ils ont eu la bonne idée de combattre dès que l'un de nous a ouvert les yeux plus grand que les autres. Il était temps, car les hommes-fruits vivaient au rythme monotone des images fuyantes.

Marie-chen ne comprenait guère tout cela. Elle regardait lire des enfants-fruits sérieux comme des docteurs. Quand elle leur souriait, ils rendaient gracieusement le sourire, mais leur esprit restait dans leurs livres.

— Heureusement, poursuivit l'homme-orange, une dame-cédrat venue du Sud, en regardant la trace d'un sabot de chevreuil imprimée dans la terre humide, eut cette idée si simple qu'on n'y avait pas pensé : l'imprimerie. Et toute la planète s'extasia devant une telle invention qui allait transformer nos manières d'être et de percevoir. Ah ! le livre, il était tellement plus moderne.

— Ah bon ? dit Alain en feuilletant un bouquin rond aux pages couvertes de signes minuscules. Ah bon ? plus moderne, je voudrais bien savoir pourquoi.

— Cela me paraît évident, dit l'homme-orange, et je comprends mal votre question. C'est visible : un livre est plus aisément transportable, on peut le placer dans sa poche et le lire où l'on veut : à la campagne, en carrosse, en routobus ou même en ballon-culotte, n'est-ce pas ?

— En effet, je n'y avais pas pensé, dit Alain.

— Et puis, on peut lire lentement ou vite selon son propre rythme et il n'est pas le même chez tous les

individus. Ses programmes peuvent varier à l'infini. Il est
possible de souligner des phrases intéressantes, de corner
une page, de revenir en arrière à sa volonté, de lire
plusieurs fois de suite le même passage qui vous intéresse...

— C'est bien vrai, approuva Alain.

Véritablement, le Grand Ventriloque s'enthousiasmait.
N'était-ce pas l'engouement des choses nouvelles ?

— Et, reprit-il, à partir d'un livre, l'envie naît de
connaître ce qu'il évoque, d'aller plus loin sur les signes
imprimés, de regarder d'une nouvelle manière le monde
réel. Le monde des idées s'agrandit quand l'auteur a
pressé sa pensée comme une olive jusqu'à ce que la goutte
d'huile écrite en tombe. Nos livres sont comme des princes
à qui l'on demande audience et qui l'accordent toujours.
Et savez-vous qu'il existe, au sein du groupe de nos Trois-
fois-Neuf un grand projet ? Réunir dans les livres toute la
matière écrite de la Banque du Poème. Ce sera une œuvre
considérable.

— Mais alors, vous ne regardez plus la télévision,
enfin, je veux dire les machines à images ?

— Si, bien heureusement, tout se complète, mais on
regarde d'une autre manière, c'est-à-dire en toute connaissance de savoir, et les images projetées, depuis l'invention
du livre, ont changé de nature, elles se sont améliorées.
C'est, comment dites-vous ? une émulation.

— Tiens, tiens... fit Alain.

— Et il y a aussi les livres blancs à pensées. Malheureusement, ils s'effacent vite. Nous avons aussi les livres
parlants pour ceux dont la vue baisse, et aussi les séances
de l'œil-caméra.

— L'œil-caméra ?

— Oui, c'est dans un autre bâtiment, celui qui est
entouré de séquoias. Si cela ne vous ennuie pas trop,
allons le visiter.

— Avec plaisir, dit Alain, tout cela est si extraordinaire. J'admire cette bibliothèque bien qu'elle contienne si

peu de titres. Et puis, peu à peu, vous en aurez davantage...

— Au moins quatre cent sept avant la fin de l'année!
dit fièrement le Grand Ventriloque.

**
* *

Si les parents d'Alain l'avaient emmené à la cinémathè-
que et dans des salles privées où leurs amis projetaient des
films ethnographiques, Marie-chen ne connaissait du
cinéma que deux dessins animés : Pinocchio et Blanche-
Neige qu'elle avait vus à Nîmes lorsque le papé Siffrein
était allé livrer des santons. Pour elle, les deux héros qui
avaient inspiré Walt Disney étaient à jamais originaires de
la capitale du Gard.

Alain savait que le cinéma est un art. Des images
s'étaient fixées dans son souvenir et il se promettait,
lorsqu'il serait grand, de voir tous les films.

Si nous évoquons ces minces souvenirs des deux
enfants, c'est que, si peu que ce fût, tous les deux
connaissaient les salles obscures et qu'ils les reconnurent,
telles que sur la Terre, dans la salle noire où le Grand
Ventriloque les emmena.

— C'est un ciné, dit Alain, je connais.

— Ciné, dites-vous, ici cela s'appelle l'œil-caméra.

— On dit « ciné » qui vient de « cinéma » lui-même
diminutif de « cinématographe ».

— Ah? Nous avons cela ici aussi dans notre langage :
les mots à rétrécissement, n'est-ce pas?

— Mais on dit aussi « cinoche ».

— Pourquoi pas « ci » ou « c »? Tant de mots pour la
même chose? C'est bien du souci, dit le Grand Ventriloque.

— Non, précisa Alain, c'est de l'affection. Comme
quand un amoureux trouve des mots gentils pour sa bien-
aimée : ma chérie, mon amour, mon trésor, mon canard...

— Mon oiseau bleu, poursuivit Marie-chen en pouf-
fant, oh! c'est bien ridicule.

Etonnant! Comme sur la Terre, une ouvreuse portait une lampe qui, cependant, ne fonctionnait pas au moyen d'une pile électrique : sous le verre, on distinguait des cristaux phosphorescents comme les lucioles des herbes et des pierres du chemin de Siffrein.

Ils s'assirent, parmi une centaine de personnes de tous âges, sur des sièges de velours gaufré. Seule différence avec nos salles : l'écran rond offrait des images de longue-vue. Il y défilait des séquences désordonnées, aussi discontinues que lorsque, en nous, des pensées différentes se pressent. Cet univers de coq-à-l'âne et de fatrasie déconcertait. Sans aucune transition, on vit des enfants qui couraient sous des noyers, une dame à voix de trompette bouchée qui chantait, un jeu d'échecs, un poney qui caracolait, des galettes qu'on passait au four. Le film, en couleurs, restait muet, sans générique et sans explications. Visiblement, on n'avait procédé à aucun montage : ces images en folie se succédaient en désordre, repassaient plusieurs fois d'affilée comme des hantises. On aurait cru qu'il s'agissait de fragments de pensée brute, de minerais dont le métal n'avait pas été dégagé. Les spectateurs, il est vrai, semblaient attentifs et satisfaits.

L'écran devenu vierge, la lumière s'alluma lentement. Un homme-pamplemousse qui sortait de la cabine de projection reçut quelques félicitations.

Pendant ce qui devait être l'entracte, ils prirent sur place des boissons sirupeuses au goût de myrtille et de framboise et sucèrent des pastilles lumineuses assez fades. Etait-ce une illusion créée par la lumière diffuse ? on aurait cru que des vapeurs colorées s'élevaient au-dessus des yeux, comme si l'on avait fumé des cigarettes de tabac à la fumée multicolore. La dame d'accueil que les enfants avaient naturellement baptisée « ouvreuse » étendit son long bras de dame-orange sur la tête d'un des spectateurs qui la suivit. La lumière s'éteignit et la représentation reprit.

Cette fois, le paysage de la cité défila vu de la cabine de pilotage d'un de ces trains bleus et serpentins qui cou-

raient dans le corps même des buildings, des tours et des
multiples édifices ou bien à l'air libre sur des rails, canaux
qu'ils effleuraient à peine. Ce voyage semblait vu par le
regard du conducteur qu'on ne distinguait pas et qu'on
devinait par les signes et les gestes de sémaphore d'un chef
de quai enturbanné ou par l'empressement des voyageurs.
Cette fois, les images étaient mieux liées bien que, par
éclairs, la vision d'une ravissante demoiselle-citron étendue sur un tapis de plage se substituât à celles du voyage,
ce qui faisait sourire malicieusement le Grand Ventriloque
et chuchoter « l'amour, l'amour... » Mais pourquoi était-
il à ce point intéressé par cette projection d'un univers
bien connu de lui ?

Pour Alain et Marie-chen, c'était pénétrer dans les
artères intérieures de cette cité fantastique qu'ils n'avaient
vue que de la hauteur des ballons-culottes. Ce qui retenait
chez les milliers d'hommes-fruits qu'ils rejoignaient dans
leur vie quotidienne, c'était une impression de tranquillité, celle d'un peuple sans angoisse, pas comme sur la
Terre où même les plus quiets n'étaient pas exempts de
soucis passagers. Et puis, il régnait une élégance fondée
sur la simplicité des drapés et l'originalité des parures.
L'artisanat dispensait cette variété de dessins et de
couleurs que seuls offrent l'Inde et les pays orientaux. La
tiédeur du climat proscrivait les tissus trop épais et l'on
retenait ceux qui laissent libres les mouvements du corps.
Les soies, les mousselines, les tulles, les satins, les crêpes,
les cotons légers abondaient. La liberté des coupes était
entière et il régnait beaucoup de diversité. Les longs
membres des hommes-fruits leur donnaient d'élégantes
manières qui faisaient oublier la rondeur de leur corps.
Les enfants s'aperçurent aussi que les deux sexes étaient
parés de vêtements identiques, et que seul quelque
agrément de toilette, quelque bijou les distinguait.
Comme sur Terre encore, la Nature qui n'a jamais conçu
deux choses identiques avait varié les types humano-fruits
à l'infini, même si au sein des familles il existait des
ressemblances. Marie-chen recherchait des équivalences

avec des personnes de la Terre : elle pensa au ventre rond
de l'Escrivain en même temps qu'à celui du Grand
Ventriloque, l'ami fidèle et le guide infatigable.

La lumière s'alluma et le spectateur qui avait suivi
l'ouvreuse revint s'asseoir à sa place où quelques personnes, dont l'homme-orange, vinrent lui parler, après, bien
entendu, les saluts cérémonieux d'usage.

— Voilà qui est intéressant, dit le Grand Ventriloque,
n'est-ce pas ?

— Fort intéressant pour nous, mais pour vous, monsieur le Grand Ventriloque, qui connaissez tout cela ?

— Je croyais le connaître. Or je ne l'avais jamais vu par
les yeux du, du...

— Du cinéaste ?

— Si vous voulez, bien que ce ne soit pas le terme
exact.

Alain pensa que le « cinéaste » était le monsieur qu'on
venait de congratuler. Marie-chen regarda autour d'elle :
des familles, des enfants... on se serait vraiment cru dans
une salle de spectacle le samedi soir sur Terre. Elle
remarqua :

— Les petits garçons et les petites filles ne parlent pas
et ne s'agitent pas. Ils ont l'air toujours sages. Comment
cela se fait ?

— C'est vrai, reconnut Alain, les enfants de notre âge
ne sont pas turbulents comme chez nous.

— Ah vraiment ? Nos enfants sont des êtres semblables
aux adultes et je ne vois pas comment il pourrait en être
autrement. La cause en est simple : nous savons bien que
la turbulence est le contraire de la vie, et surtout, il y a le
Jeu, simplement le Jeu, le grand guérisseur de tous les
maux. Tout être qui joue développe ses facultés d'observa-
tion, d'imagination et de connaissance. Chaque plaisir ici
inclut sa charge d'éveil à la curiosité. Et ici, tout est jeu,
jeu jeune, à la fois jeu de la vie individuelle et collective...

Si l'Escrivain s'était trouvé là, il aurait sans aucun
doute posé mille questions, et il aurait fait son philosophe,
parlant de Jésus-Christ ou de Karl Marx, de gens

inconnus qu'il citait tout le temps comme M. Fourier ou Joachim de Flore qui avait un bien joli nom.

— Nous restons encore? demanda le Grand Ventriloque.

— Oh oui! Oh oui! s'il vous plaît... dirent les enfants.

Chaque « film » ne durait d'ailleurs qu'une dizaine de minutes. Et Marie-chen comme Alain eurent bien raison de rester : ce qu'ils avaient vu ne leur donnait pas l'explication du tournage et de la projection. Ils allaient la découvrir de manière inattendue, mais voilà qu'on leur offrait encore de cette boisson liquoreuse et de ces bonbons phosphorescents, tout cela fort délicieux.

Cette fois, la gracieuse main de l'ouvreuse effleura le front grenu de l'homme-orange. Avec bonne grâce, il se leva pour la suivre, en jetant un regard de connivence aux enfants.

— Je ne savais pas que le Grand Ventriloque était cinéaste, observa Alain.

— Il est toujours un peu mystérieux, dit Marie-chen, mais ce que je sais, c'est qu'il nous aime bien.

— Je l'aime aussi, dit Alain, et je suis curieux de voir ce qu'il a tourné. J'espère qu'il connaît un peu mieux le cinéma que les autres.

Le film en rond s'ouvrit sur un univers miroitant comme si l'on avait grossi démesurément un bijou composite ou la carapace d'un scarabée étincelant. L'écran se couvrit de scintillements, d'éclats, d'étincelles, de feux, de papillotements intenses qui semblaient arroser les spectateurs d'une douche lumineuse et féerique. Ce ne furent qu'irradiations incandescentes et flammes liquides sur des paysages de gemmes, de pierres précieuses qui se laissaient deviner peu à peu, une mine à ciel ouvert vue du ciel où des travailleurs en blouse blanche détachaient sans hâte des fragments lapidaires qu'ils déposaient délicatement sur le coton de bennes légères glissant d'elles-mêmes comme des robots aux flancs de la paroi fabuleuse. Parfois, l'un des prospecteurs écartait de son souffle une poussière d'émeraude, d'hyacinthe ou de topaze qui retombait en feu d'artifice.

Après que l'on eut observé la cueillette des cristaux de roche dans des traînées phosphorescentes, la projection fit découvrir d'étranges rocailles où des perles baroques étaient enchâssées, des étendues couleur de cuivre, des horizons transparents, des plages diaphanes où des blocs géants de pierres siliceuses, grès, quartz, mica, porphyre, basalte, silex, évoquaient des palais légendaires aux radiations éblouissantes. Par ces jeux du feu et de la lumière, cette immobilité semblait en constant mouvement et les matériaux les plus durs s'allégeaient par miracle. Et de l'écran, la source-brasier illuminait la salle entière et procurait des sensations colorées semblables à une musique sans cesse renouvelée par la magie d'un orchestre génial.

Après des paysages de marbre, des carrières lisses où la nature et l'art manuel avaient uni leurs génies, de paysage en paysage, on emprunta un souterrain rocailleux où des caméléons, des lézards géants, des chauves-souris, par mimétisme, semblaient sculptés dans des bijoux. Plus loin des forêts pétrifiées montraient toutes les essences d'arbres devenus pierres par le temps, et l'on atteignit une série de cavernes somptueuses dont la richesse aurait humilié toutes les grottes de tous les Ali-Baba de légende. Là encore, des personnages, en blouse saphir cette fois, récoltaient, comme des joailliers fantastiques, des bijou-tiers éblouis, toute une moisson inouïe de diamants gros comme des melons, de lapis-lazulis, de turquoises, d'amé-thystes, de smaragdins ou d'œils-de-chat, et d'autres pierres inconnues dont la plus ardente imagination terres-tre n'aurait eu l'idée.

Peu à peu, la vision s'effaça, comme si le regard, en s'éloignant atténuait tous ces reflets, les mêlait dans une symphonie plus douce, et, tandis que la pénombre habitée s'étendait imperceptiblement, on vit le ciel bleu azur et sa pure luminosité. Alors, apparut, comme un couronnement végétal, une rose, une simple rose, comme celles du rosier grimpant de Magali, une rose rose porcelaine, un incomparable délice de délicatesse et de beauté fragile où trois perles de rosée resplendissaient dans la lumière.

Et ce fut tout. Ce fut, jusque dans l'obscurité baignant la salle, une sorte de rendez-vous pris avec l'ineffable, un résumé de toute l'ivresse de la création.

Les spectateurs-fruits, ordinairement si discrets, firent retentir un bruissement admiratif qui se prolongea jusqu'au moment où le Grand Ventriloque sortit de la cabine de projection, la tête penchée comme une plante ivre de soleil, épuisé par un trop grand effort. Alors, il recueillit des sourires contenant tout ce que les paroles n'auraient pu exprimer.

— C'est admirable, chuchota Alain. Du grand art cinématographique. Je vous félicite, monsieur le Grand Ventriloque, je suis fier d'être votre ami.

— J'y suis pour si peu de chose, dit le Grand Ventriloque.

— Et la rose, oh ! la rose... murmura Marie-chen.

— Elle serait digne de votre chevelure, chère Marie-chen, dit l'homme-orange qui reprenait ses esprits.

Toujours l'inattendu arrive et il arriva quand la main de la dame d'accueil flotta comme une colombe au-dessus de la tête d'Alain alors qu'il suçait son troisième bonbon lumineux.

— Heu... que dois-je faire ?

— Suivre notre amie, mon cher Alain, indiqua le Grand Ventriloque, et, si vous le souhaitez, je peux vous accompagner.

— Oui, je préfère... dit Alain qui pensait : « Que va-t-il m'arriver ? »

Nouvelle surprise : la cabine d'où se diffusaient les images était vide. Aucun appareil de projection, aucun instrument, rien. Une alcôve dont la cloison faisant face à la salle était percée d'un trou ovale. Décidément, Alain ne comprenait rien à tout cela et il ressentit presque douloureusement son appréhension.

— Mais... où se trouve l'appareil ? Et puis, je ne suis
pas cinéaste, moi. Je n'ai pas de film...

— Si, bien sûr, pourquoi n'en auriez-vous pas ?

— C'est que...

L'ouvreuse et l'homme-orange échangèrent ce sourire
qui suit les plaisanteries légères. Ils indiquèrent à Alain de
placer son visage dans l'ouverture de la cloison.

— Voilà, expliqua le Grand Ventriloque. Je vois que
c'est une première expérience, mon cher Alain. Ne vous
troublez pas. Je précise que nous avons choisi la salle des
images colorées immédiates et concrètes. Je veux dire celle
où préside et réside la réalité telle quelle, à l'état de
nature, simple et sans apprêt, instinctive, diriez-vous, celle
du souvenir de la vision brute, sans rien de surnaturel,
d'inventé ou de créé, ce qui limite, malgré tout, l'effort de
concentration.

« Tout cela est de l'hébreu pour moi et du diable si j'y
comprends quelque chose ! » pensait Alain, le visage
fixant l'écran rond et redoutable maintenant dans la salle
devenue obscure.

— Voilà. Ouvrez bien les yeux. Ne les fermez en aucun
cas. En cela les bonbons vous aident. Restez immobile
pour que les images ne tremblent pas et soient bien nettes.
Pensez à une scène visible et familière, et vous verrez...

Alain répondant à cette invite fut surpris que deux
rayons lumineux jaillissent de ses yeux mêmes et convergent sur l'écran en une projection d'images colorées, un
peu floues au début, puis se précisant.

— Vous comprenez maintenant, chuchota le Grand
Ventriloque à l'oreille d'Alain, vous êtes à la fois la
caméra et l'appareil de projection. Chaque regard est un
appareil de prise de vues. La chimie et la physique
provoquées par les bonbons-lumière et le sirop de myrtilles font la projection.

— Je comprends, dit Alain ému et appliqué à bien
diriger ses rayons.

Quel prodige! Les spectateurs virent un grand bureau de verre où des cartes géographiques étaient déployées. Derrière, assises l'une près de l'autre, se trouvaient deux personnes en qui Marie-chen reconnut les parents d'Alain. Devant s'empilaient des caisses, des malles et divers bagages. Visiblement, ils parlaient à quelqu'un qu'on ne voyait pas et la petite fille devina qu'il s'agissait d'Alain que ses parents préparaient à la séparation. Le père, grand et maigre, aux cheveux grisonnant sur les tempes, au long visage intelligent, semblait prononcer des paroles encourageantes en fermant parfois les paupières avec une brusque inclinaison de tête pour affirmer que tout se passerait bien. La jeune femme, blonde comme Alain, vêtue d'un costume bleu en tissu de jeans, gardait un sourire courageux aux lèvres que n'effaçait pas la mélancolie du regard.

Les spectateurs étaient attentifs, à peine étonnés par un univers si dissemblable au leur. On eut l'impression qu'une petite larme glissait sur l'écran suivie du passage rapide d'une main qui l'effaçait. Marie-chen se sentit tout émue, prête à pleurer. Puis l'écran s'illumina et apparurent les tuiles brûlées ou d'un rose pâli par les intempéries de la maison du santonnier Siffrein. Des cerisiers ployaient sous les fruits comme en ce mois de mai où Alain avait rejoint la Provence. Magali poussait une brouette dans le soleil. Marie-chen se reconnut dans l'atelier près de Siffrein un pinceau à la main. Un gros plan sur la « crèche à nous » des santons multiples et l'image de la petite fille se retourna comme si quelqu'un l'appelait.

Parurent alors les allées du jardin où courait Marie-chen. Des abeilles voletaient parmi les vapeurs mauves des lavandes. Le feuillage vert tendre d'un saule pleurait. Mille flammes multicolores dansaient dans les parterres. Arrêt devant les trompettes du bignonia, les bleus delphiniums, les glaïeuls aux lèvres peintes, les santolines d'argent jaune, les plumbagos bleu de cobalt... Un murmure approbateur parcourut l'assistance. Il s'apaisa brusquement : sans lien apparent, on vit des toits d'usines, des cheminées de hauts fourneaux jaillis par contraste dans la pensée d'Alain, une fumée de soufre qui envahissait le ciel noir. Mais le malaise des spectateurs disparut en même temps que le jardin réapparaissait dans le déluge des lilas.

Marie-chen approchait de la cabane aux outils et faisait signe à l'invisible Alain de la suivre. Elle poussait la porte de rondins, écartait les rideaux de sacs et apparaissait la main d'Alain qui les retenait à son tour.

La projection s'arrêta là. Alain, fatigué par son effort de concentration, venait de fermer les yeux en proie à une foule de sentiments contradictoires. Autour de lui, la cabine tournait, tournait. Il lui sembla que tout se mêlait et qu'il allait s'évanouir de lassitude.

Quand il se réveilla, il était couché près de Marie-chen sur la paille, non dans la planète des hommes-fruits, mais sur Terre, en Vaucluse, dans la cabane aux outils où des planches disjointes laissaient filtrer un rayon de soleil provençal.

Onze

« L E jardin provençal, lisait l'Escrivain en caressant les breloques de sa chaîne de montre, est une liesse équilibrée. La Provence a hérité des Romains l'art des plates-bandes, des parterres, des massifs, des buis taillés et de la géométrie assez tendre pour faire oublier ses rigueurs et ses lois. Les serres discrètes, les potagers, les sentiers partant des repos circulaires ou carrés, tout cela réjouit l'œil. Les nuances de vert, du plus discret au plus foncé, évoquent les prestiges de l'ombre et de l'eau. Auprès des fruitiers, des micocouliers, des platanes, des mûriers de vers à soie, on salue les maîtres arbres du paysage méditerranéen : oliviers argentés, cèdres aux branches en toit de pagode, cyprès en haies contre le vent du Nord, pins d'Alep, ifs élancés qui paraphent l'achèvement du paysage et lui donnent ses volumes. La nature n'est pas en ces jardins comme un complément aux architectures, elle est le but même des soins de la main et du génie humain toujours présents. La diversité des essences d'arbres, des arbustes qui ne sont pas jaloux de leur hauteur, lauriers-roses, lauriers-tins, cistes, genévriers, romarins... La variété florale et la profusion des couleurs introduisent aux plus riches fantaisies de la Création. Jusqu'aux talus de joubarbes, de saxifrages, de giroflées ou de campanules qui bordent sans borner, sans donner une idée désagréable de frontières.

Les cyprès rampants, les cotoneasters étendent leurs ailes vertes comme s'ils préparaient un envol. Les mousses, les lierres épousent le sol. Les tamariniers nous disent le vaporeux de l'air. Et le jardin chuchote, bourdonne, s'ébroue, gazouille, murmure, chante et danse par toutes ses voix qui répondent aux vents et aux oiseaux. Il est une tapisserie de parfums... »

— Tout cela, tout cela... faisait malicieusement le santonnier, et l'Escrivain à peine troublé reprenait son chant qui semblait n'en jamais finir.

« Le jardin provençal mêle son ornementation aux richesses potagères. En lignes d'écriture se suivent romaines et laitues, scaroles et frisées, tétragone, épinards et oseille, oignons, aulx et poireaux, radis et navets, melons et citrouilles, choux et concombres, pommes de terre et cardons... et les rames de haricots, la légère ascension des tomates et des olivettes, l'épanouissement des artichauts, les vapeurs des carottes ou des asperges montées ne sont pas indignes des fleurs les plus rares. Une aubergine violacée, une tomate allant du vert au rouge, une floraison de piments, quoi de plus beau ? »

— Cela, dit le santonnier, nous le savons, mais c'est presque plus beau quand vous le dites.

Magali buvait du petit-lait bien parfumé. Comme elle aurait été fière si les enfants avaient pu lui décrire l'admiration des amis du Grand Ventriloque devant ses parterres qui étaient une étendue d'elle-même. Elle avait la hantise des plantations. N'ayant pas été mère, elles devenaient ses enfants. Elle ne cessait de les aider, de les nourrir, de les aimer, de les chérir, de les caresser de sa main verte, de leur adresser ses murmures de prière. Elle connaissait les goûts de terre et d'eau, les noms et les qualités, elle savait les expositions, les appétits et les rejets, elle en parlait comme d'êtres humains.

— Alain, si tu allais faire la conversation aux bignonias qui se languissent ! Tu leur arroserais le pied d'un demi-arrosoir.

— Bignonias, qu'es aco? interrogeait Alain et il
demandait des précisions.

La Siffreine s'indignait :

— Tu sais bien, voyons. Ah! ces enfants ne savent rien.
Si, contre le mur du nord, tout près des ampélopsis et des
aspidistras...

Cela n'arrangeait pas les choses. Alors, Alain et Marie-
chen promenaient l'arrosoir sur toutes les plantes dont ils
ignoraient le nom.

— L'homme jardinier a dit à la nature : « Toi et moi,
nous allons voir ce que nous pouvons faire ensemble... »
dit l'Escrivain.

Il but une rasade de grenache de Rasteau, sortit une
feuille de papier de sa poche et lut le début d'un poème :

Je peux mourir, car je sais qu'il existe,
Pour me survivre un grand cyprès tout bleu.

— Pourquoi « bleu »? demanda le papé Siffrein, puisque, sur le conseil de Magali, vous avez planté des cyprès
verts et non des bleus, plus vivaces certes, mais qui
s'inscrivent moins bien dans les couleurs du paysage.

— Oui, mais j'ai pensé que « bleu » allait mieux dans
mon poème.

— Voilà comme ils sont, les escrivains, conclut Siffrein.
Ne pensez donc pas trop à votre mort, et... à votre bonne
santé!

— A la vôtre, maître Siffrein, et à votre prospérité!

— Oh! celle-là, laissons-la bien tranquille. Pourvu
qu'on me prenne des santons de quoi vivre...

L'Escrivain pensait : « Je ne suis rien auprès de ces
gens-là, je n'ai que des idées abstraites à proposer. Avec
leurs idées simples, ils en savent plus long que moi et que
mes confrères. D'eux, j'ai tout à apprendre, et ce que je
sais ne leur servirait de rien ou de si peu de chose. Le
meilleur de ce que j'ai à faire, c'est de les écouter et, si je le
peux, de transmettre leur voix. »

— Hier, dit-il, je suis allé à Suzette où j'ai acheté des

abricots et de ce bon vin noir, parfumé, épais qui contente mon palais au moment des fromages. On croirait parfois que la vigne prend le goût de ses voisins les abricotiers. C'est fou ce que les Comtadins aiment leurs arbres. Un paysan m'a étonné en me disant tout le soin qu'il faut prendre des arbres fruitiers et tous les maux que peuvent apporter les gels tardifs.

— Jadis, dit Siffrein, il a bien fallu que nos planteurs de vergers se convertissent à de nouvelles cultures. L'alizarine, une couleur extraite du goudron, a remplacé la culture de la garance qui rapportait gros. Les grands mûriers eux-mêmes ont disparu avec l'élevage des vers à soie qui produisaient pourtant dans les trente kilos de cocon par once de graines. Maintenant, il y a les fruitiers, les asperges, les artichauts, les céréales, la vigne, les melons, et cela ne va pas sans difficultés : ce qui se vend cher à la ville est ici mal payé et celui qui sème ne récolte pas à la mesure de son travail. La truffe encore est rémunératrice. Les détaillants la baptisent « du Périgord » parce que cela fait mieux et que le Périgord en produit moins qu'autrefois. On dit que la truffe se déplace vers l'est, je ne sais si c'est raison ou conte.

— Nos Comtadins, dit l'Escrivain, sont donc devenus les hommes du fruitier, des hommes-fruits en quelque sorte.

« Des hommes-fruits ! » Alain et Marie-chen tressaillirent devant cette expression qui n'était que coïncidence. Leur pensée pendant quelques instants quitta la Terre.

— Que cherchez-vous sur votre palette, maître Siffrein ? questionna l'Escrivain.

— Je dois peindre les œufs du panier d'une coquetière. Il me faut un ton très doux qui montre la fragilité des coquilles d'œuf.

— Ah ! c'est vous l'artiste.

— Soyez bien gentil, mon ami. Laissez-moi ma qualité d'artisan. C'est la seule à laquelle je tienne.

— Les jours baissent, le soleil se couche plus tôt devant la lune impatiente, dit Magali en écartant le rideau.

L'après-midi, l'Escrivain avait emmené les enfants dans la camionnette du pépiniériste pour une grande promenade. A Mazan, le cimetière est cerné de sarcophages gallo-romains. De là, ils se rendirent à Villes-sur-Ozon pour acheter du vin à la cave et côtoyèrent les impressionnantes gorges de la Nesque que commande le nid d'aigle de Méthamis dans un paysage de maquis, de falaises de calcaire percées de grottes étranges jusqu'au rocher du Cire où Mistral situa des passages de son *Calendal*. Ce furent **Monieux** adossé au rocher, et, par une route sans cesse en **lacet**, Sault qui doit son nom à la forêt. De là, on descendit jusqu'à la ville d'Apt en s'arrêtant au château de **Javon** et à la halte de Saint-Saturnin-d'Apt.

Longeant le fier Luberon, on alla jusqu'à Lacoste, village perché sur une butte que dominent les ruines d'un château fort qui appartint à la famille du marquis de Sade : « un grand prosateur, précisa l'Escrivain, un prosateur-poète que vous lirez plus tard et, alors, vous penserez à ce lieu... » A Ménerbes, le souvenir de Clovis Hugues, félibre et homme politique né dans ce village, fut évoqué, et, à Oppède-le-Vieux où résidait un ami de l'Escrivain qui leur offrit des poires rouges succulentes, on parla du trop fameux baron d'Oppède et de ses massacres de Vaudois tenus pour hérétiques. A Vaucluse, près de la fontaine, une histoire d'amour : celle de l'Italien Pétrarque qui aimait Laure. Que de hauts lieux : Cavaillon, L'Isle-sur-la-Sorgue, la Venise du Comtat, Le Thor au nom rude, la **grotte** de Thouzon, Pernes où les enfants voulaient boire à chaque fontaine, La Roque-sur-Pernes où des gens sont venus d'un lointain pays après la dernière guerre, Le Beaucet où l'on inaugurait une fontaine restaurée, Saint-Didier et son château-hôpital aux fresques de Mignard, au fier beffroi, à la belle fontaine à mascarons, à la splendide voûte de platanes, Venasque vieille cité des évêques ! Tout cela fut commenté abondamment par l'Escrivain qui sut cacher aux enfants qu'il se perdait quelque peu dans une histoire trop longue, trop riche de faits, de luttes et de civilisations superposées.

En rentrant, Alain et Marie-chen avaient tenté de rapporter ce qu'ils avaient admiré au papé Siffrein qui, sans vantardise, en savait plus long qu'on ne l'aurait cru, lui qui ne quittait guère sa demeure. Après tant de faits d'armes, de populations et de hordes, Romains, chrétiens, Germains, Vandales, Bourguignons, Arabes, de luttes entre les comtes de Toulouse et les évêques de Carpentras, et puis, les princes, les guerres, les massacres, les génocides, comment s'y retrouver ?

Dans leur chambrette fleurie, les enfants oublièrent l'histoire pour ne retenir que les faits les plus simples de leur périple : des villages ocre dans le soleil, un chien noir dormant sous une charrette, une fillette qui cueillait des marguerites et leur en offrit, les touristes d'un autocar trais comme des moutons après la tonte, un paysan qui labourait avec un cheval, un des derniers sans doute, les premières fleurs des artichauts, les espaliers de poires, un coureur cycliste gravissant une côte en danseuse, des corbeaux au cri dur rasant la cime des pins, le goût de la citronnade à Venasque...

C'était un peu comme les hommes-fruits qui voulaient oublier leur propre histoire. Qui sait si elle n'était pas teintée d'abominations ? Tant de maux, tant de ruines... et ce pays si calme aujourd'hui. Qu'en serait-il demain ? Ah ! le soir avec les vibrations des essaims de moucherons, la nuit qui commençait bleue et finissait brune. Vite ! les trois pommes de pin dans la poche de la culotte : on ne sait jamais... Elles étaient devenues comme un porte-bonheur. Alain frotta ses yeux endormis et pensa aux images qu'ils avaient projetées. Illusion ? Réalité ? Œil-caméra. Oh ! le sommeil...

— Dors bien, Marie-chen, dors bien.
— Bonne nuit, Alain, bonne nuit.

***

Au matin, sur la sente des cerisiers, l'Escrivain fut exact au tacite rendez-vous. Il rejoignit Magali qui, sur le chemin, ramassait à la pelle le crottin laissé par les chevaux de la Vallée Verte pour alimenter ses rosiers.

— Chère Magali, fera-t-il beau aujourd'hui? Je l'ai demandé à un cantonnier. Autrefois, il interrogeait le ciel et savait me répondre, mais depuis qu'il a le transistor, il me récite le bulletin de la Météorologie nationale!

— Quoi de plus simple? dit Magali. Cette nuit, la lune était à peine rose et j'ai su qu'il se lèverait un petit vent agréable. Il vient de la Drôme sans se presser et ce n'est pas un méchant. Regardez : les hautes branches du peuplier tremblent à peine. Mais le Ventoux est moins favorable, il est trop proche en ce moment. Et ces deux nuages : ils sont l'avant-garde d'une troupe qui se tient cachée et arrivera dès qu'ils l'appelleront. Le vent gentil s'endormira vers le soir et le méchant marin soufflera. Après cette belle journée, en soirée, nous aurons la rincette.

— Si j'emmenais les enfants pour la journée, cela déplairait-il à Siffrein? Je voudrais leur faire goûter un plat de ma façon.

— Prenez-les avec vous, mais dites-en un mot au papé qui ne dira pas non.

Siffrein s'activait. Le temps qu'il consacrait à la « crèche à nous » lui avait fait oublier les commandes qui viendraient avant la Noël. Alors, il préparait des séries en trois tailles différentes des personnages et des animaux de la crèche traditionnelle. Il répondit favorablement à la demande de l'Escrivain et lui offrit des amandes.

— Surtout, renvoyez-les avant la nuit et ne leur faites pas boire de vin pur : qu'ils ne prennent pas la grappe et qu'ils ne cousent pas le chemin!

— J'ai aussi de la bonne eau fraîche et j'en aurai davantage puisque la baguette du sourcier, cette fois, m'a indiqué le bon endroit.

— Il faudra creuser profond.

— Nous avons déjà commencé, maître Siffrein, et j'ai même fait une trouvaille que je vous montrerai, une vieille pièce de monnaie.

— Ah ! le trésor... Ne vous mettez pas trop à y croire.
J'ai connu des gens qui le cherchaient partout : avec le
pendule ou la baguette, et même avec un déceleur
compliqué. Ils creusaient le sol et ne trouvaient jamais
qu'un vieux fer à cheval, un tuyau de poêle ou une vieille
casserole.

L'air léger rendait le chemin doux aux jambes. Après le
gros chêne, il y eut abondance de rencontres. Une grosse
dame tenant une ombrelle rose au-dessus de son chignon
passa à bicyclette. Plus loin, un monsieur à tête blanche
poursuivait les papillons avec un filet vert sous le regard
amusé d'un défricheur de vigne. Chaque fois, on saluait de
la voix ou d'un geste de la main levée. Une floraison
nouvelle de sauterelles aux ailes bleues sautait et voletait
parmi des fleurs sauvages à son image. Une famille de
fermiers rompait la croûte près du dos rond d'une borie, à
l'abri d'un muret de pierres plates disposées de champ.
On leur souhaita bon appétit et ils répondirent par un
geste d'invitation à partager le repas.

— Non merci. Bien gentils... dit l'Escrivain, mais la
soupe nous attend. J'ai des invités aujourd'hui...

Passé le hameau, là où l'on parcourt un petit bout de
route goudronnée avant de reprendre le sentier montant,
Marie-chen et Alain eurent l'occasion d'échanger un
sourire de complicité ravie. Pourquoi l'Escrivain avait-il
rapidement sorti son peigne de poche, redressé la veste,
renoué son foulard ? Pourquoi se tenait-il plus droit et
rentrait-il le ventre ? C'est que deux belles jeunes filles,
brunes toutes les deux, en short et petit maillot bien
décolleté, venaient à leur rencontre. Deux sœurs sans
aucun doute, avec les mêmes yeux verts, le teint doré, la
bouche appétissante et un air de conquérir le monde par la
seule beauté.

— Je vous demande pardon, monsieur, dit la plus
grande, pourriez-vous m'indiquer la ferme où l'on vend
des santons ?

— La maison du santonnier, maître Siffrein, oh ! oui,
que je la connais ! Mes amis sont ses petits-enfants et nous

en revenons. Vous n'êtes donc pas d'ici ? Vous voulez des santons ? Ce sont les plus beaux de la Provence...

— Nous venons de Grignan.

— Ah ! Grignan. Mme de Sévigné, Mme de Grignan. .

— Nous ne les connaissons pas, dit étourdiment la plus petite des deux belles.

Visiblement, l'Escrivain prenait plaisir à cette compagnie et il tentait de prolonger la conversation. Les enfants observèrent qu'il passait sa main dans ses cheveux pour ramener des mèches aux endroits dégarnis et que sa voix prenait des intonations de violoncelle.

— Ces deux dames vivaient au Grand Siècle, précisa l'Escrivain, un siècle fastueux dont votre beauté eût été digne... Les plus beaux princes se seraient inclinés devant vous. Non, ne souriez pas ! Je suis sincère et à mon âge on peut se permettre de dire...

— De dire où est le marchand de santons ? ajouta spirituellement la plus grande.

— Vous voyez cette tache de vert derrière un grand jardin. C'est là.

— Alors merci, dit la belle en souriant aux enfants.

« Elles le savent qu'elles sont jolies ! » dit rêveusement l'Escrivain quand elles se furent éloignées. Et au grillage d'un mas, il cueillit une fleur de passiflore finement ouvragée qu'il mit à son revers.

La vue du troupeau de moutons de leurs amis Quinze-Côtelettes et Outre-à-Huile les incita à faire un détour par la garrigue du haut. Les deux hommes gardaient ensemble, c'est-à-dire que le chien faisait le travail et qu'ils paressaient à l'ombre d'un pin. Le grand maigre sculptait une canne où un serpent commençait de s'enrouler et le petit gros, à travers le ciel pur des branches basses, regardait vers les monts du Vaucluse.

— Bien le bonjour. Salut à vous...

— Bien le bonjour. Alors, les enfants, bien sages ? Vous faites la promenade en plein onze heures ?

— C'est une belle journée, dit l'Escrivain, mais ce soir, je le sais, il pleuvra.

— Je vous ai vus venir de loin, dit Quinze-Côtelettes, parce que moi, j'observe et je me soucie des autres, tandis qu'il en est qui se contentent de regarder voler les corneilles. Oh! grand fainéant, tu attends la révélation?

Ainsi apostrophé, Outre-à-Huile eut un regard de commisération et fit exprès de s'étirer voluptueusement.

— La santé est meilleure? s'enquit l'Escrivain.

— La santé, la santé, dit Quinze-Côtelettes, disons qu'il aime à faire des grimaces.

— Ça ne va pas trop mal, dit Outre-à-Huile, j'ai seulement les reins un peu pris et mal partout où le corps plie. Je ne sais pas si mon mal me quittera un jour. Chacun porte sa croix.

— J'en sais, dit l'agressif Quinze-Côtelettes, qui portent plutôt la chopine.

Les enfants regardaient les moutons et les agnelets bien groupés, le chien attentif et les deux chèvres noires, soucieuses de leur réputation d'enfants terribles de cette famille, qui tentaient d'atteindre le feuillage d'un peuplier. L'herbe avait roussi et elle était si peu fournie que le troupeau avait bien du mérite de brouter cette maigre et dure pitance.

— Regardez cet empoigne-Jésus! jeta Quinze-Côtelettes en désignant son inséparable ennemi.

— Ecoute, grand déplumé, ne me cherche pas... Je suis bien calme, bien pacifique, moi!

— Ça fait une couple d'heures qu'il me toise avec son œil malin, dit Quinze-Côtelettes, il fait l'intéressant. Il a bu aux trois quarts le vin de la bouteille. Il est si avare qu'il tondrait un œuf et vendrait la laine.

— Tu fais bien de serrer ton vilain bâton. Je pourrais bien te servir une salade toute de noyaux.

— Des menaces? Tu porterais la main sur moi, ton bienfaiteur?

— Bien... Bienfaiteur, bégaya Outre-à-Huile! Ecoutez-le, mais écoutez-le! Sans moi, il serait au bagne, ce voleur de poules, ce renégat, ce...

— Et qui t'a soigné? Qui t'a donné le fortifiant? Le pape des fourmis, peut-être?

— Parlons-en de ta médecine. Elle sentait la pissette d'escargot... Et tu avais bien trop peur de rester seul avec ta malice.

— Seul? Ah! mon ami, mon ami! Apprends que je ne suis jamais seul. Même les oiseaux me font la conversation.

— Avec de la fiente sans doute?

A ce point d'invectives, l'Escrivain et les enfants les quittèrent en riant. Ils savaient que les deux intraitables ne s'apaiseraient jamais et que la lutte verbale était leur lien. Et puis, l'heure du repas approchait de plus en plus...

Leur hôte laissa les enfants en compagnie d'un livre d'images de Benjamin Rabier où les animaux sauvages et les animaux domestiques se livraient une guerre sans merci.

— Laissez-moi faire. Je m'occupe du repas. Ça ne vaudra pas les soupers de Magali, mais tout de même vous ne repartirez pas avec la faim.

Tandis que tournait la broche mécanique devant un feu de ceps, il rejoignit ses invités pour leur montrer quelques trésors : bois aux formes tourmentées évoquant des animaux fabuleux, pierres taillées par les hommes de la Préhistoire, cartes postales montrant des femmes cochers ou les inondations de Paris en 1910, papillons de jour et de nuit piqués dans de petites vitrines, plaque de bronze aux armes de Nîmes avec le crocodile, anciens flacons médicinaux couleur d'iode...

— Ce que vous voyez dans le coton de cette boîte de berlingots est une de mes plus mystérieuses trouvailles.

— Mais ce sont des œufs de poule, dit Marie-chen.

— Oui, seulement ils ont été pondus il y a peut-être des centaines d'années. Je les ai trouvés en démolissant un mur inutile pour agrandir mon cellier. Dans un creux, sur un nid de paille qui sentait encore le poulailler, j'ai trouvé sept œufs desséchés dont cinq se sont décomposés à la lumière. Voici les rescapés. Qui les avait placés là ? Existait-il une coutume voulant que les œufs déposés au cœur d'un mur portent bonheur ? Ou bien une poule de jadis les a-t-elle pondus dans un trou bouché par la suite ? C'est un mystère.

— Il y a bien des mystères, observa Alain qui pensait à ses nuits exploratrices.

— Je m'en suis fait une raison, indiqua l'Escrivain. Je sais que, dans la vie, nous rencontrons notre lot de choses inexplicables, et que c'est là peut-être le moteur et la condition de notre existence... Mais je vais surveiller ma cuisine.

Ce n'était pas un plat particulièrement léger : de belles cailles bardées de lard, bien dorées et farcies qu'il servit avec du chou après que chacun eut mangé son melon à la cuillère contrairement à la coutume de chez Siffrein où on le coupait en quartiers de lune.

Après de telles agapes, on oublia les fromages, mais non point l'onctueuse mousse au chocolat accompagnée de craquettes à l'anis. L'Escrivain fit son sort à une bouteille de Séguret de dix ans d'âge et les enfants burent de la limonade teintée de rosé de la région. Puis ce fut un bon café à la chaussette.

— Maintenant, dit l'Escrivain, je vais vous montrer la trouvaille dont j'ai parlé à maître Siffrein. Je l'ai découverte à deux mètres de la surface du sol en creusant avec le puisatier. Regardez...

Il déplia un papier de soie et montra une brillante pièce de monnaie ou médaille qu'on pesa de la main.

— J'ai eu bien du mal à la dégager d'une croûte verdâtre. Je lui ai fait subir plusieurs bains de pétrole, je l'ai frottée à la brosse à de nombreuses reprises et des lettres, des figures sont apparues.

En effet, sur la face apparaissait une tête de profil qu'entouraient quelques lettres : RDIANUS — PIUS — FELAV... Le revers s'ornait d'un génie ailé et du mot

ETERNITA. Mais cette pièce consulaire n'avait pas livré tous ses secrets.

— C'est ma nouvelle amie, dit l'Escrivain, elle ne quittera plus jamais ma poche.

— Quelqu'un d'autrefois a dû la perdre? questionna Marie-chen.

— Cela, nous ne le saurons jamais. Ou plutôt si : l'histoire de cette pièce, je l'ai réinventée à ma manière. J'ai même supposé qu'elle a été deux fois perdue : la première sous le règne d'un Gordien, la seconde à une époque plus proche où aux constructions romaines a succédé cette chapelle chrétienne où nous sommes.

— Oui, mais ce que vous avez imaginé ne peut être vrai, observa Alain.

Alors, l'Escrivain leva un index péremptoire :

— Cette histoire sera vraie si je le dis. Et je vous la conterai après la sieste, car il faut que j'y réfléchisse encore...

— Non, maintenant, réclama Marie-chen.

— Pas d'impatience! Cette monnaie a attendu des siècles que quelqu'un raconte son histoire. Vous attendrez bien une heure.

Et une heure plus tard, l'Escrivain avait préparé un thé odorant et une assiette de gâteaux fourrés à la pâte d'abricot. Comme l'avait prédit Magali, le vent tournant avait amené une nuée grise qui ne présageait du bon que pour les plantes assoiffées.

— Et maintenant, je vais vous conter mon histoire! dit l'Escrivain.

Douze

LA PIÈCE, LE MOINILLON ET LE CHEVALIER

OU

LA NOUVELLE HISTOIRE QUE RACONTA L'ESCRIVAIN

Mes amis, commença le narrateur, la première fois que cette monnaie fut perdue ne prête pas à de longs développements. En ces lieux mêmes existait un temple romain dédié à la déesse des Eaux de cette source justement que je veux retrouver. Ce matin-là, un centurion romain était venu de Narbonne pour apporter une offrande à la divinité païenne qui, disait-il, l'avait sauvé de la soif dans le désert d'Afrique. Après qu'il eut offert son obole, témoigné des marques de respect nécessaires et fait la conversation au prêtre, il se dégagea de son armure, but à la source et s'endormit près d'elle en écoutant le murmure des eaux. C'est là que, de sa bourse déliée, cette pièce roula dans le ruisseau. A son réveil, le soldat ne s'aperçut même pas de sa disparition, car il avait touché un retard de solde et était bien nanti en espèces sonnantes...

— Et la deuxième fois? demanda Marie-chen.

— La seconde fois, reprit l'Escrivain, c'est là que

commence la véritable histoire. Oyez, oyez, messeigneurs :

Il s'écoula près de dix siècles. Avec les anciens matériaux du temple détruit et quelques autres fournis par les tailleurs de pierre qui ont gravé leur marque sur des blocs que je vous montrerai, les chrétiens construisirent notre modeste chapelle, simple dépendance de l'évêché.

Ici, au Moyen Age, vivotaient trois moines et un moinillon de quinze ans à figure de fille. Ils cultivaient une terre difficile, se nourrissaient de racines, panais et navets, qui, comme chacun sait, n'ont jamais provoqué l'obésité de personne. Le fruit de leurs efforts, le meilleur de leurs cultures allait à la résidence d'été des évêques qui avaient besoin d'une table bien garnie pour recevoir seigneurs de haute lignée et grands dignitaires de l'Eglise de passage dans le Comtat. Nos moines et notre moinillon, quant à eux, restaient gueux comme Job. Je voudrais que vous les imaginiez avec leur tonsure, leur robe de bure ceinturée de la corde à nœuds et tachée de terre, leurs pieds nus, noueux comme des ceps brûlés. Ah ! ce n'étaient certes pas ces moines bien fourrés comme on en trouvera dans l'abbaye de notre Rabelais. Tenez : auprès d'eux, notre compère Quinze-Côtelettes aurait fait figure de gros repu. Ils ne possédaient rien que leur couche de pierre et leur oreiller de bois, mais c'était délices quand le travail leur laissait du repos, ce qui n'arrivait guère.

Tout cela leur semblait être dans la nature des choses et conforme à la volonté de Dieu qu'ils priaient de jour comme de nuit. De leur dénuement, ils n'accusaient pas le mauvais sort. Lorsque leurs épreuves devenaient insupportables, ils ne s'en prenaient qu'à eux-mêmes. Le doyen de cette maigre communauté, le frère Honorat, disait aux deux moines Bernart de Pernes et Peire-Raimon et au moinillon : « Nous ne travaillons pas assez d'heures et nous ne mettons pas assez de foi dans nos prières ! » Alors, dans l'espoir de gagner quelque jour leur paradis, ils ajoutaient d'eux-mêmes à leurs maux. Ils n'avaient pas besoin pour cela de s'imposer de mortifications, de porter le raide cilice ou de se donner la discipline à clous de fer : leur vie de ronces et de pierres suffisait, peu imaginable aujourd'hui. Ils étaient les vilains, les serfs de Dieu qui semblait les avoir oubliés et qu'ils n'oubliaient pas.

Leur seul répit était de recevoir, loger et nourrir de leurs pauvres légumes des moines, les Mendiants, qui s'arrêtaient sur la route de leur éternelle errance et dont la pauvreté, comparée à la misère des moines, était opulence.

En ce temps-là, les friches, dans le paysage rural, occupaient les plus grands espaces. Un jour que des larrons venus de la forêt de Venasque leur avaient dérobé le peu de nourriture qu'ils serraient en réserve, le frère Honorat interpella le plus jeune, notre gentil moinillon :

— Oh! moinillon, il me semble que tu rêves un peu trop. Tu sommeilles pendant les Grâces, tu bâilles durant les Heures et ta prière n'a pas plus de valeur qu'un plant de chiendent.

— *Mea culpa...* fit le moinillon en se frappant la poitrine.

— Tu manques de zèle religieux et si je n'y porte pas remède, tu seras le plus mauvais moine de notre ordre paysan. Alors, je vais te confier une tâche que tu rempliras tout seul : tu vois cette friche derrière les ormeaux, je veux que d'ici le jour saint de la Croix Glorieuse tu nous en aies fait un terrain cultivable.

Le moinillon regarda cette immense friche, la plus inextricable de la région, un interminable champ de ronces et de pierres. Il ne put retenir un soupir douloureux.

— Ne fais pas le vent de la plainte, dit le frère Honorat. C'est une grande joie que tu dois accueillir. Je t'accorde chaque nuit trois heures de sommeil, et tout le reste du temps, de jour et de nuit, tu manieras la pioche, la pelle et la défricheuse en remerciant Dieu de t'avoir permis ce travail rédempteur.

— Oui, frère Honorat, dit le malheureux moinillon.

Et, durant des semaines, il arracha les viornes, les ronciers où l'on a taillé la couronne d'épines de Jésus, les

chardons, les aubépines, les agressives orties et les brous-
sailles malfaisantes. Devant lui s'échappaient de vilains
animaux : énormes lézards verts, noirs scorpions, scolo-
pendres véloces, couleuvres, vipères dont il savait la
morsure mortelle. Tout l'animal et tout le végétal sauvages s'alliaient contre l'intrus de toutes les piqûres, morsu-
res, échardes dont ils étaient capables.

Quand le moinillon avait défriché un pan de terrain, il
fallait encore extraire des pierres et des rochers qui
auraient brisé la houe et les transporter loin, vers l'endroit
où ils seraient le matériau d'un mur de clôture. Et notre
moinillon travaillait, travaillait, écrasé de fatigue, de
courbatures, détruit par le manque de sommeil, la peau
des bras et des jambes égratignée, écorchée, boursouflée
de cuissons de guêpes et de taons. En arrachant les ronces
ou en transportant les pierres, il gémissait de vagues
prières et les larmes de ses yeux rejoignaient la sueur de
son visage. Ah ! pauvre moinillon !

Le moment le plus difficile se situait au plus noir de la
nuit. Il savait que le Grand Velu rôdait, un énorme loup
noir, le plus féroce qui fût. Aucun chasseur n'avait pu le
forcer, on ne comptait plus ses crimes et ses destructions,
et les moines l'apparentaient au diable. On entendait de
loin ses hurlements qu'un écho lugubre reprenait. Et le
moinillon connaissait une peur que ses prières ne pouvaient éloigner.

Pendant ce temps, les trois moines travaillaient eux
aussi, mais loin de lui, et il se sentait plus solitaire qu'un
ermite. Ainsi, de jour en jour et de nuit en nuit, la grande
friche inculte devenait ce champ où pousse la vigne que
vous voyez de la fenêtre, là-bas, derrière les platanes qui
ont remplacé les ormeaux de jadis et que j'appellerai
désormais le « champ du moinillon ».

Et voilà que vint la nuit précédant le jour de la Croix
Glorieuse. Le moinillon mettait la dernière main à son
travail. Le frère Honorat lui avait affirmé : « Dieu t'apportera récompense », ce à quoi il ne croyait plus guère, le
pauvre exténué ! En fait de récompense, il vit arriver sous

la Lune, qui ? Un ange chargé de présents ? Non : le Grand
Velu, avec sa fourrure noire hérissée, ses griffes et sa
gueule pleine de bave aux crocs redoutables, et qui allait le
dévorer.

Sûr de son fait, le Grand Velu ne se pressait pas. Le
moinillon pensa que sa dernière heure était venue et il
commença une prière pour recommander son âme à Dieu
et lui dédier le travail qu'il avait accompli. Et puis voilà
que la prière faite, il eut un sursaut de révolte, un regain
de force. Devant l'élan de la bête, il fit un saut de côté et
empoigna le cou en serrant de toute son énergie. Surpris,
le loup se dégagea, recula et revint à la charge de plus
belle. Mordu au bras gauche, la poitrine en sang, le
moinillon lutta encore vaillamment comme la chèvre
blanche de M. Seguin qui, comme vous le savez, mourut
au matin. Or, savez-vous ce qui le sauva, notre courageux
moinillon ? La dernière grosse pierre du terrain qu'il
s'apprêtait à faire rouler vers le bas. Voilà qu'au moment
où il se sentait faiblir, il se dégage une nouvelle fois, saisit
le roc à deux mains, et rrran ! il en écrase la vilaine tête du
Grand Velu qui s'abat et abreuve la terre sèche de son
sang noir.

Le moinillon sentit que la vie quittait son corps. Il se
laissa choir sur les genoux, rendit grâces, et, vainqueur de
son ennemi, mais vaincu par un surhumain effort, il roula
sur le côté et perdit connaissance, sous les étoiles muettes,
près du corps sanglant du monstre qu'il avait terrassé.

<center>* * *</center>

Ces événements n'expliquent pas l'histoire de la pièce
de monnaie, mais j'y viendrai tout à l'heure. Représentez-
vous plutôt ce jour de la Croix Glorieuse au petit matin.
Sur le terrain prêt au labourage par le travail d'un enfant,
gisent les corps de la bête et du moinillon. Près d'eux, trois
moines décharnés sont à genoux, les yeux tournés vers le
ciel pour des dévotions qui tremblent sur leurs lèvres.

C'est le moine Bernart de Pernes qui, le premier, avait

vu les deux gisants dans le soleil levant. Il avait appelé
Peire-Raimon et le frère Honorat accourus les bras au ciel.

— Sainte Vierge ! s'exclama le chef de la communauté.
Doux Jésus ! Le moinillon a tué le Grand Velu. Esprit
saint ! Et il est mort aussi. Prions mes frères, prions.

Cependant, le moinillon se sentait des fourmis dans les
pieds. Quand elles lui montèrent le long de la jambe, il
commença à s'agiter et se redressa en se frottant les yeux.
Sa peau était recouverte de sang séché, sa robe n'était plus
qu'un lambeau. Le mouvement qu'il fit provoqua le
jaillissement du sang neuf à son épaule et à son bras.

— Sainte Trinité ! Louanges à Dieu ! Il n'est pas mort...

Le moinillon qui n'avait pas recouvré tous ses esprits fut
heureux de l'apprendre. Bernart de Pernes et Peire-
Raimon le transportèrent dans la chapelle où on le coucha
sur une pierre tombale. Le frère Honorat, bon guérisseur,
lava ses plaies, y fit couler un baume cautérisant et lia sur
chacune d'elles un cataplasme de feuilles bénéfiques. Il fit
boire à l'infortuné une gorgée de la liqueur des évêques
dont il gardait le secret, et le moinillon, bien que titubant,
put se tenir debout.

Après la prière, on lui servit dans le creux de la table de
chêne qui servait d'assiette une soupe plus épaisse qu'à
l'ordinaire, avec des trognons de chou, des racines, des
herbes et une honnête ration de pois chiches. Que c'était
bon ! Chaque goulée apportait des forces au moinillon. Il
dut raconter comment il avait tué le Grand Velu, ce dont
il n'avait, selon le frère Honorat, aucun mérite puisque
Dieu lui avait glissé la pierre dans les mains.

— Dès lors que tu es debout et bien solide, dit-il, tu vas
bouter le feu au Grand Velu et tu enterreras ses restes au
plus profond. Quant à la pierre qu'a touchée la main du
Seigneur, tu la placeras dans une niche de la chapelle.

— Oui, frère Honorat.

Et le moinillon fit un feu de branchages pour y brûler le
loup du diable. A grand-peine, il creusa la terre pour y
enterrer ses os combla le trou, puis il déplaça la grosse

pierre. Alors, il aperçut, collée à une motte de terre, la pièce que vous avez sous les yeux.

« C'est la récompense de Dieu, la récompense... » se dit-il en la caressant. Il alla la porter au frère Honorat qui lui dit :

— C'est Dieu qui l'a posée là à ton intention. Tu la garderas dans ton froc. Et pour remercier Dieu, je vais te donner une autre portion de terre à défricher...

— Te voilà riche, maintenant, dit Peire-Raimon.

— Comme Crésus ! ajouta Bernart de Pernes.

Le moinillon ne vit pas qu'ils se moquaient : ils étaient jaloux qu'il eût été distingué par Dieu pour tuer le Grand Velu. Il se croyait donc riche. Puis, il pensa qu'il devrait retrouver d'autres ronces, d'autres pierres, d'autres animaux venimeux, d'autres insectes qui le piqueraient, et qu'il en serait ainsi jusqu'à son jour dernier. Il mesurait du regard ces étendues de terre vierge et il pleurait amèrement, autant de la douleur de ses blessures que de celles qu'il était destiné à recevoir.

Le lendemain, les moines le cherchèrent en vain. Le moinillon avait disparu. Ayant fait un baluchon de quelques hardes, il était parti loin de notre chapelle vers un destin inconnu qui ne pouvait être pire...

*

Il marchait, le moinillon, sur le chemin allant vers le sud, la faim au ventre, car il craignait de montrer sa monnaie, de peur qu'on l'accusât de l'avoir volée ou qu'on la lui volât. Il avait dormi loin des chaumières, en pleine nature, mais maintenant qu'il avait parcouru bien des lieues, il se sentait plus tranquille. L'insouciance le gagnait. Il regardait le vol des oiseaux, il respirait le parfum des fleurs, et, s'il avait connu autre chose que des prières, il aurait chanté.

Au soir du troisième jour, alors qu'il rêvait de voir la mer, il entendit derrière lui le pas d'un cheval. Il s'écarta bien vite du chemin et se dissimula derrière un chêne. De là, entre les branches, il vit, pour la première fois de sa vie, un chevalier armé, splendide apparition baignée de lumière. Il se dit alors qu'il n'avait rien vu d'aussi beau. Comme il était altier et fier, ce jeune et élégant chevalier qui chevauchait ainsi, le buste droit, la tête haute, un sourire aux lèvres et une rose écarlate piquée dans sa longue chevelure brune ! Le fringant cheval blanc était harnaché de neuf. A la selle pendaient un cimier et une cotte d'armes. Le guerrier portait l'épée bénite sur l'autel, l'oriflamme, le bouclier, l'armure et de longs éperons. Et tout ce métal, ces cuirs, ces étoffes scintillaient, jetaient des feux. Quand il passa près du moinillon caché, celui-ci entendit qu'il chantonnait doucement.

Alors, le moinillon ébloui pensa qu'un si beau chevalier ne pourrait pas lui causer de mal. Il reprit sa marche, à bonne distance cependant. Grâce aux baumes du frère Honorat, ses blessures ne le faisaient pas trop souffrir. Pour imiter le chevalier, il cueillit une marguerite et la mit sur son oreille : c'était la première coquetterie de sa vie. Il s'imagina être à cheval et fit claquer sa langue au rythme du petit trot.

Quand le chevalier s'arrêta à une fontaine pour abreuver son cheval, le moinillon le vit boire lui-même dans le creux de sa main, puis sourire à des lavandières qui arrivaient portant des corbeilles de linge sur leur tête. Il lui sembla que le chevalier lui adressait un signe de la main et il se cacha timidement derrière un chariot. Quand le chevalier repartit, il s'approcha pour boire sous les rires des filles qui se moquaient de son haillon. Alors, il s'éloigna avant même d'avoir bu son content. Plus tard, à la croisée où deux chemins s'offraient, pris par une sorte de fascination, il choisit le même que le chevalier, se dissimulant quand il le voyait se retourner.

Quelle confusion quand la monture se cabra et que le cavalier vint vers lui au trot ! Impossible de se cacher...

— Hé ! dit le chevalier, hé ! petit drôle, pourquoi te caches-tu de moi ? Crois-tu qu'il ne serait pas plus gai de faire route ensemble ?

« A moi, c'est à moi qu'il s'adresse ! » se dit le moinillon ravi par cette voix chantante.

— Es-tu muet, petit garçon ? Qui t'a fait ces blessures ? Tu t'es battu ? Où vas-tu ?

— Mon seigneur le chevalier, je ne suis qu'un pauvre moinillon qui ne connaît rien d'autre qu'un champ de pierres et je ne sais pas très bien où je vais.

— Alors, marche à mon côté, et conte-moi ton histoire. Ensuite, je te dirai la mienne.

Ravi, le moinillon se mit au pas du cheval dont la crinière et la queue blondes brillaient sous le soleil couchant. Mis en confiance, il raconta son histoire en omettant la trouvaille de la pièce. Il dit la chapelle et les moines, le champ de pierres et la mort du Grand Velu qui intéressa son interlocuteur à ce point qu'il la lui fit répéter, demandant sans cesse de nouveaux détails sur le combat sanglant.

— Tu es brave, petit garçon, et ce n'est pas Dieu qui a abattu le loup. C'est bien toi. Que voudrais-tu faire à présent ?

— Je ne le sais mie. Pourtant... pourtant, je voudrais être écolier, mais je ne connais que le latin des prières. Je n'ai ni tablettes de cire ni stylet pour écrire...

— Nous y pourvoirons, affirma le chevalier, et je te donnerai des chausses pour tes pieds blessés.

— Des chausses ! Je n'en ai jamais porté.

Le chevalier commanda une halte pour laisser reposer son cheval fumant. Il le dessella et, tandis qu'il broutait, les deux jeunes gens s'assirent au bord du talus où le chevalier se débarrassa de ses armes et d'une viole qu'il portait sur l'épaule.

— Je suis, dit-il, Raimbaut de Vacqueiras, chevalier de guerre et poète d'amour. J'ai vingt ans et je viens de quitter le service des princes d'Orange. Là, il y a cinq années, à la Pentecôte, sous la robe écarlate, la ceinture blanche et les chausses brunes, j'ai connu l'adoubement du prince, j'ai reçu sans faillir la paumée sur la nuque...

« Et moi, se disait le moinillon en écoutant ces faits

remarquables, je n'ai plus rien à dire. Je ne suis qu'un
enfant trouvé devenu un mauvais chrétien qui a trahi la
confiance du frère Honorat. »

Ils partagèrent un quignon de pain, « en attendant
mieux », dit Raimbaut de Vacqueiras qui poursuivit son
histoire :

— Tel que tu me vois, petit garçon, je me rends auprès
de Boniface, marquis de Montferrat, pour guerroyer au
loin. Et je veux connaître sa sœur, la demoiselle Béatrix, si
belle à voir, que tous les amoureux sont pris par elle
comme perdrix en tonnelle. Que dire encore? Je suis au
service des bonnes causes, j'ai devoir de justice, j'aime la
chasse et le tournoi, les venaisons et le vin, et j'aime les
filles que mes chants d'amour font glisser dans ma couche.

Le moinillon rougit et se signa, ce qui fit éclater de rire
le chevalier Raimbaut qui prit sa viole et en tira quelques
accords avant de reprendre :

— Je chante l'assaut du bien contre le mal, je méprise
les barbares du Nord et la gent malparlière, j'ai pour amis
Courtoisie et Amour loyal. Mes poèmes, je peux les
chanter en provençal et en franc langage, en italien, en
portugais et en galicien. Je sais manier la rote et la viole, la
mandore et le psaltérion, je sais débattre aux jugements
d'amour et j'ai le cœur en fête !

Le moinillon aussi se sentait le cœur en fête. Le visage
juvénile et fier du chevalier le ravissait. Il ne cessait de
regarder ses yeux d'acier, sa bouche charmante et l'ombre
bleue de ses joues.

— Reprenons notre route, proposa le chevalier Raimbaut. Il faut atteindre quelque auberge avant la nuit noire.

Malgré la charge, il enfourcha légèrement sa monture et
dit au moinillon :

— Allez, petit garçon, saute derrière moi. Je te prends
en croupe.

Surprise de la destinée : le moinillon était maintenant
sur un cheval blanc derrière le plus beau chevalier qui fût
en la chrétienté.

⁎

Une heure plus tard, ils étaient assis à la table d'une auberge de village où une servante aux tétons rebondis, au petit bedon rond comme on les aimait alors, avait posé devant eux un broc de vin frais et deux gobelets d'étain. Dans la salle, il n'y avait que quelques marchands au retour d'Italie, un maître charpentier, son apprenti et un clerc qui regarda le chevalier de côté.

Le repas qui suivit, nous n'en aurions pas idée de nos jours et ces hommes de jadis devaient avoir bon estomac. On commença par une soupe de pain et de lait, puis ce furent un chapon en pâté, du bœuf à l'ail et au verjus, des tranches de sanglier au poivre et des lardés de cerf accommodés de larges tranches de pain pour recueillir une sauce noire et fortement épicée. Jamais le moinillon n'avait été convié à de telles agapes et jamais non plus il n'aurait cru que son estomac pût recevoir tant de nourriture.

Sur le tard, ensommeillés par la fatigue et le vin, les deux jeunes gens souriaient, comblés. Le chevalier avait conté un de ses tournois et dit la vie menée dans les châteaux. Ils sentaient l'un et l'autre qu'en dépit de la différence de leur condition une grande amitié allait naître, protectrice chez l'un, respectueuse chez l'autre. Quand la salle se fut vidée, le chevalier Raimbaut joua de la viole, ce qui ravit non seulement le moinillon, mais les aubergistes et leurs servantes. Jusqu'aux brachets près de la cheminée qui en oubliaient les os qu'ils rongeaient. D'une voix douce et lente, le poète chanta des stances d'amour et une alba composées pour la belle Béatrix qu'il ne connaissait pas encore. Comme le moinillon aurait aimé chanter ainsi ces airs pleins d'allégresse !

Ils s'étendirent sous le drap d'un lit, et, avant le sommeil, le chevalier Raimbaut de Vacqueiras dit au moinillon :

— Si tu veux, je ferai de toi mon page et, si tu as des dons, mon jongleur. Tu jetteras ta robe et je t'achèterai des habits. Au long du long chemin, tu me tiendras compagnie. En échange, je te donnerai nourriture et protection, je t'apprendrai les langues et je t'enseignerai le chant. Je te préviens cependant : nous irons loin de notre beau pays et parfois la nostalgie blessera ton cœur. Tu connaîtras des dangers : nous allons vivre d'aventures, de poésie et d'amour. Tu acceptes ? C'est bien.

Il ajouta dans un bâillement :

— A l'aube, tu me jureras fidélité.

Le moinillon qui avait tant pleuré de peine s'endormit dans une larme de joie.

**

Quelques jours plus tard, en Italie, sous les citronniers, le moinillon avoua au chevalier :

— Seigneur Raimbaut, je ne vous l'ai pas confié, mais je suis riche...

— Riche, toi, petit garçon ? Riche de bonne volonté et d'espoir, je pense ?

Sans un mot, le moinillon lui offrit cette belle pièce de monnaie trouvée le jour de la Croix Glorieuse sous la pierre du loup. Le chevalier la fit sauter dans sa main et partit d'un long rire :

— Mais, petit garçon, cette monnaie n'a aucune valeur. Elle date du temps de Rome et n'est que de bronze. Garde-la ! Nous en trouverons de meilleures au royaume de Montferrat.

Quelle déception ! Ainsi les moines l'avaient trompé. Il y pensa amèrement, puis, songeant à leur misère, il leur pardonna.

Boniface, marquis de Montferrat, régnait alors sur le royaume de Salonique. Vous décrire les batailles en Italie et en Grèce, les combats des grands chemins serait trop long. Sachez seulement que le moinillon apprit le métier des armes et qu'il se comporta vaillamment, sauvant même la vie à son bienfaiteur. Celui-ci reçut du marquis un fief où la belle Béatrix devenue sa maîtresse vint le rejoindre.

Le moinillon connut la vie de cour, les tournois et les jeux. Raimbaut lui enseigna l'art de trouver, c'est-à-dire de composer des pastourelles, déplorations, descorts, cansons, sirventes, toutes les formes de la poésie de cette civilisation d'oc, la plus raffinée d'Occident. Ainsi, le moinillon devint-il un vrai troubadour, le meilleur de ces cours orientales. N'est-ce pas la fin heureuse d'une belle histoire ?

— Oui, dit Alain, cela ne nous dit pas comment la pièce s'est retrouvée ici.

— Cela, reprit l'Escrivain, je le gardais pour la bonne bouche. Ecoutez bien :

Durant ces longues années, les moines de la chapelle continuèrent leur vie de paysans de Dieu. Honorat et Bernart de Pernes moururent. Seul resta Peire-Raimon qui les enveloppa de bure et les enterra, une simple tuile romaine sous le crâne. L'évêché lui adjoignit six jeunes moines vaillants qui conjuguèrent leurs efforts pour défricher et agrandir les terres selon l'exemple de ce moinillon inconnu dont les entretenait le frère Peire-Raimon. Dès lors, une plus grande abondance de cultures leur apporta une vie plus facile. Le soir, Peire-Raimon rappelait ces temps héroïques où peinaient trois moines et ce moinillon qui défricha le champ de pierres et de ronces et tua le Grand Velu. Les jeunes moines souriaient de ces éternels radotages d'un moine nonagénaire, car ils ne croyaient plus guère à ces histoires de Grand Velu et autres contes.

Sur la sente que vous voyez là-bas, un matin de mai, arriva en brillant équipage un magnifique seigneur au teint basané et aux cheveux gris, l'épée au côté et la rote à l'épaule. Vous l'avez deviné : c'était notre ancien moinillon qui revenait du royaume d'Orient. Il demanda à prier dans la chapelle, offrit une précieuse cassette contenant les reliques d'un saint et finit par se faire reconnaître.

— Dieu soit béni ! s'écria le vieux Peire-Raimon, c'est

lui, c'est notre moinillon devenu ce beau chevalier de la Croisade.

Et il l'invita à la table des moines. Mélancoliquement, notre ex-moinillon regarda vers le champ qu'il avait défriché et où poussaient de beaux légumes, vers d'autres champs plantés maintenant de vignes et d'arbres. Ce lieu jadis sinistre était devenu riant comme vous le voyez. Il conta ses aventures et le soir, on lui offrit une paillasse bien plus douce que la pierre et le bois de son enfance.

Avant même que le soleil ne se levât, il se rendit là où il avait tué le loup et où nous cherchons une source. Il creusa un trou profond et il y glissa la pièce de monnaie romaine à l'effigie de Gordien, que je tiens dans ma main, pour la rendre à la terre qui la lui avait prêtée.

Puis il sella silencieusement son cheval et s'en alla sans bruit à la rencontre du soleil levant.

Ainsi finit l'histoire de la pièce, du moinillon et du chevalier que je vous prie de croire, mes enfants, plus vraie que toutes les vérités inscrites dans les livres d'histoire.

Treize

LE lendemain matin, les enfants inventaient « le jeu
du moinillon ».
— Toi, dit Alain à Marie-chen, tu seras le
moinillon et moi le chevalier.

— Je veux pas être le z'oisillon !

— Pas le z'oisillon, le moinillon, Marie-chen, mais si tu
préfères, tu seras le chevalier Raimbaut.

— Bon. Et puis après, à chacun son tour.

Durant tout le temps que ce jeu les intéressa, l'âne
Boniface, personnage décoratif de la maison du santonnier, à qui aucune charge n'était jamais confiée, fut choyé
encore plus que de coutume. Marie-chen brossait son joli
poil gris souris tandis qu'Alain lui offrait une nourriture
choisie : du son et du foin qui étaient des desserts après
son ordinaire de chardons, de bardane, d'arrête-bœuf, de
chaume ou de brins de sarments.

— Cher Boniface, lui dit Alain, nous voudrions vous
demander une faveur.

— Laquelle ? demanda Boniface la tête penchée.

— Autrefois, cher Boniface, et très communément, les
personnes de votre condition portaient des bâts...

— Des bas ? Pour quoi faire ? Et pourquoi pas des
culottes comme un de mes cousins ?

— Non, des bâts : b-â-t-s, c'est-à-dire des charges. Et
ils acceptaient un cavalier.

— Ou une cavalière, précisa Marie-chen.

Comme le sieur Boniface ne paraissait pas comprendre, Alain le caressa au-dessus de la tête et précisa :

— Je sais que vous êtes un âne de haute condition, messire, et pourtant nous voudrions vous demander la permission de monter sur votre dos.

— Sur mon do, répondit l'âne, et pourquoi pas sur mon ré mi la sol fa si ?

— Oh ! très drôle. Boniface fait encore des calembours, dit Marie-chen. Il a très bien compris. Sur votre dos, d-o-s, Boniface, c'est pour un jeu.

— Si c'est pour un jeu, jeu, jeu, je veux bien ! dit Boniface.

Une préparation était nécessaire : enterrer une pièce de monnaie, faire semblant de défricher, demander au chien César de tenir le rôle du Grand Velu, trouver des accessoires de théâtre...

Le papé Siffrein qui, à grands coups de masse, enfonçait des coins de fer pour qu'éclate le fût du grand chêne mort depuis dix ans et abattu l'an passé, essuya son front en pensant : « Heureux enfants. Ils sont encore à leur jeu... Cet Escrivain, avec ses broderies de contes, leur fouette l'imagination... »

Le moment préféré était quand Marie-chen, montée à cru sur le dos de l'âne, le faisait avancer (s'il voulait bien) sur le chemin. Une rose ornait ses cheveux noirs. Sur le dos elle portait un tambourin, et tenait une lance de peuplier où flottait un chiffon bleu. Alain vêtu de sacs troués faisait le moinillon timide.

— Hé ! petit garçon, pourquoi avoir peur de moi ? Je suis un bon chevalier. Si nous faisions la route ensemble ?

— Je ne suis qu'un pauvre moinillon...

Et suivaient tous les épisodes. Le festin à l'auberge devenait une dînette de tomates et de ronds de carotte. Les tournois affolaient les frères Thomas qui faisaient les chevaux de cirque et ne comprenaient rien. Les poules devenaient les dames de la cour à qui on chantait des chansons... Ainsi passait la matinée.

L'Escrivain s'était absenté pour une semaine, le temps d'aller visiter un village à l'orée du Gévaudan dont il était originaire. Par son conte, il restait présent.

Le jeu délaissé, les enfants brouettaient les bûches pour les feux de l'hiver, observaient les peuplades de fourmis transportant leurs fardeaux géants, ou bien un nouvel ami, le crapaud Fernand, un seigneur laconique et baroque aux yeux de cristal qui vivait dans les touffes de lavande. Dans la rosée du matin apparaissaient aussi des rainettes lisses comme des jouets qui se laissaient prendre dans la main. Des phalènes bleues quittaient leur chrysalide argentée pour flotter sur les plumbagos. Parfois, le mistral apportait la peau de soie qu'une couleuvre en mue venait de quitter. Pour les salades, on cueillait le pissenlit, la chicorée sauvage, la doucette et le pourpier. On écoutait le vent tiède de l'été qui portait des bruits mêlés, de symphoniques rumeurs suggérant des visions indécises.

Le regard enfiévré de floraisons, l'odorat ivre du parfum des calices, les enfants ressentaient des délices oppressantes. Les nuages se défaisaient dans les lointains, comme engloutis par le bleu du ciel. Une grive s'élevait des buissons pour crier son rire. Le temps de la chasse, hélas ! se rapprochait. Les abeilles, plus vives que jamais, célébraient leurs messes de nectar, leurs noces de miel. De longs frissons couraient sur l'échine des ifs ou parmi la monnaie d'argent murmurante des saules. Le soir, la calme dévotion des cloches villageoises montait dans le crépuscule lunaire. « L'été descend de l'échelle ! » disait Siffrein en cueillant les premières grappes de raisin Cardinal.

Les visiteurs n'étaient plus des touristes, mais des gens de la région avec qui Magali et Siffrein parlaient plus longuement de choses communes dans la langue ensoleillée de la vieille Provence.

— Ho ! la maison !...

C'était le facteur. Il arriva d'un coup trois longues lettres des parents d'Alain. Elles étaient datées d'une ville appelée Belém qu'ils décrivaient, indiquant les malheurs et les heurs de l'expédition qui touchait à sa fin. Ils en rapporteraient un film, de nombreuses photographies, des documents ethnographiques, un projet de défense des Indiens, sans doute un livre.

Les nuits des enfants restaient muettes. Et s'ils continuaient, par le miracle, à visiter l'univers des hommes-fruits de nuit en ayant tout oublié le matin ? Ils guettaient des signes qui se dérobaient. Tout cela ne serait-il qu'une illusion du fort de l'été ? « Je me languis du Grand Ventriloque ! » disait Marie-chen.

* *

Une nuit, elle entendit Alain se lever.

— Où tu vas, Alain ?

— Chut ! Je crois que j'ai oublié de fermer les poules. Si le renard venait, il les mangerait toutes.

— Je viens avec toi.

Paroles de la nuit : la souris des champs qui trottine, le bruissement imperceptible des platanes, le chant du grillon célibataire, un aboiement lointain, la lune buvant dans la mare. Et le pas des enfants sur le gravier des allées. Non, Alain avait bien clos le poulailler.

— Et si on se promenait, dit Marie-chen, je n'ai pas sommeil.

— Moi non plus.

Ils dépassèrent la cabane aux outils, longèrent la melonnière, mouillant leurs jambes de rosée. Derrière la haie de cyprès, vers les garrigues, des nappes de brouillard roulaient, dissimulant le paysage. Se tenant par la main, Alain et Marie-chen disparurent dans cette brume humide. Ils eurent un sursaut de frayeur. Ils croyaient entendre une voix qui disait :

— Venez, venez, je vous attends depuis si longtemps, venez vers moi.

Frissonnants, ils rejoignirent un lieu qu'ils ne connaissaient pas : un parc entourant un grand lac sombre où des feuilles mortes tombaient. La nuit s'obscurcit. Les bruits légers se turent. Alain et Marie-chen marchaient en rêve dans le silence d'un espace inconnu. Plus de parfums, comme si les fleurs avaient été effacées de la terre. Sur les joues ils ressentirent un grand froid qui descendit vers leurs épaules. Leurs mains unies tremblaient. Ils n'osaient regarder derrière eux.

Un voile gris, monotone, sans plis, cachait la face du ciel. A l'horizon s'élevaient des vapeurs bleuâtres. Etreints de mélancolie, les enfants allaient, courbés comme sous des voûtes basses. L'espace de leur vie semblait s'être rétréci et, vieillis soudainement, ils voyageaient aux confins de la mort dans la vallée sans joie, muets et accablés, au bord des larmes.

Une lumière lointaine et falote se mit à danser comme un feu follet et s'approcha lentement d'eux. Enfin, il distinguèrent la main au bout d'un long bras qui portait ce rayonnement cristallin et ils entendirent une voix familière.

— Je vous attendais, mes chers amis, je suis venu au-devant de vous. Mais quel brouillard dans ces espaces hors du temps qui nous séparent !

C'était, ô surprise mêlée de ravissement, le Grand Ventriloque. En silence, ils le suivirent pour quitter ces régions redoutables jusqu'au moment où apparut la porte de cristal déjà rencontrée. Grande ouverte, elle invitait au passage.

— Prenez ma main. Faisons la chaîne, recommanda le Grand Ventriloque.

Au fur et à mesure que chacun passait, il était happé et devenait invisible à celui qui le suivait. Alain vit ainsi leur guide et Marie-chen peu à peu dévorés avant qu'il ne le fût lui-même. Ils se retrouvèrent alors loin des brumes hostiles dans le léger soleil second qui baignait le parc aux oiseaux-cerises toujours vigilants avec leurs présents de fruits et leur silence que le Grand Ventriloque peupla de gazouillements.

Tout était bien en place. La Cité des Jeux brillait dans

le lointain doré et argenté. Le carrosse attelé d'autruches attendait comme au premier jour de leur randonnée.

— Que diriez-vous d'une partie de campagne ? proposa le Grand Ventriloque devenu l'Original Taxi.

Et le carrosse glissa sur la route mauve comme si ses roues ne touchaient pas le sol.

***

Les enfants étaient loin d'avoir tout découvert et les trésors de la planète étaient innombrables. L'homme-orange leur parla encore du musée des jouets, de la salle des inventions inutiles, du jardin des oiseaux-lyres, de la Banque du Poème, du Grand Energétique, de la fabrique des ballons-culottes et autres astronefs, des concerts vocaux, du cirque des zèbres et des fauves bruns, et autres merveilles qu'ils visiteraient lors d'autres occasions. Cependant, une partie de campagne ailleurs que dans les parcs intérieurs de la Cité géante n'était pas faite pour déplaire. Alain et Marie-chen imaginaient des fermes et des bergeries au cœur d'une sorte de grasse et généreuse Normandie.

Or ils atteignirent vers le sud un paysage comparable à ceux du Nouveau-Mexique ou de l'Arizona. Des déserts peints étaient meublés de groupes de montagnes rouges en crêtes de coq et percés de canyons où couraient des écureuils bleus, des chiens de prairie aux joyeuses culbutes, des lapins argentés, des marmottes dorées qui jouaient avec une multitude d'oiseaux multicolores.

— Ah ! voilà la ferme, dit le Grand Ventriloque en désignant un ensemble de villas basses présentant les formes tourmentées d'éléments de puzzle.

Elles étaient disposées au sein d'une forêt étrange de plantes grasses géantes aussi hautes que les montagnes et hérissées de pointes brunes semblables à des tétins. Là, des villageois et des villageoises vêtus de robes bleu pâle s'affairaient dans cette cacteraie en transportant sur la tête ou sur l'épaule des jarres de terre cuite qu'ils entouraient de leurs longs bras. Ils appartenaient à une race d'oranges aux tons doux et psalmodiaient un cantique d'un rythme ternaire envoûtant.

Les voyageurs mirent pied à terre pour suivre un long ruban vert, ce qui n'est pas une image, car il s'agissait bien d'un ruban brodé de roses sur les côtés qui, déroulé sur le sol comme un tapis de fête, formait la matière du chemin. Alain observa que la marche y était facile et silencieuse.

Les villas, spacieuses et claires, étaient uniquement meublées de sièges de repos cernés de longs accoudoirs où les hommes-fruits étendaient leurs bras. Des hamacs ronds pendaient au plafond comme des outres. A chaque seuil, de ravissantes demoiselles-oranges ou des enfants dansaient leurs gestes d'accueil et les voyageurs burent dans de longues flûtes un lait léger et parfumé délectable.

— Ce sont vraiment des fermes ? demanda Alain.

— On ne voit pas d'animaux, pas d'écuries, de basses-cours, pas de foin... observa Marie-chen.

— Des animaux, des écuries... pour quoi faire ?

— Ben, je ne sais pas, dit Alain au Grand Ventriloque, une ferme... il y a toujours des animaux domestiques, des vaches, des chèvres, des moutons...

— Et puis des cochons, des poules, des canards...

Après des instants de méditation, les yeux du Grand Ventriloque brillèrent comme si une lampe de compréhension s'était allumée dans sa tête grenue. Il dit :

— En effet, il existe des lieux où de tels animaux sont élevés. S'ils y consentent, ils servent pour le trait, ce qui d'ailleurs les amuse beaucoup. Autrement, on les garde pour les choyer, pour le plaisir de les voir vivre, car ils sont des compagnons sans qui nous nous sentirions bien seuls.

Alain et Marie-chen se souvinrent que la nourriture en ces lieux était uniquement d'origine végétale comme en témoignaient des plateaux de légumes, de fruits, de marmelades diverses et de galettes offerts un peu partout.

— Le lait, le lait, s'avisa Alain, le lait vient bien de quelque part !

Etonné par une aussi absurde question, le Grand Ventriloque désigna les corps colossaux des cactées :

— Voici les arbres à lait. Et vous entendez le cantique sacré du lait de la terre.

Les arbres à lait ! Les enfants virent qu'on pressait l'un ou l'autre des nombreux tétins et qu'une fontaine lactée coulait dans la jarre.

— Chacun de ces arbres contient une source inépuisable. Il suffit d'une douzaine de ces fermes pour alimenter toute la planète. Le lait est une telle source de santé que nous ignorons ces maladies et ces épidémies qui, nous a dit l'explorateur de jadis, au temps de votre roi Henri... euh Quatre, n'est-ce pas ? décimaient des populations entières. Connaissez-vous encore la maladie ?

— Hélas ! oui, dit Marie-chen.

— Certaines maladies disparaissent, précisa Alain, mais d'autres les remplacent qui seront vaincues un jour ou l'autre par les savants.

— Vous n'avez donc pas d'arbres à lait ? Et si je vous en donnais une graine ? Vous la planteriez...

— Oui, je vous en prie, dit Alain émerveillé, et jamais plus personne ne sera malade.

Au pied d'un arbre, le Grand Ventriloque ramassa une graine grosse comme un galet qu'Alain enveloppa dans son mouchoir et plaça dans sa poche près des trois pommes de pin. Dans un enthousiasme de jeune savant, il se vit bienfaiteur de l'humanité, puis il pensa tristement que le lait d'arbre ne suffirait sans doute pas pour guérir tant de maux.

L'endroit, délicieusement parfumé, dispensait toutes sortes d'agréments. Ils découvrirent de petits fromages sucrés et des fruits qui ressemblaient aux litchis. On traitait aussi le lait pour en extraire des fils destinés aux ponchos particulièrement seyants pour les petits hommes ronds.

Ils furent reçus dans plusieurs villas. Comme habituellement, la présence des petits humains ne surprenait pas les habitants et Alain en demanda la raison.

— Il existe tant d'êtres différents sur la planète, expliqua le Grand Ventriloque, qu'aucune apparence ne saurait surprendre. En des lieux reculés vivent des habitants de toutes sortes, des non-voyageurs, qu'on ne connaît pas ici. Chacun suppose que, par extraordinaire, vous venez de ces lointaines régions. C'est aussi simple.

— Sur la Terre, dit Alain, si vous veniez, vous seriez très entourés et l'on ne cesserait de vous interroger.

— Ici, nous ne retenons que les regards puisqu'ils sont des fenêtres ouvertes sur les êtres. Là réside aussi la diversité : yeux gris, bleus, pers, verts comme les vôtres, mon cher Alain, noisette dorée comme vous, ma chère Marie-chen, violets, vairons, ocellés... Si le regard est clair et confiant comme les vôtres, mes chers amis, nous pensons avoir, comment dire ? la même qualité d'âme.

Si cette réponse était satisfaisante, elle n'empêchait pas l'éclosion de beaucoup d'autres questions.

— Comment tout peut-il être aussi agréable ? demanda Marie-chen. On ne voit jamais de gros poids lourds, d'encombrements, pas d'usines, de fabriques.

— Je ne saisis pas le sens de tous vos mots, dit le Grand Ventriloque, et pourtant je devine votre pensée. La plupart des objets usuels, les meubles par exemple, sont fabriqués par ceux qui s'en servent. Solides, ils durent le temps de plusieurs vies. Mais nous connaissons ce que vous appelez « usines ». Vous n'avez donc pas remarqué que nos campagnes en sont pourvues ? Et voulez-vous que nous nous y rendions ?

— Voilà le carrosse, dit Alain.

— En effet, dit l'homme-orange. Nos fidèles autruches ont deviné que nous voulions poursuivre notre voyage. L'attelage vient au-devant de nous.

Les intelligentes et diligentes autruches fièrement empanachées tiraient sans effort le carrosse de roi sur le ruban fleuri. Les récolteurs de lait cessèrent leur travail pour assister au départ en faisant danser leurs mains au-dessus de leur tête. Des enfants coururent derrière l'attelage et aux chants murmurés pour les adieux succéda le

vieux Cantique du Lait que le Grand Ventriloque tradui-
sit pour les enfants :

> *Apothéose ! Apothéose !*
> *Apothéose aux jarres pleines*
> *De ces ruisseaux renouvelés*
> *Multiple splendeur de la Terre*
> *Apothéose ! Apothéose !*
>
> *Louanges ! Louanges ! Louanges !*
> *Louanges aux arbres à lait*
> *Qui jaillissent des terres-mères*
> *Pour nous donner le suc vital*
> *Louanges ! Louanges ! Louanges !*
>
> *Eloge ! Eloge ! Eloge ! Eloge !*
> *Eloge aux sources végétales*
> *Qui nous portent santé, jouvence,*
> *A nous tous enfants de la Terre*
> *Eloge ! Eloge ! Eloge ! Eloge !*

**

Les voyageurs traversèrent la forêt des mouches. Sur
des arbustes ressemblant aux genêts, elles allaient de fleur
en fleur, actives et bruissantes, dans la splendeur de leurs
corselets peints, leurs ailes tachetées, leurs transparentes
élytres. Certaines évoquaient des libellules tant leur
abdomen s'allongeait, leurs antennes étaient minuscules
comme des fils et leur thorax développé. D'autres tenaient
de l'abeille ou de la guêpe, de la sauterelle ou du grillon.
On voyait des mouches-feuilles et des mouches-brindilles
se cacher et soudain réapparaître dans un concert étour-
dissant de stridulations, de crépitements et de bourdonnements.

— Les chants des mouches varient selon leur couleur,
dit le Grand Ventriloque. Les bzzz ! bzzz ! prennent les

teintes les plus rares parfois. Avez-vous remarqué que ces mouches exécutent des ballets aériens à notre intention ?

— C'est très gentil, dit Marie-chen. Elles ne piquent pas ?

— Piquer, piquer ? Ah ! oui, piquer. Non, ce sont des mouches sans épines.

Succéda la prairie des papillons, légères merveilles volantes de toutes tailles et de toutes peintures, exposition de miniatures mouvantes et changeantes, dont le développement, parallèle à celui des plantes, évoquait toutes les fleurs et tous les mariages de fleurs. Des piérides se confondaient avec les pâquerettes, des sphinx avec des liserons, des machaons avec des glaïeuls, d'autres névroptères avec des millepertuis, des violettes, des bleuets, des coquelicots, composant un jardin dans l'espace éblouissant les regards. Sous les feuillages, des chenilles préparaient les cocons d'où elles s'envoleraient, et, dans ces soies de nuances rares, bombyx, magnans, vers-coquins, arpenteuses, allongeresses, pubescentes, fileuses, rouleuses, processionnaires, préparaient leur avenir dans de mystérieuses mues.

Plus loin, ils traversèrent un bois de vaporeux tamariniers. Là, des êtres-fruits se promenaient, par couples enlacés qui, parfois, se couchaient sur une mousse tendre et se caressaient tendrement.

— Ah ! l'amour, l'amour... dit le Grand Ventriloque, une main sur le cœur et les yeux au ciel. C'est le bois des amoureux où se préparent les générations futures. Comme nous aimons voir les amants se posséder, mourir en eux-mêmes pour revivre en autrui. Je pense que sur votre Terre on prise les mêmes spectacles ?

— Sur le chemin du santonnier, on voit parfois deux amoureux qui s'embrassent, dit Marie-chen.

— Mais notre amie Magali est très choquée, ajouta Alain, elle dit que ce n'est pas bien et qu'ils devraient avoir honte de s'embrasser devant les gens.

— Honte ? Honte ? Je ne comprends pas, dit le Grand Ventriloque.

— Ils n'ont qu'à se cacher, observa Marie-chen.

— Honte ? Se cacher ? Mais pourquoi ? Ici, la vision de l'amour fait la joie de tous. Ce qui donne la vie ne saurait être un objet de honte. Ah ! l'amour, l'amour...

Qu'il était comique et attendrissant, le petit homme-orange avec ses yeux roulant vers le ciel et ses longs bras tendus comme des rameaux !

Cependant, la ferveur scientifique qui reposait chez Alain s'éveillait. Ils côtoyaient un peu partout de mystérieux édifices métalliques et graciles épars dans la nature. Les uns ressemblaient à des moulins aux ailes ornées de triangles blancs, d'autres à des radars, d'autres encore à des entonnoirs plantés dans le sol. Aux abords des forêts se dressaient des bosquets d'antennes légères et murmurantes.

— Ce sont là nos usines, expliqua le Grand Ventriloque.

— Drôles d'usines, dit Alain, on ne voit pas de fils électriques...

Nouvelle intense réflexion du Grand Ventriloque. Il étudiait le sens des paroles, mais plus encore captait par transmission la pensée d'Alain. Il finit par dire :

— Je vois ce que vous voulez exprimer. Des fils qui courent en haut de poteaux de bois ou de ciment pour transporter l'énergie, n'est-ce pas ? Ici, nos besoins énergétiques sont modérés, grâce à nos deux soleils. Et la nature pourvoit à nos besoins. Si nous ignorons les fils électriques, c'est que le courant se transmet par les ondes comme vous le faites avec la radiophonie. Ce n'est d'ailleurs qu'une partie de ce dont nous avons besoin et les sources sont multiples. C'est surtout à la saison pluvieuse que nous captons les éclairs de la foudre dans nos accumulateurs.

— C'est très pratique, dit Alain.

— Vous voyez ces moulins. Ils empruntent la force des vents les plus légers.

— Je connais, dit Alain, ce sont des éoliennes.

— Bien entendu. Et ces entonnoirs recueillent les

radiations des soleils. Ces grandes oreilles qui tournent récoltent la force des bruits. Les antennes sont des récepteurs de parfums, d'énergie chlorophyllienne. Ces constructions pareilles à des mains ouvertes au-dessus du sol reçoivent les messages telluriques montant vers elles. Tout ce qui bouge, tout ce qui vit suffit à nos besoins, à ce point que nous oublions l'énergie des torrents.

— La houille blanche, dit Alain.

— Cette expression est très imagée, mon cher Alain. Et savez-vous quel est le moteur énergétique que nous préférons à tous les autres? C'est celui qui vient de nous-mêmes, de nos corps et de nos cerveaux. La culture physique, la gymnastique...

— La gym... quel rapport? demanda Alain.

— A l'aube, chacun exécute en l'honneur du Pommier Innombrable des danses gymniques à la barre conductrice qui accumule l'énergie dépensée et la dirige vers une banque génératrice. Rien n'est perdu de l'effort.

— Et si l'on ne fait pas de gym? demanda Marie-chen.

— Personne ne se refuserait ce plaisir. Il paraît que, sans la danse, nos bras raccourciraient et que nous ne pourrions plus cueillir les fruits, mais je n'en crois rien.

— C'est une raison, reconnut Alain, et les cerveaux?

— Il s'agit de la concentration spirituelle. Puisque, par la pensée, nous pouvons faire se déplacer de lourds objets, il est simple de recueillir cette force inépuisable.

Alain posa d'autres questions : et le charbon? et le pétrole? Sont-ils inconnus? Le Grand Ventriloque lui expliqua que le charbon existait et que c'était la forme d'outre-tombe des végétaux morts. L'arracher à la terre serait profanation.

— Quant au pétrole, expliqua-t-il, nous le laissons bien sous terre, et aussi les nappes de gaz, car ils sont nauséabonds et sans eux la planète perdrait sa densité et ses richesses.

— Cependant, dit Alain, les marbres, les pierres précieuses, vous les extrayez bien.

— Certes, mais nous ne les détruisons pas par le feu.

Nous les déplaçons seulement, car ils représentent une image de la beauté indestructible. Et nos élégants, nos élégantes ne sauraient résister à un tel appel.

Décidément, l'homme-orange avait réponse à tout. A une sorte de relais de poste en cristal bleu, ils changèrent d'équipage en remerciant les autruches de leur effort. Elles furent remplacées par des élans au regard grave dont les cornes larges comme des ailes s'ornaient de feuillage argentés. Le Grand Ventriloque offrit un billet-poème que la caissière-citron lut avec satisfaction, et le voyage se poursuivit à travers des champs de blé jusqu'au soleil premier qui rayonna à son tour pour la joie et le lent mûrissement de fruits et de baies exquises dont raffolaient les élans.

⁎

Aux approches de la mer, une légère brise caressa l'attelage. Passant leur langue sur leurs lèvres, les enfants ne trouvèrent pas le goût du sel, mais une saveur parfumée fort agréable. Durant le voyage, Alain avait décrit ses sentiments d'angoisse au moment où ses yeux tenaient leur rôle de caméra et d'appareil de projection, ainsi que son étonnement devant les souvenirs projetés. Tout sur cette planète, pour des humains venus de la Terre, signifiait émerveillement.

— Je comprends mieux désormais, avoua le Grand Ventriloque. Et j'imagine à quel point ce qui nous est familier peut porter de surprise pour qui ne le connaît pas.

— Dans notre pays aussi, dit Alain. Notre ami l'Escrivain, lorsqu'il parle de la radio, du téléphone, du cinéma, de la télévision, s'étonne que ces inventions ne datant que de dizaines d'années nous semblent toutes naturelles. Il dit que chaque fois qu'il compose un numéro de téléphone, il lui semble qu'il rejoint un mystère.

— Je vous promets d'autres étonnements, dit l'homme-orange. L'œil-caméra n'est rien auprès d'autres pratiques. Il est beau de garder des sujets d'étonnement. Mais, dites-moi, sur la Terre, dans votre pays du roi Henri... Quatre, existe-t-il des faits quotidiens qui soient incompréhensibles ?

— Il y a le mystère de la vie, dit Alain.

— Chez nous aussi. On dit que s'il cessait d'être, la vie cesserait aussi.

— Et il y a les soucoupes volantes, ajouta Marie-chen.

— Oui, reprit Alain, les O.V.N.I., ce qui veut dire Objets Volants Non Identifiés.

Le Grand Ventriloque tressaillit. Il ferma les yeux, faisant un effort pour bloquer sa pensée et éviter son éventuelle transmission. Comme les enfants intrigués l'observaient, il rouvrit les yeux et dit sur un ton faussement naturel :

— Soucoupes, soucoupes, je ne vois pas...

— Des soucoupes qui volent. Beaucoup de personnes les ont vues, mais elles disparaissent bien vite.

— Tiens donc ? une illusion lumineuse, sans doute ?

— Moi, j'y crois, j'y crois... affirma Marie-chen.

— Moi aussi, avoua Alain, et s'il en atterrissait une dans la garrigue, je n'aurais pas peur, j'irais voir.

— Hum ! Hum ! fit le Grand Ventriloque, peut-être les voyageurs spatiaux auraient-ils peur eux-mêmes. Voyez-vous, nous avons ici quelques vaisseaux intersidéraux... euh ! enfin, rien de spécial, et... et... ils sont pilotés par les hommes-citrons-timides. Il peut y avoir des lois. En admettant que...

Pourquoi le Grand Ventriloque était-il si embarrassé ? Un soupçon traversa la pensée d'Alain : et si les fameuses soucoupes volantes venaient sur Terre de la planète des hommes-fruits ? et dans quel but ? Non, c'était impossible. Ah ! comme il aurait aimé lire dans la pensée de leur ami.

— Il y a, bégaya le Grand Ventriloque, il... il y a un problème des nénuphars. Enfin, voyez-vous, les nénuphars n'aiment pas le sucre...

Les nénuphars n'aiment pas le sucre : quelle phrase curieuse ! Encore un mystère indécelable. Au point où on en était... L'homme-orange s'épongeait le front sans cesse, en proie à une gêne profonde. Il n'osait plus regarder ses amis en face. Il songeait : « Après tout, est-ce un secret d'Etat ? Il est vrai que cette indiscrétion planétaire... Ah ! le Pommier Innombrable et ses lois... Mais avec tant de délicatesse... Ces enfants seraient pourtant choqués. Quelle horreur de leur cacher quelque chose ! Leur regard est si clair et si confiant. Se peut-il qu'ils appartiennent à cette race humaine si violente ? »

— La mer ! la mer ! s'écria Marie-chen l'index tendu.

Elle était là, la grande bleue qui ici était violette. Majestueuse, à peine secouée de vagues légères et brillant au soleil, la mer. La mer, la mer ! à peine différente d'une Méditerranée, si ce n'était sa teinte particulière et celles inattendues de la plage : à l'ouest s'étendaient de grands rectangles blancs de neige et des monticules de sable blanc ; à l'est, la plage prenait des tons roux. Autrement, même spectacle qu'à Deauville ou aux Saintes-Maries, des cabines, des parasols, des jeux pour les enfants, comme partout. Pas besoin de skis nautiques ou de canots : les hommes-fruits, allongés sur le dos, flottaient comme des ballons. Certains tendaient au bout de leurs bras levés un mouchoir qui faisait office de voile. Jusqu'à la baraque d'un glacier pour évoquer une plage de la Terre ! On apercevait des îlots au-dessus desquels évoluaient des ballons-culottes et des bicyclettes volantes.

— La mer, dit le Grand Ventriloque, je vois qu'elle produit chez vous un ravissement égal au nôtre.

— Qu'y a-t-il de l'autre côté de la mer ? demanda rêveusement Marie-chen.

— De l'autre côté de la mer, il y a la mer, et encore la mer, et toujours la mer, à l'infini.

— La planète ne serait pas ronde ? s'enquit Alain. Les soleils qui apparaissent et disparaissent...

— Notre planète est rigoureusement plane, affirma le Grand Ventriloque, et les soleils sortent de la mer où ils se rafraîchissent en la chauffant.

Par politesse, Alain se tut. Il pensa que ces hommes-fruits si évolués en tant de matières n'entendaient rien à l'astronomie et à la marche des planètes.

— Des voyageurs sont allés le plus loin possible sur la mer, reprit le Grand Ventriloque. Alors, nous avons décidé que notre planète était plane et infinie. Cela fait d'ailleurs partie d'un dogme du Pommier Innombrable.

Voilà qu'il s'agissait de religion. Mais pourquoi le visage du Grand Ventriloque gardait-il depuis un moment cette teinte sanguine? Alain restait sûr que c'était en rapport avec l'évocation des soucoupes volantes. Soudain, tandis que les enfants suivaient un vol d'hirondelles de mer, leur guide n'y tint plus et se mit à parler, comme si un psychanalyste était à son chevet, de manière continue et volubile.

Ce fut à cette heure vespérale, dans le carrosse qui longeait lentement la plage, les élans étant sensibles à la beauté, qu'Alain et Marie-chen apprirent le secret des soucoupes volantes qui intrigue tant les hommes.

— De longue date, dit le Grand Ventriloque, nous avons trouvé le moyen de rejoindre d'autres planètes, proches ou lointaines, à des vitesses dépassant celle de la lumière et selon une méthode fort simple à laquelle nul n'avait jamais pensé, quand des médiums et des savants conjuguant leurs efforts y parvinrent. Or le Pommier Innombrable, ou Celui que nous désignons par cette image, s'opposa à ce que nous y abordions, car, nous annonça Sa voix sage, nous sommes trop fragiles physiquement et moralement pour ne pas être atteints par des maux qui chez nous n'existent pas. C'est là une sagesse archimillénaire que chacun de nous possède et que confirment les théologiens.

— Vous n'avez pourtant pas l'air fragile, monsieur le Grand Ventriloque, observa Alain.

— Sur notre terre, en effet; mais notre corps membraneux, à la légère ossature, est sensible à certains contacts qui peuvent le détruire. Aussi la sagesse religieuse du Pommier Innombrable rejoint des données physiologiques prouvées.

— Je comprends, dit Alain.

— Nous en étions là quand il y a eu l'appel au secours des nénuphars.

— Des nénuphars?

— C'est notre fleur sacrée. Je vous demande d'observer le secret à jamais. Il est vrai que nul humain de la Terre, sans doute, ne vous croirait.

— C'est bien vrai, dit Marie-chen.

— Nous jurons de nous taire, ajouta Alain.

— Je n'en doute nullement, mes chers amis. Depuis quelques milliers de doubles soleils, ces fleurs que vous appelez nénuphars et qui sont pour nous les « lampes sacrées des eaux » dépérissaient dans notre atmosphère pour la raison que je vous ai donnée : les nénuphars n'aiment pas le sucre! Pendant des siècles, l'air que nous respirons semblait leur convenir, puis une saison plus chaude a chargé la densité de l'air de vapeurs sucrées...

— L'air est sucré? demanda Alain, mais nous le supportons très bien.

— Uniquement parce que la pesanteur est moindre que sur votre Terre. Cela apporte une compensation sans laquelle vous souffririez beaucoup. Je poursuis. Cet excès de sucre aérien a condamné les larges fleurs de ces nymphéacées, notamment le nymphéa alba qui prit des teintes violacées témoignant de sa déchéance physique. Jamais nos lampes sacrées des eaux n'avaient été si malheureuses. Dans toutes les pièces d'eau, on entendait des gémissements à fendre l'âme. Ce fut la tristesse et le deuil des jardiniers.

— Pauvres nénuphars, commenta Marie-chen.

— Aussi, continua le Grand Ventriloque, nous avons cherché des remèdes, le seul étant de grands bains de cet oxygène qui, différent du nôtre, est particulier à votre planète.

Il respira longuement et rougit un peu plus : le plus difficile restait à dire. Après quelques moments de silence, il reprit avec embarras :

— Le Comité des Trois-fois-Neuf s'est réuni en Assem-

blée extra-habituelle et a convoqué une commission de
théologiens et de savants. Après six soleils premiers et cinq
soleils seconds, il a été décidé ce que vous pouvez prendre
comme la plus grande indiscrétion de l'histoire planétaire,
et je voudrais qu'en tant que représentants de la Terre,
vous acceptiez toutes nos excuses. Voilà : très régulièrement, nous transportons chez vous, dans nos soucoupes
volantes qui sont des serres, une cargaison de ces fleurs
qui nous reviennent régénérées à jamais...

— Ça alors ! s'exclama Alain. Qui aurait supposé...

— Il a été indiqué à nos pilotes-citrons qu'en aucun
cas, ils ne doivent se poser au sol ou vous déranger en quoi
que ce soit. Or, nous savons qu'ils ont été observés et cela
crée chez nous une vive confusion. Je vous en prie : gardez
bien le secret.

Alain et Marie-chen se consultèrent du regard et
tendirent la main pour un serment solennel. Leur étonnement restait sans bornes. Ils connaissaient l'explication
inattendue de ces soucoupes volantes sans cesse aperçues
et toujours fuyantes qui faisaient l'objet de tant d'études et
d'interrogations, de certitudes et de doutes. Et en même
temps, ils étaient condamnés à garder le secret leur vie
durant pour ne pas mettre en péril la vie des hommes-
citrons-pilotes.

— Cependant, observa Alain, si une de ces soucoupes
tombait en panne sur la Terre ?

— C'est pratiquement impossible, dit le Grand Ventriloque, puisque leur énergie vient d'une accumulation de la
lumière et que ni votre soleil de jour, ni votre soleil de nuit,
la Lune, ne s'éteignent jamais...

— Et si pourtant cela arrivait ?

— Impossible, vous dis-je ! Si cela arrivait, nos pilotes
se dissoudraient comme effacés par une gomme et vous
recevriez un simple envoi de fleurs venues du ciel, de
belles lampes sacrées des eaux, des nénuphars blancs
offerts en hommage.

— Nous en serions heureux, dit cérémonieusement
Marie-chen.

— Ah ! s'il n'y avait pas les Lois du Pommier Innombrable... dit le Grand Ventriloque, tout serait plus facile.

Alain, après un temps de réflexion, trouva des paroles apaisantes qui effacèrent la confusion et la rougeur de leur ami :

— Je peux vous assurer, monsieur le Grand Ventriloque, que, de votre part, il n'existe aucune indiscrétion. Les habitants de la Terre trouveraient charmant ce voyage de fleurs. Et puis, si le mystère des soucoupes volantes intrigue, il fait aussi rêver. Des cosmonautes sont allés sur la Lune vide et nous aimerions tant savoir qu'il existe des planètes habitées. Il existe plein d'auteurs de science-fiction qui écrivent là-dessus.

— Merci, mon cher Alain, vous me rassurez un peu. Voulez-vous maintenant que nous nous arrêtions sur la plage la plus blanche ?

Alain et Marie-chen ôtèrent leurs sandales pour marcher sur le sable diaphane. Ils s'assirent et Alain le fit couler entre ses doigts. Marie-chen le tâta du bout de la langue et s'écria :

— Mais, c'est du sucre !

— Du sucre ! s'exclama Alain à son tour, des plages et des plages de sucre, des océans de sucre !

Le Grand Ventriloque sourit comme pour répondre à une plaisanterie, mais devant un étonnement prolongé, il s'étonna lui-même :

— Du sucre, bien sûr. Que voudriez-vous que ce soit ?

— Mais... du sable, comme sur toutes les plages.

— Le sable existe aussi, mêlé au sucre, aux endroits où la plage est rousse pour vous, mais ici, il est bien naturel qu'il n'y ait que du sucre apporté par la mer sucrée...

— Ça se mange ? demanda Marie-chen qui ajouta : Pardon, je vous ai interrompu.

— En cet endroit précisément, il est bien naturel que nous trouvions du sucre, et qui se mange...

— Miam ! fit Alain. Ce doit être pratique pour les confitures ! et Magali dirait : « Allez, paresseux, allez chercher un seau de sucre ! »

Les enfants rirent, car Alain imitait l'accent fleuri et chantant de la Siffreine, et le Grand Ventriloque attendit pour terminer son explication :

— C'est bien naturel, ai-je dit, puisque nous sommes au cœur des marais...

— Des marais ?

— Oui, des marais sucrants !

— Des marais sucrants ? Que voulez-vous dire ? Des marais sucrants comme des marais salants ?

— Des marais salants ! s'exclama le Grand Ventriloque.

— La mer, chez nous, est salée, et par évaporation, on en recueille le sel.

— Du sel, du sel, quelle horreur ! Pour nous, c'est un poison. C'est horrible cela. Je comprends maintenant pourquoi nos pilotes-citrons-timides des serres volantes ne doivent pas se poser sur le sol et sortir des soucoupes. Ainsi, vous ne connaissez pas le sucre. Comment faites-vous ?

— Le sucre existe bien. Il est extrait de la canne ou de la betterave.

— Un peu comme nos arbres à lait ?

— C'est cela, mais c'est plus compliqué, et il y a toutes sortes de sucre. Il existe en poudre, cristallisé, en morceaux, en pains...

— Et le sucre d'orge, et le sucre de pomme, ajouta Marie-chen.

— Et la cassonade, et le sucre candi, compléta Alain.

Le Grand Ventriloque couché paresseusement sur le sucre s'émerveilla :

— Que de sucres ! Que de sucres ! Vous devez être bien heureux...

— Heu oui, dit Alain. On en fait des confitures, des sirops, des bonbons, et même des alcools comme le rhum.

— Des alcools ! C'est ce dont nous nous servons pour nettoyer les vitres et les objets.

— L'alcool, oui, nous aussi, mais pas le rhum. Le rhum, on le boit !

— On le boit ? Comment puis-je vous croire ? Puisque
c'est un poison.

— Certains le disent, précisa Alain, et quand on en boit
trop, on devient alcoolique, ivrogne...

— Soûlaud, ajouta Marie-chen.

— Eh bien, eh bien...

Cela faisait un curieux effet d'être couché dans le sucre
comme des loukoums. Des enfants édifiaient des châteaux
de sucre ou s'enfouissaient dans cette poudre. Et cette
poussière, cet air sucré, légèrement écœurants, les ravis-
saient. Alain eut la mauvaise pensée qu'il s'agissait de
salades d'orange ou de citron. Puis les enfants s'habituèrent et, comme le Grand Ventriloque, se mirent à
sommeiller en pensant qu'ils étaient les détenteurs du
secret des soucoupes volantes. Quelle aventure ! « Chut !
se disait Alain, pas un mot à la reine mère, bouche
cousue... »

Dans son sommeil, il entendit une voix bien connue,
celle qu'il avait imitée, la voix de Magali qui pénétrait
dans la chambrette :

— Debout les paresseux ! Voyez donc ces yeux percés à
la vrille ! On dirait des chats de photographe. J'ai déjà
désherbé les gaillardes et les belles-de-nuit. J'ai déjà
repiqué les choux et cueilli les radis. J'ai déjà...

— Bonjour, Magali ! dit Marie-chen dans un bâillement. Où est le sucre ?

— Le sucre ? Ils sont fadas, mes petits.

— Chut ! Chut ! dit bien vite Alain. Vous avez bien
dormi, Magali ?

— Comme si je n'avais pas autre chose à faire !
Dépêchez-vous ! J'ai préparé quelque chose de bon : une
belle salade de fruits avec de belles tranches d'orange.

— Oh ! dit Alain, je n'ai pas bien faim !

Quatorze

IL travaillait inlassablement, Siffrein, dans le calme de
son atelier. Devant lui, sur des étagères, s'alignaient
les personnages de la crèche. Il peignait de riches
couleurs les robes des rois Gaspard, Melchior et Balthazar. En apparence, les santons de chaque série devaient
être identiques, mais, en y regardant de près, on s'apercevait que les touches de pinceau n'étaient pas toujours les
mêmes, ce qui reste la marque inimitable et le sceau du
travail artisanal.

La veille, le santonnier, Magali et les enfants avaient
passé une douce soirée. Début septembre, le chaud de l'été
s'atténuait et, par une sorte de compensation, la tombée
de la nuit était moins fraîche. On voyait d'énormes
papillons nocturnes aux ailes superbes. Attirés par la
lumière, ils se posaient sur la vitre et restaient parfaitement immobiles comme des avions-cargos au repos. Des
nuées de petits papillons, de moucherons, d'insectes divers
s'agitaient autour d'eux et c'est à peine si leurs ailes qu'on
voyait de dessous à travers le carreau frémissaient.

Au matin, Magali, le tablier empli de maïs en or,
donnait à sa basse-cour, un nuage de plumes mouvantes
autour d'elle. Aux légères pintades, aux poules affairées,
aux pomponnettes remuantes s'était ajouté un nouveau
venu : monseigneur le dindon. Ce personnage très digne,
ce chambellan, ne se hâtait point à la mangeaille.

Descendu noblement de son perchoir, il écartait de son poitrail cette plèbe volaillère dont il se croyait le roi.

Marie-chen aimait surtout les joyeux poussins fureteurs qui picoraient par jeu, pépiaient et s'enhardissaient dès qu'ils se sentaient en confiance. Il n'existait rien de plus doux que leur duvet. Souples et sautillants, se perchant sur la moindre des brindilles, ils représentaient l'antithèse du couple de canards habitant la mare. Ces deux-là, quand ils ne dormaient pas, la tête sous l'aile, marchaient comme des obèses boiteux en tanguant, dégageant parfois une large patte palmée pour la secouer en arrière. Ces gourmands n'étaient pas à plaindre : en plus de la nourriture qu'on leur dispensait, ils savaient extraire de la mare de savoureux desserts.

Marie-chen, ses brillants cheveux noirs nattés, eut une conversation aigre-douce avec la rose trémière. Aux compliments de la fillette qui la félicitait de sa floraison, elle répondit avec orgueil :

— Je suis la passerose. Je suis bien plus belle que mes cousines avec leurs épines et leur air béat. Vous savez, entre nous, ce sont de petites bourgeoises, les roses...

— Je les trouve très belles, affirma Marie-chen.

— De jolis minois, peut-être, mais elles se fanent vite. Tandis que moi, la passerose, je suis la plus belle, la plus grande des fleurs.

— Permettez, dit la fillette, les tournesols et les ricins sont plus hauts que vous.

— Peuh ! ce sont des benêts ! dit la rose trémière et elle refusa de poursuivre cette conversation.

Le chien César qui passait émit un ricanement. L'humeur taquine, il sauta dans l'enclos des frères Thomas pour obliger à courir les trois cochons qui ne demandaient pas mieux. Quant au chat Bela, bien piteux, il était revenu après trois jours d'absence d'une de ses randonnées donjuanesques et batailleuses et sa maigreur faisait peur. Magali avait dû soigner une vilaine blessure derrière l'oreille.

En fin de matinée, la cime des peupliers frémit et ce

frémissement s'accentua bientôt, se communiquant à tous
les arbres et arbustes, à toutes les plantes qui allaient être
soumis à rude épreuve.

— Le mistral, dit simplement Magali en retenant son
chapeau de paille noire.

C'était bien lui. Le mistral, agacé par des théories de
nuages envahissants, venait de se lever. Le vent qui peut
rendre fou et qui lave le ciel, le vent d'un, trois, six ou neuf
jours, incitait le chêne à se faire roseau et les habitants de
la maison du santonnier à se mettre à l'abri des épaisses
murailles.

— On va s'envoler, dit Marie-chen en faisant l'avion
avec ses bras tendus.

Même le placide Boniface semblait inquiet. La gent
volaillère se réfugia dans le poulailler et César se mit à
courir dans les jambes d'Alain. C'était bien le vent qui ne
prévient pas, le grand capricieux qui se fait oublier durant
des jours, s'éveille quand on ne l'attend pas et se met à la
tâche.

A l'intérieur de la demeure, le grand vent cherchait à se
glisser, à trouver une faille dans le capiton des portes et
des fenêtres. Un contrevent battait et il fallait courir pour
l'arrimer. De la fenêtre on regarda les dos de coureurs
cyclistes que prenaient les plantes hautes, les chevelures
folles des gynériums dont les balais commençaient à se
former, la folle valse des tiges au sommet des lauriers, l'air
scandalisé des platanes, des cèdres, des oliviers et des
figuiers qui en avaient pourtant vu d'autres et dont les
feuilles fragiles s'élevaient et retombaient dans des tourbil-
lons. Les sabres des iris et des yuccas sifflaient sous la
charge héroïque, les épées de maigres palmiers se héris-
saient, les poiriers se cramponnaient de tous leurs bras
aux espaliers, les tuteurs des plantes fragiles faisaient leur
office. Et tous mimaient la révérence au vent-roi, jouaient
aux bossus ou faisaient les cornes à ce souffleur de feuilles
et de branches, mais ils résistaient vaillamment, même si,
rusés, ils faisaient semblant de céder : ils avaient le
souvenir d'autres bourrasques, aucune n'étant éternelle,

cependant quelques plantes seraient, hélas, cassées ou décapitées en tribut à la révolution.

De loin en loin, dans la campagne cultivée, les haies des cyprès et des cannes sèches bien liées disaient la force de l'union. Ils protégeaient tant bien que mal les rectangles de cultures maraîchères de leur solide rideau, n'empêchant pas cependant un dessèchement plus rapide que celui provoqué par le plus ardent soleil.

Même à l'abri, et les vieux constructeurs de fermes avaient prévu les plus violents assauts, on ressentait la présence du mistral, ce compagnon des Provençaux qui, malgré ses méfaits, lui gardent une ancestrale affection, ce roi des vents de la vallée d'un Rhône impétueux à son image. Il sifflait, mugissait, prenait mille voix, jetait de grands concerts d'orgue de toutes ses souffleries. Les vieux meubles répondaient par des craquements indignés et il était heureux que les tuiles du toit fussent lestées de grosses pierres.

Siffrein, malgré l'urgence, perdit le goût du travail Quand il ventait ainsi, toute la famille le rejoignait dans son atelier, se rapprochait de lui. Il chaussa ses lunettes de fer, passa ses doigts écartés dans sa chevelure blanche, soupira et prit sur un rayon une pile d'almanachs du siècle dernier. Lorsqu'il trouvait un dicton de circonstance ou de saison, il le lisait :

A Nostro-Damo de Setèmbre
Li rasin soun bon à pèndre.

C'était vrai. Le temps des blés mûrs paraissait déjà lointain. Les vignerons nettoyaient leurs cuves et préparaient leurs paniers pour la cueillette du raisin qui donnerait les bonnes bouteilles de Côtes-du-Rhône, de Ventoux ou de Luberon.

Comme les enfants désœuvrés se mettaient dans les pas de la Siffreine, elle ronchonnait entre deux litanies, car le mistral lui brisait les nerfs. Siffrein lut de courtes histoires vieilles et édifiantes comme celle du berger Jupille et du chien enragé, de Pasteur et de son vaccin. Ils passèrent ainsi la journée à de vagues occupations en attendant la diversion du souper, une soupe à la semoule, du bœuf braisé au macaroni et le riz au lait parfumé de fleur d'oranger et glacé de sucre caramélisé.

Alain en mangeant pensait que l'Escrivain, rentré de son voyage, dormait, comme chaque fois qu'il y avait grand vent. Il raconterait sa Margeride et son Gévaudan, comparant la bruyère des montagnes et la lavande, évoquant quelque souvenir ou parlant de ses pêches de truites ou d'écrevisses, en mentant un peu. Intérieurement, les enfants qui se languissaient de lui pestaient contre le mistral qui secouait les plantes et immobilisait les gens. Serait-il d'un, trois, six ou neuf jours comme le voulait la tradition ?

*
* *

Il était bien parti au moins pour trois jours, le grand briseur de branches, le grand voleur de feuilles. Il fallait l'oublier, vaquer à ses occupations, faire comme s'il n'existait pas pour le décourager. Au matin, après une nuitée où il avait fait semblant de dormir, sa course furieuse reprit.

Après les rôties odorantes du petit déjeuner, Alain consulta le ciel pur et prit une décision :

— Allons dire bonjour à l'Escrivain. Je suis sûr qu'il nous espère.

Marie-chen avait enfilé un jean bleu et un pull-over de même couleur. Alain était en culotte de velours et en blouson de cuir fauve. Ainsi protégés, ils empruntèrent les chemins de traverse, s'amusant au fond des assauts du mistral qui leur coupait le visage. Aux lierres panachés qui frétillaient, aux pins et aux cerisiers courbés, ils avaient envie de dire : « Courage ! » Ils allèrent le long des vignes, cueillant des grains serrés et acides de raisin de cuve. Les haies et les buissons leur offrirent de ces petites poires sauvages qui ne sont bonnes que blettes, des baies qui serraient la langue, des mûres qui tachaient doigts et lèvres, les fruits douceâtres de pommiers nains. Les ronces et les plantes grimpantes montaient à l'assaut des arbustes sans soins dont les branches fléchissaient sous ce poids uni à la force du vent. Les pierres semblaient plus dures, comme aiguisées. Parfois, le mistral déplaçait un gros paquet de chaleur qui vous suffoquait. Face au nord, on avançait courbé, fier d'une lutte victorieuse. Finalement, les enfants trouvaient ces sensations fort amusantes.

Lorsqu'ils atteignirent les premiers ceps rampants des vignes abandonnées, ils évoquèrent le moinillon de jadis, celui de la pièce de monnaie, qui arrachait les ronces, déplaçait les lourdes pierres et tuait le Grand Velu. Sans doute avait-il porté les éléments de ce long muret inutile et qui prenait un air d'éternité.

Les enfants s'appuyèrent contre le tronc énorme d'un noyer qui les abrita. Alain serra sa compagne contre lui, comme un amoureux, et, pris d'une soudaine exaltation, il chuchota :

— C'est extraordinaire, Marie-Chen, c'est extraordinaire !

Elle lui donna un petit baiser sur sa joue fraîche et demanda :

— Quoi donc ? Alain, quoi donc ?

— Tout, murmura Alain, tout. Ici et l'autre planète. Les étoiles, le vent, le monde. Les choses de la nuit et les choses du jour. Tant de choses nouvelles, toujours... toujours... Crois-tu que cela durera tout le temps de notre vie, jusqu'à notre mort ?

Marie-chen ne répondit pas. Elle ressentait les mêmes impressions indéfinies et bouleversantes. Sa joue devint humide. Un tel vent saurait bien effacer la larme qu'elle n'essuya pas.

La côte balayée de mistral était dure à gravir. Chaque pas nécessitait un effort et des perles de rosée ornaient les fronts. Ils se tenaient par la main comme des arbres unissant leurs branches. Là-haut, dans l'ancienne chapelle, ils savaient qu'on les attendait.

Alain gardait toujours ses trois pommes de pin dans sa poche. Dans la cachette d'une remise, la graine en forme de galet de l'arbre à lait reposait dans un pot à fleurs bien garni de terreau pour la nourriture et de tourbe pour l'humidité. Que se passait-il dans le secret des germinations ? Un jour, un grand arbre à lait dressé sur le sol de Provence sauverait-il le monde ?

— Ah ! la bonne, la bonne, la bonne, ah ! la bonne surprise que j'ai ! chantonna l'Escrivain en leur ouvrant la porte.

Il était curieusement vêtu : un kimono orné d'un soleil jaune à rayons en zigzag qui le grossissait et de lourds sabots de hêtre, flambant neufs et dont il paraissait fier, bien qu'ils lui donnassent une marche incertaine. Visiblement, il s'agissait d'un souvenir de son village de montagne qu'il transportait dans le Comtat. Il n'en parla pas, mais quand il revint de la cuisine avec des tasses de lait chaud et des biscuits boudoirs, il était en pantoufles.

— Et comment va la maisonnée ? Bien, je l'espère. J'ai rapporté un cadeau pour maître Siffrein : ce beau fromage cylindrique, rustique et dur comme la pierre, mais bon ! mais bon ! Pour Magali, ce sera cette croix du Puy. Pour toi, Alain, cette corne de bœuf dans laquelle les vachers soufflent leurs appels.

Il réserva pour la fillette une surprise : un paquet plat orné d'un bolduc frisotté qu'il lui remit en disant :

— Marie-chen, « belle à voir, honnête à vanter », comme disait François Ier à la belle Diane, j'ai pensé à la coquetterie.

Il s'agissait d'un joli tablier bleu bordé de dentelle à la main. On embrassa l'Escrivain, tout rougissant de plaisir, avec des cris de joie, tandis qu'il disait : « Ce n'est rien, ce n'est rien... »

Après le lait chaud, il constata :

— Ce mistral est le plus fort que je connaisse. Il s'est retenu tout un été pour préparer ses tours. On croirait qu'en amenant le beau temps, il veut prolonger les beaux jours chauds qui, malheureusement, se feront rares, mais ici, de l'été, il en reste quelque peu dans la belle saison d'automne.

Les enfants s'attristèrent. La fin de l'été ne voulait-elle pas dire la séparation ? Mais non, il ne fallait pas y penser, il y aurait encore de belles promenades et peut-être de belles randonnées vers l'ailleurs. L'Escrivain fit diversion en parlant de son voyage, de la micheline qui va de Nîmes à Langeac et plus loin en traversant les paysages les plus divers, des plaines fournies aux gorges de l'Allier dans la splendeur des montagnes, des lacs et des forêts, la chaleur allant s'atténuant pour laisser place à un air revigorant, le paysage du Midi cédant le pas à celui plus austère et plus rude du proche pays des volcans. Et des noms agrestes fleurissaient : Alès, Génolhac, La Bastide-Saint-Laurent-les-Bains, Luc, Langogne, Monistrol d'Allier... Il évoqua la fidélité des amitiés d'enfance et de jeunesse, peignit quelques portraits, dit ses conversations avec les anciens du village, gens de l'hospice, retraités, petits tâcherons toujours actifs à tondre les haies ou débroussailler les fossés. Il se glissa quelques anecdotes joyeuses et l'antithèse de contes noirs où passaient des diables et des bêtes qui mangeaient le monde, des lacs noirs et des mauvaises fées.

Dehors, le vent allait et venait, tournait, rugissait, effrayant et théâtral, car la demeure de l'Escrivain, moins bien protégée que celle du santonnier, recevait des vents coulis, craquait de partout dans la rumeur où les voix fantômes du passé semblaient surgir pour jeter leurs effrois.

Cependant, un petit homme rond gravissait la côte, bien péniblement, car il portait sur l'épaule le fardeau d'un sac de gros papier. L'Escrivain, après une partie de petits chevaux, écarta le rideau et le vit s'appuyer contre un arbre avant de reprendre sa marche titubante.

— Les enfants, dit-il, nous avons un visiteur. Devinez qui ?

C'était ce bon Outre-à-Huile. Avant d'entrer, il se débarrassa de son fardeau dans la remise et pénétra dans la pièce avec un cabas au bras. Là, tout haletant, il s'affala sur une chaise.

— Bien le bonjour, voisin, dit l'Escrivain en emplissant un verre de vin, vous me remboursez déjà de ce rien de ciment que vous m'avez emprunté. Ce n'était pas la peine. Et par ce mistral !

— Ouf ! je ne peux plus tirer la salive, mes pauvres, dit Outre-à-Huile.

Le verre de bon vin lui apporta le réconfort. Il sortit du cabas un paquet de douze œufs :

— C'est un cadeau pour l'omelette.

Après les remerciements, il ne fut pas nécessaire de lui demander des nouvelles de son compagnon :

— Si je devais compter sur ce grand fainéant, vaillant comme un outil sans manche, vous n'auriez pas eu ce retour de ciment, allez ! Il n'est plus bon qu'à traire les fourmis. Alors, ce matin, je me suis dit : « Courage ! monte la pente et remercie qui t'oblige. »

— Pourquoi vous disputez-vous toujours, puisque vous vous aimez bien ? demanda Marie-chen.

— Ah ! pauvre petite. Si je l'abandonnais, ce long mât qui ne tient que par l'écorce, il mettrait vite la robe de sapin. C'est une mouche de garde-manger, mauvais comme une chenille de pin, glorieux comme un pou sur une cornette blanche, jaloux comme une chèvre de ses cornes... Ah ! vous vous labourez de rire tous les trois, mais vous ririez bien plus si vous saviez le tour que je lui ai joué.

Il en rit lui-même, car la joyeuseté des enfants était communicative. Il s'amusait de la comédie que son cher ennemi et lui se jouaient sans cesse en répétant : « Ah ! le bon tour, le bon tour... »

— Le vent ne cessera pas, dit l'Escrivain en regardant

les arbres courbés comme des dos de lévriers, et pourtant le ciel est bien propre.

Il cligna des yeux tant la luminosité était forte et s'exclama :

— Oh ! venez voir qui nous arrive...

Les enfants, puis Outre-à-Huile s'approchèrent du fenestroun. Qui gravissait la côte ? En peu de chair et beaucoup d'os, le sieur Quinze-Côtelettes lui-même, un demi-sac de ciment sur le dos, et, comme son compagnon, un cabas à la main.

— Ouille, ouille, ouille ! gémit Outre-à-Huile, il ne faut pas qu'il me trouve ici, cet arbitre de pommes cuites. Il me chercherait des raisons. Après le tour que je lui ai joué...

— Mais, quel tour ? demanda Alain.

— Vous le verrez bien. Oh ! oui, que vous le verrez, comme une mouche sur un bol de lait, dit Outre-à-Huile avec un gros rire. Ah ! le grand laisse-moi-dormir, voilà qu'il souffle maintenant. Même quand il n'en sait rien, il aime le travail déjà fait. Il s'appuie à l'arbre, il repart, il approche, il approche. Voisin, cachez-moi quelque part, je vous en prie !

L'Escrivain lui désigna la porte de l'alcôve-bibliothèque où l'apeuré s'engouffra.

— Je me demande, dit l'Escrivain aux enfants, si c'est un vaudeville ou un fabliau. Attendons.

Il est vrai qu'à l'entrée de Quinze-Côtelettes, les enfants durent tourner la tête et se cacher le visage dans les mains pour dissimuler le fou rire qui les prenait à la vue du nouveau visiteur . la longue figure de l'homme n'était rasée que d'un côté tandis que l'autre présentait une barbe de huit jours.

Il posa son demi-sac dans le corridor et fit les mêmes gestes que ceux de son compagnon quelques instants auparavant : s'asseoir, souffler, boire un canon de vin. Enfin, il expliqua :

— Eh oui, je prête à rire et riez tout votre soûl. Tous les samedis, chacun de nous rase l'autre. Ce matin, je racle donc la couenne de cette grosse figue, et à son tour, il prend le blaireau et le sabre. Et voilà qu'il me rase d'un côté, bien soigneusement, et qu'il me dit : « Espère un peu ! » Je me dis : « C'est le pipi ! » Et j'attends. Il ne revient pas. J'appelle. Il ne répond pas. Je me retrouve sans le rasoir et dans l'état que vous voyez : d'un côté la zone occupée, de l'autre la zone libre. Impossible de retrouver ce cochon de six liards ! Alors je me suis dit : « Va voir le voisin, remercie-le, et peut-être qu'il te prêtera son rasoir à l'électricité... »

Il vida son verre, se caressa les deux côtés des joues, se mit de côté pour présenter le profil lisse, et dit :

— Au moins, ça vous aura fait rire. Il me le paiera avant que le gel frise les feuilles, ce cul paillé, ce paillasse, ce rien du tout.

Derrière la porte, Outre-à-Huile frémissait d'indignation et de la rage de ne pouvoir répondre.

— Ah là là ! Ah là là ! Enfin ! répéta Quinze-Côtelettes, tenez, voisin, je vous ai apporté six œufs en remerciement pour le service rendu.

Il n'en fallut pas plus pour que le nommé Outre-à-Huile sortît de sa cachette pour clamer son mépris :

— Six œufs ! Six œufs ! Pourquoi pas quatre, pourquoi pas deux, pourquoi pas rien du tout ? Rien du tout, c'est tout ce qu'il offre. Ah ! le généreux à l'envers, le ladre, le ramoneur de suie ! Six œufs de rien quand j'en ai apporté douze des plus beaux !

— Vaurien ! rugit Quinze-Côtelettes en poursuivant Outre-à-Huile autour de la table. Tu as le poumon de me dire ça ? Je vais t'escagasser ! Je vais t'écraser la figue du nez...

— Secourez-moi ! Secourez-moi ! cria l'agressé en se cachant derrière l'Escrivain. Il est capable de tous les crimes, ce gibier de potence...

— Allons, mes bons amis, calmez-vous ! Tout cela n'est pas si grave.

Et il pensait : « Décidément, j'opte pour le fabliau. Rien n'est changé depuis le roman de Renart ! »

— Voyez-le qui fait le tourniquet, qui chante le

protégez-moi, jeta Quinze-Côtelettes. Avec sa face lui-
sante comme un étron dans une lanterne, tout suant de
peur, et cerclé comme une barrique !

— Hou ! Demi-barbe, hou ! Qu'il est vilain ! jeta son
ennemi en faisant des grimaces et des pieds de nez. Hou !
Tu t'es lavé avec la serviette du charbonnier.

— Vé ! Cache ton vinaigre Tu fais rire les enfants.

— Si je me fâche, grand échalas, tu pourrais bien
rassembler tes os.

— Je les ramasserais mieux que ton huile, jeta Quinze-
Côtelettes, et, prenant les spectateurs à témoin, il ajouta
avec des mouvements dédaigneux : il a les tripes à la tête
et le cul à la place des joues, comment voulez-vous qu'il
pense ?

— Chante, sonnaille, chante !

— Bavarde, enclume, bavarde !

Essoufflés, ils se lancèrent d'autres quolibets, se traitè-
rent de tulipan, de gâte-paroles, de Jean-flûte, de cul d'ail,
de cruche fêlée, de bête comme le haricot, et autres
gentillesses en comtadin et en français. Puis le manque
d'inspiration et la fatigue les gagnèrent, et l'Escrivain,
enchanté de cette floraison d'images disputassières,
proposa :

— En attendant, moi, je fais mes comptes. Je pourrais
bien y gagner un demi-sac de ciment et j'ai une douzaine
et demie de bons œufs frais. Comme il me reste quelques
truffes en pot, je vais confectionner une omelette géante,
bien baveuse et bien parfumée, que nous mangerons tous
les cinq.

— C'est bien honnête, ça, dit Outre-à-Huile.

— Je n'ai rien à dire, ajouta Quinze-Côtelettes.

L'Escrivain lui proposa son rasoir électrique, mais le
demi-rasé avait changé d'avis :

— Finalement, je me trouve très bien tel que je suis, et
certains en auront du remords.

— Te fâche pas, ton cœur va céder, dit Outre-à-Huile,
et puis j'ai voulu rire.

— Un beau rire d'ânesse, oui. Oh ! que je ris, oh ! que je

ris ! J'ai jamais tant ri, fit sinistrement Quinze-Côtelettes,
mais je sais bien de qui je ris. Je me romps la rate, ha-ha !
ha-ha !

— Mes amis, mes bons amis, si le vent pouvait tomber
comme la colère ! dit l'Escrivain.

La réconciliation étant accomplie, il ne restait plus qu'à
faire grésiller l'huile dans le grand poêlon et à battre les
œufs avec de fines lamelles de truffe. En signe de joie,
Alain souffla dans sa corne de bœuf et Marie-chen noua
son joli tablier. Ils se regardèrent et firent miam-miam ! en
éclatant de rire.

* *
*

Six jours de mistral et, sans prévenir, une accalmie
soudaine. Les enfants suivaient Magali dans les parterres
apaisés en l'aidant à nouer des fils de raphia pour les
rosiers, les agapanthes aux ombelles blanc liliacé, les
valérianes coiffées de bonnets roses, les dahlias et les
glaïeuls couchés en tous sens comme des couteaux jetés.
Infortunés soleils, pauvres passeroses ! Les fleurs qui
n'étaient pas blessées baisaient le sol lamentablement. Il
fallut les redresser, les étayer, porter partout ses secours
avant un long arrosage de soir pour redonner vie à la terre
aux lèvres sèches.

La vie revenait, de la mare à la basse-cour, de l'enclos à
l'écurie, dans la nature et dans les nids. Dans son atelier,
le papé Siffrein reprenait goût au travail. Sans le bruit du
mistral, si continu, si envoûtant, le silence avait quelque
chose d'inhabituel, presque d'angoissant. Pourtant, les
fronts se sentaient débarrassés de petites fièvres, il semblait curieux de pouvoir marcher sans lutte. Mais ces
journées de vent avaient ponctué la saison : plus d'étoiles
filantes dans un ciel pourtant pur et propice, et les soupers
sur la terrasse ne se prolongeaient guère. Magali sacrifiait
toujours à la tradition de la bonne cuisine provençale ou,
si elle venait d'ailleurs, provençalisée. Dès qu'elle trouvait
une recette, elle disait : « Je me l'améliore ! » et, en effet,

quelque trouvaille, loin de la facilité des aromates, prouvait en sa faveur. Elle tentait d'inculquer aux enfants des principes religieux, mais ils communiaient plus volontiers avec la nature. La Siffreine, il est vrai, unissait facilement les cérémonies païennes des vents à celles chrétiennes des litanies de saints journaliers.

Maître Siffrein, santonnier de son état et fier de l'être, moulait et peignait sans cesse. Les saints, les rois mages, les animaux de ferme, autour de la Vierge, de Joseph, du Jésus et d'autres personnages qui paraissaient tous aussi ravis que le Ravi, s'alignaient sur des tréteaux comme des armées prêtes à la bataille.

Pour se délasser et pour plaire aux enfants, il faisait toujours la surprise de quelque nouveauté. Après une conversation littéraire avec l'Escrivain, à partir de photographies, il inventait un Giono, un Bosco, une Mauron, un Pesquidoux, ou bien un Audouard ou un Arène qui rejoignaient ainsi leurs confrères de la « crèche à nous ». Et puis, il y eut la marchande d'oranges et ses paniers, le mesureur de pommes et la maîtresse d'école. Alain lui parla du chevalier et du moinillon. Le santonnier promit de ne pas les oublier :

— J'y travaillerai après la Noël...

Il n'osait ajouter : « Tes parents t'auront repris, mon Alain, et tu seras à la capitale, comme l'Escrivain qui ira faire ses emplois... » Ce dernier lui avait apporté, pour les lectures d'hiver, au coin du feu, deux cartons de livres, surtout des biographies et de l'histoire. Alain lisait les titres, les préfaces et les publicités. Pouvait-il se douter que ces Anne d'Autriche et ces Louis XIV, ces Vercingétorix et ces Deschanel n'étaient pas si lointains ? Il en aurait la surprise...

Lors d'un après-souper où l'Escrivain était venu prendre la goutte, Marie-chen demanda :

— Papé, pourquoi la mer est-elle salée ?

— Pourquoi la mer est salée ? Ah ! rien de plus embarrassant que les questions des enfants, dit le santonnier, elles vous montrent que vous êtes ignorant comme un sabot et l'on ne sait que répondre. Vous le savez, vous, l'Escrivain, pourquoi la mer est salée ?

— Hum ! Hum ! fit l'Escrivain, c'est une affaire de géologie, ou de chimie, ou de... ou de... Enfin bref, elle est salée parce que, parce que c'est ainsi : elle contient **du** sel.

— Oui, c'est cela, dit maître Siffrein, **elle** est **pleine** de sel.

Les enfants firent la moue devant une réponse aussi peu satisfaisante. Alors, l'Escrivain, après avoir distribué une pincée de prise dans ses narines, tendit son verre pour une rasade de marc inspiratrice. Tranquillement, il annonça :

— Je vais vous dire pourquoi la mer est salée.

Cela étonna bien Alain, car si l'Escrivain connaissait beaucoup de choses, dès qu'il s'agissait de réalités scientifiques ou techniques, il restait muet et prenait des airs lointains comme s'il s'agissait d'incongruités.

— Et si la mer était poivrée ? demanda Marie-chen.

— Cela ferait éternuer les poissons, dit Siffrein, et se tournant vers l'Escrivain : Vrai de vrai, vous le savez, vous, pourquoi la mer est salée ?

L'Escrivain prit la pose, comme chaque fois qu'il se préparait à un long discours et dit solennellement :

— Pourquoi la mer est-elle salée ? Je vais vous répondre. Ecoutez-moi bien.

Et il commença un conte.

***

ENCORE UN CONTE DE L'ESCRIVAIN

« Il était une fois, jadis, en Bretagne, un petit orphelin, fils d'un pêcheur péri en mer, qui se prénommait Guénolé. Un bon garçon, ce Guénolé, solide et fier comme ceux de sa race. Il habitait avec son grand-père aveugle une cabane au cœur de la forêt non loin de la mer. L'existence s'y déroulait bien difficile, mais grâce aux collets à lapins de Guénolé, grâce à la pêche, on parvenait tant bien que mal à se nourrir. Et puis, le grand-père mourut. Les gars du village vinrent le chercher pour lui donner la sépulture, et, après la cérémonie et les prières, Guénolé tout seul revint à la cabane en pleurant. Malheureux Guénolé, qu'allait-il devenir ? Un patron de pêche lui avait bien proposé de le prendre pour la saison des harengs et il attendait ce moment, rangeant les hardes et la pauvre vaisselle, cousant ses haillons, nettoyant la cabane où près du pépé il avait été somme toute heureux. Et parfois, des femmes du port lui apportaient des galettes de froment et du cidre doux. Une cueillette de champignons par-ci, quelques patates par-là, un lièvre ou une bécasse ailleurs, il se nourrissait et menait une vie active. Il coupait du bois qu'il allait vendre au village ou échanger contre du pain. Un débrouillard, ce petit Guénolé !

Un matin de brume, alors qu'il se promenait dans le sous-bois silencieux comme une cathédrale, il aperçut une vieille toute courbée sous le poids d'un fagot. Vous savez que cela arrive souvent dans les contes et ailleurs. En tout cas, il faut toujours aider la vieille femme parce que cela fait partie de la bonne politesse, et aussi parce que ce n'est pas toujours une vieille comme les autres : de cela le petit Guénolé s'aperçut bien, après l'avoir abordée. Il la salua et lui dit en breton : « Où allez-vous ainsi chargée, la mère ? » Les lèvres de la vieille, quasi centenaire, s'ouvrirent sur sa dernière dent et elle grogna : « Par là-bas ! Par là-bas... » Il dit alors : « Par là-bas, c'est justement mon chemin. » Il la déchargea du fardeau, lui offrit de l'eau pure de sa gourde en fer-blanc et l'accompagna en silence, son chargement sur l'épaule, tandis qu'elle trottinait en s'appuyant sur son bâton.

Comme ils arrivaient à une clairière, la brume se dissipa, le soleil se mit à briller et des oiseaux chantèrent. Alors arriva ce que vous attendez : dans un rayon doré, la vieille femme se métamorphosa en une belle fée toute blonde et nimbée de soleil. Guénolé savait que les fées existaient, mais il n'en avait jamais rencontré. Il vit le bâton se transformer en baguette magique. Touchant une bûchette, elle en fit un joli moulin qu'elle offrit à Guénolé en disant :

— Guénolé, pour te remercier de ton aide, je t'offre ce moulin magique. Il t'apportera tout ce que tu désireras. Demande et tu verras.

Guénolé ébloui dit : « Je veux des pâquerettes ! » Aussitôt la clairière fut tapissée d'une multitude de fleurettes. Il en poussait jusque parmi les chênes. Alors la fée dit ces mots : « Biguidouni Biguidou Biguibi » et le moulin cessa de tourner. Guénolé demanda alors un couteau de poche, puis une culotte neuve, et enfin une croix pour la tombe du grand-père. Après chaque miracle, la bonne fée disait Biguidouni Biguidou Biguibi et le moulin s'arrêtait. Elle précisa :

— Biguidouni ! Biguidou ! Biguibi ! Retiens bien ces mots, Guénolé, car sans cela le moulin ne s'arrêtera pas. Répète avec moi.

Et ensemble ils répétèrent « Biguidouni ! Biguidou ! Biguibi ! » jusqu'à ce que Guénolé sût bien le dire.

— Autre chose, dit la bonne fée, ce moulin magique, tu ne dois pas t'en servir à tort et à travers, et jamais en pensant au profit, car en ce cas, il redeviendrait une bûche. Bien sûr, tu te dis que tu pourrais te faire marchand de pâquerettes, de couteaux, de culottes et de croix, mais non ! Tu peux lui demander une fois l'an, et pas plus !

— Je vous le promets, madame la fée, et je vous remercie de tout mon cœur, affirma Guénolé.

— Je sais que tu es un bon garçon. Je vais te quitter, car on m'attend en Brocéliande.

Guénolé sentit un baiser doux comme la brise d'été sur son front et la fée disparut dans un rayon de soleil.

— Ça alors, ça alors... répéta Guénolé en cachant le moulinet dans sa besace.

A la saison, après avoir bien fermé la cabane, il partit, son sac sur le dos, pour rejoindre le port et le patron de pêche l'engagea pour la pêche aux harengs sur le grand océan, en compagnie de trois mariniers peu loquaces, d'un cuisinier venu de Nantes, et notre Guénolé devint moussaillon. Et ce fut la mer à perte de vue, l'existence rude. Ce n'était pas drôle d'être mousse alors : il fallait faire les gros travaux, laver le pont, aider à hisser les voiles, faire mille choses difficiles et recevoir le fouet du maître à bord après Dieu si l'on se conduisait mal. Et Guénolé savait qu'en cas de naufrage le sort désigne toujours le mousse pour être mangé. Mais il restait un garçon vaillant et gai. Le visage hâlé, les muscles forts, il chantait de vieilles chansons bretonnes que son grand-père lui avait apprises. Et vogue la galère ! Et vogue vers les mers du Grand Nord !

Lors d'un repas, le capitaine se plaignit du maître queux : « Sacripant ! la soupe n'est pas salée ! » et le cuisinier avoua piteusement : « C'est que je n'ai plus de sel... » Bien sûr, vous vous dites : « Il n'y a qu'à le prendre dans la mer, ce sel ! » Mais non ! en ce temps-là, l'eau de la mer était douce comme celle d'une fontaine.

Or Guénolé aimait bien le Nantais qui lui glissait parfois un morceau de lard et un quignon de pain supplémentaire. Il alla chercher son petit moulin qu'on prenait pour un jouet, et, à la surprise de ses compagnons, il dit :

— Petit moulin, fais-nous du sel !

Et le moulin se mit à tourner. Miracle ! On emplit un sac de ce bon sel, puis deux, puis trois. Les mathurins applaudissaient et fêtaient Guénolé tout content.

Mais voilà ! Quand le patron de pêche dit : « Ça suffit. Nous en avons bien assez ! », le moussaillon eut une mauvaise surprise : il avait oublié la formule de la bonne fée pour arrêter le moulin. Il répétait « Goubidini Goubidinou Goubidi... » et des tas d'autres mots du même genre, mais qui n'étaient pas les bons. Et des Roudoudou et des Rididi et des Gouilloni gouillonou, et ainsi de suite, sans succès. Le moulin tournait de plus en plus vite. Le sel ruisselait, coulait partout, à ce point qu'il envahissait le pont, se glissait dans les cales, et le bateau de plus en plus lourd menaçait péril. Malheur ! Affolement ! Colère !

— Par le tonnerre de Brest, nous allons couler si ce

diable de moulin continue. Fais quelque chose, moussaillon de malheur !

— Pardon ! Pardon ! se lamentait Guénolé, bonne fée,
secourez-moi, et vous aussi bonne mère Notre-Dame...

Et comme les marins se signaient en attendant leur
mort, le mousse eut une inspiration. Les larmes aux yeux,
il baisa le petit moulin, demanda pardon à la bonne fée, se
signa, et jeta le faiseur de sel très loin dans la mer.

— Ouf ! nous sommes sauvés, dit le loup de mer. Allez !
je te pardonne, moussaillon, ce sel sera utile pour les
harengs, mais il y en a trop. Prenez des pelles, et jetez-le
dans la mer.

Ainsi firent-ils vaillamment.

Mais le moulin, depuis, est toujours au fond de l'océan,
et il continue à fabriquer son sel, et il en donnera jusqu'à
la fin des temps.

Eh bien, voilà pourquoi la mer est salée ! »

— Et Guénolé ? demanda Alain.

— Il oublia le moulin, la fée et le reste. Il devint un fier
matelot, puis conquit des grades jusqu'à devenir un
corsaire au service du roi. Il parcourut le monde, batailla
et connut bien des aventures, mais cela est une autre
histoire.

— Et si le cuisinier avait manqué de sucre ? dit Marie-
chen.

— En ce cas, affirma l'Escrivain dans un éclat de rire,
la mer serait sucrée.

— Tout s'explique, dit Alain gravement, tout s'explique...

Car les enfants pensaient à la mer sucrée et aux marais
sucrants du pays des hommes-fruits. Cette imprudente de
Marie-chen dit même :

— Les nénuphars n'aiment pas le sucre !

Magali l'enjoignit alors de ne pas dire de bêtises et

l'Escrivain pensa : « Vraiment, l'enfance a le don involontaire des images surréalistes ! »

— Encore un verre ? A la bonne vôtre, l'Escrivain !

— A votre santé, maître Siffrein !

Quinze

APRÈS onze jours sans rêves, Alain et Marie-chen se réveillèrent sur la plage sucrée. Ils regardèrent autour d'eux. Pas de doute : même clarté si particulière, mêmes vibrations de la lumière du soleil second. Et la plage, les êtres-fruits, les enfants, les distractions, mais pas de Grand Ventriloque ! Ils attendirent en vain. Ils étaient seuls.

— Comment allons-nous faire sans notre ami ? demanda Marie-chen inquiète.

— C'est bien embêtant, dit Alain. Il va sans doute revenir.

L'air sucré leur avait aiguisé l'appétit. Ils marchèrent jusqu'au stand rose où un homme-pamplemousse proposait des glaces. Alain observa les acheteurs. Des enfants vinrent, léchèrent des sorbets colorés et tendirent un petit billet. Sans timidité, Marie-chen s'approcha, désigna la glace à la violette, et pendant que le marchand préparait un petit pot de porcelaine, elle écrivit sur un papier disposé à cet effet sur l'écritoire un billet-poème qu'elle remit en paiement.

— Pas plus difficile ! dit-elle à Alain. Tu en veux une ?

— Heu oui ! mais comment as-tu pu écrire un poème, toi ? C'est difficile...

— C'est très facile quand on a envie de manger une glace. Mon poème, je le connais même par cœur, écoute :

Le chevalier et le moinillon
Sur leur grand cheval blanc
Sont allés vers la mer
Pour y goûter le sucre.

Alain pensa que ce n'était pas un vrai poème, puis il se demanda ce qu'est un vrai poème, enfin il se dit qu'il n'avait plus envie de glace. Pourtant ce parfum de violette... Il s'enhardit et demanda poliment au vendeur-pamplemousse :

— Avez-vous des glaces à la rose, s'il vous plaît ?

— Non, je le regrette. J'en ai à l'héliotrope, à l'hortensia, au jasmin, à la violette, au lis... Elles sont faites avec le lait des arbres du Sud.

— Une au jasmin, s'il vous plaît, demanda Alain.

Et, moins imaginatif que Marie-chen, il écrivit :

La terre est ronde
Comme une boule.
Elle a
Quarante mille kilomètres de tour.

— C'est charmant, dit l'homme-pamplemousse, positivement charmant et très drôle. Ha! Ha! Ha! Mes félicitations. En composeriez-vous un autre en échange de ces gaufrettes. Mais vous n'êtes pas obligé.

Alain ravi écrivit : « *Tout corps plongé dans un liquide...* », ce qui aviva l'admiration et l'hilarité du marchand de glaces et fit faire une moue à Marie-chen un peu jalouse.

Ils dégustèrent les glaces, croquèrent les gaufrettes fourrées de miel et le marchand leur offrit une flûte de lait frais.

Et toujours pas de Grand Ventriloque.

Heureusement, la plage apportait d'incessants divertissements. On pouvait chevaucher de petits ânes blancs qui avaient le regard intelligent de Boniface dans ses jours d'avoine. Des singes bleus jouaient à saute-mouton. Des bébés-fruits souriaient dans des berceaux de coton. Des flamants roses poursuivaient des flamants bleus et les oiseaux traçaient des sillages colorés dans le ciel. Les enfants saluaient les personnes qui les invitaient à se joindre à elles. Ils regardèrent des athlètes qui jouaient à une sorte de basket-ball : avec leurs longs bras, il était facile d'atteindre le cercle qui tenait lieu de panier ; en revanche, ils se montraient assez maladroits à faire rebondir la balle au sol.

Sur la mer, au loin apparaissaient ce qu'ils crurent être des poissons géants : il s'agissait en fait de navires en forme de baleine propulsés par un système d'eaux mouvantes. Les vrais poissons devaient être fort heureux puisqu'on ne les mangeait ni ne les pêchait. Une barque plate en forme de sole aborda, les voyageurs étant salués par des cris de bienvenue. Heureux moment : les passagers comptaient parmi eux M. le Grand Ventriloque en personne. Il portait un chapeau haut-de-forme étoilé comme celui de l'oncle Sam et ses mains étaient **gantées** de blanc.

— Mes chers amis, dit-il, j'espère que vous **excuserez** mon retard. Oh ! les belles glaces... J'ai pensé que cela vous plairait d'être seuls. J'ai profité de votre sommeil pour m'occuper de quelques affaires.

— Des affaires, dit Alain, comme un homme d'affaires.

— Homme d'affaires, ha ! ha ! ha ! comme cette expression est amusante ! Vous êtes plein d'humour, mon cher Alain.

Les enfants pensèrent que l'homme-orange riait chaque fois que ce n'était pas drôle. Leur ami leur raconta le court voyage qu'il venait de faire :

— Ces petites îles que vous voyez sont artificielles. J'ai profité de votre sommeil pour visiter les fermes sous-marines dans une bulle semblable à celle que nous avons empruntée l'autre jour. Dans ces fermes, on cultive de délicieux légumes marins et j'ai remis des commandes pour le village dont je suis nourricier délégué. Le grand dirigeable que vous apercevez va les livrer sur l'heure.

— Vous avez de la famille, monsieur le Grand Ventriloque ? demanda Marie-chen.

— Je ne suis pas marié, ha ! ha ! ha ! Un vieux garçon, ici, cela fait toujours rire, mais j'ai cinq jeunes nièces et une foule de cousins et cousines.

Il choisit une glace à l'anis étoilé et demanda à lire les billets-poèmes des enfants. Ceux d'Alain le firent bien rire et, bien qu'il trouvât son poème difficile, il complimenta Marie-chen.

Sur un promontoire, des êtres-fruits jouaient une musique discordante, chacun ne semblant s'intéresser qu'à son instrument et aux sons qu'il en tirait.

— Ils prennent des notes pour peindre ensuite des paysages dont ils mettent les couleurs en musique, dit le Grand Ventriloque.

— Et les musiciens prennent des couleurs ? demanda finement Alain.

— Cela arrive aussi.

— Il y a beaucoup de peintres ? questionna Marie-chen.

— Comment « beaucoup de peintres ? » Il en est autant que d'êtres vivants, c'est certain. Pas sur la Terre ?

— Tout le monde ne sait pas peindre, observa Alain. C'est un art. Il y a des spécialistes.

— Curieux, cela, curieux, observa l'homme-orange. Ici tout le monde est l'artiste de ses œuvres. Cela fait partie de l'éducation sous les cèdres. Il faut bien décorer sa demeure...

— Je n'ai pas vu beaucoup de tableaux. observa Alain, et pas de musées des beaux-arts.

— Des tableaux ? Vous voulez dire ces choses rectangulaires en toile peinte ? Non, ici nous n'aimons pas emprisonner la peinture. Les couleurs et les formes vont librement sur les murs, les cloisons, le sol... De temps en temps, on efface et on en fait d'autres.

Ils décidèrent de partir à pied en promenade. Comme ils arrivaient à proximité d'un champ de fleurs, le Grand Ventriloque leur remit des boules de coton. A son imitation, les enfants les glissèrent dans le creux de leurs oreilles. Par transmission de pensée, leur guide expliqua :

— Nous allons traverser le champ des fleurs siffleuses. Dès qu'elles aperçoivent des promeneurs, pour leur plaisir, elles sifflent sur tous les tons, et aussi clapotent, crissent, crépitent, tintent, cliquettent, carillonnent, cornent... Ah ! les joyeuses dames ! Ah ! les farceuses !... N'ayez pas négligence de les saluer et faites mine d'apprécier leur tintamarre.

A défaut du bruit, ils perçurent les haleines de ces bouches multiples, des arômes délicats et variés, des senteurs douces, des parfums infinis. Quand ils eurent dépassé ces régions bruyantes et parfumées, ils débouchèrent leurs oreilles et entendirent un dernier murmure parfumé.

— Nous savons par notre ami Jonathan, le grand explorateur d'antan, que vos fleurs sont muettes, dit le Grand Ventriloque.

— Pas les roses, affirma Marie-chen, ni les roses trémières.

— Ah, tiens donc ! Si vous le souhaitez, je vais vous faire connaître un lieu et des êtres dont vous n'avez certainement pas l'idée, un temple de la plus haute civilisation où se tiennent actuellement les rencontres intergalactiques.

Ils virent bientôt un grand hémicycle ressemblant à un théâtre romain à cette différence qu'il était construit de cristal, de marbre et autres beaux matériaux et surmonté par les toiles tendues d'un immense chapiteau.

— Ici, dit le Grand Ventriloque, les délégués des planètes lointaines ou proches sont réunis. Vous pourrez vous asseoir et entendre parler des affaires de l'univers. Des appareils de traduction simultanée sont à chaque siège. Vous serez les premiers à entendre parler ici dans votre langue. En attendant que... un jour... quand la Terre sera prête...

Bien mystérieux ces propos : « en attendant que.. un jour... quand la Terre sera prête... »

Les enfants devaient recevoir une douloureuse explication ; auparavant, ils surent qu'assister à une telle réunion
était dû à la faveur de M. le Grand Ventriloque.

*
* *

Assis sur des sièges douillets, Alain et Marie-chen
regardaient autour d'eux, car nul être humain n'avait
jamais assisté à un tel spectacle. Si les hommes-fruits se
trouvaient en majorité, ils étaient entourés d'une foule
d'ambassadeurs, personnages étranges souvent, venus des
lointaines courbures de l'espace à des dizaines de milliards
d'années-lumière. Ils habitaient loin du système solaire de
la Terre, les plus proches venant de la galaxie d'Andro-
mède, de halos galactiques à peine perceptibles, de
spirales, de barres, d'hypercondensations. Ce n'était pas
là de la science-fiction, mais une réalité bouleversante
pour les enfants.

Si de nombreux délégués se rapprochaient par l'apparence générale des humains ou des hommes-fruits, c'est-à-
dire avaient bras, jambes, tronc et tête, d'autres évoquaient les formes les plus étranges d'animaux fabuleux,
d'insectes, de poissons, de pieuvres, de plantes, et même
d'objets ou de machine, car l'un d'eux, venu de Robur,
était un robot. Les plus étranges étaient à peine matériali-
sés par des taches de lumière, des brumes ou des fils
enchevêtrés. Et il s'agissait là des êtres pensants et civilisés
ayant en commun la même tranquillité, la même attention
pacifique.

Cependant, Marie-chen, assise à côté d'une sorte d'être-
criquet et Alain, ayant à sa droite une pieuvre aux
tentacules terminés par d'étranges pavillons auditifs, ne se
sentaient pas très à leur aise. Peuple hétéroclite, cirque
baroque, ces représentants des innombrables races anima-
les et végétales, des entités gazeuses, des êtres électroni-
ques étaient vêtus pour la plupart, ceux qui possédaient
un corps, de vêtements de gala ou de cérémonie. Non
seulement les tissus avaient contribué à la confection de

ces parures, mais aussi les matériaux les plus divers, du bois au métal, de matières synthétiques à des produits naturels. Certains étaient revêtus de plumes ou d'écorce comme des arbres. Des invertébrés se logeaient dans des carapaces semblables à celles des bernard-l'ermite. Les représentants des peuples frileux couverts de fourrure auprès de personnes en gaze ne cessant de s'éventer donnaient encore une idée de la diversité universelle.

La vision d'un seul de ces êtres, ailleurs qu'en ce lieu, aurait effrayé les enfants. Ou peut-être les enfants eux-mêmes présentaient-ils un aspect d'effroi pour d'autres. Mais dans cette multitude, Alain et Marie-chen s'habituaient, se sentaient peu à peu en confiance, tout aussi bien que dans un jardin où voisinent les plantes les plus diverses. Cette réunion était traversée par des ondes d'intelligence et de sympathie. La première surprise passée, Alain, bien qu'intimidé, se surprit à sourire aux personnes dont les yeux ou ce qui en tenait lieu croisaient son regard. Marie-chen, un peu confuse de ne pas porter sa plus belle robe, regardait les multiples parures, toutes ces redingotes et ces jaquettes, ces fracs et ces habits, le double bicorne d'un être à deux têtes, et ces lévites, et ces simarres, ces robes de chambre, ces justaucorps à plusieurs ouvertures quand les membres étaient nombreux. La plupart des coupes étaient simples et seyantes, faites pour le bien-être du corps, ce qui n'empêchait pas la présence des fanfreluches et des falbalas, des brandebourgs et des aiguillettes, des passepoils et des fronces.

Le Grand Ventriloque informa les enfants qu'il s'agissait d'une assemblée ordinaire se réunissant tous les trois cents soleils doubles. Il montra avec respect la loge ou se tenaient les Trois-fois-Neuf élus du peuple-fruit. On traiterait des besoins alimentaires éventuels, des échanges de matières premières, de la navigation intersidérale, des fermes de l'espace créées en commun, de l'échange des informations scientifiques et artistiques.

Quand la séance s'ouvrit, après un concert de flûtes, les enfants prirent les écouteurs. Pour dire vrai, ils ne comprenaient pas grand-chose au langage qui leur était destiné, une sorte d'espéranto dans lequel plusieurs langues de la Terre se mêlaient. De plus, ce langage était ponctué de sons inconnus, d'éclats musicaux, de souffles, d'énoncés de chiffres et de lettres. Le Grand Ventriloque dut leur apprendre qu'il s'agissait alors de hautes mathématiques poussées à un niveau encore inconnu sur la Terre et qui dépassaient souvent les connaissances des hommes-fruits.

— Sur Terre, demanda Alain, nous sommes bien en retard ?

— Vous êtes en avance sur beaucoup de planètes qui ne sont pas non plus représentées ici. Vous êtes à mi-chemin et avec les conseils et les échanges vous rattraperiez vite votre retard sur les meilleurs. Votre Terre est très jeune dans le temps. Voyez-vous, le moment n'est pas encore venu, le fruit doit mûrir, parce que... enfin, un jour... ce n'est pas seulement une question de savoir... il y a les sciences de la paix peu développées...

L'embarras de l'homme-orange se dissimulait mal et Alain pensa qu'il craignait de les vexer. Marie-chen préférait regarder qu'écouter, mais Alain décida de fixer son attention et d'essayer de comprendre.

Il fut question de médecine, de physiologie, d'agronomie. Chaque orateur montait à la tribune, s'inclinait et les auditeurs répondaient en silence à ce salut tandis que le nom de la planète représentée apparaissait sur un panneau lumineux. Les contributions étaient courtes et contenues. Après chacune d'elles, les flûtes retentissaient et des jeunes gens chantaient des poèmes en diverses langues. On parla encore de théologie, de sciences aux noms composés qui en englobaient plusieurs autres comme la philosophie, les sciences politiques et morales, l'économie, etc.

Durant une pause, on distribua des consommations correspondant à des goûts et des besoins variés. Auprès du lait et des sirops, on voyait des herbes hachées, des préparations chimiques, et même du gaz et des carburants. Un être à la mâchoire puissante d'hippopotame croquait des pierres et buvait du sable. Un autre à la peau pierreuse avala délicatement une braise incandescente. Le robot reçut une rasade électrique. L'homme-pieuvre prit du plancton et le criquet mâcha un bouquet de paille. Comment ce monde de cauchemar pouvait-il être aussi rassurant?

*
* *

Le Grand Ventriloque leur apprit qu'ils assisteraient à une revue générale des planètes, ce qu'ils prirent comme un spectacle. D'une trappe ouverte sur la scène montaient de cinq minutes en cinq minutes des ballons immenses, de toutes formes, la plupart ronds ou annulaires, ressemblant à des globes terrestres avec des paysages, des mers, les lieux gazeux s'y détachant. C'était la représentation en relief des mondes habités. Pour chacune, des commentaires étaient faits et l'on entendit encore des noms du cosmos inconnus des enfants à l'exception de Pluton et d'un satellite de Saturne. Certains de ces mondes étaient entièrement composés de cités qui les cachaient entièrement, d'autres abritaient uniquement des savanes et des forêts, et il en existait, habités par des populations marines, que les mers recouvraient entièrement. Des planètes gazeuses s'élevaient comme des nuages mouvants dont les habitants étaient ces gaz eux-mêmes qui en formaient la matière.

Le temps ne passait pas tant ce spectacle prodigieux était prenant et intéressant. Puis une place fut donnée à des planètes n'appartenant pas à la confédération intersidérale, mais sur lesquelles on gardait quelque espoir, des supernovae, des nébuleuses, des protoétoiles même, des quasars, des étoiles-glaciers, des planètes-jungles, des planètes d'oxygène gelé, d'hydrogène, de magma bouillonnant.

Dans cet étonnant concert, une note frappa au cœur Alain et Marie-chen. Ce globe qu'ils voyaient monter lentement, ils le reconnurent bien : c'était la planète verte, c'était la Terre. La Terre ! Ils sentirent des larmes leur venir aux yeux. C'était bien elle, avec ses continents et ses mers. La Terre ! La Terre que les hommes croyaient vieille et dont on parlait comme d'une très jeune planète. Alain ressentit une sorte d'élan patriotique de citoyen du monde. Comme lui, Marie-chen sentit les larmes lui venir aux yeux.

La Terre. A la surprise des enfants, le savant qui en parla était un presque humain. Il dit qu'il habitait la planète Ceti et parla de sa lointaine voisine avec une sorte d'affection condescendante. Oui, on l'aurait pris pour un homme de petite taille s'il n'avait eu un troisième œil sur son front et des mains à quatre doigts seulement. Il dit que l'on pourrait compter sur la présence d'un délégué de la Terre dans quelques siècles seulement, que la technique évoluait lentement, mais que les hommes et les peuples subissaient des maladies primitives. Ainsi, une langue universelle n'était pas encore trouvée, ce qui souleva un murmure d'incompréhension. Des espoirs pourtant : des cosmonautes avaient pu faire un saut de puce sur la Lune, et pour y planter des drapeaux !

Et une nouvelle : ces Terriens connaissaient maintenant le secret de la fission nucléaire. Hélas ! la première utilisation qui en avait été faite, et sur le conseil d'un grand savant, un des rares qui auraient pu assister à la réunion, la première utilisation avait été destructrice et des milliers d'hommes étaient morts. Un frisson horrifié parcourut l'assistance. Alors le savant de Ceti leva la main en signe d'apaisement et donna une autre information en langage clair qui pouvait à peu près se traduire ainsi :

— Un fait nouveau et de bonne volonté : deux fusées voyageuses ont été lancées de la Terre. Elles portent un message de paix que nous avons capté avant même leur envol. Des paroles, de la musique, un échantillonnage de bruits et d'images pacifiques, des saluts en toutes langues terriennes, tout cela dissimulant bien les aspects noirs de la planète comme il se doit. Nous y répondrons un jour quand la Terre sera pacifiée et unie. Il est vrai **que** ce message de paix est vraiment sincère. Hélas ! il vient de peuples en guerre le plus souvent ou s'apprêtant à lutter pour des intérêts mesquins...

Le Grand Ventriloque, le visage rouge brique, se tortillait sur son siège et n'osait regarder les enfants. Il n'avait pas supposé qu'on parlerait de leur planète. Personne ne semblait se douter que se trouvaient là deux petits Français tant l'apparence physique semblait peu importer.

— Voilà, ajouta le savant de Ceti en désignant la Terre, pourquoi nous ne pouvons pas répondre.

Alors, des taches rouges apparurent un peu partout sur le globe, des taches de sang qui semblait ruisseler dans la lumière. Il en était partout sur la planète verte devenue rouge : en toutes nations où l'on combattait, de l'Europe à l'Asie, de l'Asie à l'Afrique, et là où l'on ne voyait pas les flaques sinistres, des milliers de petits points écarlates apparaissaient, une effroyable rougeole qui cachait les autres couleurs. La Terre, la Terre blessée, poignardée, suant la mort.

Alain et Marie-chen éclatèrent en sanglots. Ils pensaient à tout le bon de la Terre, et les images immédiates de leur entourage surgissaient : les parents d'Alain penchés sur des cartes, le santonnier et ses santons, Magali et ses fleurs... Ils avaient envie de se lever et de crier : « Il n'y a pas que cela, il n'y a pas que cela... »

— Il n'y a pas que cela !

Comme un écho, une voix leur répondait. Tandis que le sang s'effaçait du globe terrestre, le savant de Ceti reprit :

— Il n'y a pas que cela. Si nous ne rejetons pas cette planète comme nous l'avons fait pour de plus cruelles encore, c'est qu'il y existe des trésors d'amour, même si l'on se bat pour les imposer, des appels à l'espérance clamés dans le désordre, des masses énergétiques de volonté de paix éparses sur les continents, des messages qui courent à travers les générations, un désir de justice au cœur même de l'injustifiable. Au désespoir des êtres humains, nous devons répondre par une attente confiante et vigilante...

A ce moment-là, l'homme-pieuvre leva un de ses tentacules pour demander la parole. Il proposa d'apporter aux gens de la Terre une aide au besoin secrète, un messager par exemple qui prendrait la forme humaine.

— Hélas ! reprit le savant de Ceti, dans le passé, nos ancêtres l'ont déjà fait et ce fut une erreur. Souvenons-nous de Christ de Vénus qu'on crucifia, de Kilt de Ceti qu'on affubla d'un masque de fer pour cacher son troisième œil et qui vécut dans les cachots d'une île Lérins pour mourir dans une prison Bastille, d'Arkache de Nautus qui fut agressé mentalement et dont le nom terrien de Gaspard Hauser fut synonyme de folie, de Généris de la planète Antor, d'autres encore. Aucun ne résista à ce monde. Non, nous ne renouvellerons pas cette erreur.

— Les Terriens ont changé depuis, insista l'homme-pieuvre.

— Frère de Titan 27, votre offre est généreuse et digne d'une planète aux mille tentacules tendus, mais elle est contraire à toutes les lois de l'évolution. Je suis obligé de vous rappeler qu'il est inscrit dans la charte galactique, paragraphe 64 : « *Chaque peuple ne peut atteindre la vérité que par ses propres recherches. Toute intervention extérieure serait vouée à l'échec, ne ferait qu'ajouter à la confusion, amplifierait le mal et mettrait en péril la paix universelle.* » Non, il faut attendre et espérer...

Au globe terrestre succédèrent d'autres représentations qui appelèrent des commentaires d'orateurs divers. Les enfants n'écoutaient plus. Ils n'entendaient que leur peine et se sentaient prématurément vieillis et mûris.

Le Grand Ventriloque leur prit la main. Lui aussi avait une petite larme orange au coin de l'œil.

— Si nous allions nous promener ? dit-il avec un timide effort.

Et ils sortirent en silence pour marcher longtemps, longtemps sur la plage.

Ce fut un cirque où des rhinocéros, une boule attachée à leur corne, jouaient au bilboquet, où des cerfs aux bois servant de perchoir aux oiseaux évoluaient gracieusement, où des sangliers sautaient à travers des cerceaux tenus par des chimpanzés. Des gymnastes-fruits rebondissaient comme des balles dans une suite étourdissante de cabrioles. Les numéros apparaissaient sans suite et sans ordre, selon l'inspiration des hommes ou des animaux, et parfois des spectateurs s'y mêlaient, chantaient ou dansaient. Le Grand Ventriloque invita les enfants à participer à une sorte de farandole ou de cortège où, peu à peu, leur peine se dissipa.

Plus tard, alors qu'ils prenaient un repas devant une table commune chargée des plats les plus exquis de la planète et de sirops dits « de bonheur durable », le Grand Ventriloque demanda :

— Quelle est la durée de la vie d'une personne sur la Terre ?

— Je ne sais pas, dit Alain. Certains vivent jusqu'à cent ans et plus, mais c'est rare. Je sais qu'on vit plus longtemps qu'autrefois, jusqu'à des soixante, soixante-dix, quatre-vingts ans et plus, si tout va bien...

— Extraordinaire ! s'exclama le Grand Ventriloque. Une année de chez vous équivaut à combien de soleils doubles ? Laissez-moi calculer. Ici notre vie dure une trentaine d'années, notre première vie veux-je dire, car après il y a la vie éternelle auprès du Pommier Innombrable. Vous êtes très jeunes alors ?

— Nous sommes des enfants, dit Marie-chen.

— Quel bonheur ! dit l'homme-orange tout réjoui. Une première vie si longue devant vous ! Que de choses vous pouvez faire !

— Oui, reconnut Alain, je n'y avais pas pensé.

— C'est chouette ! ajouta Marie-chen.

Le Grand Ventriloque leur expliqua qu'il était dans son grand âge : dix-sept ans, ce qui est presque aussi antique

qu'un chat du même âge. Il en rit beaucoup. Puis il amena
les enfants à raconter leur vie en Provence. Ils évoquèrent
leurs amis. Les combats oratoires d'Outre-à-Huile et de
Quinze-Côtelettes provoquèrent des Ha! Ha! Ha! joyeux.
Et quand Marie-chen expliqua que l'Escrivain mettait de
la poudre de tabac dans ses narines, l'hilarité de l'homme-
orange redoubla. Et puis, il s'attendrit à l'évocation des
santons autour de la crèche de ce Christ venu sans que les
humains s'en soient douté de la planète Vénus. Il
s'intéressa à la vie de la ferme, aux voyages humanitaires
des parents d'Alain, aux animaux familiers. Ainsi les
enfants parlèrent longtemps à son ravissement.

— Cela fait partie du Grand Bien, dit-il. Je crois que
j'aimerais vivre sur votre Terre malgré tout ce qu'on en
dit.

— Nous ne connaissons pas encore beaucoup de
choses, avoua Alain. Et une vie ne suffit même pas à
connaître tous les lieux du monde.

— Quel programme! Ha! Ha! Ha! quel programme.
Il en est de même ici. Pas une minute à perdre. Toujours
du nouveau. Et puis, quand on cherche une distraction
nouvelle, il y a le Pavillon des Délices Imaginaires.

— C'est quoi?

— Cela vous intéresse? Eh bien, j'en connais un tout
proche qui est à louer. Cela vous fera une résidence
personnelle. Seulement, il va falloir écrire de longs billets-
poèmes, car la vie au bord de la mer est hors de prix!

Devant une écritoire publique, ils s'attelèrent à cette
tâche poétique, et bientôt une bonne douzaine de feuillets
furent prêts. Le Grand Ventriloque s'épongea le front.
Quel travail! Et la logeuse, une dame-citron vert fut
pleine de contentement, elle se frotta les mains : elle avait
bien gagné sa journée.

Dominant la plage, parmi les pins parasols, c'était une
villa de plain-pied composée d'une pièce spacieuse et
d'une salle de toilette. Il y avait aussi un cabinet sans
porte, plongé dans l'obscurité de sa lumière noire. Le
Grand Ventriloque désigna une porte coulissante :

— Voilà le placard à goûter. Vous aurez tout ce qu'il vous faut sans peine : c'est inclus dans le prix de la location. Car je dois vous annoncer une nouvelle : je dois vous laisser.

— Oh! nous ne voulons pas, dit Marie-chen.

— Que ferions-nous tout seuls? ajouta Alain.

— Je reviendrai, je vous le promets, je reviendrai bientôt.

— Monsieur le Grand Ventriloque, demanda Alain solennellement, j'ai une question à vous poser. Vous voyez ces trois pommes de pin. Elles viennent du pays du santonnier. Je vous les offre...

— C'est un cadeau? Oh! merci. Rien au monde ne pouvait me causer un plus grand plaisir.

— Et nous aussi, dit Alain, nous venons de chez le santonnier. Et nous sommes ici. Et nous ne savons par quel miracle. Et...

— Et vous voudriez bien le savoir?

— Oui, dit Marie-chen.

— Je suis un vieux monsieur de dix-sept ans. Me permettez-vous de vous donner, heu... pas un conseil, mais une indication?

— Je vous en prie, dit Alain.

— Eh bien! Je n'en sais rien moi-même. Je passais par le jardin des oiseaux-cerises et je vous ai vus. Et nous sommes devenus des amis, de grands amis parce que j'aime la pureté de vos yeux. Pour le reste, notre science nous a appris une vérité fondamentale : il est des choses qui sont et seront toujours inexplicables. Sans elles, nous n'existerions pas. Nous avons tant de savoir, trop de savoir. Pourquoi ne pas bercer et aimer ce que nous ignorons, notre part vitale d'incompréhension? C'est toute une philosophie.

— Ah bon! dit Alain déçu.

— Mais c'est aussi une loi pleine d'énergie de toujours chercher à percer les mystères. Je vais donc vous quitter. Dans quelque temps, j'aurai la joie d'approcher à jamais le Pommier Innombrable. Dans l'immédiat, je retourne au

congrès intersidéral. Oui, vos paroles m'ont donné l'idée
d'une communication urgente à faire. Sans que vous vous
en doutiez. Ha! Ha! Ha! je ne vous dirai rien et vous ne
saurez sans doute jamais rien, mais je vous en prie : aimez
de tout votre cœur ce que vous ne saurez jamais!

Les enfants méditèrent sur tout cela qui devait relever
d'une philosophie particulière et que, tout en percevant
son intérêt, ils ne comprenaient pas bien.

— Cette pièce éclairée en noir, c'est quoi? demanda
Marie-chen.

— C'est vrai! Où ai-je la tête? Mais c'est le P.D.I. tout
simplement. Le Pavillon des Délices Imaginaires dont je
vous ai parlé. Ou encore la Chambre des Scènes Désirées
et Inattendues. Voilà : nous avons tous dans la pensée des
graines qui ne germent jamais. Le Pavillon les aide à
mûrir. Vous entrez, vous attendez et vous verrez ce qui
arrivera. Ha! Ha! Ha! c'est fort réjouissant et l'on
n'oublie jamais. Je vous préviens cependant : on ne reçoit
chaque jour que deux ou trois scènes, parfois quatre, et
l'on se déplace... Ha! Ha! Ha! que c'est gai, que c'est gai!
Je vous laisse, mes chers amis, je vais faire du bon travail.
Ah! mes amis, Ha! Ha! Ha!

— Au revoir, monsieur le Grand Ventriloque, à
bientôt!

— A bientôt, mes chers amis, ici, là ou ailleurs. A
bientôt. Ha! Ha! Ha! le P.D.I., le P.D.I.

En l'écoutant, Alain eut l'impression que son rire était
teinté d'un arrière-fond mélancolique. Mais avec un si
charmant, joyeux et curieux personnage, pouvait-on
savoir?

Seize

« IL est là, il est là, notre gonfleur d'édredons ! »
Encore une manière, pour Siffrein le santonnier de
nommer le soleil. En ce mois de septembre allant
vers son déclin, le mercure montait dans le thermomètre
pour un regain d'été.

— Dis, ma Magali, sais-tu où sont les enfants ? Chez
l'Escrivain qui leur tourneboule la cervelle avec ses
contes ?

— Non, dit Magali qui revenait de la messe, un
chapeau plat recouvert de cerises sur la tête, ils sont à la
cabane aux outils. Je les ai vus filer comme des flèches.

— Ils doivent jouer aux Peaux-Rouges, répondit Siffrein. Tiens, c'est une idée, ça : si je faisais un Peau-Rouge
pour notre crèche à nous ?

Cependant, Alain et Marie-chen étaient plus loin que
ne le croyait le bon santonnier. Au pays des hommes-
fruits, dans la villa achetée avec les billets-poèmes, ils
sautaient joyeusement sur les divans et les coussins.

— Quelle journée ! dit Alain. Pauvre Terre ! qu'est-ce
qu'elle a pris ! Je suis sûr que le Grand Ventriloque n'est
pas de leur avis. En attendant, nous voilà chez nous.

— Comme de jeunes mariés, dit Marie-chen.

— Eh oui, ma chère, les soucis commencent. Si on
jouait à la dînette ?

— Pas faim ! dit Marie-chen. Si on essayait la chambre toute noire ?

— Si tu veux, Marie-chen, on se donnera la main.

Ils pénétrèrent et sortirent à plusieurs reprises, car il ne se passait rien. Puis Alain décida qu'il fallait attendre plus longtemps. Ils entrèrent de nouveau dans le bain noir et eurent la surprise de s'apercevoir qu'ils pouvaient marcher, parcourir plusieurs mètres, comme si le mur reculait ou comme si un tapis roulant se déroulait à contresens sous leurs pieds, et, sans heurts, le plus naturellement du monde, ils se retrouvèrent dans un autre lieu, un autre temps.

Ils marchaient sur le marbre décoré d'une immense salle au plafond peint parmi des meubles anciens qui luisaient. Des tapisseries aux tons verdâtres décoraient les murs, ainsi que des tableaux représentant des personnages historiques comme dans une galerie d'ancêtres. Au plafond étaient suspendus deux immenses lustres vénitiens. A n'en point douter, ils se trouvaient dans un palais. Par les fenêtres, on voyait un jardin bien ordonné où se promenaient des personnages d'autrefois en habits de cour. Ils virent encore une chaise à porteurs et un carrosse doré.

— Je reconnais, s'exclama Alain. Nous sommes au Louvre. Mon père m'y a conduit l'an dernier. Au Louvre, mais quand ?

Derrière une porte, on entendait des bruits : ceux des jeux d'un enfant. Alors, ils regardèrent par l'entrebâillement. En effet, un garçonnet, une canne à la main, mimait les gestes de l'escrime ou se promenait, fier comme un paon, en prenant des airs avantageux.

— Qui c'est ? demanda Marie-chen.

— Je ne sais pas. Attention ! quelqu'un vient. Cachons-nous derrière le rideau.

Aucun doute : ce personnage qui venait d'entrer dans la grande pièce était un mousquetaire. Un personnage vêtu de noir le rejoignit et ils échangèrent des révérences en balayant le sol de leurs chapeaux emplumés. Les enfants entendirent alors le début d'une conversation :

— Corbleu ! Monsieur Laporte, toujours heureux de vous voir. Par le sang du Christ, les visages honnêtes se font rares de nos jours.

— Monsieur d'Artagnan, je vous rends grâces et je suis votre serviteur.

— Moi le vôtre, monsieur Laporte.

La conversation se poursuivit à voix plus basse, mais quand d'Artagnan et Laporte se rapprochèrent du rideau, les enfants entendirent le mousquetaire qui demandait :

— Ce faquin de Mazarin n'est pas dans les parages ? Cornes du diable, il doit être au jeu. A ce propos, connaissez-vous l'épigramme qui court les salons et les rues ?

— Chut ! Chut ! dit Laporte. Le jeune roi pourrait nous entendre. Le signor Mazarin est en conférence avec le maréchal du Plessis-Praslin et Villeroy pour parler de l'éducation de Sa Majesté. Il trouve la reine trop indulgente...

— Mordiou ! Cornes du diable ! jeta d'Artagnan avec son accent gascon. Ecoutez quand même cela :

> *Gouverne les rois peints, dispose d'importance*
> *De la reine de pique, trèfle, cœur ou carreau,*
> *Mais n'en fais pas ainsi de la reine de France.*

— Excellent, monsieur d'Artagnan, et l'on ne connaîtra jamais l'auteur. Et connaissez-vous cette chanson ?

> *Mazarin, plie ton paquet,*
> *Car notre reine est très sage,*
> *La galanterie lui déplaît ;*
> *Mazarin, plie ton paquet...*

— On la chantait hier à la halle, dit d'Artagnan. Par la mort-diable, toute la ville en murmure de ces mazarinades que pour ma part j'aime plus poivrées. Et comment va notre roi ?

— Il se porte à ravir. D'ailleurs, écoutez-le chanter. Ma parole, ce refrain est bien leste ! Eloignons-nous...

— Palsambleu ! Ventre-Saint-Gris ! Jarnicoton ! comme disait notre bon roi Henri, allons boire du vin gris et manger un pâté avec mes amis Athos, Porthos et Aramis qui m'attendent à l'auberge...

Lorsque les deux amis furent sortis, Alain et Marie-chen entendirent de nouveau l'enfant derrière la porte. Il marchait en frappant du pied, répandait le vacarme, imitant sans doute le mousquetaire, et l'on entendit sa petite voix qu'il essayait d'amplifier en la gasconnisant :

— Par la mort-diable ! Palsambleu ! Corbleu ! Cornes du diable ! Jarnicoton !

Tout le répertoire énergique du chevalier d'Artagnan y passait. Marie-chen et Alain virent l'enfant entrer dans la grande salle et continuer à se pavaner, la canne à la ceinture comme une épée, un poing sur la hanche et de l'autre main lissant une moustache imaginaire :

— Ventre Saint-Gris ! criait-il. A moi mes mousquetaires ! Tripes du pape ! Jarnidieu ! Sang du Christ !

A ce moment-là, une dame blonde toute frisottée, à la peau d'une blancheur rare, dans un frisson de jupes, se précipita pleine de colère vers l'enfant et le gronda d'une voix nasale marquée d'un accent espagnol :

— Louis, voilà encore que vous jurez. Je vous l'ai maintes fois interdit et je vous ai déjà tancé sur ce point. Vous n'écoutez rien et vous vous exprimez comme une harengère. Je vais devoir vous punir comme je l'ai déjà fait !

— Madame ma mère, dit Louis, vous semblez oublier que je suis le roi !

— Je vous ferai bien voir, dit Anne d'Autriche, que vous n'avez point de pouvoir et que j'en ai un. Il y a trop longtemps que vous n'avez pas été fouetté et je veux vous faire voir que l'on fesse à Paris comme à Amiens.

Cependant, Alain et Marie-chen, derrière l'épais rideau, chuchotaient :

— Ça alors ! le petit garçon, c'est Louis XIV. et la dame, c'est sa mère, Anne d'Autriche.

Le jeune monarque toisait la reine régente sans perdre un centimètre de sa taille. Il jeta :

— Par le diable, madame, je vous défie bien...

— Otez votre culotte, Louis, ôtez votre culotte !

Après un moment de silence menaçant, le petit roi céda devant l'ordre impérieux des yeux verts qui le fixaient. Il perdit de sa superbe et dit :

— Pas ici, madame, on pourrait nous voir.

La reine le prit par la main, le secoua et l'entraîna vers la chambre. Après quelques supplications, Alain et Marie-chen entendirent ce bruit connu d'une main vigoureuse s'abattant généreusement sur le petit cul tout nu du futur Roi-Soleil.

— Louis XIV a pris la fessée, Louis XIV a pris la fessée... répéta Marie-chen dans un éclat de rire.

Et la première scène du Pavillon des Délices Imaginaires s'arrêta là. Les enfants se retrouvèrent dans l'obscurité de la chambre noire.

***

Après la dînette, le jeu recommença. Cette fois, ils se trouvaient dans un train de nuit qui roulait dans la campagne française. Comme eux, un monsieur au visage sévère se promenait dans le couloir en pyjama. Il faillit les bousculer tant son regard était lointain.

— Pardon. Bonsoir les enfants, dit-il, où vous rendez-vous ainsi ?

— Heu... fit Marie-chen, notre cas est particulier...

— Nous allons au terminus, trancha Alain.

Ce monsieur qui présentait l'apparence d'un grand bourgeois paraissait déprimé. Il passait sa main sur son front où perlait une sueur froide et murmurait :

— Clemenceau. Il aurait bien voulu. La Chambre bleu horizon...

« Il doit vouloir parler de la chambre noire... » pensait Alain. Et le personnage continuait son monologue :

— Les fortunes de guerre, la haute finance, et l'emprunt, toujours l'emprunt, les réparations, compter sur les réparations, les affairistes...

Un brusque ralentissement du train le fit tituber et il se rattrapa de justesse à la barre d'appui. Marie-chen qui était tombée se releva en riant de sa maladresse.

— Le rire des enfants, dit le monsieur. Il y a le rire des enfants ! Les miens sont à Stanislas. Comment vous appelez-vous ?

— Elle, c'est Marie-chen, et moi, c'est Alain.

— Et je suis le président de la République !

Quel étrange propos ! Ce monsieur devait être bien fatigué. Pourquoi pas Napoléon ou Victor Hugo ? Mais qui sait ? Et s'il était vraiment le président de la République ?

— Monsieur le président, s'enhardit Alain, vous êtes quel président ?

— Mais... mais... le président Emile Deschanel, c'est évident. Qui voulez-vous...

Un silence intimidé suivit. Un employé des wagons-lits passa et demanda :

— Monsieur le président a-t-il besoin de quelque chose ?

— Non, rien, mon ami. Je prends seulement l'air dans le couloir.

Les enfants se regardèrent. Ce monsieur en pyjama à brandebourgs était bien le président. Et Marie-chen demanda :

— Quand on est le président de la République, on peut faire tout ce qu'on veut ?

— Non, bien loin de là. Je suis prisonnier de soucis, de problèmes que je ne peux résoudre, de l'étiquette... Ah ! si je pouvais rompre avec tout cela que j'ai tant désiré !

— Chiche ! dit Marie-chen.

— Chiche quoi ? dit le président de la République.

— Je ne sais pas, moi, dit Marie-chen, chiche que

n'importe quoi, que vous descendez du train qui s'arrête et que vous allez cueillir des fleurs dans la campagne.

— Et je vous les offrirais, c'est certain ! dit le président en souriant douloureusement. Mais vous savez : il ne faut jamais me dire chiche.

— Si, dit Alain, chiche !

Cela amusait beaucoup les enfants : ils savaient que le président de la République n'oserait jamais faire une chose pareille.

Or l'important personnage courut jusqu'au bout du couloir, ouvrit la porte et descendit sur la voie alors que déjà le train reprenait sa marche.

Plus tard, il devait se présenter à un garde-barrière éberlué et dire . « Je suis le président de la République ! » Sans le savoir, Alain et Marie-chen venaient de tourner une petite page de l'histoire de France.

***

Les lits des hommes-fruits étaient creux au centre, de manière à ce que les petits hommes ronds puissent loger leur corps rebondi. Alain et Marie-chen éprouvaient l'impression de dormir, la tête et les jambes en l'air, le corps dans le creux, sur une bouée de sauvetage. Au réveil, ils trouvèrent du lait chaud vanillé, des beignets au goût de fleur et des flocons d'avoine et de maïs. Avec les commodités de la douche lavante et séchante, ils furent bientôt prêts pour une promenade au bord de la mer qui leur fit le plus grand bien. Ils conversèrent avec le marchand de glaces et lui demandèrent s'il n'avait pas aperçu le Grand Ventriloque.

— Si fait, si fait, dit le glacier-pamplemousse. Ce matin, il a pris un avion-papillon pour un voyage urgent qu'il devait faire. Il paraissait tout réjoui.

Il fallait qu'il le fût doublement pour qu'on le mention-nât dans ce pays où les visages ne connaissaient que le sourire. Les enfants continuèrent leur promenade. Ils ne se souciaient pas de l'écoulement du temps : il pouvait se succéder plusieurs soleils doubles tandis qu'une seule portion de la même nuit s'étendait sur la Terre.

Ils observèrent le travail des maraîchers de la mer qui apportaient sur de grands chaluts le produit de leurs cultures sous-marines. Ces légumes étaient surtout feuillus, évoquant diverses salades comme le cresson, la mâche, la romaine ou la barbe-de-capucin, mais on voyait aussi des tubercules rappelant le topinambour ou la patate, et des légumes-fruits pareils aux courges, potirons et concombres. D'autres, visiblement, devaient être égrenés comme des pois. Les maraîchers produisaient des quantités énormes, plus qu'il n'en fallait pour nourrir la planète.

Revenus à la villa, se sentant seuls sans leur ami, ils se sentirent désœuvrés, bien qu'ils eussent la même pensée que Marie-chen exprima la première :

— Le Pavillon des Délices... Imaginaires ?

— Je veux bien, dit Alain, mais ça fait toujours un peu peur. Je me demande qui nous allons rencontrer, et où et quand ?

Secrètement, Alain admirait la faculté d'adaptation de son amie. Ils pénétrèrent donc dans la chambre magique où ils marchèrent quelques minutes pour se trouver dans un couloir d'immeuble qui débouchait sur une place bien connue d'Alain puisque ses parents habitaient tout près : la place des Vosges.

C'était un petit matin d'automne comme en témoignaient le doré des arbres et le silence du lieu. Les promeneurs étaient rares. Ils virent seulement un monsieur âgé, portant moustache, barbe et cheveux blancs. Vêtu d'une redingote grise à col de velours noir ouverte sur un long gilet, il battait le pavé d'une canne à pommeau d'argent. Son front était singulièrement haut et son nez fort. Quant à son regard, il semblait voir au-delà des choses immédiates. Une épaisse cravate noire retenue par une perle lui donnait un air artiste.

— J'ai l'impression que je le connais, dit Alain. Oui, je

l'ai déjà vu quelque part, sans doute sur une photographie, car il est habillé comme au XIXᵉ siècle.

— Tu crois? demanda Marie-chen.

— Si, regarde : un fiacre. Mais ce monsieur, oui je le connais. Laisse-moi réfléchir...

Le personnage ne s'aperçut de leur présence que lorsqu'il fut en face d'eux. Son regard s'adoucit et il se pencha pour donner un baiser sur le front de Marie-chen et toucher l'épaule d'Alain. Il dit :

— Si tôt levés, mes enfants, c'est bien cela. Vous me reconnaissez, jeune homme?

A la surprise de Marie-chen, Alain répondit :

— Oui, je vous reconnais. Vous êtes monsieur Victor Hugo.

— Se lever tôt, c'est une promesse d'avenir. Moi, je n'ai guère dormi. Cette nuit, j'ai écrit cent cinquante alexandrins, j'ai corrigé deux livres anciens, j'ai consigné des choses vues et j'ai fait le plan d'un poème...

— Vous avez beaucoup écrit, monsieur Victor Hugo, dit Alain. J'ai lu *Les Misérables* et je connais un de vos poèmes par cœur.

— Bien cela, bien. Tu me le réciteras. Il se trouve que maintenant, je suis pressé. J'ai fait tourner une table et j'ai un rendez-vous extraordinaire avec de vieux, oui de très vieux amis. Et si vous m'accompagniez? C'est assez loin...

— Très volontiers, monsieur Victor Hugo, dit Alain.

Victor Hugo glissa sa canne sous son bras et prit les enfants par la main. Ils allèrent ainsi dans le matin de la capitale où des ouvriers et des ouvrières se rendaient à leur travail. Le poète parla de ses petits-enfants, d'une fillette qui l'appelait « papapa ». Des personnes le saluaient respectueusement et il s'inclinait légèrement. Il s'arrêta pour converser avec deux amis, et il dit :

— C'est Gambetta et Louis Blanc.

Ils approchaient des Halles, un endroit que Victor Hugo connaissait bien. Dans la sinuosité des rues où des cageots de légumes s'empilaient, où des gens couraient en tous sens avec des charrettes, il s'arrêta devant une vieille maison à colombage, dans un renfoncement peu visible, et qui datait du Moyen Âge. Là, il frappa du pommeau de sa canne et une servante vint ouvrir. Ils se trouvaient dans une vaste salle d'auberge où quelques personnages étaient réunis, les yeux tournés vers la porte. Devant eux, sur une longue table de chêne, des victuailles s'entassaient et une dame emplissait des gobelets d'étain. Ils jetèrent des exclamations de bienvenue :

— Bonjour, Victor, ce sont vos petits-enfants ?

— Ils pourraient l'être. Salut à vous tous. A toi, François. A toi, Clément. A toi, Mathurin. A toi, ma Louise, à toi, mon Guillaume...

A chaque salut, les personnes levaient leur timbale. Ils leur firent place, désignèrent les plats, les terrines et les pichets et emplirent trois gobelets. On se serait cru dans les coulisses d'un théâtre où se jouerait quelque drame historique, tant les vêtements étaient différents et hétéroclites, de même que les coiffures et les façons de se tenir. Si la veste de tweed anglais de Guillaume se rapprochait de celle de Victor Hugo, rien de commun entre le pourpoint de Mathurin, la robe d'un des François et la sorte de soutane de l'autre, l'habit brodé de Clément et la robe largement décolletée de Louise.

— Ecoutez, dit Guillaume, un grand diable fortement charpenté et à l'œil noir comme ses cheveux, écoutez, si vous voulez bien, *on n'en parle pas !*

— On n'en parle pas et on boit, dit Mathurin.

— On boit et on mange, corrigea le François en soutane.

Victor Hugo se pencha sur Alain intrigué et lui nomma les trois personnages qui venaient de parler :

— Le Guillaume, c'est Apollinaire. Le Mathurin, c'est Régnier. Le François, c'est Rabelais.

Alain connaissait ces noms. Il pensa : « Si l'Escrivain était là, il serait heureux ! » et il se souvint que leur ami avait un jour évoqué ce grand rêve impossible. S'il savait ! D'autant que Victor Hugo lui glissait d'autres noms dans l'oreille. L'autre François, le plus taciturne (comme si le poids des ans et de sa propre vie lui pesait), l'aîné de tous bien qu'il fût vêtu en escholier, c'était Villon. Et Clément : Marot. Et Louise : Labé. Pour l'heure, ces poètes de toutes époques faisaient joyeuse bombance, rendant hommage aux richesses naturelles et aux biens de ce monde.

Et d'autres poètes entraient. On les acclamait, on leur jetait des bribes de leurs poèmes célèbres, on leur faisait place. Et Victor Hugo, en bon mentor, ajoutait pour les enfants les noms aux prénoms dont on les saluait. C'est ainsi qu'on accueillit André, Pierre, Marceline, Maurice, Agrippa, Joachim, deux Théophile, deux Jean... et c'étaient Chénier, Ronsard, Desbordes-Valmore, Scève, d'Aubigné, du Bellay, Viau et Gautier, La Fontaine et Racine...

La salle se remplissait. Les nouveaux arrivants, dans la fumée des pipes et les fumets des plats, s'installaient à d'autres tables ou à celles d'une basse loggia. Des servantes apportaient brocs de vin sur brocs de vin, des tripes, du pot-au-feu, des ragoûts mijotés, des fromages et des tartes qui rejoignaient de nobles jambons et de fins saucissons, toutes nourritures fortes.

Après avoir vidé son verre, Victor Hugo, le visage rouge, improvisa un discours :

— Poètes, dit-il, voici la loi mystérieuse : Aller au-delà. Allez au-delà, extravaguez, soit comme Homère, comme Ezéchiel, comme Pindare, comme Salomon, comme Archiloque, comme Horace, comme saint Paul, comme saint Jean, comme saint Jérôme, comme Tertullien, comme Pétrarque...

— Bravo, cria Joachim du Bellay, et Victor Hugo reprit :

— ... comme Alighieri, comme Ossian, comme Cervantès, comme Rabelais (ici présent), comme Shakespeare, comme Milton, comme Mathurin Régnier, comme Agrippa d'Aubigné (que je salue parmi nous), comme Molière, comme Voltaire. Extravaguez avec ces doctes, extravaguez avec ces justes, extravaguez avec ces sages !

— Et caetera, et caetera, ironisa un nouvel arrivant salué du nom d'Isidore Ducasse, moi je vous citerai les Grandes Têtes Molles, et ce sera un plus long répertoire.

Un François qui venait d'entrer (« Malherbe », chuchota Victor Hugo) haussa les épaules et il se produisit une brève querelle. Régnier lui fit un pied de nez tandis que Charles (Baudelaire) traitait Alfred (de Musset) de maître des gandins et que Pierre (Corneille) évitait de justesse une pichenette du furieux Agrippa (d'Aubigné). A un coin de table, un adolescent nommé Arthur menaçait de « pisser sous les grands héliotropes » si les sornettes continuaient. Ce fut une belle cacophonie d'apostrophes superbes et de rires qu'interrompirent de nouveaux arrivants. Le premier, Théodore (de Banville) embrassa Victor Hugo ; le second, Stéphane (Mallarmé) tapa sur l'épaule de Malherbe encore un peu grognon ; le troisième, Blaise (Cendrars) s'inclina devant Louise Labé ; puis Jules (Supervielle) se mit à la table qu'occupaient déjà La Fontaine, Racine et Valéry.

— Ah ! voilà André, Benjamin, Antonin, Philippe, Louis, Paul, Robert, René et les autres, énuméra Victor Hugo ; ce sont les surréalistes, les petits-enfants de mes bousingots d'Hernani. Ils se chamaillent et ne se quittent que pour mieux se retrouver. Vous allez voir qu'ils vont se placer près du gentil Nerval, de Lautréamont ou de Rimbaud.

— A boire, à boire, cria Rabelais, j'ai le gosier sec, à boire de toute urgence !

— Mon absinthe, et au sucre ! réclama Verlaine.

— Du nectar ! et nous le boirons dans des crânes ! jeta Théophile Gautier imitant Alexandre Dumas.

Alain et Marie-chen étaient éberlués. Quel tapage ! Quelle bruyante compagnie ! Des contemporains étaient là aussi, Yves, Alain, Charles, Denis, Jean et Jean-Claude, Paul, Pierre, Luc, Lise, qui se plaçaient où ils pouvaient, intimidés par tant de présences illustres et confirmées par le temps.

Dans le brouhaha, Guillaume Apollinaire reprit :

— *On n'en parle pas !* Mais elle est là, elle est présente !

— Elle est là, dit Malherbe la main sur son front.

— Elle est là, ajouta Lamartine en se frappant sur le cœur.

— Elle est là, affirma Rabelais en désignant son verre et son ventre.

— Elle est là, s'exclama Louise Labé une main sur son sein décolleté, ce qui lui valut une longue ovation.

A ce moment-là, Rimbaud se leva, renversa son gobelet, et jeta en avant un poing menaçant :

— Elle est là, au bout de ce poing !

— Et aussi aux frontières de l'illimité et de l'avenir, tonna Apollinaire.

Dans le silence, Victor Hugo se leva à son tour. Il désigna les enfants, se frappa le front, le cœur, les mains. Il leva les bras comme pour embrasser l'univers et jeta :

— Elle est ici, là et ailleurs. Elle est partout où l'homme sait dominer l'immensité et elle nous domine, elle régit la course des astres et la marche des hommes.

Au milieu des acclamations, on entendit la voix rocailleuse de Tristan Corbière :

— Elle est là, la belle garce, elle est là, mais qui, qui est-elle ?

— Oui, rugit le chœur, qui ? qui ?

Alors, l'immobilité s'unit au silence recueilli. Tous se levèrent d'un même mouvement, les yeux lumineux d'intelligence et d'enthousiasme, et l'on entendit la réponse, harmonieuse et unanime, comme si toutes les voix parlaient par une seule bouche :

— LA POÉSIE !

Puis, toutes les lampes s'éteignirent et les présences s'estompèrent... Alain et Marie-chen venaient de se retrouver loin de ces fêtes prodigieuses dans la chambre noire de la lointaine planète des hommes-fruits.

Dix-sept

CHEZ les hommes-fruits, le passage d'un soleil à un autre soleil se distinguait par un bref frémissement durant lequel les deux lumières se mêlaient. Pendant quelques minutes, Alain et Marie-chen se sentirent étreints par des liens d'angoisse qui les rendaient silencieux.

— Tu sais quoi? finit par dire Alain. Ici, il me manque la nuit.

— A moi aussi.

Il suffisait d'appuyer sur un point noir scellé dans le mur pour que la lumière noire de la chambre magique s'étendît à toute la villa, une nuit totale, artificielle, aux noirceurs trop égales, qui paraissait sans saveur. Ils décidèrent de se coucher sur les divans creux, la tête et les jambes en l'air, ce qu'ils firent après avoir bu du lait chaud à la vanille et s'être embrassés.

Cependant, sur Terre, dans la maison du santonnier, il faisait grand jour. Siffrein ne quittait presque jamais sa demeure et son jardin. Dès qu'il restait seul, il se promenait silencieusement, les mains nouées derrière le dos, les épaules basses, d'une pièce à l'autre comme pour vérifier que tout se trouvait bien en place. Son plaisir était de visiter la chambre des enfants, d'y ramasser quelque illustré, jouet ou livre, de redresser un oreiller, de s'arrêter à quelque trace particulière de la vie enfantine.

Il aimait aussi pousser indiscrètement la porte de la chambrette de Magali. On se serait cru dans la cellule d'une religieuse : murs passés au lait de chaux, lit de fer revêtu d'une couverture de fil blanc au patient crochet, et, auprès d'un placard, pour tous meubles, une chaise paillée, une malle de bois, une tablette, son broc, sa cuvette, son seau. Dans la demeure de Siffrein, si chaude d'objets, si présente des témoignages du temps, cette rigueur monacale surprenait. Puis, le regard de Siffrein s'arrêtait à un brin de buis bénit sur une croix faite de deux bambous d'Anduze, un bouquet d'immortelles dans un vase mural en forme de hotte. Il respirait un parfum de fleurs fanées, de sachets aromatiques, de draps séchés au soleil, et des senteurs peu perceptibles qui affirmaient une présence humaine et opposaient à l'intemporel un regain d'âme.

Poussant sa promenade, le santonnier s'arrêtait plus longuement à l'ancienne écurie dotée de baies vitrées où Magali remisait les plantes fragiles. Dans la terre noirâtre d'un croissant de lune bordé d'une retenue de pierres maçonnées, sur un fond de cannisses, poussaient des philodendrons, des ficus, des araucarias, des dieffenbachias et un maigre citronnier portant quatre petits citrons verts parmi ses épines. Sur des tréteaux s'alignaient des familles de cactées hérissées aux formes tourmentées ou bien d'une parfaite géométrie, géantes et naines, en boules, en cierges, en chandeliers, en rochers, plantes grasses peu gourmandes aux noms aussi bizarres que leurs savantes monstruosités, à ce point que même l'attentive Magali les ignorait.

Ou bien Siffrein observait les menus hôtes de la maison, les mouches variées, des grosses venues des vignes aux mouches domestiques et aux moucherons dont le vol s'amollissait à l'avancée de la saison, les araignées familières dont il restait toujours quelques toiles aux coins des poutres épaisses, quelque papillon de nuit déjà engourdi dans l'attente de sa mort, une guêpe en fin de carrière attardée sur un rideau de voile, et l'infinie variété des marchants et des volants.

Sa flânerie le conduisait sur la terrasse d'où il regardait à la jumelle au-delà du jardin, vers les pentes du mont Ventoux. Il devinait plus qu'il ne distinguait les essences d'arbres variant selon l'altitude : le pin d'Alep, puis le chêne vert, et, plus haut, le chêne blanc, l'érable, le cèdre, le hêtre, le pin à crochet jusqu'au sommet désertique couronné par un observatoire. Un mouvement le ramenait vers une carrière de gypse, des villages pierreux, des fourrés, des bosquets, et des murs bas de pierre sèche, des rideaux de cyprès délimitant les champs de vigne et d'oliviers. Plus loin, se dressaient les arêtes ouvragées des Dentelles de Montmirail si bien nommées, derrière la Lègue brûlée, découpant le ciel comme un papier. Sur ce fond atténué par les humeurs du soleil dansaient et chantaient les arbres et les arbustes d'un vert puissant, dernier éclat d'orgueil estival en attendant les ors de l'automne.

« Le bonheur pour moi se nomme campagne provençale ! » se disait Siffrein et il aimait fortement ces formes et ces couleurs, ces lieux concrets et ces paysages d'âme qui lui rappelaient des randonnées de jeunesse, des cueillettes de champignons, des arrêts dans les auberges villageoises pour jouer au loto familial du premier de l'an, et des bals, des processions, des fêtes votives, de géantes pétanques et des liesses partagées.

Il revenait toujours aux pierres solides de sa maison. En certaines parties basses, l'humidité les poudrait d'un salpêtre qu'aucun traitement ne pouvait éliminer. Il le caressait du plat de la main et regardait la neige blanche avec presque de l'amitié. A la cave, il laissait ses yeux s'habituer à l'obscurité, humait l'humidité, s'asseyait sur une caisse et restait longuement dans la contemplation des lourdes bouteilles anciennes où vieillissait le vin des bonnes années embouteillé avec précaution à la bonne lune. Il n'était nul besoin d'étiquettes : il se souvenait des dates et des crus, il savait les priorités de boisson et le goût particulier du fruit de chaque vignoble. Les pots de confiture, les réserves de truffes et de légumes empotés pour la mauvaise saison ajoutaient une impression de vieille vérité. Il s'attendrissait sur ces choses simples, sur ces traditions ménagères, et de nouveau il mesurait l'espace de sa demeure, s'incorporant aux pierres, la délimitant par une sorte de mimétisme défiant la fugacité du temps.

Lorsqu'il retrouvait son atelier, revigoré d'énergie, il s'étirait avec un long soupir, se grattait les joues, passait plusieurs fois sa main sur son visage comme pour s'assurer qu'il restait présent. Il pensait alors à des créations qu'il aurait pu ajouter à celles de la nature, se sentait la cellule vivante d'un plus grand ensemble que lui-même, il devenait une partie de l'univers et s'y coulait comme du miel dans une jatte. Tout en lui alors défiait la durée. Il sentait naître un intense désir de faire qui courait de son cerveau à la pointe de ses doigts dans un frémissement impatient. Il se voyait alors capable de créer des chefs-d'œuvre, puis il regardait les santons devenus pour un instant dérisoires, avec confusion, comme s'il venait de les trahir.

« Allons, Siffrein, ne rêve pas, grognait-il en lui-même. Tu es né avec ton lot de savoir-faire, ne vois pas plus loin que tes possibilités, ne tente pas le diable et l'orgueil. Tu as tes limites, ne tente pas de les franchir, mais remplis-les bien ! »

Puis l'artisan se remettait à son travail comme s'il édifiait chaque Jésus, chaque Vierge ou chaque Joseph pour la première fois. Peu à peu, toute son attention se concentrait sur le travail de ses doigts et les formes, les couleurs lui semblaient venir de tout son être intimement mêlé à la matière. Alors naissait un sourire de joie.

***

En fin de jour, alors que les ombres des arbres s'étendaient sur les massifs, le santonnier, par le fenestroun, vit

Magali, un panier de jardin semblable à une capeline retournée sous le bras, qui cueillait les figues de septembre après les fruits mous du groseillier remontant, tandis qu'une pie se régalait sans façon des boules orangées du piracanta. Pas de jour où la diligente jardinière ne passât en revue les plantes, donnant du fumier, redressant le pied de la réglisse toute en racines savoureuses, sectionnant au sécateur la branchette ou la rose fanée. Les moissons du fermier voisin lui avaient fourni des balles de paille dont, avec l'aide de Siffrein, elle protégerait du gel les pieds des plantes et de certains arbustes fragiles.

Le santonnier mit ses mains en porte-voix et fit : « Ho ! Magali... » et elle répondit de la même façon : « Ho ! Siffrein... »

— Les petits ? Savoir où ils sont ?

— Savoir. Chez l'Escrivain ou ailleurs. Les pas ne leur portent pas peine. A moins que...

Siffrein revenu à son atelier relut une lettre des parents d'Alain qui lui était personnellement adressée. Leur retour était imminent. Ils viendraient en automobile et l'on ne verrait plus le petit garçon blond avant la Noël. Le cœur de Siffrein se serrait et des ondes de mélancolie le traversaient, un vieux regret aussi d'être sans descendance, et le visage lointain de cette femme qu'il avait aimée et que le ciel lui avait reprise passait. Il était de ceux qui n'aiment qu'une fois. Puis, l'évocation de la petite Marie-chen le consolait. Vivrait-il assez longtemps pour la voir jeune fille ? Les parents d'Alain proposaient de la prendre quelques jours chez eux à la capitale. Une part de sa pensée répondait : « A quoi bon Paris ? Elle aura bien le temps de connaître la ville (qui lui semblait épouvantable et fascinante). Et les encombrements, le mauvais air... » Et l'autre part répondait : « Siffrein, mon garçon, ne serais-tu pas égoïste ? N'aurais-tu crainte de te retrouver seul avec Magali ? Et de vieillir plus vite ? Cette petite aime son ami. Là-haut, elle apprendra le monde. Quelques semaines, ce n'est pas si long. Ah ! l'hiver... »

« A moins que... » avait commencé Magali. Elle alla

jusqu'à la cabane aux outils dont elle poussa la porte, écarta les rideaux de sacs. Dans un rayon lumineux, elle vit les enfants côte à côte qui dormaient dans une position inattendue : quelle idée d'enfoncer son derrière dans le creux de vieux pneus de camion, avec la tête et les jambes en l'air !

La Siffreine sourit, ce qui était sa manière de rire à elle qui riait peu. Ils dormaient si bien, un air si confiant sur le visage, qu'elle leur donna un sursis et ne les réveilla pas. D'autant que le repas n'était pas prêt.

Elle marcha alors dans l'enchantement du jardin, prit le sentier à peine tracé de la garrigue, car il fallait bien penser aux plantes médicinales pour l'hiver : l'aigremoine couleur de soufre si bonne pour les entorses, le ményanthe fébrifuge, la bourrache qui purifie le sang, la stimulante sarriette, le fumeterre pour soulager le foie, et cent médecines qu'il est bon d'avoir chez soi, de faire sécher en odorants bouquets tout en priant saint Gens et le bon Dieu de ne pas avoir à s'en servir.

A l'éveil, non pas celui de la Terre, mais celui de l'étrange planète plane des hommes-fruits, les deux jeunes voyageurs, Alain et Marie-chen, trouvèrent les éléments de leur petit déjeuner dans le plateau habituel, derrière la porte coulissante. Auprès du lait chaud à la vanille, un papier était plié en losange, et ils crurent tout d'abord qu'il s'agissait d'une serviette. Par jeu, Marie-chen le déplia et s'aperçut qu'une fine écriture courait sur la feuille-paille. C'était un message du Grand Ventriloque. Alain le lut à haute voix :

« *Mes chers amis, me voici non plus Grand Ventriloque, ni Original Taxi, mais Conseiller aux Affaires Galactiques. Les Trois-fois-Neuf me chargent plus spécialement de réunir des données humano-mathématiques sur la situation des planètes en attente d'admission dans le concert général. La*

Terre, vous vous en doutez bien, entrera dans mes préoccupations constantes. J'en remercie vos Excellences, car vous en fûtes, sans le savoir, les meilleurs ambassadeurs.

« Vous êtes ainsi venus des contrées lointaines par un mode de locomotion plus véloce que le son, plus rapide que la lumière. Il pourrait se nommer dans votre langage " les ailes de l'imagination ". Ce fut au cours de ces semaines résumées dans vos mesures de temps en quelques heures seulement. Ce fut aussi le meilleur plaisir de ma longue vie.

« Ensemble, nous avons rêvé le monde et il s'est créé devant nous. Si nous nous revoyons un jour, ce ne sera pas ici, mais rassurez-vous : durant les deux soleils du temps de votre fin de séjour, vous ne connaîtrez aucune difficulté. Usez à plaisir du Pavillon des Délices Imaginaires. Reposez-vous sur la plage. N'hésitez pas à vous mêler aux jeux et aux fêtes : ils sont les portes de l'universel. Nous nous quittons et nous nous retrouverons. Les soirs d'été, dans votre pays provençal, lisez le ciel. Qui sait si vous n'y trouverez pas un signe de votre ami qui ne vous oubliera jamais.

Votre ami-fruit,
Conseiller aux Affaires Galactiques,
Ex-Grand Ventriloque. »

Durant la moitié du premier soleil, les enfants furent tristes. La présence sautillante de leur ami, l'homme-orange, leur manquait. Ils revoyaient naître son sourire, discret au début, puis s'étendant comme un soleil sur tout son visage rond. Et cet air de cérémonie qu'il ajoutait à toutes choses. Et cette politesse exquise. Et ces « Ha ! Ha ! Ha ! » retentissants au moment où on ne les attendait pas. Et cette façon de ne s'étonner qu'à contretemps, jugeant naturelles les choses les plus merveilleuses. Déjà Alain et Marie-chen se remémoraient les étapes de leur voyage, et tout se mêlait : la vie dans la maison du santonnier, les histoires de l'Escrivain, les randonnées merveilleuses. Une fois de plus, ils apparentaient leur bon conteur d'histoires à leur guide-orange, et pourtant, ils ne se ressemblaient guère, puisque le Grand Ventriloque ne disait que des choses essentielles alors que l'Escrivain se perdait parfois dans des circonvolutions de langage inutiles, voulant tout expliquer.

En attendant, malgré les agréments de la villa, sans l'homme-orange, le ciel des enfants tournait à la mélancolie, prenait des teintes de fin de vacances.

Marie-chen demanda à Alain (en l'appelant « Excellence ») de relire, de relire encore et encore, la lettre du Conseiller aux Affaires Galactiques, ex-Grand Ventriloque, s'arrêtant parfois à une phrase obscure comme « Ensemble nous avons rêvé le monde et il s'est créé devant nous » et demandant des explications qu'Alain ne savait pas donner. Cependant, ils s'aperçurent qu'après chaque lecture, l'écriture pâlissait, se lisait moins bien, obligeait à se placer dans la plus parfaite lumière du soleil premier pour pouvoir déchiffrer les mots. S'il avait été présent, l'homme-orange leur aurait décrit cette particularité : les mots écrits sur papier-paille s'effaçaient de lecture en lecture parce que le regard les usait. Par ce moyen, la même feuille pouvait servir indéfiniment.

Plutôt que de recourir aux artifices de la chambre noire magique, ils préférèrent sortir, marcher sur la plage de sucre fin, bavarder avec le glacier-pamplemousse, regarder les jeux, ou bien suivre un ruban de chemin en admirant les fleurs sauvages, souvent les mêmes que celles qu'affectionnait Magali et qu'elle cueillait à des fins mystérieuses. Ils virent encore un engin peu banal : en forme d'obus, il pénétrait dans la terre avec son contenu de voyageurs, creusant lui-même à une vitesse folle le couloir souterrain dans lequel il s'engageait et qui se refermait aussitôt derrière lui. Les enfants apprirent que ce véhicule rejoignait ainsi une cité souterraine où vivait une population d'êtres-pommes de terre aux nombreux petits yeux sensibles à la lumière et dont le chaleureux accueil était célèbre.

Ils rencontrèrent encore un éléphant à deux têtes (et deux trompes), l'une normale, l'autre placée à l'extrémité de son corps, ce qui lui permettait de marcher dans les deux sens sans avoir à se retourner. Sur une rivière bleue, des enfants chevauchaient un dauphin qui caracolait en riant avec eux. Alain et Marie-chen burent aussi le lait d'un arbre sauvage, plus petit que ceux de la ferme, et lui trouvèrent un goût de miel. Un arbre proche du micocoulier leur offrit ses larges feuilles qu'on dégustait comme des crêpes. Des enfants-oranges et citrons leur proposèrent une partie de croquet en tout point semblable au même jeu sur la Terre. Alain gagna sous les acclamations, comme si ses concurrents se réjouissaient d'avoir perdu.

Les merveilles étaient inépuisables et il fallait bien cela pour pallier une sorte d'ennui qui les gagnait. Vraiment, sans l'ex-Grand Ventriloque, les choses perdaient de leur sel, ou plutôt de leur sucre. Lorsque se leva le soleil second, ils revinrent à la villa où un repas de fête les attendait. Jamais les gâteaux n'avaient été aussi délicieux et il y avait une sorte de thé pétillant comme du champagne qui mettait en gaieté. Alain leva sa flûte et porta un toast à la santé du Grand Ventriloque et à sa réussite dans ses nouvelles fonctions. Il leur sembla que dans le lointain des « Ha! Ha! Ha! » joyeux retentissaient. Et soudain, aux abords de la chambre noire, apparut une représentation floue de leur ami vêtu de vert et coiffé d'un tricorne. Il envoya des baisers du bout de ses doigts et disparut.

⁂

Le lendemain, Alain proposa une partie de chambre noire à Marie-chen comme on invite à se rendre au cinéma. Il avait cette arrière-pensée : peut-être reverraient-ils le Grand Ventriloque? Or il s'agissait d'un rêve cette fois impossible.

Si l'homme-orange dans un éclat de rire leur avait dit l'inutilité pour les hommes-fruits de voyager dans leur propre histoire, le Pavillon des Délices Imaginaires n'hésitait pas à faire voyager les enfants dans celle de la Terre. Ils marchèrent lentement, côtoyant bientôt des scènes où des personnages, ceux des livres de l'histoire de France, apparaissaient et disparaissaient comme des marionnet-tes. Souvent, les enfants magiquement revêtus de costumes d'époque tenaient un rôle inattendu.

C'est ainsi qu'ils obtinrent la grâce royale pour les Bourgeois de Calais qui se présentaient en chemise, pieds nus et la corde au cou, touchants et ridicules. Si Vercingé-torix jeta son armure avec tant de fierté aux pieds de Jules César blême de rage, c'est parce que les enfants, cachés derrière un chêne, le regardaient.

Lorsque Christophe Colomb, à la proue de son navire, voyait se profiler une terre inconnue, Alain qui jouait le rôle du mousse lui annonça :

— C'est l'Amérique, capitaine !

— Quel nom bizarre, dit Christophe Colomb, comment le saurais-tu, marmot ?

— C'est que, hum ! c'est qu'Améric Vespuce y est venu avant vous.

Furieux, Christophe Colomb lui promit le fouet. Heureusement, sur un signe de Marie-chen, Alain s'éloigna et ils changèrent d'époque.

A n'en pas douter, ce général maigre que l'Empire rendrait gras, était Napoléon Bonaparte. Les mains derrière le dos, il marchait nerveusement de long en large et paraissait furieux. Il cria :

— Joséphine ! Joséphine !

— Quoi donc, mon ami ? demanda la belle créole. Vous vous mettez encore en colère. Quel matamore vous faites ! Qu'ai-je fait de mal, selon vous ? Aurait-on le front de vous refuser ce que vous désirez ?

— Pas d'ironie, ma chère, je vous en prie.

« Pas commode ce Bonaparte ! » chuchota Marie-chen. Le général jeta d'affreux jurons en corse et finit par dire :

— Il y a que j'ai perdu ma tabatière !

— Ce n'est que cela ! s'exclama Joséphine, la belle affaire ! et elle chanta de sa voix zézayante : « J'ai du bon tabac dans ma tabatière, j'ai du bon tabac, tu n'en auras pas... »

Les enfants s'éloignèrent dans le temps. Marie-chen riait beaucoup. Elle avoua :

— Sa tabatière, c'est moi qui l'ai cachée sous la commode, et Bonaparte ne l'est vraiment pas...

— Pas quoi ?

— Pas commode, évidemment.

— Oh ! fit Alain, c'est un jeu de mots.

Ils eurent beaucoup de mal à détacher les liens de Jeanne d'Arc pour la faire descendre de son bûcher. Ils profitèrent du moment où l'on y boutait le feu et le rideau de fumée leur permit ce sauvetage.

— Messire, dit Jeanne d'Arc, tandis qu'ils s'éloignaient de Rouen, messire et vous, gente demoiselle, je vous dois la vie et je ne l'oublierai jamais. Maintenant, je suis lasse de la guerre, je retourne à mes moutons.

— Et moi à mes veaux, grogna le général de Gaulle qui passait.

Alain se pencha sur Marie-chen :

— Si nous racontions cela, vois-tu, personne ne nous croirait.

— Mais nous ne le raconterons pas, dit Marie-chen.

Ils ne firent qu'entrevoir certains personnages qui paraissaient très occupés comme Honoré de Balzac qui versait de l'eau chaude dans une cafetière, Blaise Pascal poussant une brouette pleine de pensées, Denis Diderot enfilant sa robe de chambre, Clovis montant sur son bouclier, Benjamin Franklin jouant au cerf-volant, Diogène lavant son tonneau qui sentait le vin et la résine. Et c'était Michel-Ange taillant la barbe de pierre de son Moïse, Charles IX suivant le vol d'un faucon, M. de Buffon écrivant en habit de cour et en perruque poudrée. Amusant le roi Henri IV (pas cent soixante-quatre) ! Tête nue, il criait à ses soldats : « Ralliez-vous à mon panache blanc ! » Plus loin, les modèles qui posaient pour *le Radeau de la Méduse* qu'achevait de peindre Théodore Géricault, pendant la pause, mangeaient d'énormes sandwiches au saucisson.

— Nous arrivons toujours au bon moment, remarqua Alain.

Les enfants finissaient par s'habituer à ce musée Grévin animé. Certes, ils auraient pu donner de bons conseils ; dire à Napoléon Ier de ne pas entreprendre la campagne de Russie, conseiller à Hitler de faire plutôt de la peinture, mais si l'on pouvait donner d'amusants coups de pouce à l'histoire, il était impossible de changer le déroulement des événements.

Ils s'aperçurent aussi que les incessants voyages dans le temps provoquaient une lassitude physique comme lorsque l'on change brusquement de climat ou d'altitude.

— Si nous partions ? proposa Marie-chen.

— Attends un peu, je veux voir la fin du match.

Ils se trouvaient alors au Camp du drap d'or après un déjeuner inimaginable. Le roi Henry VIII, chez lui, avait coutume d'offrir des repas avec cent services différents : des pâtés de gibier en forme d'éléphant ou de sanglier, des terrines de pigeons et de perdrix sculptées en cygne et en paon, des desserts immenses comme des forteresses entourées de douves liquoreuses. Ce roi énorme n'aimait rien tant que la chasse et les tournois, les jeux et les fêtes, les festins et les mascarades. Ces amours étaient partagées par François Ier qui devait bien rendre la pareille avec plus de luxe encore. Toutes les richesses des provinces de France, tous les crus réputés, étaient sur les tables recouvertes de riches tissus et ornées d'argenterie admirable. Se provoquer à la lutte après de géantes ripailles était un bel exploit.

— Rappelez-vous, mon cousin, notre première rencontre qui fut aussi le jour de notre première lutte courtoise. Je vous fis, je crois, goûter la poussière.

— Vraiment, dit François Ier dans un grand rire. Ce sont là choses que j'ai tendance à oublier. Ainsi de certaine captivité en Espagne. Recommencerions-nous ce jour, mon cousin ?

— Pourquoi pas, beau cousin ?

Et les deux princes de la Renaissance quittèrent leurs

luxueux habits lourds comme des cuirasses tant ils étaient ornés. Il s'agissait d'une lutte courtoise sans doute prévue par le protocole puisque les deux hommes échangèrent une litanie interminable de politesses sans cesse plus exquises.

— Que le meilleur l'emporte ! dit un chevalier.

Alain l'entendit ajouter en aparté : « Ou celui qui a le moins bu... » Il faut dire qu'Alain et Marie-chen, habillés en pages, purent se glisser aisément au premier rang des spectateurs. Ils virent qu'Anglais et Français tenaient des paris. Enfin, les adversaires s'affrontèrent sur un tapis.

Longtemps le combat fut indécis. Les adversaires semblaient se ménager, chacun demandant à l'autre de l'excuser si sa prise avait réussi. Au début, ils titubaient de vin ; à la fin, ils tremblaient de fatigue. Mais c'étaient de rudes hommes. François Ier était plus grand, meilleur athlète, mais son adversaire, taillé en catcheur, lui opposait une masse inébranlable. Ils suaient, ils soufflaient, ils n'étaient pas beaux à voir, et Marie-chen prit un air dégoûté.

L'histoire ne l'a pas rapporté, mais ce fut une exclamation qui décida de la victoire du roi de France. Alors que Sa Majesté Henry VIII tenait fermement son adversaire, elle fut surprise par une voix enfantine (celle d'Alain) qui criait : « Allez les Verts ! » et François Ier profita d'un instant de distraction pour le clouer au sol d'une habile clef au bras. Ni l'un ni l'autre ne devaient comprendre le sens de ces trois mots inattendus.

Les enfants laissèrent Leurs Majestés s'éponger, se congratuler et boire de nouveau.

« Ouf ! » s'écrièrent-ils en sautant sur les coussins. « Ouf ! que de gens dans l'Histoire... »

*
* *

Après le repos, ils s'aperçurent que les noirceurs de la chambre du Pavillon des Délices Imaginaires s'étaient métamorphosées en plaquettes colorées qui, se déplaçant,

composaient des tableaux mouvants. Tandis qu'ils déjeu-
naient, ces lumières nouvelles les appelaient de leurs
clignotements comme des publicités lumineuses.

— C'est bizarre! constata Marie-chen, les lèvres hu-
mides de lait bleu.

— Tout est bizarre ici, rétorqua sentencieusement
Alain en sucrant méticuleusement un cocktail de végétaux
floconneux. Ce qui serait bizarre, ce serait une absence de
bizarrerie. Vois-tu, Marie-chen, ces lumières attirent
comme des aimants.

Toute volonté de résistance à cette séduction s'étant
annihilée, les enfants se retrouvèrent au seuil de la
chambre magique qui les aspira littéralement. Ils marchèrent dans l'apesanteur durant quelques centaines de
mètres pour atteindre une galerie de glaces colorées où
leur présence se multipliait à l'infini. Stupéfaits, ils virent
que chacun de ces miroirs gardait leur image après qu'ils
l'avaient quitté, semblant la malaxer et l'aplatir. De même,
au fur et à mesure qu'ils avançaient, leur reflet perdait de
son relief et leur corps s'aplatissait comme dans une
image de dessin animé où le personnage est passé sous un
compresseur. Ils durent tâter leur visage et leurs membres
pour se convaincre qu'ils n'étaient pas devenus ces figures
aplanies, moins épaisses qu'une feuille de papier.

— C'est angoissant, dit Marie-chen, nous sommes
comme des dessins en couleurs.

A sa surprise, elle n'entendit pas sa voix. Simplement,
un carré aux coins arrondis poussa au-dessus de sa tête,
partant de sa bouche, comme dans les bandes dessinées, et
les mots qu'elle prononçait s'y inscrivaient en caractères
bâtons, tandis que des bulles partant du front d'Alain
traduisaient sa pensée en une série de points d'exclamation et d'interrogation mêlés, ce qui donnait ceci :
« ????!!!????!!!! »

Ils parcouraient une série de rectangles blancs qu'ils
emplissaient de leur présence de planipèdes. Une inscription en caractères italiques indiquait : *Ici commence le pays
des bandes dessinées.*

— Ecoute, nous sommes devenus des dessins, jeta Marie-chen dans une bulle.

— On verra bien, inscrivit Alain dans un rond.

A un carrefour, une douzaine de chemins numérotés se présentaient. « On ne se quitte pas ! » pensa Alain, et aussitôt des bulles répondirent : « *On ne se quitte pas, oh non !* » Etrange d'être sans épaisseur. Les enfants s'habituèrent cependant à cette nouvelle forme, à ce point qu'ils finirent par la trouver toute naturelle. De leurs deux bouches jaillit la même flèche aboutissant au rectangle exprimant leur commune pensée : « *Qui allons-nous rencontrer ?* » En effet, les rectangles qu'ils traversaient n'étaient pas vides : l'espace qu'ils n'occupaient pas se remplissait de taches de couleur. Ils marchèrent dans un endroit désigné en caractères gothiques sous le nom de « Terrain Vague ». Ils atteignirent de grands cubes posés absurdement sur une surface plane.

A l'entrée d'un des rectangles, un monsieur habillé en gardien de musée les accueillit avec un large sourire. Alain et Marie-chen purent lire au-dessus de sa tête : « Salut ! Je suis Eric. Vous pouvez entrer... » Au rectangle suivant, il ajouta : « A vos risques et périls. Evitez les Censeurs. J'ai des ennuis avec eux. »

Plus loin, ils rencontrèrent des dames magnifiques comme on en voit sur les couvertures de magazines et les dessins d'art pop. Presque nues, elles portaient des bas noirs sur des chaussures à hauts talons et des sous-vêtements de cuir fauve. Certaines étaient armées de fouets, de cravaches, de poignards ou d'armes à laser. Leurs noms se dessinaient sur leurs slips : *Barbarella, Xam, Jodelle, Valentina,* etc.

— Ce qu'elles sont belles ! dit une bulle sur la tête d'Alain et s'y ajouta un sifflement d'admiration : Pffuit ! Pffuit !

— Oh ! t'énerve pas ! dit Marie-chen de la même façon.

— Bonjour les amis, dit Barbarella d'une voix lascive.

— Faites attention, ajouta Xam, ce n'est pas une bande dessinée pour enfants...

— Vingt-deux ! cria Jodelle. Voilà Anastasie. La Censure...

Tandis qu'Eric faisait grincer des éclats de rire vengeurs, on vit arriver une grosse dame adipeuse au visage couvert de verrues accompagnée d'hommes en uniformes sinistres qui lâchèrent des chiens policiers en criant : « Sus aux érotiques ! »

— Les affreux ! les affreux ! cria Valentina.

Les belles dames se mirent en formation de combat, brandirent leurs armes, et les enfants éberlués assistèrent de rectangle en rectangle de diverses dimensions à un furieux combat, tandis que les bruits et les cris s'exprimaient dans les bulles en caractères de toutes sortes où les lettres jaillissaient follement sous toutes les formes :

— *Shrakt ! Shrakt !* (c'étaient des coups de fouet) *Wlip ! Wlip !* (les cravaches) *Sdrg ! Sdrg ! Sdrg !* (les tissus déchirés par les molosses) *Rhouaou ! Rhouaou !* (les chiens hurlant de douleur) *Pfffing ! Pfffing ! Pfffing !* (les coups de pistolet) *Mmmmah ! Mmmmah !* (des cris de peur) *Tchah ! Tchah !* (les flèches) *Pak ! Pak ! Raat ! Frrr ! Wouahh ! Wouahh ! Vrroooaaammmm ! Broom ! Yaooo !!!* (des bruits mêlés)...

Plus elles se battaient, plus les dames devenaient belles. Leurs yeux étincelaient comme des phares, leurs belles dents derrière les lèvres sensuelles, écarlates, resplendissaient, leurs poitrines dénudées se tendaient comme des armes. La vision de ces corps superbes en lutte faisait naître chez Alain un sentiment d'adoration comme s'il était devenu un adulte, mais il se sentait incapable du moindre geste pour les aider à combattre les affreux et l'épouvantable Anastasie aux muscles énormes. C'était comme si la bande dessinée se poursuivait sans lui. Mariechen, elle, jetait des caractères étranges traversés de points d'exclamation en nombre : *Whap !!! Crunch !!! Punch !!! Chaaarrrge ! Watchh !!! Yuowk !!!*

Au bout de deux pages coloriées et sanglantes, la vilaine Anastasie s'essouffla : le premier assaut était arrêté. Les chiens reculaient en léchant leurs blessures. Les affreux se regroupaient. Les belles dames rajustaient leurs sous-vêtements.

Eric prit les enfants par la main et les entraîna : « Courons ! Courons ! J'ai des renforts... » Et ils repartirent en sens inverse jusqu'à l'entrée de la bande dessinée. Là, Eric commenta dans une série de bulles qui l'entouraient :

— Censeurs — le combat va durer encore — revenez plus tard ! — Premier couloir à droite ! — je vais retourner me battre — Ah ! les alliés arrivent...

En effet, on voyait arriver des personnes qui s'appelaient : « Régine ! Claude ! Jean-Jacques ! » et suivaient des jeunes gens à cheveux longs portant des boîtes rondes comme des cartons à chapeaux d'où s'échappaient des rires sur tous les tons.

— Ce sont les boîtes à rire, expliqua Eric, c'est l'arme intégrale, les Censeurs n'y résistent pas. Revenez plus tard !

— *Youpie ! Youpie !* fit Marie-chen, *Tchic ! Tchac ! Vrrooaar ! Hi-Hi-Hi ! Ha-Ha-Ha ! Hu-Hu-Hu ! Rrrriiions ! Rrrriiions !*

Alain, en lisant les lettres disparates de ces mots fous, dit :

— Tu parles en langue de bande dessinée ! et il s'y mit lui aussi joyeusement, jetant de longs rires écrits.

— *Am stram gram. Pic et pic et colegram !* jeta au-dessus d'elle Marie-chen en l'entraînant vers un autre couloir tandis qu'Eric criait en écriture ronde : « A bientôt ! quand vous serez grands. »

***

A l'orée d'une forêt de chênes couronnés de gui, les enfants aperçurent un village de huttes rondes coiffées de petits chapeaux coniques de chaume surmontés d'un toupet. Un air pur, vivifiant, venait de la mer. Le ciel était sans nuages. Ils se cachèrent derrière un menhir et virent qu'une inscription couvrait une partie du rectangle où ils

se trouvaient : *Visite d'Alin et Marichène.* Une bulle se
forma au-dessus de la tête d'Alain :

— Ce n'est pas la bonne orthographe !

Dans le rectangle suivant, un petit homme à blondes
moustaches gauloises, les yeux pétillant d'intelligence, le
chef couronné d'ailes, monté sur un bouclier avait recti-
fié : *Visite d'Alinix et Marichenix.* Il disait malicieusement
en lettres grasses : « Mieux comme ça ? » et Alain répondait dans sa bulle : « Ouix ! » tandis que Marie-chen
lançait un « ? »

— Vous êtes Astérix ? demanda Alain.

— Pour sûr, et voilà notre druide, Panoramix. Il a
cueilli le gui et des plantes pour la potion magique. En
voulez-vous ?

— Nous avons déjà déjeuné, dit Marie-chen.

— Alors, un cuissot de sanglier ? Voilà justement
Obélix...

En effet, le gros Gaulois à moustaches et à nattes
rousses portait sous un bras un menhir et sous l'autre le
sanglier qu'il venait d'attraper à la course. Des gens du
village le fêtèrent : Abraracourcix, Assurancetourix,
Uderzix, Goscinnix, le chien Idéfix, et une foule de
Gaulois et de Gauloises. Ils invitèrent Alinix et Marichenix à les suivre et ils s'installèrent autour d'un brasier où
tournait une broche gigantesque chargée de viandes. Les
enfants se regardèrent bouche bée tandis que fleurissaient
de grands bouquets exclamatifs. C'est qu'ils étaient vêtus,
ou plutôt dessinés, en Gaulois, eux aussi, et coiffés de
casques ailés.

Ah ! ce n'était pas le régime des hommes-fruits. Quel
festin de viandes ! Quel balthazar de gibiers et de rôts !
Quelle orgie de cerfs, chevreuils et sangliers ! Quelle
ripaille d'aloyaux, jambons et rosbifs ! Quelle bombance
de canards et poules, perdrix et bécasses ! Quelles agapes !
Les Gaulois ? Des goinfres, des mâche-dru, des goulus, des
bâfreurs ! Ils buvaient comme des sables, des outres, des
éponges, les vins, le cidre et l'ambroisie. Sur les tables, des

carcasses s'amoncelaient, les cruches s'entassaient. Mangeurs et mangeuses ne semblaient jamais repus.

L'ennui des bandes dessinées, c'est que les pensées aussi s'expriment et Marie-chen (Marichenix) lut au-dessus de sa tête : « *Beurkk ! Beurkk !* » tandis qu'Alain disait : « L'Escrivain n'en reviendrait pas ! » Pourtant, les enfants mangèrent, le plus délicatement possible avec leurs doigts, sous les regards moqueurs des enfants gaulois qui engloutissaient d'énormes tranches de viande.

Plus tard, Alinix et Marichenix assistèrent au conseil du village présidé par Abraracourcix et Agecanonix. Le barde Assurancetourix voulut chanter, mais Obélix lui assena un coup de jambon sur la tête et parla en bulles durant trois cases :

— Nous sommes cernés de camps romains. Le centurion Biscornus se prépare à l'attaque avec les légions venues de Rome.

— Nous les battrons, assura Panoramix, grâce à ma potion.

— Je crois bien que non, dit tristement Astérix, ils sont trop nombreux cette fois. Mais j'ai une idée (une lampe s'alluma au-dessus de son front)...

— Laquelle ? rugirent toutes les voix (en caractères gras).

— Il faut qu'ils croient que nous avons des alliés puissants.

— Des alliés ?

— Laissez-moi faire. Nous attendons une délégation romaine chargée d'un ultimatum. Abraracourcix, notre chef majestueux, tu monteras sur le bouclier d'honneur et tu ne parleras pas. Et vous deux, Alinix et Marichenix, vous nous aiderez. Le voulez-vous ?

— Avec plaisir, dirent les enfants.

Alors, Astérix le rusé prépara la mise en scène. On édifia deux trônes élevés. Marie-chen fut maquillée pour accentuer ses traits asiatiques. On souligna le visage d'Alain de rictus cruels et on ajouta à ses cheveux blonds de longues nattes. Ils furent installés en haut des trônes avec toutes sortes de parures et d'armements.

Bientôt, des trompettes annoncèrent la venue de la délégation romaine conduite par Biscornus qui avançait une mâchoire mussolinienne. Il traversa le village en vainqueur et, arrivé en face du chef Abraracourcix, il dit :

— Par César, ave !

— Navets ! répondirent les Gaulois.

— C'est simple, dit Biscornus. Nous allons raser le village et vous serez les esclaves de Rome.

Il fallut dix hommes pour retenir le furieux Obélix qui brandissait un menhir. Tranquillement, Astérix caressa ses moustaches, but une coupe d'ambroisie, rota, et dit en lettres anglaises :

— Centurion, es-tu aveugle ? Incline-toi devant la princesse d'Orient qui nous rend visite sur ses voiliers de guerre avec les troupes d'Asie...

— *Eurk ! Eurk !* fit le centurion qui s'étranglait de rage.

— Centurion, continua Astérix, incline-toi devant le roi Agar qui vient du Nord avec cent drakkars... Ce sont nos alliés !

— *Heurp ! Heurp ! Gloup ! Gloup !* fit le centurion dégonflé. Eh bien ! Eh bien ! Par Bacchus, il faut que j'en réfère à César. Ave ! Ave !

— Navets ! répondirent les Gaulois.

— Biscornus est arrivé à son seuil d'incompétence, dit Astérix en réclamant à boire.

Honteux et confus, Biscornus fit demi-tour avec sa délégation tandis que les petits Gaulois lui adressaient des pieds de nez et lançaient des quolibets.

Et dans le village, la fête reprit et continua jusqu'à la tombée de la nuit, mêlant chants et danses, ripailles et rires. Entre chien et loup, Abraracourcix, ivre, bégaya :

— Le ciel s'assombrit. S'il nous tombait sur la tête...

— C'est pas demain la veille, dit Astérix. Cette ombre est celle du lecteur qui se penche sur notre page pour nous lire (clin d'œil au lecteur). Ah ! Ah ! vive Alinix roi du

Nord ! Vive Marichenix princesse d'Orient ! Vivat !
Vivent nos sauveurs !

Et, sous le ciel, à la tombée de la nuit, dans le dernier
rectangle de la célèbre bande dessinée s'inscrivirent ces
mots : *Fin de l'histoire.*

*

La promenade d'Alain et Marie-chen se poursuivit
joyeusement de case en case, de page en page. Une foule
de personnages les attendaient au long de ces bandes
dessinées, et chaque fois, ils se mêlaient aux héros de
courtes aventures. Auprès de gens parfois anciens comme
Little Nemo, les Pieds nickelés, Zig et Puce, Bicot, Babar,
Charlot, Popeye, Félix le chat, Nimbus, la Famille Illico,
Pim-Pam-Poum, Mandrake, Jim-la-Jungle, Guy l'Eclair,
ils rencontrèrent la tribu Walt Disney avec ses Mickey, ses
Donald et Picsou, Dingo, les Rapetout, Tic et Tac, cent
autres que rejoignaient les aventuriers, les héros, les
personnages amusants comme le gentil Charlie Brown
qu'Alain et Marie-chen adoraient. Et, sans cesse de
nouveaux venus jaillissaient de Spirou, de Tintin ou de
Mickey. Avec ces dessins, les conversations étaient toujours intéressantes, car ils avaient beaucoup vu et beaucoup vécu.

Les enfants se retrouvèrent en Amérique, non loin d'une
ville nommée Cactus Junction où ils arrivaient sur un
chariot criblé de flèches. A leur côté caracolait un cow-boy
désinvolte, cigarette au bec.

— Ouaip ! dit-il. Allons d'abord au saloon. Pas fâché
de me rincer le gosier.

Marie-chen, vêtue de peau comme une cow-girl, répondit : « Okay ! » tandis qu'Alain s'exerçait au lasso. Ils
pénétrèrent dans la ville déserte et se rendirent au saloon.
A l'exception du barman et de quelques joueurs de cartes,
le lieu était vide.

— Whisky ! commanda le cow-boy.

— Je prendrai de la limonade, dit Marie-chen, car j'ai déjà bu de l'ambroisie chez Astérix.

— Pour moi, une bière! dit Alain tout embarrassé de ses pistolets.

Un homme entra craintivement et remit une lettre à Lucky Luke (car c'était lui!). Après l'avoir dédaigneusement parcourue le célèbre cow-boy la tendit à Alain qui lut : « *On nora ta pot, Lucky! signé : les Dalton.* » Sur le mur, il restait quatre affiches déchirées montrant des parties du visage patibulaire des quatre bandits, avec l'indication « Wanted » et la mention des prénoms : Joe, William, Jack, Averell.

— Ils sont passés hier, dit le barman en lettres tremblotantes, armés jusqu'aux dents. Ils ont pendu le shérif au plafond par les pieds. Ils reviendront...

— Qui tire plus vite que son ombre? demanda Lucky Luke.

— C'est Lucky, dirent les joueurs de cartes, ouais, c'est lui.

— HAUT LES MAINS!

Ces trois mots s'inscrivirent en caractères énormes sur le rectangle. C'étaient les quatre Dalton. Misère! En peu de temps, le grand Lucky Luke se trouva ficelé à une colonne, ce qui ne l'empêcha pas de garder son air confiant, tandis que les bandits dansaient une danse du scalp autour de lui. Les joueurs de cartes s'éclipsèrent furtivement. Les Dalton ne prirent pas garde à Alain et Marie-chen qui allèrent se cacher derrière le bar déserté. Là, Alain se débarrassa de ses pistolets.

— Que faire? demanda la bulle de Marie-chen.

— Fais la serveuse. Prends ce tablier. Moi je ferai le garçon de bar, répondit Alain qui, se redressant au rectangle suivant, demanda : « Gentlemen, que voulez-vous boire? »

— De l'alcool! Du whisky! Des sandwiches! Et vite...

— Parfaitement, parfaitement... dit Alain.

Il ouvrit le robinet du bidon de pétrole et fit couler le liquide dans les verres. Marie-chen prépara d'étranges casse-croûte (par Morris et Goscinny, elle connaissait la stupidité de certains des Dalton Brothers) : une tranche de savon entre deux tranches de pain, ou encore une bande de caoutchouc dans du pain de campagne, ou bien une couche de piment très fort... En ricanant, les Dalton se mirent à jouer des mâchoires, car, évadés de prison depuis peu, ils avaient grand faim.

— C'est excellent ! dit Averell en mangeant le savon.

— Ça pique, ça pique, je brûle, vite un verre ! cria Joe Dalton, du piment plein la bouche, l'enfer dans le gosier.

— Buvez, buvez, gentlemen, dit Alain, c'est notre meilleure gnole, celle des géants de l'Ouest !

Jack tirait sur son sandwich de caoutchouc qui finit par éclater sur sa bouche comme un coup de poing. « Gloup ! Gloup ! » faisaient les Dalton mangeurs de savon. De leur bouche sortaient des bulles, non de bande dessinée mais bien de savon, qui envahissaient le saloon. Lorsque William Dalton posa son verre de pétrole-whisky pour allumer une cigarette, une longue flamme jaillit de son haleine qui brûla les rideaux dégageant ainsi une épaisse fumée qui noircit toute une case de la bande dessinée. « Au feu ! Au feu ! » cria Alain. Marie-chen profita de la confusion générale pour trancher les liens qui retenaient Lucky Luke.

— Bien joué, fillette !

Le cow-boy ne perdit pas de temps. En quatre éclairs, il lança quatre coups de poing (une droite, une gauche, un uppercut, un direct) et se retrouva une arme à chaque main. Une fois de plus, les Dalton Brothers étaient vaincus, ils reprendraient le chemin de la prison et revêtiraient les costumes à rayures. Au-dessus de leurs quatre têtes, une unique bulle contenait des éclairs d'orage, des couteaux, des têtes de mort, et toutes sortes d'étoiles, de chandelles, et de spirales qui traduisaient leur rage et leur désir de vengeance.

Peu à peu, le saloon s'emplit des habitants du village. Des filles se mirent à chanter. Le whisky (du vrai cette fois) se mit à couler à flots, et l'on entendit des ovations :

— Hourrah ! Lucky Luke. Hourrah ! Mary-chen ! Hourrah ! Allen...

— Thank you ! Thank you ! dit Lucky Luke.

Il embrassa les enfants et enfourcha son bon cheval qui riait pour s'éloigner parmi les cactus géants en direction des Montagnes Rocheuses. Les enfants entendirent qu'à ses lèvres montait une de ces vieilles ballades de l'Ouest qui réchauffent le cœur du cow-boy solitaire :

... I'm a poor lonesome cow-boy
and a long way from home...

Et les enfants repartirent en direction de la chambre noire du Pavillon des Délices Imaginaires. Ils sentaient que c'était la dernière fois...

**

Au réveil, Alain et Marie-chen furent tout réjouis : ils avaient quitté leur forme d'images plates, et, de planipèdes ils étaient redevenus de bons bipèdes en relief. De plus, ils avaient retrouvé leurs vêtements habituels. Ils se trouvaient non pas dans la chambre magique, mais dans cette bonne vieille cabane aux outils couchés dans les pneus de camion. Ils respiraient l'odeur de la paille, de la terre et des sacs de jute. Un énorme papillon de nuit était collé sur le mur. Des toiles d'araignées tremblotaient légèrement.

— Ouf ! c'était merveilleux, dit Marie-chen.

— C'est quand même bon d'être revenus, avoua Alain, j'ai envie de voir des choses réelles.

— Et puis, poursuivit Marie-chen en se tapant sur les fesses, je suis contente de me retrouver.

— Où est le Grand Ventriloque ? Où sont les hommes-fruits ? Et la Cité des Jeux ? Et les ballons-culottes ? Et...

Ils énumérèrent leurs multiples rencontres, leurs aventures avec mélancolie. La dernière, celle du P.D.I., avait paru la plus longue, et pourtant, ils n'avaient dormi que quelques heures sur la Terre.

Dehors, la lumière provençale les frappa de plein fouet. L'âne Boniface humait l'air de la fin d'après-midi, secouait fortement la tête et s'immobilisait dans son plaisir d'exister. Un fil droit de fumée montait d'une lointaine cheminée. La garrigue sentait la menthe sauvage. Une odeur pénétrante d'oignons fricassés venait de la maison. Des phalènes d'or pur volaient, délicats hélicoptères, au ras des plumbagos. Les tournesols pleuraient leurs graines.

— Les voilà, cria Magali du fenestroun. Avec vous, la sieste, c'est bientôt aussi long que la nuit...

— Eh oui ! dit Alain en prenant l'accent du Midi, nous sommes de grands fainéants, té !

— Ainsi, ils pourront veiller, dit Siffrein, un fardeau de bûches sur les bras, ils pourront lire leurs illustrés.

— Oh non ! dit bien vite Marie-chen, pas d'illustrés, pas de bandes dessinées, nous en sortons...

— Chut ! dit le prudent Alain.

Et les enfants regardèrent au-dessus de leur tête, tout surpris de ne pas voir s'imprimer dans des bulles les paroles qu'ils venaient de prononcer.

Dix-huit

L E lent, l'affectueux septembre glissa vers l'automne. Pour cacher la fatigue des plantes de l'été, il jetait de lourdes nappes de brouillard que le soleil ne dissipait qu'en fin de matinée et qui réapparaissaient tôt le soir. Auprès des gynériums qui brandissaient des lances triomphantes et empanachées de quatre mètres de haut, les daturas fatigués laissaient pendre leurs petites masses d'armes chargées de graines, les volubilis pâlissaient, leurs fleurs s'ouvrant à peine, les lauriers-roses dédiaient leurs dernières floraisons. Dans l'aloès solidement hérissé, la rainette se tenait immobile, confondant sa couleur avec celle de la piquante palme et il fallait l'observer longuement pour trouver un signe de vie dans le battement de sa gorge. La vigne vierge rougissait et, çà et là, voletaient des feuilles de peuplier et d'autres plus larges de platane, mortes prématurément. Heureusement, les piracantas chargés de grappes orangées, les hautes marguerites jaunes, des roses encore, des dahlias superbes affirmaient la présence florale et les corbeilles d'argent prenaient leur teinte la plus brillante.

Magali cueillait les dernières tomates pour les derniers coulis, gardant les plus grosses pour les farcir. On se régalait de figues noires et juteuses, de raisin muscat ou Alphonse-Lavallée, d'artichauts cueillis frais, si tendres qu'ils fondaient dans la bouche. Sur les poutres, des

colliers d'aulx embaumaient. Des cageots étaient chargés
à ras bord d'échalotes et d'oignons, de pommes de terre et
de carottes. Des salades, des choux énormes, des poireaux
faisaient l'orgueil de la cueillette. Les ultimes melons ne
gardaient qu'un lointain souvenir de saveurs exquises et
les plus fades allaient au poulailler.

Ainsi, la Provence changeait de robe, devenait une
dame d'automne, souriante encore, avec une charmante
mélancolie. Le silence n'était plus le même. Jusqu'aux
insectes dont les bourdonnements se feutraient. Plus de
cigales, mais toujours des grillons aux notes plus sourdes
qu'au gros estival, et des nuées de papillons nocturnes au
vol paresseux et court.

Dans la maison du santonnier, la grande cheminée aux
traverses de cèdre odorant reprit vie pour une première
flambée. Devant les flammes, les enfants restaient immobiles, contemplant des danses rouges, jaunes et bleues,
écoutant les crépitements du bois, les petits claquements
de l'air enfermé. Siffrein partageait leur recueillement et
oubliait d'allumer sa pipe de bruyère si patiemment
bourrée de gris.

— Le premier feu, dit-il. Il est de platane seulement.
Même si je ne le savais pas, je le reconnaîtrais à sa
combustion. Chaque bois brûle à sa manière propre, et
c'est un plaisir de reconnaître les flammes, flammes
huileuses du cyprès, flammes parfumées des ceps et des
racines, flammes crépitantes du pin, rapides du peuplier,
raisonnables du platane, économes et riches du chêne
qu'on garde pour les grands froids.

Il finit par allumer sa pipe avec un brandon. Il fumait
moins pour le goût du tabac que pour entretenir un
brasier et voir s'élever la fumée.

— Tant de feu, tant d'âmes, dit-il. Le feu est le
synonyme de l'âme.

Et il se permit un petit verre de marc de Châteauneuf,
parce qu'il évoquait lui aussi la chaleur. « Qu'on est bien
ici ! » se disait Alain. Il serait resté tout l'automne, tout
l'hiver, il aurait attendu le printemps, il aurait traversé un

autre été avec joie. Avec Marie-chen, s'ils parlaient de leurs aventures extraordinaires, c'était loin de tout, dans la garrigue où nul ne pouvait surprendre leur secret. D'autres horizons se préparaient : la veille, Alain avait été appelé au bureau de poste pour répondre au téléphone. Ses parents étaient rentrés à Paris et ils viendraient le chercher en fin de semaine. Le compte à rebours avait commencé : encore quatre jours, encore trois jours... Finalement, le papé Siffrein avait consenti : sa petite Marie-chen, pour que la séparation fût moins pénible, accompagnerait Alain à Paris et on la ramènerait pour la Toussaint.

« Je vais revoir ma mère, mon père... » pensait Alain et il en parlait à sa compagne comme s'ils avaient été aussi ses parents. Les voyageurs d'Amazonie auraient tant de choses à conter, tant de documents, de films, de photographies à montrer ! Leur aventure se substituerait aux histoires de Siffrein, à ses poèmes de santons, aux contes de l'Escrivain qu'on reverrait à la capitale, aux randonnées des enfants dans l'autre univers. Et ce serait le temps des graves études.

Magali était tellement occupée par la préparation des conserves d'hiver qu'elle en oubliait ses étranges dévotions aux vents. En fin de journée, à l'écart, elle prenait pour livre le calendrier-almanach des P.T.T. que bien des gens regardaient à peine. D'un côté, on voyait un chien-loup au pelage fauve, aux yeux attentifs sur un fond grenat ; de l'autre un garçonnet qui serrait un chat blanc contre son pull-over bleu. Autour de ces images couraient les mois, les semaines, les jours. Les fêtes et les saints du dimanche étaient imprimés en rouge, les grandes fêtes, de plus, étaient en majuscules. Elle allait ainsi de saint en saint, s'arrêtant aux petits signes noirs des lunes et des soleils, réfléchissant à l'équinoxe et au solstice, aux merveilles zodiacales.

Cette consultation était interminable. De plus, entre les deux cartons s'inséraient les feuillets donnant des renseignements postaux qu'elle lisait sans nul besoin, des cartes

géographiques d'Europe et de France, avec les départements, préfectures et sous-préfectures, et ces numéros
minéralogiques qui la rebutaient, les chemins de fer, les
routes et les aéroports qu'elle ne connaîtrait jamais. En
tournant la page, elle trouvait les communes du Vaucluse
avec les jours de marché et le nombre d'habitants. « Tant
de monde, disait-elle, tant de monde ! » Un tableau,
comme un jeu, permettait de trouver à quel jour de la
semaine correspond une date donnée, et cela de 1880 à
2036 ! Elle découvrit avec une sorte de contentement naïf
qu'elle était née un vendredi, jour de marché à Carpentras, où elle allait parfois acheter le pain du four Daladier
ou les tartelettes de chez Jouvaud, la morue pour la soupe
ou la brandade et des olives noires au piment qu'elle
adorait.

— Siffrein, dit-elle, tu es né un lundi...

— Tu sais tout, ma cousine, répondit Siffrein, flatté au
fond qu'elle connût sa date de naissance.

— Et moi ? Et moi ? demandaient les enfants.

La lecture de Magali n'en finissait pas, du plan de la
ville d'Avignon à celui de tout le Vaucluse avec sa bizarre
enclave de Valréas. Et s'ajoutait le calendrier en blanc où
elle inscrivait à l'encre violette les travaux du jardin et de
la maison. Sous la table des levers de lune et de soleil
s'étendait même une bande centimétrique dont elle se
servait pour mesurer l'avancée de ses tricots. Elle n'avait
besoin de nulle autre distraction : le calendrier des P.T.T.
était sa télévision et son livre.

Qu'elle était parfumée l'infusion de verveine qu'elle
préparait avec des feuillages frais coupés de l'arbuste ! On
buvait sans hâte car la tasse vidée serait le signal du
sommeil. On laissait les bûches se consumer lentement.
On s'embrassait pour la bonne nuit. Au matin, les cendres
rougeoieraient encore et la pièce serait pénétrée d'une
bonne odeur de bois brûlé. La soirée était exquise.

*
* *

Un matin, sur la quadruple rangée de fils électriques, les hirondelles de toute la région s'étaient donné rendez-vous pour le grand départ. Alain et Marie-chen tentaient de les compter, ce qui n'était guère facile, car elles s'étendaient à perte de regard. Certaines s'envolaient, allaient se baigner et boire dans l'eau de la mare, revenaient, et c'était un incessant ballet, une danse au ras des eaux qui agaçait les canards. Elles se posaient sur le fil sans ralentir leur vol avec une étonnante précision. On ne cessait d'admirer leurs prodigieuses voltiges, les oiseaux se croisant en cent figures, allant, venant, reve-nant dans les éclairs argentés de leur ventre. A tout moment, Magali, Siffrein, les enfants regardaient évoluer du fenestroun les petits hôtes de la belle saison. Cela dura deux heures de la matinée, puis plus rien : les voyageuses étaient parties d'un seul vol sans qu'on s'en fût aperçu.

— Ce sont nos élégantes, dit Siffrein, elles ont leur résidence d'été et leur résidence d'hiver. Elles dorment, paraît-il, en volant durant ce long voyage. Allez, mes belles, dites le bonjour à l'Afrique !

Après avoir parlé des mystérieuses migrations, il ajouta :

— Il nous reste nos oiseaux familiers. Ceux-là vont subir les rigueurs de la saison. Je placerai dans les arbres de petits pots de saindoux semés de graines pour les aider à garder leur chaleur. En ai-je vu de ces départs d'hiron-delles ! Plus que je n'en verrai désormais. Ces éveillées sont l'horloge de mes années.

La vigne vierge teignait en rouge ses longs bras de feuilles. Cela faisait partie des merveilles de l'automne qu'Alain ne ferait qu'entrevoir. Le Ventoux recevrait la première neige à son faîte déjà brillant de pierre. Le mistral serait porteur de froid vif sous le ciel tendre.

Comme la nature, le santonnier broyait ses couleurs. Il écartait les santons imparfaits. Il moulait, ébarbait, peignait, emballait après séchage dans la paille, la sciure ou les journaux chiffonnés. Il nettoyait moules et pinceaux. Il expliqua aux enfants que, les santons, certains de ses collègues les faisaient en faïence, en porcelaine, en céramique, en cire qu'on habillait de vrai. Certains cuisaient au four. Lui, Siffrein, préférait ne pas chauffer pour que les couleurs prennent mieux sur l'argile, s'y mêlant quelque peu et permettant de plus beaux effets.

— Alain, dit-il, j'ai préparé un colis de santons pour toi. Ainsi, nous resterons ensemble. J'ai mis les classiques, les franciscains, mais s'il y en a de la « crèche à nous » qui te plaisent, tu me le dis...

— Je voudrais bien le cosmonaute, dit Alain.

— Il est à toi, mon garçon. Quant à Marie-chen, un jour, elle les aura tous. Peut-être seras-tu un jour notre belle santonnière ?

Marie-chen posa son regard pensif sur les petits êtres d'argile, sur les moules, les outils, les couleurs. Siffrein la baisa sur la joue.

Les menus événements de la journée n'empêchaient pas les enfants de garder quelque mélancolie. Ils partirent un matin loin dans la garrigue, là où seuls les insectes et les oiseaux auraient pu les entendre. Assis sous un pin, au début, ils ne parlèrent pas. Les lieux incitaient au silence. Et lorsqu'ils voulurent se confier ce qui les oppressait, les mots se refusèrent. Marie-chen posa sa tête contre l'épaule d'Alain et il entoura de son bras les fragiles épaules de la fillette. Et Marie-chen pleura doucement. Et Alain se sentit bouleversé.

Ils restèrent longtemps ainsi, goûtant sans le savoir le premier moment intense de leur existence. Sur les joues de Marie-chen les larmes séchèrent. Ils regardèrent un petit insecte à carapace bleue qui ascendait une tige lentement, des fourmis qui faisaient la chaîne sur une souche oubliée, des pierres brillantes. Des oiseaux minuscules s'envolèrent sans bruit vers les vignes. Par une sorte d'instinct, Alain dit :

— Il faut aller plus haut.

Et ils gravirent encore la pente rude parmi les chardons qui leur griffaient les jambes sans qu'ils s'en aperçoivent, franchissant les talus, allant toujours plus haut. On devinait la maison du santonnier, en bas, dans son île de verdure. Lorsque le soleil se teinta de rouge, alors seulement, ils retrouvèrent leur insouciance et descendirent la pente en courant et en riant. Puis, ils revinrent à une marche lente et purent parler de toutes leurs aventures, diurnes et nocturnes, qui finirent par se mêler dans un Grand Secret pour eux seuls.

Chaque soir, Alain avait arrosé le pot de terre contenant cette graine de l'arbre à lait que lui avait donnée le Grand Ventriloque. Hélas ! aucune poussée ne s'annonçait. Il creusa la terre et trouva, à la place de la graine, un simple caillou poli. Magali qui le surprit partit d'un long rire : voilà que le petit Parisien plantait des pierres ! Et, de plus, Alain tout contrit la supplia de ne jamais toucher au pot, même après son départ. Elle y consentit avec un sourire malicieux.

Dans son atelier, le santonnier travaillait de la petite aube jusqu'au souper. Les commandes étaient nombreuses : les gens, par un singulier retour aux traditions, même si leur foi avait chancelé devant les changements du monde et les nouvelles idéologies, voulaient retrouver des valeurs passées. Il n'était de semaine où des jeunes gens, souvent barbus et chevelus, ne venaient pour admirer le travail de Siffrein, et même lui demander l'apprentissage de son art. Joyeux, le santonnier qui avait cru qu'il disparaîtrait avec lui, comme tant de métiers perdus, souriait à l'avenir. Qui sait si Marie-chen ne serait pas un jour une habile santonnière ?

Une fin d'après-midi, il y eut grand remue-ménage du côté des armoires et des commodes. Siffrein sortit son costume noir, celui qui le serrait : il fallut que Magali déplaçât des boutons et relâchât des coutures, donnât du jeu à la ceinture du pantalon. Les enfants ciraient chaussures et bottines, enrichissant d'un lustre neuf les cuirs fatigués. Le repassage aussi allait bon train. La raison se trouvait sur la table sous la forme d'un carton fantaisie avec ces mots finement tracés : *Avant son départ l'Escrivain (puisque vous l'appelez ainsi) invite ses amis pour le souper de demain.*

Pour la première fois, les enfants s'aperçurent que Magali pouvait être belle. Ses cheveux ramenés en un épais chignon dégageaient ses pommettes hautes et un soupçon de pommade Rosat faisait briller ses lèvres. Un air de coquetterie animait ses yeux gris. Sa tenue se composait d'un tailleur gris-bleu et d'un corsage à bouillonnés, et tout ce que cela avait de désuet, du grand peigne d'écaille aux chaussures à brides, devenait rare et plein de charme.

— Il n'y a pas si souvent d'occasions, dit-elle comme pour s'excuser en coiffant Marie-chen.

Siffrein torturait son chapeau de feutre noir, le bosselant de coups de poing pour lui donner des formes qui ne le satisfaisaient pas. Finalement, il l'enfonça sur sa tête du plat de la main et les cheveux blancs broussaillèrent sur les tempes. Il eut le plus grand mal à lacer ses souliers, car le pantalon étroit d'où le ventre débordait menaçait déchirure.

Lorsqu'ils furent tous les quatre sur la sente, vers sept heures du soir, ils marchèrent un peu orgueilleusement. Siffrein pensa : « On nous croirait une vraie famille ! » et il dit tout haut pour se faire plaisir à lui-même :

— En route, la famille !

Ils longèrent des boqueteaux tordus au ras de la terre, des fourrés d'épineux connus des enfants. Les dernières mûres, en grappes noires, attiraient les doigts. « Ne vous salissez pas surtout ! » recommanda Magali. Les sureaux douceâtres se balançaient comme des grains de jais sur des chapeaux de jadis. Des arbres épars semblaient se tenir à l'écart de la forêt qui ondulait dans la rumeur confuse du vent s'apaisant. On voyait des chênes musculeux aux feuillages noirs et aux glands robustes, des peupliers blancs aux jeunes rameaux pubescents, des figuiers sauvages aux fruits petits et âpres, de majestueux châtaigniers, des caroubiers aux gousses pendantes, des frênes aux feuilles découpées en dentelles, un unique mûrier blanc, des oliviers aux troncs torturés et des théories d'arbrisseaux, de sous-arbrisseaux, de plantes, daphnés-garous, euphorbes et buis, cistes buissonnants, ronces et cytises, nerpruns et paliures, myrtes brillants à l'odeur forte, arbousiers et viornes-tins, chèvrefeuilles, santolines, romarins, lavandes sauvages, bordures vagues de thyms et sarriettes, bons aromates prometteurs.

Déjà toutes les couleurs se mélangeaient dans un grand bain d'automne, les énergies vertes se détachant sur la colline toute en or. Les oiseaux ne chantaient pas.

— Ici, dit Siffrein, il ne manque que la bruyère. Le sol calcaire ne lui plaît pas.

Parfois, les enfants s'arrêtaient pour contempler des nouveau-nés : minuscules salamandres et crapauds en miniature. Ou bien des insectes fouisseurs. Et comme Magali et Siffrein s'étaient éloignés, ils couraient pour les rattraper en jouant à celui qui arrivera le premier. Promenade pleine de charme et de découvertes, livre miraculeux où toutes les pages étaient surprenantes. On pouvait détailler l'architecture sauvage d'un hameau où les murs des maisons s'entremêlaient, s'épaulaient, partageaient leurs floraisons grimpantes. Mutisme des champs, crépitement lointain d'un feu d'herbe au panache de fumée, plainte d'une fontaine, toujours Siffrein entendait dans les harpes éoliennes des branches et dans toute manifestation de la nature la voix d'une morte qu'il avait aimée et des chansons anciennes, des fêtes rejoignaient les monts.

— Il a choisi les terres hautes, l'Escrivain ! dit-il pour voiler son émotion devant de tels spectacles, de telles sensations.

— Les fourneaux doivent chauffer, dit Magali.

— Je me sens comme une faim, avoua Siffrein en tapant sur son ventre rebondi.

A mi-côte, ils s'arrêtèrent pour souffler, n'osant s'asseoir sur les pierres, de crainte de tacher les vêtements.

— Quel beau pays, dit Siffrein en embrassant du regard la plaine s'étalant du Ventoux aux monts du Vaucluse. Ah! faites qu'il reste sans clôtures et sans barbelés. Comme je hais les tessons de bouteille en haut des murs et les portes closes!

En montant, les friches s'éclaircissaient, la garrigue perdait de sa prodigalité et les rochers affleuraient à la terre grise. Comment ces arbres aux racines apparentes pouvaient-ils vivre et s'accrocher à si peu de terre? Et, devant les enfants attentifs, le papé et la Siffreine faisaient des observations :

— De bons truffiers ici, disait Siffrein.

— Et ces iris, ces roses sauvages, là-bas un ruisseau où poussent les ajoncs et les cannes de Provence, ajoutait Magali.

Les vents, les insectes, les oiseaux étaient les grands semeurs de ces terres. Parfois apparaissait une plante étrangère venue de loin. Magali savait que c'est la moindre reconnaissance envers de tels présents que de connaître les noms des fleurs. Pourtant, il arrivait qu'elle ignorât un nom et elle s'arrêtait, interrogeait Siffrein, l'accusait de ne rien savoir. On oubliait les noms savants de M. Linné ou de M. de Jussieu, et, comme toutes les plantes ont plusieurs noms, on en retrouvait bien un souvent en provençal et bien plus imagé que les autres. Et, malicieusement, Alain et Marie-chen, simplifiant la botanique disaient : « Ce sont des arbres à fleurs... ou des fleurs roses, bleues, jaunes... » Simplement.

Au bout d'un chemin de traverse, ils reconnurent la ferme de Quinze-Côtelettes et Outre-à-Huile. Les deux compères leur faisaient signe d'approcher. Siffrein consulta son oignon et dit qu'on avait le temps de s'arrêter « cinq minutes pas plus ».

— Salut bien, Marcel. Salut Roger, dit Magali.

— Si je devais demander quelqu'un en mariage, je sais bien qui ce serait, dit galamment Outre-à-Huile.

— Ne parlons pas de malheur! s'exclama Quinze-Côtelettes, malheur pour vous, bien sûr, Magali, ajouta-t-il.

— Et malgré tout? Comment va la maison? demanda le santonnier.

— Mauvaise année pour les fruits, la vigne et les olives, dit Quinze-Côtelettes. Les gelées d'avril ont fait bien du mal. Et les orages du début du mois ont pourri les grappes.

— L'été a fini en août cette année, ajouta Outre-à-Huile.

— Oh! dit Siffrein, septembre n'est pas encore l'automne.

— On est en fin de saison, observa Magali.

Le santonnier aimait l'énoncé simple de ces évidences et ce moment du début de la conversation où l'on tâte le terrain, parole à parole, pour en venir à créer le bon climat de la réunion.

— Je vous trouve très beaux, dit Quinze-Côtelettes. Vous avez fait la toilette. Dès vendredi, vous vous appelez Dimanche!

— Nous allons chez l'Escrivain, dit Siffrein, pour le souper.

— Je m'en doutais bien, dit Outre-à-Huile et Quinze-Côtelettes ajouta aigrement :

— Il sait tout celui-là. C'est la voyante agréée.

Les deux compagnons les avaient vus venir de loin. Des verres étaient préparés sur un tonnelet, ainsi qu'une bouteille de vin d'orange de leur fabrication. La soirée commençait bien. Après avoir choqué les verres, Outre-à-Huile dit :

— Moi, au fond, je l'aime bien, l'Escrivain. Il est bien honnête, de bon voisinage et toujours poli. C'est un homme éduqué. Oui, malgré tout, je l'aime bien.

— Pourquoi « malgré tout » ? demanda Quinze-Côtelettes.

— Malgré que c'est un estranger, répondit simplement Outre-à-Huile, un estranger qui n'est pas d'ici.

Alors Quinze-Côtelettes s'étrangla en buvant, chercha les mots, bafouilla, et finit par dire à grand renfort de postillons jetés à la face de son interlocuteur :

— Tu es... tu es... tu sais ce que tu es ? Tu es un xé, un xé, un xénophobe !

— Un guesé quoi ?

— Un guesénophobe !

— Ecoutez les mots qu'il emploie, ce grossier, dit Outre-à-Huile en s'essuyant les joues, des mots pas pour lui, des mots du journal...

— Allons, mes amis, allons, dit Siffrein, ne vous faites pas la guerre. Buvons plutôt à la santé de l'Escrivain. Il va regagner la capitale et il nous manquera bien...

— C'est un bon homme. Santé ! dit Outre-à-Huile.

— Santé ! dit Quinze-Côtelettes.

Et tous répétèrent : « Santé ! » avant de vider les verres et de se séparer pour finir la grimpette du raidillon jusqu'au « Champ du Moinillon » et à la chapelle de leur ami.

Grande cérémonie. La cour de l'Escrivain était semée de torches. Il ôta son grand tablier blanc pour recevoir ses invités et, les premières politesses faites, les premiers compliments échangés, il servit le muscat de Beaumes et l'anis fabriqué de façon artisanale accompagnés de croquettes d'Avignon, de biscotins à la tapenade et d'olives cassées.

— Maître Siffrein, c'est pour moi un honneur et un plaisir de vous recevoir, vous qui ne vous déplacez guère. Et vous, ma chère Magali, je réclame votre indulgence : je suis un piètre cuisinier...

— Oh ! je suis bien tranquille... dit doucement Magali.

Ils connaissaient bien la demeure pour l'avoir visitée naguère, avant qu'elle ne fût abandonnée, puis remise en état par l'Escrivain aidé heureusement par un compagnon maçon d'origine italienne qui venait de Tunisie. Pourtant, on parcourut de nouveau chaque pièce en commentant favorablement le respect des lieux restitués au plus près de leur ordonnance primitive. L'Escrivain, flatté, dit :

— Ces aîtres, dans ma pensée, je ne les possède qu'au regard des lois humaines. J'en suis propriétaire, moi qui pour moi ne signifie rien d'autre que précarité. Non, ils veulent bien me recevoir et ce sont eux qui me possèdent, passant fugace à l'ombre de leurs siècles. Je leur suis reconnaissant d'accepter mes soins et j'ai une dette envers eux comme envers ce pays et ses habitants. Maître Siffrein, je ne suis pas un fervent du bénitier, j'hésite encore entre paganisme et absence de foi. Et pourtant, quand j'ai pénétré dans ces lieux vides, je me suis arrêté devant la pierre tombale d'un moine d'antan, dans la chapelle, et j'ai dit mon respect aux Ombres, silencieusement, comme si je priais, moi...

— Une maison, dit Siffrein, n'est bonne que si elle fait amitié avec vous. Je pense souvent moi aussi à ceux qui sont passés et à ceux qui viendront.

Les enfants suivaient des yeux les rangées de livres. Alain reconnaissait parfois un titre qu'il avait vu chez ses parents et cela lui faisait plaisir, il le signalait comme pour tisser un lien. Il aurait aimé que l'Escrivain connût son père et sa mère et, en même temps, il se serait senti comme dépossédé d'une amitié personnelle. Marie-chen écoutait des bribes de conversation : elle préférait les contes de l'Escrivain à ses propos trop graves et solennels.

Pour bien recevoir ses amis, il avait dressé une table composée d'antiques assiettes provençales en céramique dentelée, couleur paille brûlée, dont les imperfections disaient la main humaine qui les avait fabriquées, des séries de trois verres de cristal gravé, des couverts en vieil argent, une nappe brodée et de grandes serviettes à la mode d'autrefois. Un vin blanc du Gard reposait dans un seau à glace, tandis que le Gigondas décantait dans de hautes carafes. C'était un souper aux bougies et l'Escrivain n'avait pas lésiné : il en avait planté dans des bouteilles non seulement sur la table, mais aussi sur la desserte et les rayonnages. Sa tenue était à l'avenant. Il portait un costume de ville à chevrons foncés, la fantaisie s'affirmant dans un gilet de soie couleur puce et une cravate-lacet.

Dans la cheminée, moins haute que celle de Siffrein, mais plus ouvragée, de bonnes braises de cep rougeoyaient. Vous vous en doutez, lecteur et lectrice, vous l'attendez sans doute : le menu était à l'image de la rondeur du personnage. Quand Magali fut placée à sa droite et Siffrein à sa gauche sur les sièges Louis XIII à haut dosseret, autour de la table ronde, comme il dit, on « ouvrit les hostilités » et toute aide fut refusée. Tandis que ses hôtes faisaient honneur à des crudités qu'on trempait dans l'anchoïade, l'Escrivain prépara à la cuisine une omelette de quinze œufs, mordorée et baveuse à souhait, pleine de ces délices noires que sont les truffes du Comtat. C'était déjà tout ce qu'il fallait pour se nourrir, d'autant qu'on ne résistait pas au pain fabriqué à la maison selon un blutage spécial. Il y eut ensuite de fines tranches de thon huilées et recouvertes d'herbes, placées dans des grils et qui reçurent le baiser et le parfum du brasier.

Dès lors, comme une ménagère inquiète, l'Escrivain ne cessa de s'excuser de manquements imaginaires à l'art culinaire, attendant, faussement modeste, des appréciations qu'on ne ménageait pas. En bref, la conversation roula désormais, fort honnêtement, sur ce sujet. On échangeait des recettes, on parlait des plats d'antan, des menus traditionnels correspondant aux fêtes, on commentait, on disait les merveilles de la cuisine provençale et l'utilité du livre de Jean-Baptiste Reboul offert durant plus d'un demi-siècle aux jeunes mariées de Provence. Tout cela renouvelait l'appétit.

Il le fallait bien, car suivit le veau cerné de tétragone et les aubergines farcies de hachis et servies avec un coulis frais de tomate. Cela amusait secrètement Magali qui retrouvait ses propres plats. Visiblement, l'Escrivain, pensant aux goûts de ses hôtes, avait voulu faire provençal, sans commettre cette erreur de tout fonder sur les herbes aromatiques. Cependant, avant le lapin à la farigoule et le gigot aux haricots blancs, il proposa une tradition éloignée : le trou normand. Seuls, Siffrein et lui-même dégustèrent un vieux calvados ambré.

— Reprenez une tranche, maître Siffrein, vous n'avez plus d'appétit ?

— Oh que si !

— Et vous, Magali, vous n'allez pas dédaigner ma cuisine ?

— J'en reprends un peu, du bien cuit, s'il vous plaît.

— Vous savez, il n'y a rien après...

Le rien, c'était une laitue du jardin, puis un plateau grand comme une roue de bicyclette chargé de fromages divers et surtout de brebis de la région, mais aussi du Rouergue, des Pyrénées, du Poitou et de Corse. Et le rien qui suivit, c'était une tarte aux poires et un gâteau glacé à la framboise

— Mes enfants, prenez de la glace, cela fait digérer...

Le café aussi faisait digérer, et le petit verre qui suivit. Comme ces nourritures étaient bien épicées, le vin avait coulé ferme, l'hôte remplissant rapidement les verres et retirant aussi vite les bouteilles vides. Malgré la surveillance de Magali, Alain et Marie-chen avaient fait quelques abus, et ils se sentaient un peu « pompette ». Alain retenait une envie de chanter à tue-tête et Marie-chen rêvassait. Elle se souvenait d'une conversation à propos d'un empereur romain au cours de laquelle l'Escrivain avait flétri la goinfrerie, et il reprenait de la tarte !

— De ma vie, de ma vie... commença Siffrein, et après un temps d'arrêt pour retrouver ses esprits, il reprit : De ma vie, je n'ai fait un tel souper !

— Vous êtes trop bon, dit l'Escrivain. J'ai des cigares...

— Des cigales ? demanda Alain.

— Non, des cigares, mais ils ont effectivement la forme de cigales. Tiens, une recherche étymologique à faire...

— Je ne fume pas ces cigales-là, dit Siffrein, et il prit sa pipe en demandant : Vous permettez ?

— C'était bon, c'était bon ! dit Magali tout attendrie de plaisir.

L'Escrivain, s'il n'avait pas déjà été cramoisi, en aurait rougi de contentement. Il regarda Magali avec un œil galant et ce fut elle qui rougit. Les enfants touchaient leur ventre rebondi. Siffrein desserrait furtivement la ceinture et déboutonnait le haut du pantalon. Pendant quelques instants, le silence régna, un silence plein de saveur et de paix. On se contentait d'un sourire ou de secouer la tête comme pour dire : « Eh bien ! Eh bien ! En voilà une belle soirée... »

Dans ce calme, on s'installa autour de la cheminée sur des sièges bas. Lorsque l'Escrivain sortit sa tabatière au roi de Rome pour une prise, Marie-chen dit :

— Vous allez nous raconter une histoire ?

— Une histoire ? Une histoire ? Quelle histoire ? Je sais bien qu'à la veillée... Mais je ne me sens pas inspiré.

— C'est dommage, dit Magali, car vos contes, les enfants nous les répètent et ils nous plaisent bien.

— On ne sait pas bien les raconter, dit Alain.

L'Escrivain réfléchit, alla jusqu'à sa table de travail et revint avec un petit calepin recouvert de moleskine. Il dit :

— C'est parce que je suis un peu bu... Vous allez bien rire. Ou bien vous ennuyer. Si vous sentez le sommeil venir, il faut m'arrêter. J'ai voulu faire le félibre, mais comme je ne sais pas bien écrire le provençal, j'ai fait un poème en français, un poème sur cette maison, cette chapelle, un poème d'ici, pour nous tous, un poème sur maintenant. Vous voulez bien ?

— Ça me plairait, dit le santonnier.

— Je vais lire des passages. Soyez indulgents...

Et il ouvrit le carnet, feuilleta, prit un air de doute, et commença, sur un ton ému, sa lecture.

LE POÈME QUE LUT L'ESCRIVAIN À SES AMIS

Préférez-vous le silence ou le chant ?
De grands baisers volettent parmi nous.
L'un se dit merle et l'autre rouge-gorge
Et l'hirondelle est paraphe du ciel,
Tous les tambours de ville me l'ont dit.

J'ai du pain gris et j'ai des vins superbes,
Des fleurs aussi qui ne meurent jamais,
Une desserte aux assiettes ornées
Des vieux métiers du pays d'autrefois
Et des couteaux qui ne coûtent qu'un sou.

Par la fenêtre on aperçoit des vignes
Qu'un troubadour de jadis vint chanter.
Un almanach nous parle de l'automne,
Une cerise au cœur d'un clair bocal
A gardé l'arbre et le verger futur.

(Un saint jadis passa dans ces parages
Et qui portait sa tête entre ses mains
Car elle était la musique du monde)

Préférez-vous ma complainte ou le soir ?
Je suis cigale où vous êtes soleil.
Un vieux platane est là qui me rassure
Car après nous c'est son cœur qui battra
Et je serai sa feuille la plus vive.

Des jarres d'huile à bonne odeur d'olive,
Un datura pour embaumer le soir
Et des brebis pour imiter la neige,
Un vieux bassin tout empli de rainettes
Que l'on ne voit qu'en sachant les aimer.

Le mont Ventoux de nous parfois se moque
Et disparaît parmi les brumes chaudes,
Puis le mistral le dévêt comme femme
Et nous chantons sa neuve nudité,
Nous les amants de la jeune montagne.

Nous soupirons, parfois nous avons peur
Que tant de joie apporte ses revers.
Coule une source. Une musique étrange
Apporte un peu des rumeurs de la terre
Et tout bientôt n'a plus qu'un seul parfum.

(Un moinillon passa dans ces parages
Et qui portait une pièce romaine
Car elle était la clef de l'aventure)

Préférez-vous le doute ou la patience?
Buvons le vin des joyeux vignerons.
Il fait chanter la flamme dans nos âtres
Et toute ivresse est calme, sans orages,
Portant promesse aussi de tendres rires.

Odeurs des mots, des saisons, des voyages,
Des chemins nus par nos pas inventés.
Au pied du chêne un chien qui se repose,
Un chat qui griffe une écorce attirante
Comme un papier que caresse une plume.

Les nuits d'été sont des pages d'atlas
Où le ciel dicte une leçon de choses.
A tant compter les étoiles filantes,
L'arithmétique a des modes nouveaux
Et nous rêvons d'inventer d'autres chiffres.

Nous sommes là, veilleurs de l'infini.
Préférez-vous que j'éteigne les lampes
Ou que j'allume un poème pour vous?
Nous le savons que rien ne nous sépare,
Simples miroirs posés devant les jours.

(Un chevalier passa dans ces parages
Et qui jouait du luth avec ferveur
Car il portait le message d'amour)

Nous marcherons dans ces fières garrigues
Parmi les thyms, serpolets et lavandes.
Nous cueillerons de gros bouquets de mauve
Et nous ferons les poèmes de pins
Pour nous bercer de leurs ombres légères.

Ici la mort ne peut pas nous entendre
Car tout se fond dans un chant naturel
Où le frelon, l'abeille, la cigale
Avec le vent composent des cantates.
Notre silence est le seul qui peut bruire.

J'allume un feu. Rougissent nos visages.
Nous n'aurons pas d'autre confusion
Et chaque amour aura le nom d'un fruit,
Celui perdu dans la lointaine enfance
Et retrouvé sur la langue des flammes.

Préférez-vous la huppe ou la mésange?
A chaque jour suffit son chant d'oiseau.
En ces jours bleus je répète Vaucluse
Comme un refrain murmuré par les vents
Et mes amis s'enivrent avec moi.

(Deux beaux enfants vivent dans ces parages
Portant leur vie au-delà de nous-mêmes
Car ils sont faits d'argile et de soleil)

Après les derniers adieux, le retour sous la lune. Sa clarté et celle des étoiles pâlies semblaient pénétrer dans les pores. Ils avançaient tous les quatre, en silence, prudemment, écoutant le seul bruit de leurs pas hésitants sur le chemin descendant où pierres, mottes et racines tendaient leurs pièges, humant l'odeur des résineux, laissant flotter de vagues pensées.

Dans ce calme où seuls ils bruissaient, Siffrein prenait conscience de lui-même dans son entier. S'il n'avait pas éprouvé au cours d'une longue vie, par la fatigue, la sueur, la peine, la résistance de ces terres rudes, bien que né ici, il se serait senti en partie étranger. Il pensa aux patients efforts de l'Escrivain. Au cours de la veillée, après la lecture du poème (« sans rimes, mais avec beaucoup de raison » avait jugé le santonnier), leur hôte avait dit : « Je perçois quelque chose d'incommunicable que vous recelez et que je ne peux atteindre... » Ce qu'il ne pouvait atteindre, c'était cela : le don total de soi au sol, la traversée des saisons qui ne se découpent pas en trimestres, mais se chevauchent, rappellent sans cesse leurs douceurs et les rigueurs, l'appartenance au lieu, du berceau à la tombe. « Qu'il le perçoive obscurément est déjà beaucoup, pensait Siffrein, cela lui donne du respect et de l'humilité, et il en a cet homme ! » Que faisait-il en ce moment même ? Débarrassait-il la table de ses assiettes sales ? Ou bien, plus sûrement, traçait-il des sillons d'écriture sur le champ blanc de sa page, qui sait ?

A la hauteur des terres meubles, le chemin de traverse herbeux amollissait la marche et ils entendaient à peine ces huit pas se posant sur le tapis épais. Siffrein se dit que la marche de l'homme était belle. Magali avait noué un foulard sur sa tête. Elle voyait les arbres modestes et solides, les plantes envahissantes, et elle pensait à ces quantités infinies de graines, d'oignons, de racines que la terre couvait. Elle imaginait ces germinations secrètes et sentait vivre en elle la même patience, la même volonté. Elle aurait irrigué et fécondé des déserts.

Leurs beaux habits maintenant les gênaient. Ils seraient heureux demain de retrouver ceux du travail quotidien, bien adaptés au corps, comme eux-mêmes se pliaient au pays, s'y modelaient depuis des générations.

— La saison sera froide, dit Magali d'un ton péremptoire.

Si, à la fin de la soirée, la nourriture et le feu avaient ensommeillé les enfants, la fraîcheur nocturne les éveillait et ils auraient souhaité que le chemin fût plus long encore. Ils auraient marché jusqu'à l'aube. Soudain, dans l'éclair d'une course, une bête, à cinquante mètres, traversa le chemin devant eux. Un chien perdu ? un renard ? un sanglier peut-être ? Instinctivement, les enfants se rapprochèrent de Siffrein qui les rassura :

— C'est un blaireau. Ils se font rares. Vous ne risquez rien, il ne s'en prend qu'aux nuisibles et aux raisins.

La lune, par taches, dispensait une lumière verte qui cernait les ombres des feuillages. Ou bien des pierrailles jetaient un gris bleuté sur le chemin. Ils passèrent devant ce que les enfants appelaient la « maison de feuilles ». C'était une ruine que le lierre, la vigne vierge, les ronces de toutes sortes, les figuiers sauvages avaient envahie, prenant sa forme. On distinguait en haut, percée par une branche, ce qui avait été une fenêtre d'où des personnes, au début du siècle, avaient regardé la campagne. Tout près, dans un bassin d'eau vive, la lune jaune se reflétait bleue.

— On ne connaît pas assez la nuit, observa Siffrein.

Il sentait la fatigue s'infiltrer en lui et s'émerveillait qu'elle n'atteignît pas des limites extrêmes. A ses vertèbres, à ses muscles, s'ajoutait une carapace faite des pouvoirs de la terre. Sans eux, il se serait senti démuni, en proie au doute, peut-être au désespoir. Et cette protection se gagnait par une amitié et une lutte fraternelle constante avec les forces naturelles. Même les santons qui naissaient de ses doigts habiles étaient issus de cette terre et lui appartenaient. Et il pensa à son travail du lendemain plus qu'au reste de nuit qui le lierait au sommeil.

Aux odeurs de résine et de suint, avaient succédé des senteurs de figuier, de menthe, de cep, de racines. De lourdes grappes serrées de muscat et de raisin de cuve pendaient aux vignes dont le feuillage allait du vert à la rouille en passant par le bleu blanchi du sulfate. A l'extrémité de chaque rangée, le vigneron avait planté un rosier et ce mariage de la rose et du vin prenait un sens plaisant. Des piles de cageots plats étaient prêtes pour la cueillette du petit matin. L'herbe du talus frissonna au passage d'un animal peureux. Quelque part un chat-huant miaula trois fois et ce fut comme si la nuit se déchirait sous ses appels.

La lune se voila de nuages en lignes horizontales au moment même où, derrière un épaulement de terrain, la maison du santonnier apparut. Brusquement, les arbres devinrent apparences d'arbres, tous les tracés se rejoignirent dans un flou obscur. Ce fut le moment où la nuit transfigure les choses, où le surnaturel se rapproche des visages, où l'homme devient regard, où la lune indécise retire au passant la gloire de son ombre. Seule, la maison du santonnier, dans sa masse mordorée de silence pur, parut réelle, tangible. Ils firent reculer le plaisir de retrouver les meubles et les objets familiers pour errer dans le jardin où leurs pas crissaient sur le gravier semé des premières feuilles mortes.

Ils s'arrêtèrent tous les quatre sur le terre-plein central devant la margelle usée du puits où la chaîne gémissait parfois sur la poulie, près du massif où le grand yucca était couronné de touffes d'œillets nains. Il flottait un parfum mêlé de citronnelle et de fenouil. Du calice des fleurs de nuit montait un encens mélancolique et recueilli.

Tandis que Magali et Siffrein s'éloignaient dans les allées du jardin crépusculaire jusqu'à ne plus être que des ombres mauves, Alain et Marie-chen, immobiles, se tenaient par la main. Ils levèrent les yeux vers les étoiles timides. Il leur sembla que l'une d'elles clignotait pour eux seuls. Sous le regard universel, de mêmes pensées les habitèrent. Dans cette nuit de Provence, ils virent cette vallée comme un réceptacle fantastique où la réalité quotidienne, les contes, les rêves, les imaginations se fondaient dans une sensation unique. Ils revirent l'homme-orange, ils revirent l'Escrivain, et saint Gens, le moinillon, le chevalier, Alice et Mowgli, Guénolé, Outre-à-Huile et Quinze-Côtelettes, tous, tout un peuple mêlé venu au-devant d'eux. Tout disait la fin de l'aventure d'un été qui enfonçait ses flammes dans les ors de l'automne, tout disait que demain, peut-être...

Quand ils se regardèrent, leurs yeux brillaient étrangement.

L E dernier raisin cueilli, les vignes recroquevillées où la pie et la grive volettent encore, les trois saints du jour, Michel, Gabriel, Raphaël, la mort de septembre dans un lac d'or.

L'Escrivain savait, depuis le jour de Côme et Damien, qu'il devait quitter ces murs où des jours de chaleur et de charme s'étaient écoulés. Par deux fois, il avait fait ses valises et les avait défaites, retardant son départ d'un jour, et encore un jour. Puis, à la Saint-Jérôme, sa décision fut prise. Le taxi de Pernes viendrait le chercher dans l'après-midi pour le conduire au train d'Avignon.

Pour la dixième fois de la matinée, il écarta les contrevents du fenestroun pour regarder au loin, derrière friches, vignobles et cerisaies, le chemin vicinal goudronné depuis peu et où le chiendent prenait déjà dans les interstices. Jamais la lumière n'avait été si belle, jamais le silence si pur. Il le sentit pénétrer en lui en même temps qu'un sentiment non pas de solitude, mais d'abandon. Il frissonna sans raison apparente. Et il connut les lancinements sourds d'une angoisse oubliée depuis des mois et qui représentait l'envers de sa joyeuseté.

— La vie est un songe... murmura-t-il.

Et là-bas, le chemin vide. Il alla jusqu'à ses feuillets épars sur la table. L'écriture se refusa. Alors il traça au crayon des dessins absurdes et s'échappa de leurs méandres pour revenir à son poste de guet.

Une machine agricole haute sur roues, un tracteur de vigneron cahotait et, sans hâte, une petite automobile verte le dépassa, le conducteur saluant de la main. L'Escrivain en eut la certitude : la voiture emportait les enfants vers Paris. Les passagers ne pouvaient le voir, et pourtant il leva la main à hauteur de son front, et, les doigts écartés, fit un signe lent d'adieu mélancolique. Il soupira, se sentant brusquement comme un père abandonné, un animal délaissé sur la route. Il but à même le goulot une longue rasade de cognac.

Il passa plusieurs fois la main devant son visage comme pour se persuader que sa vue restait intacte, qu'il distinguait les formes devant son regard embué. Il regarda vers sa valise, son sac de voyage. Il allait se jeter à Paris, se griser de rencontres, se gaver de corvées, se mêler aux mouvements profonds et aux artifices précaires. Il se demanda où se situait son vrai domaine et pensa à un pied de vigne arraché. Il but encore pour trouver l'apaisement factice.

Une voix lui murmurait : « Un petit garçon aux cheveux blonds, au regard candide, une fillette brune aux yeux en amande née des ruines d'une guerre... » Ainsi, pour lui, se résumait, face aux violences du monde et aux attentats perpétuels, aux misères du temps et à l'atrocité des conditions oubliées dans le soleil d'un été, l'avenir souhaité d'êtres qui aimeraient passionnément le monde.

Parce que c'était dans sa nature, il composa d'une traite un poème qu'il fredonna comme une romance :

> *Beaux enfants de l'été,*
> *Revivez sous ma plume.*
> *Vous serez le duvet*
> *Dont se parent les nids.*

> *Beaux enfants de l'été*
> *Tout en cristal de roche,*

Frêles pour mieux entendre
Les soupirs d'une source.

Beaux enfants de l'été
Rêvez d'autres planètes
Pour que notre univers
Soit plus splendide un jour.

Beaux enfants de l'été...

Lorsqu'il le relut, il le jugea sans ailes et le déchira. Peu à peu, l'alcool l'irriguant et lui donnant sa chaleur, il vit éclore ses phantasmes et ses peurs, ses utopies et l'imagerie de sa propre enfance, les fabliaux et les poèmes, les bandes dessinées et les voyages imaginaires, les contes de fées et les dictées naïves où l'on parlait des travaux et des jours, où l'on décrivait les saisons et les champs...

Sans cesse, il voyait marcher dans la garrigue Alain et Marie-chen et ils devenaient, en contrepoint à ses pensées, un prolongement de lui-même. Ces enfants, toute la nature s'épanouissait pour eux, trouvait sa raison d'être dans leur présence. Leur regard sans tache, la main du paysan, la plume de l'artiste composaient un être unique pétri de vie et façonné d'attente. Il naissait l'ici de la terre et l'ailleurs de l'intuition, les eaux d'hier et les fleuves de demain, et lui, l'écrivain auquel les amis du Comtat avaient ajouté la lettre affectueuse, en faisant l'Escrivain, trouvait dans cette consonance locale une sorte d'honneur artisanal qui l'exaltait dans son désir de conter pour eux.

Alors, une force l'envahit. Des légions de mots se pressèrent et il ressentit le besoin de transfigurer ce qu'il venait de vivre pour lui donner, par-delà le réel, son entière vérité. Il se sentait devenir Siffrein, Magali, les enfants, tous les personnages réels ou imaginaires, les entendant vibrer jusque dans leurs intimes fibres, jusque dans les rêveries que l'enfance garde secrètes. Il enfonça d'un coup de poing le bouchon du flacon de cognac devenu inutile, prit une feuille blanche, la regarda comme un amoureux et commença à écrire :

Il était une fois, dans le lit d'une province du Midi de la France, le Comtat Venaissin, quelque part entre Venasque et Pernes-les-Fontaines, à moins que ce ne fût entre L'Isle-sur-Sorgue et Saint-Didier, en tout cas pas bien loin de Carpentras, le pays des gens de bien et de civilisation tranquille (et aussi des berlingots colorés), une demeure au toit de tuiles plates venues du temps des Romains, entourée d'un jardin à la provençale qui se perdait dans une garrigue sans frontières où abondaient le thym, la marjolaine, le lavandin et des chênes bien petits...

Écrit en Provence.

Été 1976-Été 1977.

*La composition de ce livre
a été effectuée par Bussière à Saint-Amand,
l'impression et le brochage ont été effectués
sur presse CAMERON
dans les ateliers de la S.E.P.C. à Saint-Amand-Montrond (Cher)
pour les éditions Albin Michel*

*Achevé d'imprimer le 25 mai 1978
N° d'édition 6250. N° d'impression 363
Dépôt légal 2e trimestre 1978*

Imprimé en France